Emilia Bernhard

TOTE TRINKEN KEINEN ROSÉ

Ein Paris-Krimi

Aus dem Englischen von
Giovanni und Ditte Bandini

Atlantik

Die Originalausgabe erschien 2018 unter dem Titel
Death in Paris bei Crooked Lane Books, New York.

Atlantik Bücher erscheinen im
Hoffmann und Campe Verlag, Hamburg.

1. Auflage 2020

www.hoffmann-und-campe.de *www.atlantik-verlag.de*
Umschlaggestaltung: Hannah Kolling, Kuzin & Kolling,
Büro für Gestaltung, Hamburg mit Bildmaterial von:
vectorstock.com/paseven
Illustration der Umschlaginnenseiten: Denis Mohr, Hamburg
Satz: Pinkuin Satz und Datentechnik, Berlin
Gesetzt aus der Apollo MT
Druck und Bindung: C. H. Beck, Nördlingen
Printed in Germany
ISBN 978-3-455-00848-7

HOFFMANN
UND CAMPE

Ein Unternehmen der
GANSKE VERLAGSGRUPPE

Für Jennifer Piddington –
sie weiß vielleicht nicht, wer ich bin,
aber sie weiß, was ich mache.

1. KAPITEL

»Edgar Bowen ist in seiner Suppe gestorben«, sagte Rachel Levis zu ihrem Mann und sah von ihrer Zeitung auf. Sie beendeten gerade ihr Frühstück, und auf dem Tisch standen Marmeladen und Becher rund um die – jetzt in der Mitte flach gedrückte und mit buttrigen Krümeln bestreute – Tüte herum, in der sich die morgendlichen Croissants befunden hatten.

»Ich habe ›in seiner Suppe‹ verstanden.« Stirnrunzelnd tippte Alan auf sein Tablet. Das Licht des Pariser Morgens malte einen Heiligenschein um seinen dunklen Kopf.

»Habe ich auch gesagt. Steht hier in der *nécrologie.*« Rachel raschelte demonstrativ mit *Le Monde* und las dann vor: »Monsieur Bowen starb gestern Abend, nachdem er, während er allein zu Tisch saß, mit dem Gesicht in seine Suppe gefallen war.«

»Ach je«, sagte Alan geistesabwesend. Er beschirmte sein Tablet mit einer Hand.

»›Ach je‹? Mehr hast du dazu nicht zu sagen?«

Er sah vom Bildschirm auf. »Ach! Je! Jemand, den wir nicht besonders gut kannten und mit dem wir überhaupt nur was zu tun hatten, weil auch er ein *Expat* war, starb eines lachhaften Todes! Welch Verlust für die Welt!« Alan machte ein betroffenes Gesicht, befeuchtete mit der Zunge die Spitze des Zeigefingers und las damit ein paar Krümel auf. »Darf ich mir jetzt weiter darüber Sorgen machen, dass der Dollar gestiegen ist?«

Rachel wandte sich wieder der Zeitung zu und hoffte, dass ihre Miene vornehme Verachtung zum Ausdruck brachte. Sie würde es ihrer besten Freundin Magda erzählen, wenn sie sich später trafen. Magda würde die Bedeutsamkeit der Nachricht zu würdigen wissen.

* * *

»Edgar Bowen ist in seiner Suppe gestorben«, sagte Rachel zu Magda, als sie später in Rachels Küche saßen. Die Sonne strahlte noch immer durch die Fenster, als herrschte draußen nicht gerade der kalte Januar.

»Ich habe ›in seiner Suppe‹ verstanden«, sagte Magda.

»Habe ich auch gesagt. Es stand heute Morgen in der Zeitung. Er bekam einen Herzschlag, fiel vornüber und ertrank.«

»Ach je.«

»Ganz genau.« Die zwei Frauen tauschten einen Blick. Rachel hatte gewusst, dass Magda es verstehen würde. Sie waren seit gut zwanzig Jahren befreundet, einst zwei Mädchen allein in Paris, die beide froh gewesen waren, einer gleichgesinnten Seele zu begegnen; mittlerweile Frauen mittleren Alters, die sich in der seltenen Lage befanden, das gesamte Erwachsenenleben der anderen miterlebt zu haben. Was unter anderem bedeutete, dass Magda wusste, dass Rachel früher einmal Edgar Bowens Freundin gewesen war – ja auch wusste, dass Rachel die zwei Jahre mit ihm als ihre erste »erwachsene« Beziehung betrachtete. Sie dachte kurz nach und sagte dann: »Er war ein guter Mann.«

»Ja«, sagte Rachel und ließ es wie einen Punkt klingen. »Das war er.«

»Als du mir damals das Geld leihen wolltest, da hat er es dir sofort gegeben, erinnerst du dich? Und er hat nie gefragt, wozu du es gebraucht hast.«

»Ich erinnere mich.« Rachel lächelte schmal. »War auch besser so, wenn man bedenkt …«

Magda schnaubte leise. »Wir waren furchtbar jung.« Sie klang bekümmert. »Wussten wir, dass wir so jung waren?«

»Nein.« Rachel schüttelte den Kopf. »Man selbst kommt sich immer alt vor, egal, wie jung man ist. Die Einsicht kommt immer erst im Nachhinein.«

Magda legte einen Augenblick lang ihre Hand auf Rachels Hand, die auf dem Tisch lag. Dann verblasste das Vergangene, und sie trank einen Schluck aus ihrem Becher. »Was hat Alan gesagt?«, fragte sie vorsichtig.

»›Ach je‹.«

»So schlimm?«

»Nein, das ist, was er gesagt hat. Er sagte: ›Ach je.‹ Er schien sich nicht mal an Edgar zu erinnern, geschweige denn zu wissen, wer er war.«

»Ah.« Magda überlegte. »Na ja, in gewisser Weise ist es ja gut so.« Rachel hatte ihr vor langem erklärt, dass Alan ein Mann war, der unter maßloser Eifersucht litt. Einmal war er bei der bloßen Erwähnung eines früheren festen Freundes regelrecht in Rage geraten, und Rachel hatte es nie gewagt, einen weiteren zur Sprache zu bringen. In Anbetracht dessen konnte man wahrscheinlich von Glück sagen, dass ihm Edgar Bowens Stellenwert entgangen war.

Doch selbst der Gedanke an Alans selige Ahnungslosigkeit konnte nicht von Edgars *un*seligen Todesumständen ablenken. »Was für eine Art zu sterben!« Magda schüttelte wehmütig den Kopf. »Da fragt man sich doch, was schlimmer ist: die Tatsache, dass, oder die Weise, wie er gestorben ist?«

»Für ihn oder für uns?«, fragte Rachel.

»Beides, würde ich sagen. Oder sowohl als auch.«

Rachel dachte kurz darüber nach. »Für uns die Tatsache, dass, keine Frage. Aber für ihn das Wie.«

Magda guckte verdutzt. »Wie kommst du darauf?«

»Na ja, er ist tot, und für uns ist das ein Verlust, aber er weiß nichts davon, weil er ja tot ist. Aber wann immer jemand von der Sache erfährt, wird er oder sie von nun an sagen: ›Ich habe ‚in seiner Suppe' verstanden‹, oder: ›In seiner *Suppe*?‹« Sie schüttelte den Kopf. »Und das ist eine furchtbare Weise, den Leuten im Gedächtnis zu bleiben. Er wird in alle Ewigkeit ›Der Suppen-Mann‹ sein.« Aus ihrem Mund klang es so, als wäre es ein Buchtitel.

»Ach, ich weiß nicht«, widersprach Magda. »Er war gütig; er war aufmerksam. Ich habe ihn als liebenswürdig in Erinnerung. Ich glaube, er wird denen, die ihn kannten, als mehr als nur ›Der Suppen-Mann‹ im Gedächtnis bleiben.«

Rachel dachte an Edgars Zartgefühl im Umgang mit seinem Sohn David – an die Aufmerksamkeit und den Ernst, mit denen er den Monologen eines Vierjährigen zugehört und seine Fragen beantwortet hatte. Sie dachte an die Geduld, die er mit seiner Exfrau Mathilde gehabt, und wie er es fertiggebracht hatte, eine konfliktarme Beziehung mit ihr aufzubauen. Und das, obwohl sie, wie sich Rachel erinnerte, eine dieser Französinnen war, die auf geringerwertige Sterbliche bloß verächtlich herabsahen. Ja, er war gütig gewesen; er war aufmerksam gewesen. Vielleicht würde von ihm doch mehr als nur sein Suppentod in Erinnerung bleiben.

»Jedenfalls«, sagte sie, »werde ich dir bald berichten können, wie es – zumindest momentan – um seinen öffentlichen Ruf bestellt ist, weil ich nämlich am Dienstag zur Trauerfeier gehe.«

Magda nahm sich eine Madeleine und nagte genussvoll an ihrer goldenen Duftigkeit. »Ich komm mit.« Sie war keine Frau, die sich etwas Spannendes entgehen ließ.

2. KAPITEL

Die äußeren Pariser Arrondissements wimmeln von *funérariums*, den französischen Bestattungsinstituten. Es sind durchweg kleine, dezente Etablissements, außen ohne besondere Kennzeichen, innen vollgestopft mit beklemmend behaglichem Mobiliar. Edgar Bowens Bestattung fand in einem solchen im XIV. Arrondissement statt, in einem Raum, den die Werbebroschüre – da wäre Rachel jede Wette eingegangen – bestimmt als *soigné*, als gepflegt, beschrieb, der in Wirklichkeit aber schlicht seelenlos war. In Anbetracht seiner Funktion, sagte sie sich, war das wohl ganz passend. Dunkle Bodenvasen mit unverfänglichen Blumenarrangements säumten die maulwurfgrauen Wände; maulwurfgraue Polsterstühle standen in Reih und Glied auf maulwurfgrauem Teppichboden. Der Gesamteindruck war der eines besonders nüchternen Konferenzzentrums – was aber ebenfalls nicht ganz unpassend war.

Sie reckte den Hals, um von ihrem Platz neben Magda in einer der hinteren Reihen besser sehen zu können. Edgars Sohn David saß ganz vorn, seine Mutter an seiner Seite. Rachel hatte die beiden seit zwanzig Jahren nicht mehr gesehen, und sie stellte zu ihrer Überraschung fest, dass der Anblick Mathildes sofort eine Erinnerung wachrief: An einem sonnigen Morgen zu Beginn ihrer Beziehung mit Edgar, als sie gerade in abgeschnittener Jeans und ärmellosem Männerunterhemd in der Küche ein Croissant verdrückt hatte, war sie von einer ihr noch unbekannten Mathilde, kühl elegant in Leinen-Etuikleid und hochhackigen Sandalen, überrascht worden. Sie erinnerte sich noch genau daran, wie Mathilde sie angesehen hatte, während sie, an den Küchentresen gelehnt, die Fliesen mit Blätterteigflocken berieselte. Im *séjour* hatte Mathilde dann zu Edgar, auf Englisch und gerade so laut, dass auch Rachel es hören konnte, gesagt: »Deine neue Putzfrau ist sehr jung, nicht?« Als sie Mathilde jetzt – marineblaues Kostüm und topasfarbener Schal, dazu demonstrativ hoch getragene Nase – betrachtete, erkannte Rachel, dass, mochte David sich erstaunlicherweise von einem pausbäckigen Vierjährigen zu einem mageren jungen Mann gemausert haben, seine Mutter sich keinen Strich verändert hatte.

Die Bestattungsfeier war eine zivilisierte Angelegenheit, mit maßvollen Trauerreden vonseiten des Direktors der Bank, bei der Edgar gearbeitet hatte, und seines ältesten Kollegen. Alle standen auf, als sich der blanke Sarg zwischen die Vorhänge zurückzog, die den Bestattungsofen verbargen. Als David anschließend den Mittelgang entlang nach draußen ging, waren seine Augen und seine Nase sehr rot, aber er hatte nicht geweint. Edgar Bowen war kein Mann für exzessive Gefühlsäußerungen gewesen, und sowohl seine Bestattung als auch sein Sohn schienen fest entschlossen, diesem Umstand Rechnung zu tragen.

Nach dem offiziellen Teil gab es einen Empfang. Edgar hatte viele Leute gekannt – ja, hatte Magda später Rachel gegenüber gemeint, wenn man nur von der Pariser *haute bourgeoisie* sprach, hatte Edgar sogar alle gekannt. Der Raum war gestopft voll von Männern in teuren dezenten Anzügen und Frauen in gleichermaßen teuren dezenten Kleidern, wobei sich die Französinnen und Franzosen nur dadurch von den übrigen Nationalitäten unterscheiden ließen, dass ihre Sachen besser geschnitten waren. Da sie sich die Peinlichkeit ausmalte, sich aufs Neue vorstellen und dann krampfhaft Konversation machen zu müssen, brachte Rachel es nicht über sich, David ihr Beileid auszusprechen. Und Mathilde wollte sie ganz bestimmt nicht gegenübertreten. Also schlenderte sie stattdessen, gesenkten Kopfes und mit einem Glas Wein getarnt, von Grüppchen zu Grüppchen und versuchte, nicht aufzufallen. Da sie und Magda keinen der anderen Trauergäste kannten (Alan hatte recht gehabt, was ihre mangelnde Überschneidung mit Edgars Welt betraf), blieb ihr nicht viel anderes übrig. Nicht, dass sie zu lauschen beabsichtigt hätte; sie spürte nur eindringlich, wie fern ihr Edgar und sein Leben nach ihrer gemeinsamen Zeit waren, und fand, dass diskretes Zuhören der einfachste Weg wäre, beidem näher zu kommen.

Momentan allerdings brachte diskretes Zuhören sie lediglich Leuten näher, die auf Französisch oder Englisch »In seiner *Suppe*?« ausriefen. Sie vollendete ihren Rundgang, ohne über Edgar mehr erfahren zu haben, als dass die Trauergäste seine Art zu sterben ebenso lächerlich fanden wie ihr Ehemann. Um kurz zu verschnaufen, postierte sie sich neben einer Traube von tadellos gekleideten Frauen. Ihr Haar wies die kuriose, strähnig aschblonde Tönung auf, die Französinnen mittleren Alters so lieben, und jede trug zu einem schwarzen oder marineblauen Etuikleid einen sorgfältig drapierten Schal in gedeckter Farbe.

»*Dans sa* soupe?«, fragte die Frau im grauen Schal.

»Ja.« Ihre Gesprächspartnerin, die einen blassrosa Schal trug, sah ernst drein. Es folgte eine Pause, die gebührenden Respekt signalisierte; dann meldete sich die Frau im mattfarben gemusterten Schal zu Wort.

»Was war es für eine Suppe?«

»Eine *Vichyssoise*.« Die Frau im marineblauen Kleid beugte sich leicht vor. »Am selben Nachmittag zubereitet.«

Die anderen schnalzten mit der Zunge und schüttelten die Köpfe. Eine gute Suppe, die durch einen üblen Tod verdorben worden war.

Eine fragte: »Ist es wahr, dass er mit dem Gesicht hineingefallen ist?« Sie strich sich über ihren neutralfarbenen Schal, wie um ihn vor imaginären Spritzern zu schützen.

»Mais oui!« Die zweite Frau nickte. In jeder Gruppe, wie Rachel schon bei früheren Gelegenheiten bemerkt hatte, gab es immer eine Person, die besser Bescheid wusste als die übrigen und die ihre auf geheimnisvollem Wege gewonnenen zusätzlichen Informationen mit gesenkter Stimme und bedeutungsvollen Blicken weiterzugeben vermochte. Hier war dies eindeutig Madame Marineblau, die nun mitteilte: »Es heißt, er bekam einen Herzschlag und verlor die Besinnung. Sein *maître d'hôtel* hatte an dem Abend frei, und so war niemand da, der ihn hätte wiederbeleben können. Trotzdem, wäre die Suppe nicht gewesen, heißt es, könnte er jetzt noch am Leben sein. Ich habe gehört, er wurde mit dem Gesicht im Suppenteller aufgefunden.« Sie schüttelte den Kopf. »Seine Hand war nur ein, zwei Zentimeter von einer Flasche Rosé entfernt – hätte sie beinahe umgestoßen.«

Rachel schnappte unwillkürlich nach Luft, hielt sich rasch die Hand vor den Mund und schaute angestrengt weg in der Hoffnung, dass die Frauen nichts bemerkt hatten. Sie suchte das Zimmer nach Magda ab. Als sie ihre Freundin endlich entdeckte, wie sie in einer Ecke stand und sich mit einem dunkelhaarigen Mann in einem marineblauen Anzug unterhielt, schlängelte sie sich durch das Gedränge und packte sie am Ellbogen. »Wir müssen los.«

»Was?« Magda wandte sich vom Mann ab.

»Wir müssen los«, zischte Rachel. »Wir müssen *sofort* los.« Sie lächelte dem Mann schuldbewusst zu.

»Excusez-moi.« Magda lächelte ihm ebenfalls zu, jedoch eher verlegen. »Meiner Freundin ist nicht ganz wohl, und wir müssen aufbrechen. *Pardon.*«

Der Mann hob leicht die Augenbrauen über seiner scharfen

Nase. Trotzdem deutete er eine höfliche Verbeugung an, als Rachel Magda in Richtung Ausgang zerrte.

»Gott, was soll das? Was soll das?« Magda versuchte, ihren Arm zu befreien. »Autsch! Was ist denn so eilig?«

»Ich habe etwas gehört.«

»Was meinst du damit, du hast etwas gehört?«

»Warte.« Rachel reichte der Garderobenfrau ihre Marken. Sie sprach erst wieder, als sie draußen waren und sich ein paar Meter vom *funérarium* entfernt hatten. Dann blieb sie stehen und wandte sich Magda zu. »Tut mir leid. Aber ich wollte nichts sagen, bevor wir nicht in sicherer Entfernung wären.«

»Entfernung wovon? Was ist denn los?«

»Es ist nur … also, ich war am anderen Ende des Zimmers und hörte einem Gespräch zu, und da sagte eine Frau, dass Edgar zur Vichyssoise, in der er dann ertrunken ist, Rosé getrunken hatte.«

»Rosé zur Vichyssoise?« Aus Magdas Ton ging klar hervor, dass sie keine Ahnung hatte, was los war. »Na ja, das wäre zwar nicht meine Wahl, aber ich begreife nicht, was daran so besorgniserregend sein sollte.«

»Nein!« Rachel sprach mit zusammengebissenen Zähnen. »Du verstehst nicht. Edgar trank *nie* Rosé.«

»Ach komm schon. Nie?«

Rachel schüttelte energisch den Kopf.

»Er hätte ihn nicht mal angerührt, wenn es nichts Besseres im Haus gegeben hätte?«

»Er hatte immer etwas Besseres im Haus.« Rachels Stimme nahm einen erklärenden Tonfall an. »Er verabscheute Rosé. Er sagte, Rosé sei ein mutwillig verdorbener guter Weißwein.«

Magda schnaubte. »Nicht übel. Das ist eine Anspielung auf Mark Twain. Der sagte mal, Golf sei ein mutwillig verdorbener schöner Spaziergang.«

»Ja danke, das weiß ich auch. Aber das tut nichts zur Sache. Die Sache ist vielmehr, dass hier etwas nicht stimmt.«

»Wo?« Magda kam nicht mehr mit.

»*Hier.* Mit Edgars Tod.«

»Okay.« Magda hielt eine Hand in die Höhe. »Jetzt mal ganz ruhig. *Was* stimmt hier nicht?«

Rachel dachte eine geschlagene Minute lang nach. »Ich weiß nicht.« Sie dachte noch ein bisschen nach. »Ich weiß es nicht.« Dann festigte sich ihre Stimme. »Aber etwas stimmt nicht. Etwas fühlt sich komisch an.«

Magda seufzte. »Etwas fühlt sich komisch an. Das ist so, als sagte man, etwas ist faul. Das ist nicht besonders konkret.«

»Aber ich habe nichts Konkretes! Und ja, etwas *ist* faul!«

Magda sah sie nachdenklich an. Normalerweise war Rachel die Ruhigere von beiden, aber gerade war sie der Inbegriff von Unruhe und Verwirrung. »Ich sag dir was.« Magda zupfte ihren Mantel zurecht. »Warum versuchen wir nicht, die Sache bei einem Kaffee zu bereden? Schauen wir einfach, was passiert, wenn wir uns hinsetzen und unsere Gedanken ordnen.«

In Paris hat man nirgendwo mehr als zehn Meter bis zum nächsten Café zurückzulegen – einem guten, einem schlechten oder ganz schlicht einem geöffneten. Sie betraten das nächstgelegene, dankbar für die sie empfangende Wärme, und setzten sich an einen Tisch an einem der großen Fenster zur Straße. Im Sommer, wusste Rachel, wurden diese geöffnet, sodass die Gäste auf einer offenen Terrasse sitzen und in der warmen Luft plaudern und rauchen konnten, aber im Januar bot die Glasfront das Beste von beiden Jahreszeiten: einen ungehinderten Ausblick auf die Außenwelt gepaart mit der Wärme eines beheizten Innenraums.

Ein Kellner war so gnädig zu erscheinen und nach ihren Wünschen zu fragen, und Rachel bestellte die übliche heiße Schokolade und für Magda einen Kaffee. Während er sich wieder entfernte, seufzte sie vor Behagen, ließ den Blick über das blankpolierte Holz gleiten und presste die Füße gegen den elastischen Teppichboden. Welche Nation außer den Franzosen begriff, wie notwendig Komfort war, wenn man der Muße pflegte? Ja, welche Nation außer den Franzosen begriff die Notwendigkeit der Muße an sich?

»Also gut.« Auch Magda stieß einen kleinen Seufzer aus, während sie es sich bequem machte. »Jetzt erzähl mir, was deiner Meinung nach mit Edgar los ist. Und zwar mehr als nur ›etwas Komisches‹.«

Rachel biss sich in den Daumen. Was sie erlebt hatte, war wie ein Blitz aus heiterem Himmel gewesen: Die plötzliche Erkenntnis, dass das, was angeblich geschehen war, nicht nur nicht geschehen *war*, sondern gar nicht geschehen sein *konnte*. Es war schwierig, die Logik hinter einer solchen unmittelbaren Gewissheit zu entschlüsseln, aber Magda hatte recht: Wenn ihr Gefühl nicht bloß eine interessante Intuition bleiben sollte, musste sie es schaffen zu erklären, wie sie so sicher sein konnte.

»Also«, fing sie vorsichtig an, »erst einmal wäre da der Rosé. Edgar hatte nicht nur eine leichte Abneigung dagegen; es war eine regelrechte Feindschaft. Er duldete ihn nicht auf seinem Tisch.«

»Okay, das macht seine Anwesenheit in der Tat seltsam«, sagte Magda. »Aber man muss nicht unbedingt weitere Schlüsse daraus ziehen.«

»Dann hätten wir noch die Tatsache …« Rachel guckte ganz grimmig vor Konzentration. »Ich weiß, dass die Art seines Todes irgendwie amüsant ist, aber das ist sie nur deswegen, weil sie so verrückt ist. Das will mir einfach nicht aus dem Kopf, seit ich die Todesanzeige gelesen habe. Wie oft kommt es schon vor, dass Leute einen Herzschlag bekommen und in einer Suppe ertrinken? Die Tatsache, dass es so bizarr ist, zeigt, dass es aus dem Rahmen fällt, dass es nicht die Norm ist. Aber was, wenn es deshalb nicht die Norm ist, weil es eben nicht *normal* ist? Was, wenn etwas Anomales geschehen ist, das seinen Tod verursachte? Verstehst du, was ich meine?«

Magda nickte und runzelte dabei gleichzeitig die Stirn. »Ja, *ich* verstehe es. Aber noch einmal: Es ist nicht gerade offensichtlich. Hast du sonst noch etwas? Etwas Konkreteres?«

Rachel tastete langsam nach einer möglichen Gedankenkette. »Als ich ihn kannte, war Edgar in ausgezeichneter Form.«

Magda grinste.

»Nein, ich meine nicht *das*. Ich meine, er aß gut, aber er aß bewusst. Und er ging ins Fitnessstudio – und das zu einer Zeit, als es hier noch gar keine Fitnessstudios gab.«

Einen Augenblick lang gedachten die zwei Frauen jenes Paris von vor zwanzig Jahren, noch ganz ohne Fitnessstudios und unberührt von fettfreiem Essen.

»Sicher«, fuhr Rachel fort, »mit zunehmendem Alter war er etwas kräftiger geworden. Wer nicht?« Sie senkte den Blick auf ihre soeben eingetroffene heiße Schokolade. »Aber ich habe ihn seither immer wieder mal auf Partys gesehen, und er hat nie schwer oder schlapp ausgesehen. Und in der Todesanzeige stand auch nichts davon, dass er schon früher gesundheitliche Probleme gehabt hätte. Und ich weiß, ja, ich *weiß*, dass es ganz ohne Vorwarnung auftretende Herzinfarkte gibt«, sie holte tief Luft, »aber wie gesagt, sie sind selten. Und der Infarkt aus heiterem Himmel, die Suppe, der Rosé – die Details passen einfach nicht zusammen.«

Lange sagte Magda nichts. Rachel sah aus dem Fenster, betrachtete die Straße. Menschen eilten vorüber, das Kinn gegen die Kälte in Kragen oder Schal vergraben, aber eine Frau stöckelte in Minirock und drei Zoll hohen Christian Louboutins vorbei – Rachel sah die roten Sohlen kurz aufleuchten und schnaubte: Die Frau trug keine Strumpfhose. Wie hielt sie das nur aus? Die Pariser Winterwinde waren schneidend kalt, und selbst wenn die Luft stillstand, konnte es eisig sein. Dennoch waren überall in der Stadt solche Frauen zu sehen, die ihre vollkommenen Knie dem Frost aussetzten. Rachel spürte zufrieden, wie ihre dicke schwarze Strumpfhose ihre Schienbeine isolierend umhüllte, und beglückwünschte sich wieder einmal zu ihrer guten alten amerikanischen Vernünftigkeit.

Endlich atmete Magda tief ein. »Okay«, sagte sie. »Okay.« Sie atmete vollständig aus. »F. Scott Fitzgerald zum Beispiel starb an einem Herzschlag.«

»F. Scott Fitzgerald war ein Säufer.« Rachel wandte den Blick von draußen ab. »Edgar war kein Säufer. Darauf will ich ja grade hinaus: Ein Säufer wäre die Sorte Mensch, bei der man mit einem Herzschlag rechnen würde.«

»Nein, das meine ich nicht damit.«

»Und was meinst du dann damit?«, konterte Rachel. Sie war nicht in der Stimmung für literarische Diskussionen.

Magda füllte ihre Stimme mit Geduld. »Ich meine damit, dass alle glauben, Fitzgerald sei an seiner Sauferei gestorben, während er in Wirklichkeit an einem Herzschlag starb. In Anbetracht seiner Lebensgewohnheiten war Alkoholismus die logische Schlussfolgerung, aber es gab Untersuchungen und es wurde festgestellt, dass es ein Herzschlag gewesen war. Ein Myokardinfarkt.« Sie ließ sich das Wort auf der Zunge zergehen. »Ich meine damit, dass die Ärzte nicht bei der offensichtlichen Schlussfolgerung stehenblieben.«

Rachel begriff weiterhin nicht, worauf Magda hinauswollte. »Und?«

»Und es ist erst zwei Tage her, dass Edgar gestorben ist. Für eine gründliche Untersuchung dürfte die Zeit nicht gereicht haben, was vermuten lässt, dass sich die Polizei tatsächlich mit der offensichtlichen Schlussfolgerung zufriedengegeben hat. *Du* gibst dich damit aber nicht zufrieden. Und deine Argumente mögen belanglos erscheinen, aber sie sind stichhaltig. Ich meine damit, dass die Sache, wenn man sie mit deinen Augen betrachtet, etwas mehr zu sein scheint als ein bloßer gewaltiger slapstickhafter Zufall. Ich meine damit …« Sie trommelte mit den Fingern auf dem Tisch. »Ich meine, etwas fühlt sich komisch an.«

Rachel entspannte sich. Wie sie aus langer und manchmal leidvoller Erfahrung wusste, war Magda nicht der Typ, der einem aus Höflichkeit nach dem Mund redete: Wenn sie sagte, dass Rachels Gedankengang plausibel erschien, dann war das auch so. »Und was machen wir jetzt?« Sie beugte sich über den Tisch, senkte die Stimme. »Sollten wir zur Polizei gehen?«

Magda schüttelte den Kopf. »Nein.«

»Nein? Warum nicht? Genau für solche Fälle ist sie doch da.«

Magda seufzte. »Schon, aber stell dir das doch mal vor. Du gehst rein und sagst: ›Entschuldigen Sie, Mister Polizist …‹«

»*Monsieur* Polizist.«

»›Entschuldigen Sie, Monsieur Polizist. Mein früherer Freund soll nach einem überraschenden Herzinfarkt neben einer Flasche Rosé in seiner Suppe ertrunken sein, aber als ich vor zwanzig Jahren mit ihm zusammen war, da konnte er Rosé auf den Tod nicht ausstehen und erfreute sich bester Gesundheit. Seit damals habe ich zwar so gut wie keinen Kontakt mehr zu ihm gehabt, und ich weiß natürlich, dass sich Geschmäcker mit der Zeit ändern können, und nein, ich habe keinerlei konkrete Anhaltspunkte, und der Leichnam ist bereits eingeäschert worden, sodass man ihn nicht mehr obduzieren kann, aber – was soll ich sagen: Etwas ist faul.‹«

Rachel schürzte die Lippen. »Gut, verstanden.«

Sie dachten beide nach. Schließlich sagte Magda: »Aber weißt du, was wir machen könnten?« Sie hielt kurz die Luft an und biss sich auf die Oberlippe. »Wir könnten selbst ermitteln. Oh mein Gott!« Ihre blassbraune Haut rötete sich, und ihre Locken vibrierten praktisch vor Begeisterung. »Das würde *so* einen Spaß machen! Das wäre wie Holmes und Watson oder Commissario Brunetti und Sergente Vianello, oder … oder diese beiden –«

»Nick und Nora Charles«, sagte Rachel.

»Nick und Nora, ja!«

»Nein.« Rachels Stimme klang nüchtern. Magda geriet immer besorgniserregend in Fahrt, wenn ihr Interesse erst einmal geweckt war, und nach zweiundzwanzigjähriger Freundschaft wusste Rachel, dass es in solchen Fällen am besten war, ihr den Zündschlüssel so schnell wie möglich wieder rauszuziehen.

»Nein?« Magda sah geknickt drein. »Warum nicht?«

»Weil Brunetti und Vianello echte Polizeibeamte sind, und Sherlock Holmes war Privatdetektiv, und Nick und Nora Charles hatten immerhin Verbindungen zur Polizei. Wir hingegen haben weder die Ausbildung noch die Rückendeckung.«

»Aber es würde Spaß machen!«

»Ja, bis eine von uns erschossen wird.« Rachel musterte die enttäuschte Miene der Freundin. »Im Ernst, ich habe mit der Sache überhaupt nichts zu tun. Wie du selbst gesagt hast, bin ich nur eine frühere Freundin des Toten. Ohne eine konkrete Beziehung zum Toten haben wir keine Möglichkeit reinzukommen und keine Möglichkeit zu ermitteln. Und wir wissen nicht einmal genau, *was* wir überhaupt ermitteln würden! Also nein.« Sie versuchte, sie zu trösten: »Außerdem hast du ja selbst gesagt, es gibt überhaupt nichts zu ermitteln. Vielleicht war er einfach ein Mann, der mit den Jahren eine Schwäche für Rosé entwickelt und einen Herzschlag bekommen hat. Zufall.«

»Ja, okay.« Magda seufzte. »Du hast recht. Mir gefiel nur die Vorstellung, dass wir gemeinsam ermitteln könnten. Durch die Stadt ziehen und nach Spuren suchen.«

»Also, ich sag dir was.« Rachel tätschelte Magdas Arm, als sei sie ein Kind, das sie zum Lächeln bringen wollte. »Den allerersten verdächtigen Todesfall, in den eine von uns beiden konkret nachprüfbar verwickelt ist – den schnappen wir uns. Versprochen.«

»Na, wenn's versprochen ist …« Magdas Lippen zuckten, und Rachel fragte sich, wer hier eigentlich wen begönnerte. Sie schlüpften in ihre Mäntel und traten hinaus in die frostige Luft.

»Weißt du, *ich* hatte immer gedacht, F. Scott Fitzgerald sei an den Folgen seines Lebens als Alkoholiker gestorben«, sagte Rachel, als die Tür sich hinter ihnen schloss.

»Nein.« Magda schüttelte den Kopf. »Auch wenn das in dem Moment alle dachten. Am Abend vor seinem Tod hatte er, während er im Kino saß, eine Art ersten, leichten Anfall und sagte zu seiner Freundin: ›Die Leute glauben, ich sei betrunken, stimmt's?‹«

»Seiner Freundin?«

Magda nickte. »Sheilah Graham. Sie schrieb darüber ein Buch.«

»Woher weißt du das eigentlich alles?«

Sie zuckte die Achseln. »Ich hab einen Podcast gehört.«

Sie stiegen hinunter zur Metro.

3. KAPITEL

In Rachels Metrowaggon war es warm von den vielen zusammengepferchten Körpern. Auf der anderen Seite des Mittelgangs hockte, ganz vorne an der Sitzkante, eine junge blonde Frau, die an ihrem offenen Gesicht und ihrer strahlenden Sauberkeit auf Anhieb als Amerikanerin zu erkennen war. Die aufgerissenen Augen des Mädchens, die einschläfernde Luft und die gerade durchlebte Bestattungsfeier versetzten Rachel mit vereinten Kräften in die Zeit ihrer ersten Begegnung mit Paris zurück. Eine Zeit, in der sie mit ebenso großen Augen in der Metro gesessen hatte, ebenso ungläubig, dass sie – nicht etwa Audrey Hepburn, keine Romanheldin von Henry James, sondern die gewöhnliche, braunhaarige, reale Rachel Levis – wirklich und wahrhaftig in Paris war.

Es gab zwei unfehlbare Wege, eine in Paris ansässige Amerikanerin zu werden, dachte sie bei sich. Der erste bestand darin, als junge Erwachsene anzureisen, sich in die Stadt zu verlieben und dann einfach zu bleiben. Es gab hier englischsprachige Schulen, die händeringend nach Lehrkräften suchten, Familien, die Au-pair-Mädchen einstellten, und verschiedene andere Möglichkeiten, sich viele Jahre lang einen (wenn auch bescheidenen) Lebensunterhalt zu verdienen. So war sie hierhergekommen. Frisch graduiert, hatte sie einen zweimonatigen Ultra-intensiv-Französisch-Kurs besucht. Sie wollte Schriftstellerin werden – Paris ist voll von Amerikanerinnen in den Zwanzigern, die Schriftstellerinnen werden wollen – und, trunken von Hemingway und Colette, strebte sie nach pariserischen Erfahrungen, über die sie schreiben könnte. Sie tat all die Dinge, die Ahnungslose in der Lichterstadt so tun: Sie schmökerte gemütlich bei Shakespeare & Co. und fand, dass eine Szene mit einem jungen Mädchen, das gemütlich bei Shakespeare & Co. schmökerte, sich wunderbar als Romananfang machen würde; sie fuhr in einem *bateau-mouche* auf der Seine und fand, dass es schrecklich romantisch war, in einem *bateau-mouche* auf der Seine zu fahren; und sie hatte eine Affäre mit einem angenehmen Pariser Jüngling, der zwar nicht mal entfernt wie Jean-Paul Belmondo in *Außer Atem* aussah, aber französisch genug war, um sich mit ihm mondän zu fühlen.

Jetzt, um zwanzig Jahre klüger, wusste sie, dass solches Festhalten am Klischee in aller Regel zu Enttäuschung führt. In ihrem Fall jedoch war es anders gekommen. Irgendwie war ihr, während sie die Kulissen und Schauplätze so vieler Fiktionen bewunderte, das reale Paris unmerklich ins Blut übergegangen. Während sie von Buchhandlung zu Kathedrale zu Museum fuhr, verfiel sie dem Zauber der blinkenden Lämpchen, die in den Waggons der Metro die Stationen abzählten. Während sie sich beim Versuch, romantische Regen-Spaziergänge durch die *rues* zu absolvieren, heillos verfranzte, hatte sie begonnen, die monochrome Palette eines pitschnassen Paris zu genießen. Der graue Himmel über grauen Trottoirs, die graue Straßen säumten, das alles erschien ihr irgendwann nicht mehr wie ein tristes Einerlei, sondern wie eine lehrreiche Lektion über die möglichen Nuancen einer einzigen Farbe. All jene, die sich für Paris entscheiden, lieben die Stadt als solche mehr als jeden ihrer einzelnen Aspekte, und das traf irgendwann auch auf sie zu. Ehe der Sommer zu Ende ging, schwärmte sie für Paris als das, was es war, und stellte fest, dass sie den Gedanken, es wieder zu verlassen, unerträglich fand.

Sie erinnerte sich an das winzige Zimmer, das sie sich gemietet hatte, im obersten Stock eines fahrstuhllosen Gebäudes im VI. Arrondissement: eisig im Winter und bullenheiß im Sommer, aber mit Aussicht auf die Spitze des Eiffelturms. Ein Sortiment von schlecht bezahlten Jobs hielt sie gerade so über Wasser, und spätabends saß sie an dem Tischchen, das gerade noch in ihr Stübchen hineinpasste, und schrieb die Gedichte, die sie gerade als die Hauptsache in ihrem Leben zu empfinden begann. Sie war glücklich. Also blieb sie.

Ihr Sitznachbar setzte sich um, und seine Bewegung riss sie aus ihrer Träumerei. Der Zug wurde langsamer. Die junge Frau hatte offenbar ihre Haltestelle erkannt, denn sie lächelte und stand auf. Beim Anblick der Bauchtasche, die sie umgeschnallt hatte, dachte Rachel an die zweite Möglichkeit, ein amerikanischer *expatriate* in Paris zu werden: von dem finanzstarken Arbeitgeber – Bank, Anwaltsfirma, Behörde – dorthin geschickt zu werden und seinen Job so gut zu machen, dass man nie wieder abberufen wurde. Auf die Weise war Edgar hier gelandet. Er war als Repräsentant einer expandierenden Bank nach Paris gekommen und während diese immer weiter expandierte, stieg er immer weiter die Karriereleiter hinauf, bis er schließlich der Chef der französischen Abteilung für internationale Finanzen war. Er kaufte sich ein großzügiges *appartement* im I. Arrondissement, heiratete eine Französin, bekam einen Sohn, und ließ sich ein paar Jahre später auf gesittete Weise scheiden. Er hatte das nötige Geld, um seine alten Interessen mit neuen Anschaffungen zu unterfüttern, und die soziale Kompetenz, um neue Bekanntschaften zu pflegen, bis daraus alte Freunde wurden. Er war zufrieden. Also blieb er.

Als diesen kultivierten, gesetzten Financier lernte Rachel ihn kennen. Sie war Kellnerin und er Gast auf einer Cocktailparty, eine jener wenigen Situationen, in denen der knurrende Magen und der gemästete Bauch der Diaspora einander begegnen. Der Junge-der-nicht-Belmondo-war war mittlerweile längst passé, aber bei Edgar Bowen hätte er sowieso nicht mithalten können. Fünfzehn Jahre älter als sie bewegte sich Edgar in Welten, die Rachel bislang nur über den Rand eines Serviertellers hinweg erahnt hatte. Ohne sie je gönnerhaft zu behandeln, bot er ihr Gelegenheiten, sich zu verfeinern und zu formen. Er ging mit ihr in Galerien statt Museen, in überraschende Restaurants, die er, wie ein richtiger Pariser, zufällig entdeckt hatte. Gemeinsam verbrachten sie Stunden in Antiquariaten, versenkten sich in ihre jeweiligen Funde und besprachen sie anschließend bei einem trockenen Weißwein im nächsten Bistro. Sie tappte barfuß durch seine Wohnung und schwelgte in ihren Vorzügen gegenüber ihrem winzigen Zimmerchen. Jetzt, im dampfigen Metrowaggon, konnte sie noch immer das ernste, respektvolle Gesicht sehen, mit dem er ihr zugehört hatte, als sie ihm zum ersten Mal ein paar ihrer Gedichte vorlas, und sich daran erinnern, wie er die Veröffentlichung ihres ersten Lyrikbändchens gefeiert hatte. Ohne ihn hätte sie nie den Mut aufgebracht, das Dichten zu ihrem Beruf zu machen. Mit ihm gelang es ihr, Paris so gut kennenzulernen, um es wie selbstverständlich mit der alltagstauglichen Liebe der Einheimischen zu lieben. Und wenn sie auch, als ihre Beziehung zwei Jahre später endete, weit davon entfernt gewesen war, *une parisienne* zu sein, wurde sie doch allmählich erwachsen.

Während sie das Mädchen beobachtete, wie es vor dem Fenster den Bahnsteig entlangging, wusste Rachel, dass sie nie wieder so offen, nie wieder so unwissend sein würde. Diese inzwischen längst verlorene Ahnungslosigkeit war das, was sie und Edgar am Ende auseinandergebracht hatte: Sie hatte gerade am Anfang gestanden, als er bereits im Begriff gewesen war, sich zur Ruhe zu setzen. Und das trennte sie mehr, als jede Folge von Kränkungen oder wütenden Auseinandersetzungen es jemals vermocht hätte. Nach zwei Jahren hatte er die Sache mit Anstand und so viel Zartgefühl, wie unter den Umständen möglich, beendet. Danach, sobald sie kein Liebespaar mehr waren, hatten ihrer beider Leben keinen Anlass mehr gehabt, einander zu berühren. Ihr Schmerz über die Trennung zog sich von einer offenen Wunde nach und nach zu einem Nadelstich zusammen; ihre Zeit mit ihm schien irgendwann in die Ferne gerückt. Wieder ein paar Jahre später lernte sie Alan kennen, und da Alan ebenfalls ein *Expat* war und für eine große internationale Bank arbeitete, begegneten sie Edgar gelegentlich auf Partys und zu Anlässen wie dem *Bal Rouge*, der alljährlich im Februar stattfindenden Wohltätigkeitsgala der Pariser Finanzgemeinde. Sie lächelten sich zu, tauschten Wangenküsschen und machten Konversation, aber die einzige Möglichkeit, die unbestimmte Befangenheit ehemals Verliebter zu vermeiden, war vorzugeben, sie seien bloße Bekannte.

Und jetzt war er tot. Jetzt, dachte Rachel, als sie an ihrer Haltestelle ausstieg, würden sie nie die nötige Entspanntheit miteinander erreichen können, um wieder ein richtiges Gespräch zu führen. Jetzt hatte sie eine ihrer wenigen noch bestehenden Verbindungen zu der Zeit verloren, als sie noch weniger selbstsicher, aber dafür bei weitem sicherer gewesen war, wer sie eigentlich war. Mit diesem Verlust wurden die vergangenen Rachels ein bisschen weniger wirklich, die jetzige Rachel ein bisschen mehr zu ihrem einzigen Ich, und die vollständige Rachel wurde insgesamt ein wenig unbekannter. Und da ging ihr plötzlich auf, welche Tragweite Edgar Bowens Verschwinden für sie wirklich besaß. Sie hielt einen Augenblick auf dem Bahnsteig inne und gedachte des Toten.

4. KAPITEL

Wenn man glaubt, etwas sei wahr, überlegte Rachel am folgenden Morgen, besteht das Problem darin, dass man nicht weiß, ob es wahr ist. Man weiß, dass man es glaubt, aber das Wissen darum, dass man es glaubt, es aber nicht *weiß*, untergräbt sogar noch den eigenen Glauben.

Dieser komplexe Sachverhalt irritierte sie während des gesamten Frühstücks. Sie wusste, dass Edgars Tod kein Unfall war, aber wenn sie keine Beweise dafür hatte, dann war ihr Wissen – betrachtete sie die Situation rational – nichts anderes als ein unbegründeter Glaube. Was sie in die frustrierende Lage brachte, sich einer Sache sicher zu sein, sie aber gleichzeitig anzuzweifeln. Am Ende entschied sie, dass der einzige Weg, ihren Seelenfrieden wiederherzustellen, darin bestand, die Glaubwürdigkeit ihrer Zweifel zu überprüfen. Zugegeben, sie war diejenige, die darauf bestanden hatte, den hypothetischen Mord nicht zu untersuchen. Aber daraus folgte noch nicht, dass es verboten war, ihre eigenen Überzeugungen auf den Prüfstand zu stellen. Und immerhin: Sollte sich herausstellen, dass diese Überzeugungen falsch waren, wäre damit endgültig bewiesen, dass der Wunsch, Ermittlungen anzustellen, ebenfalls falsch war. So lautete ihre Rationalisierung, und an die hielt sie sich.

Da Edgar angeblich an einem Herzschlag gestorben war, musste sie logischerweise mit seinem Hausarzt beginnen.

»Wie findet man den Namen von jemandes Hausarzt heraus?«, fragte sie Alan, um einen beiläufigen Ton bemüht.

Er sah von seinem Tablet nicht auf. »Man fragt einfach den Betreffenden.«

»Aber was, wenn der Betreffende tot ist?«

»Warum willst du denn den Arzt eines Toten kontaktieren?«

»Das ist rein hypothetisch. Wie würde man, rein hypothetisch, vorgehen, wenn die fragliche Person tot wäre?«

Jetzt hob er die Augen und musterte sie, bevor er antwortete. »In diesem rein hypothetischen Fall würde man vermutlich einen ihrer Freunde oder Verwandten fragen.«

Oh. »Gäbe es sonst noch eine Möglichkeit?«

Er dachte noch einmal nach. »Ich wüsste keine – außer jeden Arzt anzurufen, bei dem er oder sie in Behandlung gewesen sein *könnte*, und zu fragen. Und selbst das würde nicht funktionieren, weil es Ärzten verboten ist, die Namen ihrer Patienten herauszugeben.« Er fixierte sie. »Warum?«

»Nur so.« Wieder betont beiläufig.

Seine Augen sahen sie weiter forschend an. »Sicher?«

»Ja. Einfach nur so ein Gedanke.«

An ihrem Daumennagel kauend ging sie hinter ihrer Zeitung in Deckung. Sie musste darauf achten, künftig kein Wort zu ihrer Ermittlung mehr fallenzulassen; auf Alans Fragen konnte sie dankend verzichten. Aber keine Möglichkeit, den Hausarzt zu finden, bedeutete keine Möglichkeit, etwas zum Thema Herz herauszufinden. Wie war es mit einem Fitnessstudio? Sie konnte ja herausfinden, wo er trainiert hatte, und sich dort nach ihm erkundigen. Bloß, dass Fitnessstudios wahrscheinlich die Namen ihrer Kunden ebenso wenig herausrückten wie Ärzte – Gott, Gesundheitsfreaks waren ja dermaßen von sich eingenommen! Also, kein Arzt, kein Fitnessstudio.

Wie wäre es dann mit dem Wein? Schließlich war er ja das, was ihren Argwohn überhaupt erst geweckt hatte. Und sie hätte wetten können, dass *cavistes* keinerlei nervigen Sittenkodex besaßen. Natürlich war der Versuch, in Frankreich einen ganz bestimmten Weinhändler zu finden, dem vergleichbar, eine Nadel in einem Nadelhaufen zu finden. *Aber*, flüsterte ihre innere Detektivin, *ist das Internet nicht genau für solche Fälle da?*

Sie wartete, bis Alan gegangen war, dann weckte sie ihren Computer auf und tippte »Weinhandlung I. Arrondissement« in ihren Browser. Sie konnte zwar nicht wissen, ob Edgar noch immer im selben Arrondissement gewohnt oder noch immer im selben Weingeschäft eingekauft hatte – ja nicht einmal, ob sie den Namen des Geschäfts wiedererkannt hätte, wenn sie ihn jetzt vor sich sähe –, aber da sie keinen anderen Ansatzpunkt hatte, konnte sie ebenso gut dort anfangen.

Wie nicht anders zu erwarten, hatte das Internet unzählige Weinhandlungen im I. Arrondissement zu bieten. Sie scrollte nach unten und versuchte festzustellen, ob ihr ein Name vertraut vorkam. Nicht Nicolas, nicht La Garde Robe, nicht Cellier Sainte Ivresse – es war irgendwas wie *cellier*, aber nicht Cellier; irgendein Wort, das ebenfalls mit »c« anfing und ebenfalls mit Wein zu tun hatte. Plötzlich strömten sämtliche ihr bekannten französischen Wörter, die mit »c« anfingen auf sie ein: *citron, citoyen, cahier, cave* ... Cave! Das war's. Cave irgendwas. Sie tippte versuchsweise »Weinhandlung I. Arrondissement Cave« in die Suchmaske.

Und da war es: Cave Bernard Magrez. Sie erkannte den Namen so schnell, als hätten sie und Edgar erst vergangene Woche dort vorbeigeschaut. Die Adresse stimmte zwar nicht ganz – tatsächlich war das Geschäft im II. Arrondissement –, *aber ziemlich gut getroffen*, beglückwünschte sie sich selbst.

Sie nahm ihr *portable* und tippte die Nummer ein. Erst als sich eine Stimme meldete: »Cave Bernard Magrez«, ging ihr auf, dass sie so darauf fixiert gewesen war, den Laden ausfindig zu machen, und so aufgeregt, ihn gefunden zu haben, dass sie gar nicht daran gedacht hatte, einen Plan zu entwerfen. Sie hatte keine Ahnung, wie sie vorgehen sollte, und jetzt war es zu spät, um sich noch etwas auszudenken.

»Bonjour.« Sie spielte auf Zeit und hoffte auf ihr Improvisationstalent. »Spreche ich mit der Cave Bernard Magrez?«

»Oui, madame.«

»*Der* Cave Bernard Magrez, bei der Edgar Bowen einkauft?« Als könnte es mehr als einen Laden namens Cave Bernard Magrez geben.

Sie hörte das Klacken einer Computertastatur, dann wiederholte die Stimme: »*Oui, madame*. Wie kann ich Ihnen behilflich sein?«

»Ich rufe an, um …« Warum rief sie an? Sie zögerte wieder, dann fuhr sie fort: »Ich rufe an, um Sie darüber zu informieren, dass Monsieur Bowen leider verstorben ist.«

Am Ende der Leitung schnappte es nach Luft. »Oh, nein! Wie bedauerlich.« Der *caviste* klang aufrichtig betroffen. »Monsieur Bowen war ein feiner Mann – ein geschätzter Kunde. Wir werden ihn vermissen. Unser aufrichtiges Beileid.«

»Danke.« Eine nüchterne Pause. Die Zahnräder in ihrem Kopf schnurrten. »Es kam ganz plötzlich. Er starb an einem Herzinfarkt.«

»Schrecklich. Schrecklich.«

»Ja.« Sie holte tief Luft; jetzt hatte sie einen ungefähren Plan. »Ich bin Monsieur Bowens Sekretärin.« Hatte Edgar überhaupt eine? Was, wenn er gar keine Sekretärin hatte? Doch es kamen keine Widerworte, also stotterte sie weiter. »Bedauerlicherweise hat die Plötzlichkeit seines Ablebens uns völlig überrumpelt. Es kam so unerwartet, und jetzt müssen wir natürlich seine Schulden begleichen. Aber seine Buchhaltungsunterlagen sind unklar.« Sie leckte sich die Lippen, kam zum Eigentlichen. »Könnten Sie mir wohl seine letzte Bestellung ins Gedächtnis rufen, sodass wir sie bezahlen und die Abwicklung des Nachlasses in die Wege leiten können?«

Das Ganze klang in Rachels Ohren hochgradig unglaubwürdig, und sie wusste selbst nicht, was sie mit »die Abwicklung des Nachlasses in die Wege leiten« meinte. Der *caviste* aber sagte lediglich: »Selbstverständlich, selbstverständlich.« Wieder hörte Rachel Computertasten klacken. »Vor zwei Wochen gab Monsieur Bowen seine übliche monatliche Bestellung auf.«

Verdammt: Übliche monatliche Bestellungen bedurften keiner weiteren Erklärungen. »Seine übliche monatliche Bestellung.« Sie bemühte sich um einen neutralen Stimmton. Konnte sie so tun, als habe sie vergessen, was die übliche Bestellung beinhaltete? Konnte sie behaupten, sie müsste es ganz genau wissen, und so den *caviste* dazu bewegen, sie ihr vorzulesen?

Aber wieder einmal war das Glück auf ihrer Seite: Dem *caviste* erging es wie vielen, die schon auf die leiseste Verwirrung mit Hilfsbereitschaft reagieren. »Ja, die übliche Bestellung. Eine Kiste gemischte Weiße und Rote; dann drei Weiße, Coche-Dury, und drei Merlot, Château Trotanoy, zum Einkellern; dann zwei Mas de Cadenet Rosé und ein Fonseca Port, ebenfalls zum Einkellern.«

»Rosé?«, quiekte Rachel.

»*Oui*, Madame, zwei Flaschen, wie immer. Und unsere Gesamtrechnung für dieses Quartal belief sich auf –«

Aber von ihrer eigenen Ungläubigkeit verstört, legte Rachel auf. Sie lehnte sich zurück und versuchte, das Gehörte zu verarbeiten. Zwei Flaschen Rosé! Offenbar hatte Magda recht. Edgar hatte sich verändert. Aber sie erinnerte sich an die Entschiedenheit seiner Abneigung, an seine Behauptung, Rosé schmecke wie gezuckerter Essig. Und es gab davon nur zwei Flaschen, gegenüber den je neun von Rotem und Weißem. Auch das war seltsam. Vielleicht hatte er den Rosé nur als Geschenk oder für einen Gast gekauft. Aber der Mann hatte gesagt, sie wären Teil seiner *üblichen* Bestellung. Konnte er einen regelmäßigen Gast gehabt haben? Einen regelmäßigen Gast, der untätig dabeisaß, als er mit dem Gesicht in seine Suppe fiel? Einen regelmäßigen Gast, der plötzlich beschlossen hatte, ihm dabei zu *helfen*, mit dem Gesicht in seine Suppe zu fallen?

Sie setzte sich um und versuchte, das, was sie erfahren hatte, mit dem, was sie über Edgar wusste, in Einklang zu bringen. Sie war mittendrin, als sie sich von ihrem College-Philosophiekurs her widerwillig an Ockhams Rasiermesser erinnerte: Die einfachste Erklärung ist aller Wahrscheinlichkeit nach die richtige. Die einfachste Erklärung lautete in diesem Fall, dass Edgar ein Mann gewesen war, der seine Weinvorräte monatlich nach seinem Geschmack wieder auffüllte. Wenn sie das nicht akzeptieren konnte, lautete die einfachste Erklärung, die zu ihrer Vorstellung von Edgar passte, dass er ein Mann gewesen war, der seine Weinvorräte monatlich nach seinem eigenen Geschmack *und* dem einer weiteren Person, die er regelmäßig zu Besuch hatte und die gern Rosé trank, wieder auffüllte. Keine von beiden Theorien deutete auf einen Mord hin. Und wenn die Bestellung nur für Edgar gewesen war, na ja, dann war das eine ganz schöne Menge Wein für eine einzige Person. So gesehen sprach die Beweislage für einen unfallbedingten, bedauerlich komischen Tod: Unmäßigkeit hatte einen Herzschlag verursacht – einen Myokardinfarkt – und der wiederum einen Tod durch Ertrinken. Vielleicht war es die Komik der Sache gewesen beziehungsweise ihr Wunsch, Edgar die damit einhergehende Peinlichkeit zu ersparen, die sie an einen Mord glauben ließ.

Aber die seltsamen Umstände, die Merkwürdigkeit, dass ein gesunder Mann plötzlich einen Herzschlag erlitt, selbst die schlichte Anwesenheit des Rosés – die hielten Ockhams Rasiermesser auch nicht stand. Wenn er den Rosé für einen Gast besorgt hatte, warum hatte dieser Gast dann keinerlei Indiz für seine oder ihre Anwesenheit hinterlassen, und warum war er beziehungsweise sie einfach verschwunden? Warum hatte er oder sie sich nicht wenigstens anschließend gemeldet? Und was die Möglichkeit betraf, der Wein könnte für Edgar selbst gewesen sein – also, der Geschmack änderte sich zweifellos mit dem Heranwachsen, aber doch wohl kaum in dem Alter zwischen vierzig und sechzig.

Es gelang Rachel nicht, die Fakten und ihre Gefühle miteinander in Einklang zu bringen, und es überraschte sie nicht, nun festzustellen, dass sich Kopfschmerzen anbahnten. Sie nahm zwei Aspirin und tat dann das, was sie immer tat, wenn sie ihre Gedanken neu ordnen musste: Sie ging spazieren.

Sie und Alan wohnten im dritten Stock eines gedrungenen Gebäudes im VI. Arrondissement. Die Lage hatte sich Rachel gewünscht: Nachdem sie während ihrer ersten Pariser Jahre im Sechsten gewohnt hatte, wollte sie nirgendwo anders wohnen. Sie liebte die Energie, die mit den Studierenden der Sorbonne in ihr Viertel herüberschwappte; sie liebte die ruhigen Gassen, die sich unbemerkt von der Seine heraufschlängelten, bis sie sich plötzlich in das Gewimmel des Boulevard Saint-Germain und des Boulevard Saint-Michel ergossen. Am allermeisten liebte sie den Jardin du Luxembourg, den Park, der die südöstliche Ecke des Arrondissements einnahm. Für ungezähmte Natur hatte Rachel wenig übrig, Parks aber mochte sie, und ihrer Meinung nach war der Jardin du Luxembourg – weniger von sich eingenommen als der bekanntere Jardin des Tuileries, weniger riesig als der Jardin des Plantes, und im Besitz eines Zuckerwatte-Stands – einer der allerschönsten.

Jetzt wanderte sie ziellos die breiten Wege des Jardins entlang und versuchte, ihre Gedanken zu ordnen. Am Nachmittag dieses kalten Wintertages war der Park so gut wie menschenleer. Ein paar ältere Männer in Mänteln und Handschuhen spielten *boules*, wie sie es wohl zu jeder Jahreszeit taten; ein gelegentliches Gespann von jungen Müttern marschierte,

Wölkchen gefrorenen Atems plaudernd, forschen Schritts vorbei und schob Buggys vor sich her, in denen durch Schichten von Kleidung zur Kugelform gebrachte Babys lagen; auf einer der Parkbänke zwischen den Baumskeletten saß ein Pärchen und küsste sich mit einer konzentrierten Hingabe, die der Witterung hohnlachte – aber zwanzig Jahre in Paris hatten Rachel gelehrt, dass bei jeder Temperatur, bei jedem Wetter und an jedem beliebigen Ort immer mindestens ein Pärchen anzutreffen war, das sich in aller Öffentlichkeit aufwändig abküsste. Vielleicht wurden sie vom Pariser Fremdenverkehrsamt eigens dazu abgestellt.

Sie schlenderte die Parkwege entlang, das Kinn im Schal vergraben, lauschte dem Knirschen des Kieses unter ihren Schuhen und spürte, wie die Verwirrung, die das Telefongespräch in ihr hinterlassen hatte, allmählich verebbte. Die Leute starben aus den verrücktesten Gründen, das war ihr nicht neu. Im alten Griechenland war mal jemand daran gestorben, dass ihm eine Schildkröte auf den Kopf gefallen war; Mama Cass war an einem Schinkensandwich erstickt. Es war ein Irrtum zu glauben, die Kuriositäten des Lebens hätten eine tiefere Bedeutung. Das ganze Leben bestand doch größtenteils aus Kuriositäten und, ja, Zufällen. Wenn man sie schließlich nicht vor all den Jahren im letzten Moment als Ersatzbedienung für eine Neujahrsfeier angefordert hätte, wären sie und Magda nie Freundinnen geworden.

Diese Erinnerung weckte in ihr den Wunsch, Magdas Stimme zu hören. Sie steckte die Hand in die Manteltasche, kramte ergebnislos und begriff, dass sie ihr Mobiltelefon zu Hause gelassen hatte. Sie drehte auf der Stelle um und machte sich auf den Heimweg.

* * *

Die Riegel im Schloss ihrer Wohnungstür erzeugten das gewohnte Geräusch, als sie den Schlüssel herumdrehte. Noch immer in nostalgischer Stimmung erinnerte sie sich, wie sehr es ihr, als sie und Alan hier eingezogen waren, gefallen hatte, dass die Türriegel sich in Fußboden und Decke versenkten statt waagerecht in die Wand. Mittlerweile hatte sie erfahren, dass diese Konstruktion in Pariser Wohnungen weit verbreitet war, aber sie hörte nicht auf, sie mit ihrer sehr französischen Kombination von Findigkeit und gesundem Menschenverstand zu entzücken. Einen ebenso großen Genuss verschaffte ihr das seltsam saugende Geräusch, das die Stangenriegel erzeugten, wenn sie sich einzogen, und ihr scharfes Einrasten, wenn sie die Tür zudrückte. Dieses zweite Geräusch konnte sie diesmal allerdings nicht angemessen würdigen, denn gerade als sie durch die Tür trat, hörte sie das Festnetztelefon klingeln.

Sie ging an den Apparat und nahm ab. Magda konnte es nicht sein; Magda rief sie immer nur auf dem Handy an. *»Allô?«*

»Guten Tag«, sagte eine junge Frauenstimme. »Ist Madame Levis zu sprechen?«

»Am Apparat.« Rachel versuchte, sich den Schal vom Hals zu wickeln, aber er verhedderte sich mit der Telefonschnur.

»Madame Levis, ich rufe vom *cabinet* Martin Frères an.« Einem *cabinet?* Was wollte eine Anwaltskanzlei von ihr?

Wie zur Beantwortung ihrer unausgesprochenen Frage sagte die Frau: »Wir verwalten den Nachlass Monsieur Edgar Bowens.«

»Ach?« Ihre Verwirrung wurde nicht weniger.

»Monsieur Bowen hat Sie in seinem Testament bedacht, und wir rufen an, um zu fragen, ob es Ihnen möglich wäre, an der Testamentseröffnung teilzunehmen, die kommenden Montag in seiner Wohnung stattfindet.«

Kuriositäten und Zufälle, dachte Rachel, *Kuriositäten und Zufälle.* Ins Telefon sagte sie: »Aber selbstverständlich.«

5. KAPITEL

Edgar war seit ihrer gemeinsamen Zeit in eine größere Wohnung umgezogen, stellte Rachel fest, aber die *résidence* hatte er nicht gewechselt. Warum auch? Das Erste war das eleganteste und luxuriöseste Arrondissement von Paris, und der Quai des Orfèvres eine seiner hübschesten Offenbarungen. Rachel befand sich nicht mehr als zwanzig Meter von der Reiterstatue Heinrichs IV. auf dem Pont Neuf und den Strömen von Fahrzeugen und Touristen, die ihn unablässig überquerten, entfernt, aber in dieser engen Straße am Ufer der Seine war es so still wie auf dem Land, und selbst die Busse, die hier gelegentlich durchkamen, schienen ihre Motoren rücksichtsvoll zu dämpfen. Das fünfstöckige Gebäude, das sich vor ihr in die Höhe reckte, stand seit der Mitte des 19. Jahrhunderts gelassen da, und sie vermutete, dass Edgar von seinen vorderen Fenstern aus einen Blick auf den Fluss gehabt hatte. An seiner Stelle wäre sie auch nicht von hier weggezogen.

Das I. Arrondissement beherbergte, wie sie wusste, viele solche Orte. Sie dachte an Galignani, die Buchhandlung am Ende der Rue de Rivoli, die seit über einem Jahrhundert, von keinem Touristenfuß entweiht, stillvergnügt englischsprachige Bücher verkaufte; an den Innenhof des Louvre bei Nacht, menschenleer, aber mit der Glaspyramide, die wie eine von innen beleuchtete überdimensionale CD-Hülle den Platz überstrahlte. Wenn man schon nicht im Sechsten wohnen konnte, sagte sie sich, war das Erste eine gute zweite Wahl. Über ihren unbeabsichtigten Witz grinsend tippte sie den alten Türcode in das Tastenfeld. Zu ihrer Überraschung funktionierte er. Sie horchte auf das Klappern ihrer Schuhe auf dem Marmorfußboden, während sie durch die Eingangshalle zum Aufzug ging.

Auf der Fahrt hinauf in den zweiten Stock wurde sie wieder nervös. Die Situation war ihr in jeglicher Hinsicht ungewohnt. Sie hatte nicht einmal gewusst, was sie anziehen sollte. Erst nach Beratung mit Magda hatte sie sich für ein schlichtes schwarzes Kleid und schlichte schwarze Schuhe entschieden.

»Es ist ein feierlicher Anlass«, hatte Magda zu bedenken gegeben. »Er hat immerhin etwas mit einem Todesfall *zu tun*. Mit Schwarz kannst du nichts falsch machen.«

Rachel hatte gehofft, dass das Outfit ihr zumindest ein bisschen Selbstvertrauen schenken würde, aber momentan fühlte sie sich darin lediglich wie eine nervöse Frau in einem schwarzen Kleid. Sie zog den Mantel enger um sich und klingelte an Edgars Tür.

Die Tür schwang auf und gab den Blick frei auf einen imposant dastehenden Butler.

»Fulke?« Rachel staunte.

Der Butler nicht. »Madame Levis.« Er trat beiseite, um sie hereinzulassen. »Stets ein Vergnügen, Sie zu sehen, Madame.« Er sprach so, als sei sie ein häufiger Gast.

Fulke war schon Edgars Butler gewesen – na ja, damals noch eher etwas wie ein »Haushalts-Manager« –, als Edgar und Rachel gerade anfingen, sich zu treffen. Obwohl es sie verblüffte, ihn noch immer vor Ort vorzufinden, musste sie nach kurzem Nachdenken zugeben, dass sie nicht eigentlich überrascht war. Fulke hatte schon zwanzig Jahre zuvor unüberwindlich gewirkt, und die Zeit hatte weder an seiner Größe noch an seiner eindrucksvollen Masse etwas geändert. Er vermittelte einen Eindruck von Ewigkeit, wie ein menschgewordener Familienschatz, und so schien es irgendwie richtig, dass er, nachdem er Edgar während seines ganzen Lebens in Frankreich gedient hatte, ihn nun auch daraus hinausgeleiten sollte.

»Ein trauriger Anlass, Fulke«, sagte sie. Sie sah den Schatten einer Gefühlsregung über sein Gesicht huschen, aber er war zu sehr der treue Bedienstete, um irgendetwas preiszugeben. Stattdessen neigte er lediglich den Kopf, während er ihr den Mantel abnahm. Nachdem er ihn aufgehängt hatte, deutete er in die Tiefen des *appartements.* »Madame.« Er führte sie den Korridor entlang zum entsprechenden Zimmer.

Rachel und Alan waren alles andere als arm, aber die Wohnung, durch die sie jetzt ging, machte klar, dass Edgar wirklich reich gewesen war. Sie kam an einem langgestreckten Esszimmer mit einem Nussbaumtisch vorbei, an dem zwei scheinbar endlose Reihen von Stühlen standen. Durch die Doppeltür auf der anderen Seite des Korridors blickte sie kurz in einen sorgfältig in Graubraun und Gold gehaltenen *salon,* blasse Ölbilder und kraftvolle Radierungen an den Wänden, die Fenstertüren zu einer Veranda im Vorübergehen gerade noch zu erkennen. Und das war keine selbstverständliche, geerbte Fülle. Nirgends waren die fadenscheinigen Stoffe, die Atmosphäre von abgewetzter Plüschigkeit zu bemerken, die Rachel in den (sehr wenigen) Häusern von französischen *vieilles fortunes,* die sie im Rahmen von Alans Arbeit besuchten, erlebt hatte. Edgar hatte zu viel Geschmack und Selbstachtung, um dem Bild eines *nouveau riche* zu entsprechen, doch er hatte andererseits auch nicht die Zeit gehabt, das selbstverständliche Gefühl von Behagen und Anspruch zu erwerben, das mit altem Reichtum einherging; er hatte sich nicht auf das Bewusstsein stützen können, dass die Fadenscheinigkeit seiner Sesselbezüge von dreihundertjähriger Benutzung herrührte. Dennoch, dachte sie, als Fulke eine Tür zu ihrer Rechten öffnete, wie wunderschön das alles war! Wie wohlgeordnet und wie elegant. Sie betrat das Zimmer und ließ, kurz innehaltend, den Luxus auf sich wirken, während sie die Tür hinter sich ins Schloss fallen hörte.

Hinter einem Schreibtisch am anderen Ende des Raumes saß ein gepflegter Mann in einem grauen Anzug, der sich bei Rachels Erscheinen halb erhob und dann wieder Platz nahm. »*Enfin,* Madame Levis«, sagte er. Wie alle Franzosen sprach er den Namen vorn mit einem »e« und mit Betonung auf der zweiten Silbe aus. Rachel hatte es längst aufgegeben zu erklären, dass er korrekt »*Liv*iss« lautete, also lächelte sie lediglich und nickte. Er erwiderte das Nicken. »Ich bin *maître* Bernard, *notaire* in Monsieur Bowens Anwaltskanzlei.«

Vor dem Schreibtisch waren fünf Sessel aufgereiht. Vier davon waren besetzt, und während Rachel auf den verbleibenden schlüpfte, musterte sie verstohlen ihre mutmaßlichen Mitbegünstigten. Wie sich zeigte, konnte man mit Schwarz durchaus etwas falsch machen, denn sie war die einzige Person im Raum, die sich für diese Farbe entschieden hatte – abgesehen von David, der jenes Ensemble von schwarzer Samtjacke und Jeans trug, das die Winteruniform des Pariser Mannes darstellte. Die drei anderen, die vor dem Schreibtisch saßen, waren allesamt Frauen, und keine von ihnen sah nach Beerdigung aus. Die erste war Mathilde, ihre Haltung noch so kerzengerade, wie sie zwanzig Jahre zuvor gewesen war. Sie trug ein langärmeliges Etuikleid in blassem Karamell, und um ihre Schultern lag ein vollendet gefalteter karminroter Schal. Wie *schafften* es bestimmte französische Frauen mittleren Alters nur, dachte Rachel, ihre Kleidung gezielt als Vorwurf einzusetzen? Nicht, dass Mathilde es nötig gehabt hätte, auf eine bestimmte Kleidung zurückzugreifen, damit sich ihr Gegenüber minderwertig fühlte; als sie Rachel erkannte, neigte sie den Kopf um eine Winzigkeit – eine Königin, die eine armselige Untertanin zur Kenntnis zu nehmen geruhte. Schlagartig war

Rachel wieder vierundzwanzig, zerzaust und verlegen in ihren abgeschnittenen Shorts.

Die Frau im Sessel neben Mathilde war ungefähr in Rachels Alter, vielleicht ein paar Jahre darunter, und mit einer dunklen Pixie-Frisur. Sie trug eine schmal geschnittene marineblaue Hose und einen an der Taille gegürteten marineblauen Blazer über einem Rollkragenpullover aus cremefarbener Wolle; ihr einziges ins Auge fallendes Make-up war dunkelroter Lippenstift. Auch dies erkannte Rachel als einen sehr spezifisch französischen Look: vielbeschäftigte, kompetente Großstädterin, ausreichend selbstsicher, um sich lässig zu geben, aber gallisch genug, um auf Stil zu achten.

Als sie den Blick auf die dritte Frau richtete, sagte sich Rachel, dass die Gruppe ein gutes Triptychon abgegeben hätte – etwas wie »Drei der vier Alter der Frau«. Höchstens Anfang zwanzig, trug dieses Mädchen eine Wolke von langen Haaren, wie man sie bei so vielen jungen Französinnen sah. In ihrem Fall war die Mähne honigblond. Ihr frisches Gesicht war leicht rundlich, mit einem Hauch von Rosa auf den ungeschminkten Wangen, und zusammen mit der entsprechenden Rundheit ihrer Augen verlieh ihr das die Erscheinung einer lieb dreinschauenden Puppe. Sie trug Jeans, Boots und einen Pullover; die Ärmel des Pullovers hatte sie bis über ihre Hände gezogen.

Mit einer Miene, die seinem schwarzen Blazer entsprach, saß David abseits von den Frauen. Er hatte die Beine gekreuzt, war aber in seinem Sessel so weit nach unten gerutscht, dass sie sich gerade nach vorn streckten. Er starrte auf seine Fingernägel, und als Rachel im verbleibenden Sessel Platz nahm, schniefte er.

Fast genau im selben Augenblick räusperte sich der Mann im grauen Anzug. »Da wir nun alle versammelt sind, können wir beginnen.«

Rachel, die zwei lebende Eltern und zwei lebende Schwiegereltern besaß, war noch nie bei einer Testamentseröffnung zugegen gewesen. Aus einem Wirrwarr von Quellen schöpfend, hatte sie sich darunter immer eine Mischung aus Krimiklischees und der Szene in *Middlemarch* vorgestellt, in der Mr Featherstones Testament verlesen wird. Ohne eine junge Witwe in schwarzen Handschuhen und üppig verschleiertem Kapotthut oder eine Reihe vulgärer raffgieriger Verwandter fühlte sie sich daher betrogen und etwas desorientiert. Fanden testamentarische Eröffnungen wirklich in gut beleuchteten *bureaus*, vor fünf ganz gewöhnlichen Leuten statt? Wie enttäuschend. Dann bemerkte sie das Funkeln im Auge des Notars. Er zumindest spürte die Dramatik des Moments. Er schlug die Mappe auf, die vor ihm auf dem Schreibtisch lag, zog eine schmale Brille aus seiner Brusttasche und setzte sie sich auf die magere Nase.

»Alors.« Eine Pause. »Dies ist Monsieur Edgar Bowens Testament, angefertigt vor drei Monaten, bezeugt durch die erforderlichen zwei Zeugen, in diesem Falle Monsieur Bowens Butler und seine Reinmachefrau. Es ist somit rechtsgültig, und es setzt jedes sonstige Testament außer Kraft, das Monsieur Bowen zuvor errichtet haben mag.« Nachdem die Formalitäten erledigt waren, entspannte er sich minimal und fuhr fort: »Erstens hinterlässt Monsieur Bowen, vorbehaltlich der nachfolgenden Verfügungen, sein gesamtes Vermögen seinem Sohn, Monsieur David Bowen.« Er machte eine Geste in Davids Richtung, als ob er der Identifizierung bedürfte. »Dazu gehören diese Wohnung, die durch keine Hypothek belastet ist; Monsieur Bowens Ersparnisse sowie seine Lebensversicherung; schließlich die Ersparnisse aus seiner betrieblichen und privaten Altersvorsorge. Monsieur Bowen *père* hatte zu beiden Seiten des Atlantiks sehr umsichtige Vorkehrungen getroffen, und wir sind gern bereit, Sie, Monsieur, steuerlich zu bera-

ten.« Maître Bernard gestattete sich ein kleines professionelles Lächeln in Davids Richtung. »Seien Sie unbesorgt, Monsieur Bowen.«

Davids Augen waren noch immer gerötet, und die Bekanntgabe seines neuen Reichtums rief in seiner Miene keinerlei Veränderung hervor. Vielleicht war das sein neutraler Gesichtsausdruck, oder vielleicht doch eine Maske, die er aufgesetzt hatte, um seine Gefühle zu verbergen. *Oder vielleicht,* dachte Rachel, *stand er noch immer unter Schock wegen Edgars Todes.* Schließlich war er – wie alt? Fünfundzwanzig? In dem Alter kommt einem der Tod eines Elternteils noch unwahrscheinlich vor, und sein vorzeitiges Eintreten bedeutet zweifellos einen Schock. Er schniefte noch einmal – ein ganz gewöhnliches Schniefen, aber es erinnerte Rachel an ähnliche Schniefer, die er als kleiner Junge von sich gegeben hatte, um ja nicht zu weinen, wenn sie ihm Erde vom aufgeschürften Ellbogen wusch oder ein Pflaster auf ein blutiges Knie klebte. Ihr wurde weich ums Herz.

»Und nun zu den Legaten.« Maître Bernard räusperte sich, wodurch eine makellose Pause entstand. »Erstens vermacht Monsieur Bowen fünftausend Euro dem ›Heim für die Katzen vom Montmartre‹.«

Katzen? Gott, dachte Rachel. *Es stimmt wirklich, dass man einen anderen nie richtig kennt.* Aber wie sollte man auch jemanden kennen, mit dem man genau genommen seit zwanzig Jahren kein richtiges Wort mehr gewechselt hatte? Sie musste zugeben, dass sie kaum in der Lage war, fundierte Urteile über die Normen von Edgars Handeln abzugeben. Aber trotzdem, die Katzen vom Montmartre? *Lieb von dir, Edgar.* Sie mochte Tiere.

»Madame Levis.« Der Notar fixierte sie kurz über seine Brille hinweg. Rachel setzte sich wie ein gehorsames Schulkind auf. »Monsieur Bowen hat eine Bitte an Sie.« Wieder eine

Pause. »Er bittet Sie, die Sichtung und Katalogisierung seiner Bibliothek zu übernehmen, damit Monsieur David über deren weiteres Schicksal entscheiden kann. Zum Dank für Ihre Mühe vermacht er Ihnen ein Buch Ihrer Wahl.«

Rachel lächelte. Nicht nur ein heimlicher Katzenliebhaber, sondern auch ein heimlicher Romantiker! Was für ein Glück, dass sich Edgars verborgene Qualitäten als so liebenswert entpuppten. Er hatte sich an diese Nachmittage erinnert, die sie zusammen in Buchläden verbracht hatten, hatte sich weiterhin an ihrer Freude daran erfreut. Eine Sekunde lang schnürte sich ihr die Kehle zusammen. Dann spürte sie den scharfen Blick des Anwalts auf sich ruhen, und die Sekunde war vorbei.

Der *notaire* räusperte sich abermals und atmete ein. »Catherine Nadeau« – die Frau mit den roten Lippen beugte sich vor – »hinterlässt er siebentausendfünfhundert Euro«, dann las er von dem vor ihm liegenden Blatt ab, »›zum Dank für deine Liebe und für unsere gemeinsame Zeit.‹«

Rachel hatte sich schon gedacht, dass die Frau Edgars aktuelle Freundin gewesen war, und es freute sie, sich bestätigt zu sehen. Ihre Freude hinderte sie allerdings nicht daran, die Reaktion der Frau zu beobachten. Catherine Nadeau grinste kurz über das ganze Gesicht; dann verflog das Lächeln, ihre Miene fiel in sich zusammen, und sie brach in Tränen aus. Sie hob ihre Handtasche auf, die sie neben sich auf den Boden gestellt hatte, und begann, darin nach irgendwas zu kramen, womit sie sich die Augen trocknen könnte. Bevor sie irgendetwas finden konnte, zauberte Maître Bernard mit einer einzigen geschmeidigen Bewegung ein Taschentuch hervor, lehnte sich über den Schreibtisch und reichte es ihr. *Klar hatte er ein Taschentuch parat*, dachte Rachel; *in seinem Metier muss er ja ständig welche brauchen*. Prompt fühlte sie sich mies wegen dieses Gedankens.

Catherine Nadeau hatte sich gesammelt, und der *notaire* gestattete der Atmosphäre, sich wieder zu beruhigen, bevor er fortfuhr. »Jetzt zu Madame Bowen. Ihnen hinterlässt er zehntausend Euro.«

Mathildes Ausdruck blieb unverändert, aber nicht einmal sie hatte alles unter Kontrolle: Eine einzige Mikrosekunde lang – so kurz, dass Rachel fast an ihrer Wahrnehmung zweifelte – zuckte sie zusammen. Dann nickte sie wieder, eine weitere winzige Kopfbewegung.

Maître Bernard atmete ein, dann wieder aus. »Und nun, Mademoiselle des Troyes.«

Das blonde Mädchen richtete sich auf, und ihre Augen weiteten sich. Sie klemmte sich die Unterlippe zwischen die Zähne. *Man hätte tatsächlich,* dachte Rachel, *eine Stecknadel fallen hören können.*

»Ihnen hinterlässt Monsieur Bowen …« Er spähte konzentriert auf das Dokument in der Mappe, als sähe er es zum ersten Mal. »Ah, ja, ›in Zuneigung und Dankbarkeit …‹«

Jetzt komm schon zu Potte!, schrie Rachel innerlich.

»Er hinterlässt Ihnen zwanzigtausend Euro.«

In ihrem ersten Jahr auf dem College hatte Rachel in ihren Referaten zu einer gehäuften Verwendung des Wortes »außergewöhnlich« tendiert: Bücher waren »außergewöhnlich«; Philosophen hatten »außergewöhnliche« Gedanken. Dann hatte einer ihrer Dozenten ihr einmal an den Rand eines Aufsatzes geschrieben: »Welches Wort werden Sie verwenden, wenn etwas *wirklich* außergewöhnlich ist?«, und damit hatte es dann aufgehört. Jetzt war Rachel froh, dass sie das Wort all die Jahre lang hatte ruhen lassen, denn die Reaktion, die sich auf diese Eröffnung hin in Elisabeths Gesicht abspielte, war im wahrsten Sinne des Wortes außergewöhnlich. In rascher Folge zeichneten sich darin mehrere Ausdrücke ab: der einer Frau, die ein Geschenk erwartet hatte; der einer Frau, die weiß, dass es ein

Zeichen von schlechter Erziehung ist zu zeigen, dass man ein Geschenk erwartet hatte; und schließlich der Ausdruck einer Frau, die plötzlich feststellt, dass sie ein größeres Geschenk erhalten hat, als sie je hätte erwarten können. Nicht, dass Rachel sich diese Veränderungen mit solcher Exaktheit ausbuchstabiert hätte. Sie spürte sie, erkannte sie wortlos, aber wenn sie in dem Moment gefragt worden wäre, was sie gesehen hatte, hätte sie nur sagen können, dass das Mädchen erblasste.

Mathilde sprach. »Aus welchem Grund?« Ihre Augenbrauen hoben sich minimal. Ihre Stimme war absolut gleichmütig.

Der Blick *notaire* schnellte kurz in ihre Richtung. »Wie ich sagte, ›in Zuneigung und Dankbarkeit‹.«

Was bedeutet das?, hätte Rachel gern gefragt. Sie konnte unmöglich die einzige Person im Raum sein, die sich das fragte, aber alle saßen nur stumm da: Mathilde so regungslos, dass sie wie eine Statue wirkte; David mit einem wippenden Knie; Catherine Nadeau, ohne Elisabeth des Troyes' bleiches – und jetzt verwirrtes – Gesicht aus den Augen zu lassen; und sie selbst, Rachel, zu fremd unter den Anwesenden, um auszusprechen, was alle beschäftigen musste. Und was den Notar betraf – er schloss die Lippen und übte sich in Verschwiegenheit.

6. KAPITEL

»Zwanzig*tausend* Euro?« Magda betonte es so, als könnten dem Notar versehentlich drei Nullen zu viel herausgerutscht sein.

Rachel nickte. »Zwanzigtausend Euro.«

Sie hatte sich mit Magda verabredet, gleich nachdem sie Alan von der Testamentseröffnung berichtet hatte; seine Reaktion war vergleichbar ausgefallen, aber das Telefon hatte ihre Dramatik gedämpft. Persönlich vorgebracht behielt Magdas Stellungnahme ihre ganze Wucht. Rachels Freundin unterstrich ihr Erstaunen, indem sie die Augen weit aufriss, als sie »Zwanzigtausend Euro!« wiederholte. Dann fügte sie hinzu: »Was mindestens doppelt so viel ist, wie er jedem anderen vermacht hat.«

»Na ja«, räumte Rachel ein, »abgesehen von David. David bekommt den Löwenanteil des Vermögens, und dagegen sind zwanzigtausend Euro Peanuts, das garantiere ich dir.«

»Aber trotzdem …« Magda schürzte die Lippen. »Edgar hat zwanzigtausend Euro einem Mädchen hinterlassen, das … In was für einem Verhältnis stand sie eigentlich zu ihm?«

»Ich weiß es nicht.« Sie hatte wirklich keine Ahnung, wurde Rachel bewusst. Niemand hatte erklärt, wer Mademoiselle des Troyes war oder wie sie Eingang in Edgars Testament gefunden hatte.

»Also, wenn ein Mann einem Mädchen zwanzigtausend Euro mit – wie war das noch mal? – ›in Zuneigung und Dankbarkeit‹ hinterlässt, ist es ziemlich offensichtlich, welchen Platz sie in seinem Leben einnahm. Beziehungsweise er in ihr – Verzeihung, in *ihrem*.« Magda kicherte.

Rachel tat so, als habe sie es überhört; Magda hatte solche Momente. Kurz nachdem sie sich getroffen hatten, hatte es angefangen zu regnen, und sie hatten beschlossen, ins Trockene zu flüchten und sich einen Drink in ihrem Lieblingslokal zu genehmigen, dem Bistrot Vivienne. Um nicht auf Magdas Bemerkung eingehen zu müssen, betrachtete sie jetzt den Mosaikfußboden, auf dem sie ihren triefenden roten Regenschirm abgestellt hatte. *Gescheit vom Bistro, in der glasüberdachten Galerie Vivienne ein paar Tische aufzustellen.* So konnte man dem gemütlichen Geräusch des prasselnden Regens lauschen, während man im Warmen und Trockenen saß.

Sie kehrte zum Gesprächsthema zurück. »Aber der Betrag war gar nicht mal das Erstaunlichste. Das Erstaunlichste war ihre Reaktion.«

Magdas Gesicht bezweifelte deutlich, dass es vieles gab, das erstaunlicher sein konnte als eine ungeklärte Zuwendung in Höhe von zwanzigtausend Euro, aber aus Höflichkeit fragte sie: »Ihre Reaktion?«

»Ja. Ihr Gesicht. Ihr Gesicht war außergewöhnlich.«

»Oh-oh.« Magda tadelte mit dem Zeigefinger. »Professor McNaughton wäre aber *gar* nicht zufrieden.«

»Nein, nein, das ist es ja gerade! Es war wirklich außergewöhnlich. Es war so … ungewöhnlich.«

Magda seufzte. »Das klingt wie deine Begründung von letzter Woche, als du einen Mord vermutet hast. Könntest du ein bisschen weniger unbestimmt sein?«

Rachel nagte an ihrer Lippe, holte tief Luft. »Also gut.« Sie legte eine Denkpause ein. »Als der *notaire* sagte, dass Edgar ihr etwas hinterlassen hatte, und dann den Betrag nannte, war sie sprachlos. Absolut. Aber gleichzeitig wirkte sie sprachloser, als sie tatsächlich war.«

Magda sah nach wie vor verwirrt aus. Rachel konnte es ihr nicht verdenken. Sie probierte es noch einmal, schloss die Augen und versuchte, sich in den Augenblick zurückzuversetzen: Der Notar hatte die Worte gesagt; die Augen des Mädchens hatten sich geweitet. Da fiel es ihr ein: »Weißt du, was es war? Meine Mutter sagte früher oft: ›Ich bin schockiert, aber nicht überrascht.‹ Genau so war's mit dem Mädchen. Zunächst einmal glaube ich gar nicht, dass sie überrascht war, überhaupt im Testament zu stehen. Ich glaube, sie hatte das zumindest halb erwartet. Und sie wusste auch, warum sie drinstehen würde. Aber sie war von der Höhe der Zuwendung schockiert. Und dabei wollte sie nicht, dass irgendjemand merkte, dass sie überhaupt damit gerechnet hatte, im Testament bedacht zu werden. Also kaschierte sie das, indem sie sich *zu* überrascht über den Betrag gab. Sie übertrieb, aber sie übertrieb etwas, das sie wirklich empfand. *Das* war das Außergewöhnliche: ihr dabei zuzusehen, wie sie den Verstellungsprozess durchmachte und dann zu ihrer abschließenden Reaktion gelangte.« Rachel lehnte sich zurück, erschöpft, aber erleichtert. Hatte sie es am Ende doch geschafft!

Magda war da offensichtlich anderer Meinung. »Na ja, wie gesagt, das ist nicht gerade viel, oder? Aufrichtige Überraschung, die gleichzeitig irgendwie gespielt wirkt.« Sie zog die Brauen zusammen. »Wie haben denn die anderen auf ihr Glück reagiert?«

Rachel überlegte. »David hat eigentlich überhaupt nicht reagiert. Er hat geschnieft, aber er hat auch sonst viel geschnieft. Ich glaube, er war erkältet. Dass er keine Reaktion gezeigt hat, schien aber nicht weiter verwunderlich. Er hätte sich ohne weiteres denken können, was ihn erwartete; jeder kann sich im Internet über das französische Erbrecht schlau machen.«

Magda stürzte sich sofort darauf. »Warum sollte er das tun? Erweckte er irgendwie den Eindruck, das getan zu haben?«

»Ich sage nicht, dass er's getan hat. Ich meinte nur, man könnte, und dann hätte man eine Vorstellung davon, was ein

Sohn erben kann, und das wiederum könnte der Grund sein, warum er keine besondere Reaktion zeigte. Wahrscheinlicher ist aber, dass er unter Schock stand. Sein Vater war gerade erst gestorben.«

Aber Magda hatte den Punkt schon abgehakt. »Und was ist mit der anderen Frau? Madame Nideau?«

»Nadeau«, korrigierte Rachel sie. »Ja, wenn ich darüber nachdenke, war ihre Reaktion interessant – ihre unmittelbare Reaktion, meine ich. Als sie hörte, wie viel sie bekam, lächelte, ja grinste sie regelrecht, als hätte sie einen Preis gewonnen.«

Magda horchte auf. »Das ist allerdings interessant.«

»Aber nur ganz kurz. Dann fing sie an zu weinen.«

»Also …« Jetzt war es an Magda nachzudenken. »Es wäre möglich, dass ihr in dem Moment bewusst wurde, welches Ereignis der Grund dafür war, dass sie das Geld bekam. Also Edgars Tod. Oder«, ihre nach oben schießenden Augenbrauen kündigten eine zweite Möglichkeit an, »ihr könnte aufgegangen sein, wie sie sich *eigentlich* verhalten sollte, und sie fing an zu weinen, um ihre Schuldgefühle zu maskieren.«

Vielleicht lag es an Magdas Augenbrauen, vielleicht lag es auch am Wort »maskieren«, jedenfalls erinnerte sich Rachel plötzlich an etwas anderes. »Und dann …«

»Und dann was?«

»›Und dann *wer*‹, muss es heißen. Mathilde.« Mathilde bedurfte keiner Erklärung; Magda hatte ihre Bekanntschaft gemacht. »Du erinnerst dich doch, ich hatte dir mal gesagt, dass es für sie Ehrensache war, nie irgendeine Reaktion zu zeigen.«

Magda nickte.

»Na ja, als sie von ihrer Erbschaft hörte, da … da zuckte sie kurz zusammen. Ganz automatisch. Es war kein willkürliches Zucken; sie konnte es nicht unterdrücken. Und als sie dann hörte, was Elisabeth bekam, da hob sie die Augenbrauen.«

Magda dachte kurz nach und sagte dann: »Hob sie sie wie?

Ich meine: Hob sie sie erfreut?« Sie führte vor, wie sie es meinte. »Oder hob sie sie empört?« Noch einmal, jetzt minimal anders.

»Ah, Letzteres, keine Frage.«

»Bist du dir sicher?«

»Absolut.« Wieder rang Rachel mit einer Erklärung. »Was ihr Gesicht zeigte, als sie die Brauen hob, war kein Ausdruck von Freude. Im Gegenteil, es war Missfallen. Und als der *notaire* fertig war, wollte sie noch einmal Edgars Begründung für die Zuwendung hören. Sie sagte«, Rachel versuchte, Mathildes eisigen Ton zu reproduzieren, »›Aus welchem Grund?‹ Das war keine frohe Stimme.«

Magda sagte nichts. Rachel begriff, dass sie sich darüber klar zu werden versuchte, was sie von dem Gehörten halten sollte. Sie wartete.

»Na ja, viel ist es immer noch nicht. Aber …« Magda hielt kurz inne. »Es ist auch nicht nichts. Drei Leute, die sich bei einer Testamentseröffnung seltsam verhalten … das ist seltsam. Suspekt.«

»Sag ruhig verdächtig«, sagte Rachel.

»Also schön, ihr Verhalten ist *verdächtig*. Hinreichend verdächtig, um weitere Untersuchung zu verdienen.«

»Ich weiß, was du jetzt denkst.« Rachel zog sich den Mantel um die Schultern. »Du denkst, dass wir zur Polizei gehen sollten.«

»Nein, tu ich nicht.«

»Nicht?«

»Nein.« Magda sagte es wie eine Selbstverständlichkeit. »Was könnten wir schon erzählen, was überzeugender wäre als das, was wir letzte Woche hatten? Wir können nur sagen: ›Nicht nur soll jemand, den ich kenne, nach einem Herzinfarkt neben einer Flasche Rosé in seiner Suppe ertrunken sein, obwohl er, als ich ihn vor zwanzig Jahren kannte, Rosé auf den

Tod nicht ausstehen konnte und sich bester Gesundheit erfreute, sondern als ich zur Verlesung seines Testaments ging, lächelte eine Begünstigte, zuckte eine andere zusammen und erhielt eine dritte eine überraschend hohe Zuwendung.‹« Sie schüttelte den Kopf. »Die würden uns auf dem *commissariat* nur auslachen.«

Rachel musste ihr recht geben.

»Ich sag dir aber, *was* wir tun könnten.« Magdas Augen begannen zu leuchten. »Weißt du noch, wie du im Café sagtest, den nächsten verdächtigen Todesfall, in den eine von uns irgendwie verwickelt ist, würden wir untersuchen?«

Rachel nickte.

»Also …« Sie breitete die Hände aus und legte den Kopf schief.

»Also was?«

»Also bitte, da hast du's!«

»Oh, nein.« Rachel schüttelte den Kopf.

»Oh, doch. Eine Person, die sich auf einer Testamentseröffnung komisch verhält, ist nichts Besonderes. Selbst zwei ließen sich irgendwie erklären. Aber *drei* Leute, die sich komisch verhalten? Wobei eine von ihnen sich komisch verhält, nachdem sie eine überraschend hohe Summe vermacht bekommen hat? Die Polizei würde das vielleicht nicht groß aufregen, aber es ist praktisch der Anfang eines Agatha-Christie-Romans!«

Magda packte Rachel am Handgelenk. Das war immer ein schlechtes Zeichen.

Rachel unternahm einen verzweifelten Versuch, der Realität wieder Geltung zu verschaffen. »Aber ich muss schreiben. Und du hast deine Arbeit.«

»Ach, die Arbeit«, sagte Magda leichthin. Sie hatte eine Internetfirma, die französische Bett- und Tischwäsche und ähnliche Haushaltsprodukte an Ausländer verkaufte. »Die Seite läuft seit Ewigkeiten wie geschmiert. Mittlerweile muss ich eigentlich nichts anderes tun, als darauf achten, dass der Lieferant das Zeug schnell in die Post gibt, und das kostet mich nur ein paar Anrufe. Und *du* hast mir gesagt, dass du zurzeit eine Schreibblockade hast.« Ihr Griff wurde fester. »Jetzt komm. Wir können zusammen Detektivinnen spielen. Schnüfflerinnen! Rechercheusen!«

Nicht zum ersten Mal fragte sich Rachel, wie diese Frau, die ihr Grundgefühl, dass jede Zukunft Unheil barg, so offenkundig nicht teilte, zu ihrer besten Freundin geworden war. Wenigstens hatte sie diesmal ein konkretes Indiz, das Magda den Wind aus den Segeln nehmen würde – obwohl die Aussicht, darüber zu sprechen, nicht gerade angenehm war. Sie holte tief Luft. »Ich muss dir was sagen.«

Sichtlich in Träumen noch auf der Jagd nach versteckten Dokumenten und entscheidenden Entdeckungen, war Magda nicht sonderlich interessiert. »M-hm?«

»Ich hab Edgars *caviste* angerufen.«

»Wen?«

»Edgars *caviste*. Die Cave Bernard Magrez.«

Magda machte ein höfliches Geräusch. »Aha. Wie hast du die gefunden?«

»Ich hab im Internet gesucht, und als ich den Namen sah, habe ich mich wieder erinnert.«

»Hm? ... Moment mal!« Sie sah, dass bei Magda der Groschen fiel. »Du hast doch gesagt, wir dürften nicht ermitteln!«

»Ich habe gesagt, wir sollten von *Edgars Tod* die Finger lassen.« Rachel wiederholte die Erklärung, mit der sie ihr eigenes Gewissen beschwichtigt hatte. »Aber ich bin meinem Verdacht bezüglich des Rosés nachgegangen. Das ist etwas anderes.«

Offenkundig war Magda nicht so leicht zu besänftigen. »Das machst du ständig! Ständig! Das ist genau wie das eine Mal, wo du ...«

»Könntest du bitte nicht wieder damit anfangen? Das war vor fünfzehn Jahren! Und überhaupt«, sie warf ihr die ultimative Ablenkung hin, »hat sich herausgestellt, dass ich falsch lag.«

Volltreffer. »Du lagst falsch?«

»Ja. Anscheinend schloss Edgars monatliche Bestellung immer auch Rosé ein, zwei Flaschen. Also lag ich mit meiner Behauptung falsch, er hätte nie welchen im Haus gehabt. Und du hattest recht: Sein Geschmack hatte sich geändert.« Sie schluckte. »Es gibt also einen konkreten Hinweis darauf, dass Edgar *sehr wohl* Rosé trank. Was bedeutet, dass er durchaus allein gewesen sein könnte, als er starb, und das wiederum bedeutet, dass es höchstwahrscheinlich kein Mord war.«

»Hmm.« Das war eine Silbe, die Rachel aus Magdas Mund wohlvertraut war, und sie bedeutete keine Zustimmung. »Was bestellte er sonst noch?« Magda kniff ein Auge zu.

Rachel dachte zurück an das Telefonat. »Okay, das mitgerechnet, was er zum Einkellern bestellte … Portwein, Bordeaux, Burgunder, Chardonnay und Merlot.«

»Jeweils wie viele Flaschen?«

Wieder dachte sie nach. »Vom Portwein eine. Dann neun Flaschen Weißen und neun Roten.«

»Verglichen damit sind zwei Flaschen Rosé eigentlich nicht viel.«

»Nein.«

»Tatsächlich ist es so wenig«, sagte Magda langsam, »dass es dafür sprechen könnte, dass er den nicht für sich, sondern für einen Gast kaufte. Einen regelmäßigen Gast.«

»Das war auch mein Gedanke!« Rachel verpasste ihr einen leichten Klaps auf den Arm. »Aber dann habe ich mir gesagt, wenn jemand anders da gewesen wäre, hätten wir davon erfahren – auf der Trauerfeier oder durch die Todesanzeige.«

»Es sei denn«, Magda setzte einen listigen Blick auf, »keiner wusste was davon. Weil die andere Person ihr Gedeck entfernt und sich unbemerkt davongemacht hatte.«

Sie schien von dieser Hypothese so angetan zu sein, dass Rachel ihre Seifenblase nur sehr ungern platzen ließ. Sie tat es trotzdem. »Und vermutlich entfernte sie auch die Suppenspritzer von ihrer fraglos vollgekleckerten Kleidung und schaffte es, auf dem Weg nach draußen von keiner Menschenseele gesehen zu werden.«

»Möglich ist es.« Magda konnte eine Idee nie fallenlassen.

»Aber sehr unwahrscheinlich.«

»›Wenn man das Unmögliche ausgeschlossen hat‹«, sagte Magda mit der Stimme, die sie für Zitate verwendete, »›muss das, was übrig bleibt, so unwahrscheinlich es auch klingen mag, die Wahrheit sein.‹«

»Aber wir haben das Unmögliche ja gar nicht ausgeschlossen«, wandte Rachel ein und dachte, dass Sherlock Holmes' These ohnehin blödsinnig war. Viele unwahrscheinliche Lösungen waren höchstwahrscheinlich auch unwahr. Wie zum Beispiel, dass ein Suppenmörder hinter sich Reinschiff und anschließend die Flatter machte, ohne vom wachsamen Fulke gesehen zu werden. »Tatsächlich klingt schon dein Szenario unmöglich. Hör dir das im Klartext an: Wir würden nach jemandem suchen, der ausreichend wohlgesonnen und vertraut erschien, um ein regelmäßiger Gast zu sein, aber insgeheim vor mörderischer Wut kochte und der am fraglichen Tag unbemerkt eine zweite Garnitur Kleidung in die Wohnung schmuggelte, sich nach der Tat umzog und dann verschwand. Und alles, ohne gesehen zu werden.« Sie ließ es kurz wirken. »Ziemlich unwahrscheinlich, wirst du doch wohl zugeben.«

Doch Magda gab nicht auf. »Unwahrscheinlich ja. Aber nicht unmöglich.«

Rachel wusste, wann sie nicht weiterkam. »Meinetwegen. Unmöglich wäre es nicht.«

Besänftigt fuhr Magda fort: »Und die Reaktion des Mädchens – wie heißt sie überhaupt?«

»Elisabeth. Elisabeth des Troyes.«

»Schön, Mademoiselle des Troyes' Reaktion ist ebenfalls merkwürdig. Dito Mathildes Verhalten. Du hattest recht letzte Woche: Ein paar Dinge stimmen nicht und sie verdienen es, unter die Lupe genommen zu werden.« Es war offensichtlich, dass Magda sich in die Idee, Detektivin zu spielen, hoffnungslos verliebt hatte. »Und im Ernst«, sie setzte eine fromme Miene auf, »du bist es Edgar schuldig. Er hat sein Vertrauen in dich gesetzt, und es scheint mir nur recht und billig, dass du das angemessen honorierst.«

Rachel verkniff es sich, darauf hinzuweisen, dass Edgar sie mit der Sichtung seiner Bibliothek betraut hatte, nicht mit der Aufgabe, die ihm am nächsten stehenden Menschen im Zusammenhang mit einer möglicherweise nur eingebildeten Straftat auszuspionieren. Sie dachte an ihren nostalgischen Tagtraum in der Metro am Tag zuvor, an ihre Einsicht, wie wichtig Edgar für sie gewesen war. Unbeabsichtigt hatte Magda den richtigen Nerv getroffen: Sie *war* es ihm schuldig. Er hatte ihr geholfen, damit aufzuhören, jung zu sein, und anzufangen, interessant zu sein – und, noch wichtiger, *interessiert* zu sein. Er verdiente etwas zum Dank dafür, selbst wenn sie ihm nichts anderes bieten konnte als ihr postmortales Interesse an ihm. Denn sie war sich sicher, dass sich da etwas Interessantes abspielte. Etwas *war* seltsam, manche Dinge *waren* faul, und verschiedene Leute *hatten* sich auf verdächtige Weise verhalten. Und nach Indizien zu suchen, Spuren zu folgen und Beweise zutage zu fördern … ja, auch ihr gefiel die Vorstellung zu ermitteln. Rachel Levis, Detekteuse, dachte sie. Gab es das Wort *Detekteuse* überhaupt? Jetzt gab's das.

»Einverstanden«, sagte sie endlich.

Der Kellner brachte einen weiteren Kaffee für Magda und

eine neue heiße Schokolade – diesmal ohne Schlagsahne – für Rachel. Magda fasste ihre Tasse von oben und trank den Kaffee aus der Lücke zwischen Daumen und Zeigefinger. Die Geste besagte, dass sie zu beschäftigt war, um sich mit dem Henkel abzugeben: Sie besagte, dass sie ganz und gar bei der Sache war.

»Also schön.« Sie setzte die Tasse wieder auf die Untertasse, atmete durch. »Als Erstes müssen wir eine Liste unserer möglichen Verdächtigen erstellen.«

»Nicht so hastig, Columbo.« Rachel hob die Hand. »Wer hat dir das Kommando übertragen?«

Magda wand sich vor Verärgerung, musste aber einräumen: »Touché. Du bist diejenige, die Edgar kannte. Du hast das größere Recht, das Kommando zu übernehmen.« Aber daran, wie sie ihre Lippen schmal machte, konnte Rachel erkennen, dass sie verletzt war. »Was meinst du, womit wir den Anfang machen sollten?«, fragte Magda.

»Was ich meine, womit wir den Anfang machen sollten? Ich meine ...« Sie ging einen langen Moment lang mit sich zurate und sagte dann: »Ich meine, dass wir als Erstes eine Liste unserer möglichen Verdächtigen erstellen müssen.«

Magda lächelte widerwillig, doch die Luft zwischen ihnen wurde wieder milder. »Okay.«

Rachel fuhr fort: »Ich meine aber auch, dass wir nicht einfach so weitermachen können wie bisher, so mit Ahnungen und Gefühlen und Vielleichts, als wär das Ganze ein nettes Kriminalromänchen. Wir müssen die Sache wie eine polizeiliche Ermittlung aufziehen.«

Zusammen und jede für sich hatten sie unzählige True-Crime-Sendungen gesehen und aufmerksam die polizeiliche Untersuchung der verdächtigen Todesfälle verfolgt, wobei jede Untersuchung mit einer erfolgreichen Festnahme endete. *Magda ist vielleicht kein Columbo und ich bin vielleicht kein*

Sherlock Holmes, dachte Rachel, *aber nach diesen ganzen Dokus wissen wir* schon, *wie man einen Mord handhabt.* »Wir müssen logisch vorgehen«, sagte sie. »Wir dürfen keine vorgefassten Meinungen haben, und wir sollten alle möglichen Verdächtigen überprüfen.«

»Also schön, dann los.« Magda atmete tief durch. Sie hob einen Zeigefinger. »Erstens, der Hauptnutznießer: David. Der jetzt einen Haufen Geld hat.«

»Stimmt.« Plötzlich hatte Rachel den schimmernden Flor von Davids Samtjackett vor Augen. »Ich hatte allerdings nicht den Eindruck, dass es ihm finanziell bis dahin schlecht gegangen wäre. Er sah durchaus gutsituiert aus; er war gut gekleidet. Ich würde sogar sagen, gut *betucht*. Kurzum, ich glaube, er hatte bereits reichlich Geld.«

»Für manche Leute ist reichlich nicht genug.« Magda ließ es so klingen, als hätte sie ihr ganzes Leben in Little Italy verbracht. »Für manche Leute ist es nie genug.«

»Vielleicht.« Rachel verzog das Gesicht. »Aber im realen Leben muss man schon ganz schön abgebrüht sein, um seinen eigenen Vater zu töten.«

»Nicht, wenn man unter Drogen steht.« Wieder dieser wissende Ton. »Jeder weiß, dass reiche Väter verkommene Söhne haben. Vielleicht brauchte er Edgars Geld, um irgendeinen Dealer auszuzahlen.«

»Auch hier, vielleicht.« Rachel stieß den Atem hörbar aus. »Aber ich habe keine Anzeichen von Drogen bemerkt. Er war nicht zappelig; er war nicht rastlos; er wirkte weder weggetreten noch irgendwie aufgepulvert. Er war dünn, aber heutzutage sieht man viele junge Männer, die so sind.«

Magda nickte: Sah man. Außerdem war er ja nur ihr erster möglicher Verdächtiger.

»Also gut, stellen wir ihn erst mal zurück. Aber er *ist* infolge von Edgars Tod sehr reich geworden, also können wir ihn nicht komplett ausschließen. Setzen wir ihn ans Ende der Liste.« Sie fuhr fort. »Jetzt, Fulke.«

»Fulke?«

Magda zuckte mit den Schultern. »Du sagtest, wir müssten alle möglichen Verdächtigen überprüfen. Er gehört zum Haushalt, also ist er ein möglicher Verdächtiger. Und du hast auch gesagt«, sie schaltete wieder auf ihre Zitierstimme um, »wir würden nach jemandem suchen, der wohlgesonnen und vertraut erschien, aber insgeheim vor mörderischer Wut kochte und Zugang zu einer zweiten Garnitur Kleider hatte. Trifft alles auf ihn zu.« Sie lehnte sich zurück.

»Tut es nicht«, sagte Rachel. »Ich habe ihn gerade gesehen, und er zeigte keinerlei Anzeichen von Wut. *Und* er ist der einzige Beteiligte, der durch Edgars Tot *schlechter* dasteht.« Sie begann an ihren Fingern abzuzählen. »Als Edgar noch lebte, hatte er einen Job, eine behagliche Bleibe und ein geregeltes Einkommen. Wenn Fulke ihn getötet hätte, dann hätte er das alles verloren.« Sie überlegte. »Bei Licht betrachtet *hat* er es wohl auch verloren, außer David behält ihn.« Dann konzentrierte sie sich wieder. »Und er ist extrem loyal. Während der ganzen Zeit, die ich mit Edgar zusammen war, habe ich nicht erlebt, dass Fulke auch nur den Hauch einer Andeutung über ihn gemacht hätte – nicht mal ansatzweise. Und nach seinem Verhalten zu urteilen, als er mich ins Haus und dann wieder hinausgelassen hat, hat sich daran auch nichts geändert.«

»Edgar könnte vorgehabt haben, ihn zu feuern.«

»Sicher, könnte er, aber nichts deutet darauf hin, dass es so war.«

Magda guckte verstockt. »Vielleicht gab es irgendein entscheidendes Ereignis, von dem wir nichts wissen.«

»Jetzt stützt du eine Spekulation mit einer zweiten Spekulation.« Rachel schüttelte den Kopf. »Okay, es *könnte* etwas dahinterstecken, wovon wir nichts wissen. Aber solange wir das nicht wissen, würde ich sagen, dass er eigentlich nicht auf unserer Liste zu stehen braucht.«

Magda gab nicht nach. »Aber wir können nicht *wissen*, was wir nicht wissen. Ich glaube, wir müssen bei ihm noch ein bisschen tiefer graben für den Fall, dass da tatsächlich etwas ist, wovon wir nichts wissen.«

»In welche Richtung graben?«

»Ich weiß nicht. Vielleicht …« Sie dachte nach. »Du sagtest doch eben, dass er der Einzige war, der durch Edgars Tod etwas zu verlieren hatte. Schön, da muss es doch eine Möglichkeit geben herauszufinden, ob das wirklich stimmt. Herauszufinden, ob er sich jetzt in einer schlechteren Lage befindet als zu Edgars Lebzeiten. Etwa, ob er sich einen neuen Job suchen muss oder ob David vorhat, ihn auf die Straße zu setzen?«

Gleichermaßen unsicher sagte Rachel langsam: »*Können* wir solche Dinge überhaupt herausfinden?« Sie dachte kurz nach. »Versuchen könnte ich's wohl. Irgendeine Möglichkeit muss es doch geben.«

»Eben, schau doch nur, wie du das mit dem *caviste* hinbekommen hast!«

Persönlich verbuchte Rachel das zwar als reinen Glückstreffer, aber sie würde bestimmt kein Kompliment ausschlagen. Sie fragte nur: »Lässt du mir ein paar Tage Zeit?«

»Aber klar!« Magda nickte. »Natürlich wird es Zeit brauchen.«

»Und bis wir etwas finden, was unsere Meinung ändert, kann er bitte ans Ende unserer Liste?«

Magda seufzte. »Na schön. Er kommt ans Ende. Aber auf der Liste steht er.«

»Ganz unten. *Unter* David.«

»Ja, unter David.« Magda gab sich entnervt, aber Rachel sah ihr an, dass sie sich bestens amüsierte: Sie brauchte nur noch ein gebundenes Notizbüchlein, so wie die Detectives von *Law and Order* immer eines dabeihatten, und sie wäre in ihrem Element gewesen.

»Jetzt«, sagte Magda und holte tief Luft, »kommen wir zu unseren offensichtlicheren Verdächtigen. Nehmen wir sie uns in der Reihenfolge der Höhe ihres Legats vor. Madame Nadeau?«

»Für siebeneinhalbtausend Euro?« Rachel verzog das Gesicht.

»Es haben schon Leute für weniger gemordet«, sagte Magda munter.

Rachel hätte gern darauf hingewiesen, dass dies ihrer Behauptung »für manche ist reichlich nicht genug« direkt widersprach, aber sie behielt es für sich. Schließlich *hatten* schon Leute für weniger gemordet.

In jedem Fall schränkte Magda ihre Bemerkung gleich wieder ein. »Außerdem wusste sie nicht unbedingt, wie viel er ihr zu hinterlassen gedachte. Oder brauchte es nicht zu wissen. Sie könnte einfach durch die Tatsache motiviert gewesen sein, dass er ihr *überhaupt* etwas hinterließ.« Sie erwärmte sich für ihre eigene Idee. »Ist doch durchaus denkbar. Er sagt: ›Keine Sorge, Liebling! Du wirst versorgt sein, wenn ich nicht mehr da bin.‹ Sie denkt sich, dass ›wenn ich nicht mehr da bin‹ noch eine ganze Weile hin sein könnte und sie die Knete, mit Verlaub, ganz gerne früher hätte. Also bringt sie ihn um.« Sie dachte einen Augenblick nach. »Oder vielleicht kennt sie den Betrag und braucht ihn sofort. Also bringt sie ihn um. *Und*«, sie knallte das Wort wie einen Trumpf auf den Tisch, »du hast selbst gesagt, sie hätte gegrinst.«

Das hatte Rachel in der Tat. »Okay. Aber warum brauchte sie das Geld? Wenn wir das nicht wissen, denken wir uns das Motiv doch nur aus.«

»Nicht ›wenn‹ – *solange* wir das nicht wissen!« Magda klang leicht gereizt, als könnte sie nicht glauben, dass sie Rachel über die elementaren Ziele polizeilicher Ermittlung ins Bild setzen musste. »Das müssen wir eben herausfinden.«

Rachel passte der Ton zwar nicht, aber sie musste ihr recht geben. Sie nickte verhalten.

Magda machte munter weiter. »Jetzt Mathilde. Sie-die-ihre-Brauen-nicht-beherrscht.«

»Jaaa …« Rachel konnte eine gewisse Zögerlichkeit nicht unterdrücken. Jetzt, wo sie das Reich der Spekulation verlassen hatten, jetzt, wo sie sich streng an Vernunftgründe und Fakten hielten, war sie sich ihrer früheren Schlüsse nicht mehr ganz so sicher. »Er hat ihr zehntausend Euro hinterlassen, und sie hat sich seltsam verhalten. Aber man kann jemanden nicht wegen eines Zuckens und eines Stirnrunzelns verurteilen. Wenn wir die Dinge logisch betrachten wollen, dürfen wir auch nicht außer Acht lassen, dass sie reichlich eigenes Geld hat. *Altes* Geld. Da stellen zehntausend schwerlich ein Mordmotiv dar.«

»Aber es ist ja nur eine Hypothese, dass Edgar wegen Geld getötet wurde. Die Leute töten auch aus anderen Gründen. Ich hab mal irgendwo gelesen, dass es vier Hauptmotive für Mord gibt: Eifersucht, Angst, Vergeltung und …«

»Oh, oh, das ist Inspector Alan Grant in *Der Mann in der Schlange*! Den habe ich auch gelesen.« Rachel kramte in ihrer Erinnerung und skandierte dann: »›Eifersucht, Angst, Vergeltung und Diebstahl.‹«

»Also, Diebstahl können wir, glaube ich, ausschließen.«

Rachel schürzte die Lippen. »Und Angst, denke ich, auch. Mathilde und Edgar kamen gut miteinander aus, als ich ihn kannte.«

»Also schön, Angst also nicht.« Magdas Erinnerung nach war Mathilde auch eher der Typ, der Angst einflößte, als welche zu empfinden. »Wie wär's mit Vergeltung – Rache? Das wäre doch weitaus eher ihr Stil.«

»Ja, aber Rache wofür? Ich glaube, sie hatte aus demselben Grund nichts, weswegen sie hätte Rachegelüste hegen sollen, wie sie nichts zu befürchten hatte. Schließlich«, kehrte Rachel die Zuwendung vom Negativen ins Positive um, »*hat* er ihr zehntausend Euro hinterlassen.«

»Es sei denn«, konterte Magda, »er hat sie ihr als Wiedergutmachung irgendeines Unrechts hinterlassen. Wer weiß schon, was er ihr während der letzten zwei Jahrzehnte vielleicht angetan hatte!«

Es fiel Rachel schwer, sich vorzustellen, Edgar könnte irgendetwas getan haben, was jahrelangen Groll nach sich gezogen hätte. Das passte einfach nicht zu dem, was sie von ihm wusste.

»Ich glaube ...« Sie zögerte. »*Ich* glaube, er hat ihr das Geld wegen David hinterlassen. Sie hatten schon noch eine gewisse Beziehung als seine Eltern, zumindest damals, als ich ihn kannte. Sie besuchte ihn, und er war immer herzlich zu ihr, wenn sie da war. Ich halte es für wahrscheinlicher, dass das die Gründe für das Geld waren.«

»Trotzdem«, drängte Magda, »wer weiß schon, wie sich die Dinge vielleicht geändert hatten?«

Rachel gab nach. »Also gut. Da sie selbst Geld hat, könnten die zehntausend ebenso gut eine Entschuldigung gewesen sein wie ein Zeichen von Dankbarkeit. Also, vielleicht. Vergeltung oder Rache für etwas, wovon wir nichts wissen?«

Magda nickte. »Und jetzt das beste: Eifersucht.«

»Nein.« Rachel schüttelte entschieden den Kopf. »Als ich sie kannte, hat sie nie eifersüchtig gewirkt. Sie war ein Snob, aber sie hat nie irgendetwas gesagt oder getan, was auf Eifersucht hätte schließen lassen.«

»Wirklich? Ich erinnere mich, wie du mir damals sagtest, sie würde ständig bei Edgar hereinschneien. Und auch, dass du das gar nicht so prickelnd fandest.«

Rachel war verwirrt. »Aber das war doch wegen David! Sie kam zu Besuch, damit sie beide mit David zusammen sein konnten, um ihm ein Gefühl von Stabilität zu geben.«

Magda seufzte angesichts der Blauäugigkeit ihrer Freundin. »Rachel, ich habe dich herzlich gern, aber was Menschen angeht, bist du furchtbar naiv.«

Rachel errötete. »Das hast du schon mal gesagt.«

»Weil es schon mal gestimmt hat! Wenn eine Frau ihren Exmann ständig besucht, und besonders wenn sie das gerade dann tut, wenn die neue junge Freundin ihres Mannes da ist, dann besucht sie ihn nicht wegen ihres Sohnes. Sie besucht ihren Mann, um ihn im Auge zu behalten!«

Rachel schüttelte den Kopf noch entschiedener. »Das glaube ich wirklich nicht. *Sie* war doch diejenige, die sich *von ihm* hat scheiden lassen!«

»Was nicht unbedingt etwas besagt.« Magda kniff die Lippen zusammen. »Dass du jemanden verlässt, heißt noch lange nicht, dass er aufhören soll, dich zu lieben. Wie jede weiß, die je einen Ex hatte, der jemand Neues kennengelernt hat, während sie selbst noch alleine war.«

Dagegen konnte Rachel nichts vorbringen. Und überhaupt, hatte sie im Laufe der Jahre nicht genügend romantische Dummheiten erlebt, um zu wissen, dass es hoffnungslos war, das Menschenherz verstehen zu wollen? »Also gut«, sagte sie seufzend. »Eifersucht ist ein mögliches Motiv. Vermutlich.«

»*Und* wir waren uns einig, dass wir vergangene Kränkungen nicht ausschließen können. Also können wir wohl Eifersucht *oder* Rache festhalten.«

Rachel nickte.

»Das wäre also Mathilde.« Magda malte ein Häkchen in die Luft. »Und jetzt, die glücklichste Erbin. Das Mädchen.«

Rachel dachte einen langen Augenblick lang nach, bevor sie sagte: »Ich weiß nicht.« Sie verzog den Mund. »Sie war einfach … sie war so unschuldig. Sie ist kein Vamp. Sie ist keine Verführerin. Streng genommen ist sie das genaue Gegenteil davon. Sie ist keine Frau, der ein Mann Geld zum Dank für ›geleistete Dienste‹«, sie malte Gänsefüßchen in die Luft, »hinterlassen würde. Und vielleicht ist genau das der springende Punkt: Sie ist *überhaupt* keine Frau! Sie ist nur ein Mädchen.« Sie nippte an ihrer Tasse. »Das war mein Haupteindruck von ihr: dass sie nur ein Mädchen ist.«

»Aber das ist doch genau die Art von Maske, die eine geübte Manipulantin aufsetzen würde! Und es ist außerdem genau die Sorte Frau, die manche Männer tatsächlich begehrenswert finden.« Magda sah sie aufmerksam an. »Zwischen euch beiden war ein Abstand von fünfzehn Jahren.«

»Das ist ein himmelweiter Unterschied. Ein himmelweiter.« Rachel schüttelte kurz und knapp den Kopf. »Er war vierzig – das ist noch immer vergleichsweise jung. Jetzt ist er sechzig. Beziehungsweise *war* sechzig. Und ein Abstand von fünfzehn Jahren ist mit einem von fünfunddreißig überhaupt nicht zu vergleichen.«

Magda verdrehte die Augen. »Okay, von mir aus. Trotzdem hat sie eine Menge Geld geerbt. Das allein reicht als Motiv.«

»Aber nur, wenn sie *wusste*, dass sie es erben würde«, konterte Rachel.

Magda lehnte sich zurück. »Sag mal, was ist eigentlich los? *Du* warst doch die mit dem Verdacht, dass Edgar ermordet wurde! Und jetzt, wo wir möglicherweise konkrete Indizien haben, willst du partout niemanden als verdächtig gelten lassen. Glaubst du überhaupt noch, dass es ein Mord war?«

»Ja.« Und das meinte sie auch so. Aber … »Es ist nur so, dass es mir albern vorkommt, eine dieser Personen als Verdächtige zu betrachten. Keine von ihnen würde so etwas tun. Ich kenne sie.«

»Du *kanntest* sie.« Magdas Stimme war sanft, aber bestimmt.

»Du hast nach der Bestattung selbst gesagt, dass du sie zuletzt vor zwanzig Jahren kanntest. Du hast keine Ahnung, was in der Zwischenzeit passiert ist. Und zwei von ihnen hast du überhaupt nicht gekannt. Du kannst Möglichkeiten abstreiten, und du kannst überhaupt alles beiseiteschieben, aber wenn wir *logisch* bleiben«, sie betonte das Wort extradeutlich, »dann sind, soweit du weißt, alle diese Leute mögliche Verdächtige. Jede von ihnen könnte die Killerin sein. Oder der Killer.«

Rachel fingen die Augen an zu brennen. Magda hatte recht. Es war idiotisch, sich einzubilden, sie würde Edgar oder seine Familie noch kennen. Und was die anderen zwei betraf – wie konnte sie wissen, warum Catherine Nadeau gegrinst hatte oder wozu Elisabeth des Troyes fähig war?

»Ja«, sagte sie mit leisem Stimmchen. »Sie sind alle mögliche Verdächtige.«

Wie zuvor Rachel zeigte sich jetzt Magda generös. »In einem Punkt hast du allerdings recht. Was David und Fulke betrifft, haben wir wirklich nichts Rechtes in der Hand. Aber trotzdem bleiben uns wenigstens zwei, vielleicht sogar drei, denkbare Täterinnen.« Sie sah Rachel an. »Sind wir uns einig, dass wir das Mädchen zu unserer Hauptverdächtigen machen sollten? Schließlich ist sie diejenige, die die unbegreiflich hohe Zuwendung bekommen *und* die sich als Reaktion darauf am seltsamsten verhalten hat.«

Rachel pflichtete ihr bei. »Aber ich glaube, wir sollten Mathilde nicht zu schnell abschreiben. Für ihre Maßstäbe waren diese minimalen Reaktionen so, als würde jemand anders laut schreiend aufspringen.«

»In Ordnung.« Magda schürzte die Lippen. »Fähig wäre sie allemal dazu.«

Rachel dachte bei sich, dass sie, wenn sie auf sich allein gestellt wäre, Mathilde zu ihrer Hauptverdächtigen machen würde. Vielleicht hatte sie kein klares Motiv, aber sie hatte die geeignete Persönlichkeit. Rachel konnte sie sich durchaus dabei vorstellen, wie sie tötete, um ihre Ziele zu erreichen.

Die Schwierigkeit allerdings war, dass ihre Blutleere es unwahrscheinlich machte, dass sie jemanden aus Wut ermorden würde. Sie war viel zu unterkühlt, um die erforderliche Rage zu erreichen, die einen Mord aus Rache oder Eifersucht erforderte. *Oder müsste man gerade* besonders *kaltblütig sein,* fragte sich Rachel, *um das durchziehen zu können?* Sprach Mathildes Zusammenzucken dafür, dass sie nicht blutleer *genug* war? Schließlich dürfte es ein veritables Herz aus Eis erfordern, jemanden zu töten, den man einmal geliebt hatte – oder gar, wenn Magda recht hatte, noch immer liebte – und der der Vater des eigenen Kindes war. Mathildes ungewolltes Zucken konnte ein Zeichen dafür gewesen sein, dass es Grund gab, sie zu verdächtigen, aber es konnte auch dafür sprechen, dass sie es nicht fertiggebracht hätte. Nichts war klar.

Als läse sie ihre Gedanken, sagte Magda: »Das Problem wird sein, irgendwen dazu zu bringen, das zu sehen, was wir sehen.«

Selbst nach all dem Eifer, den ihre Freundin an den Tag gelegt hatte, wurde Rachel bei diesem »wir«, diesem ausgesprochenen Beweis, dass sie mit ihrer Überzeugung nicht allein dastand, warm ums Herz. »Du weißt, was das, was du gesehen hast, bedeutet, weil du dabei warst«, fuhr Magda fort. »Und ich weiß es, weil ich dich kenne. *Wir* wissen, dass es ein Mord war – aber wie überzeugen wir eine Amtsperson davon?« Sie reckte ihr Kinn vor, während sie nachdachte, dann gab sie sich schließlich selbst die Antwort. »Wir brauchen mehr Beweise.«

»Ja.« Rachel machte aus dem Wort einen Seufzer. »Aber wo fangen wir an? Und wie?« Die Fragen waren zwar nahezu rhetorisch, aber sie waren durchaus legitim. Sie hatte es gleich zu Anfang gesagt: Sie besaßen keine besonderen Kenntnisse oder

Fertigkeiten und keine offizielle Befugnis. Selbst nach dieser Auflistung von Motiven und möglichen Indizien hatten sie eigentlich nichts, worauf sie hätten aufbauen können, außer verdächtigen Mienen und Zuckungen. Wo *konnten* sie anfangen?

»Du fängst mit der Bibliothek an.« Magda ließ es ganz selbstverständlich klingen. »Edgar hat dir seine Erlaubnis gegeben, dich dort, im Haus, in seiner Welt aufzuhalten. Du wirst schlicht tun, worum er dich gebeten hat, und die Bibliothek organisieren. Hab einfach ein Auge auf die Leute, denen du dabei begegnest.« Sie lächelte. »Und was mich betrifft …« Während sie nachdachte, trommelte sie mit den Fingern auf dem Tisch. »Ich werde damit den Anfang machen, dass ich ein bisschen mehr über Madame Nadeau herausfinde. Ihr Grinsen macht mich irgendwie neugierig.« Ihre Augen leuchteten. Das Spiel hatte begonnen.

7. KAPITEL

Wären Rachel noch letzte Zweifel verblieben, ob sie die Bibliothek lediglich als Ausrede missbrauchte, hätten sich diese in Luft aufgelöst, sobald sie anderntags deren Tür öffnete. So aber verschlug es ihr lediglich die Sprache.

Das Zimmer hatte sichtlich als strukturierter Ort zur Verwahrung und Betrachtung von Büchern seinen Anfang gemacht. An irgendeinem Punkt aber war die Sache aus dem Ruder gelaufen. Es gab durchaus Regalbretter, auf denen Bücher ordentlich in Reih und Glied standen, aber eben auch andere, auf denen die Druckwerke auf der Seite lagen und sich zu Stapeln türmten. Der Fußboden war mit Stößen weiterer, bunt durchmischter Bände übersät. Als wäre des Wirrwarrs damit nicht genug, entdeckte sie, sobald sie sich einen Weg zu den Bücherschränken gebahnt hatte, dass das, was von der anderen Seite des Zimmers aus nach Ordnung ausgesehen hatte, tatsächlich nur geordnetes Chaos war: Lederbezogene, goldgeprägte Einbände schmiegten sich an billige Taschenbücher; viktorianische Autoren rangen mit Shakespeare um Lebensraum. Es gab zwar etwas, was nominell als antiquarische Abteilung hätte durchgehen können, aber selbst da standen Ausgaben aus dem 18. Jahrhundert direkt neben modernen Nachdrucken, welche wiederum waagerecht gestapelt neben gebundenen Zeitschriften aus dem 19. Jahrhundert lagen. Und nichts davon war in irgendeiner Weise geschützt oder konserviert, außer dadurch, dass sie in Regalen lagen und keiner direkten Sonneneinstrahlung ausgesetzt waren.

Edgar war ein Sammler gewesen, aber kein Organisator. Sie hielt kurz inne und kostete die Ironie der Tatsache aus, dass er gerade sie – eine Frau, deren eigene Regale zwar ihre Liebe zum Lesen, aber auch ihre Abneigung gegen Saubermachen bezeugten – mit einer solchen Aufgabe betraut hatte. Aber ganz gleich, was er sich dabei gedacht haben mochte, musste sie zugeben, dass seine Bitte und sein Durcheinander ihr von Nutzen sein würden.

Die nächsten paar Stunden verbrachte sie damit, die Bücher zu sichten und in eine erste, provisorische Vor-Ordnung zu bringen. Dabei notierte sie sich in Gedanken die Hilfsmittel, die sie benötigte. Block und Bleistift zum Katalogisieren. Etwas, womit sie den Staub angehen konnte. Einen Plan für ihr weiteres Vorgehen. Plötzlich überwältigte sie die Größenordnung der Aufgabe und sie musste sich hinsetzen. Na ja, zumindest brauchte sie sich nicht mehr zu sorgen, dass sie nicht lang genug hier sein würde, um überhaupt ermitteln zu können.

Als sie die Uhr im Salon eins schlagen hörte, entschied sie, dass sie für heute genug hatte. Sie würde nach Hause gehen, duschen, einen Block und ein paar Stifte in ihre Handtasche packen und versuchen, einen Plan zu machen. Wie aufs Stichwort nieste sie. Sie atmete durch die Nase aus, nieste erneut, wischte sich die Hände an der Hose ab und öffnete die Zimmertür.

Fulke musste ein übersinnliches Gehör besitzen, denn als sie die Tür der Bibliothek hinter sich schloss, stand er schon in der Diele und hielt ihren Mantel parat.

»Gesundheit, Madame«, sagte er höflich.

»Danke.« Rachel schlüpfte in die Mantelärmel. »Fulke, meinen Sie, Sie könnten bis morgen einen Staublappen für mich auftreiben?«

»Einen Staublappen?« Sein Ausdruck änderte sich zwar nicht, aber er wirkte leicht befremdet. *Vielleicht wegen der*

Unterstellung, der Haushalt, dem er vorsteht, könnte so etwas Vulgäres wie einen Lappen enthalten, dachte Rachel.

»Ja. Da drinnen ist es sehr staubig, und ich würde gern die Bücher abwischen.«

»Gewiss.« Er verbeugte sich leicht, dann noch einmal, als sie sich bedankte. »Aber hatten Sie, abgesehen vom Staub, einen erfolgreichen Tag?«

»Höchst erfolgreich, danke.« Sie knotete ihren Mantelgürtel zu.

Dieser kurze Wortwechsel erinnerte Rachel an das Versprechen, das sie Magda gegeben hatte. Aber wie stellt man Ermittlungen über einen Butler an? Ihres Wissens hatte Fulke weder Eltern noch Familie, noch ein Leben außerhalb von Edgars vier Wänden – nach allem, was sie wusste, konnte er in einem winzigen Anzug mit Schlips auf die Welt gekommen sein und jeden Tag damit beschließen, dass er in einen Kleidersack stieg und den Reißverschluss zuzog. Danach aussehen tat er allemal. *Aber man wird nicht als Butler geboren*, sagte sie sich; *man wird zu einem*. Vermutlich wurde man dazu ausgebildet. Gab es so etwas wie (sie erfand mal wieder ein Wort) Butlerei-Schulen?

Aber auch wenn es solche Institute gab, war Fulke dem seinigen bestimmt schon lange entwachsen. Sie trat an den Rand des Trottoirs und blieb stehen, um sich zu konzentrieren. *Also keine Schule. Und wenn keine Schule, was dann? Dann ein … eine … natürlich!* Sie schnippte mit den Fingern: eine Arbeitsagentur! Fulke war vermutlich über irgendeine Agentur eingestellt worden, auch wenn das mittlerweile zwanzig Jahre her war. Und wenn er jetzt Edgars Haushalt verlassen und sich eine neue Anstellung suchen musste, dann würde er das vermutlich auf dem gleichen Wege tun: über eine Personalvermittlung. Und sie war sicher, dass Personalvermittler, wie *cavistes*, online zu finden waren.

Wieder zu Hause, hatte sie nach einer Stunde im Internet

die Namen und Telefonnummern von fünf Agenturen beisammen. Die Anzeichen sprachen dafür, dass je nüchterner und schnörkelloser die Website, desto besser die Qualität der angebotenen Dienstleistungen war. Rachel entschied sich für solche Anbieter, die dermaßen diskret waren, dass in ihren Stellenausschreibungen das Thema Gehalt gar nicht erst angesprochen wurde. Das, da war sie sich sicher, war die Sorte Personalagentur, an die Fulke sich wenden würde, und fünf davon sollten für den Anfang genügen.

Als sie die vierte Nummer wählte, hatte sie ihren Text schon perfekt drauf. *»Bonjour«*, sagte sie zu der jungen weiblichen Stimme, die sich gemeldet hatte, und bemühte sich, ihrem eigenen Organ ein rundes, reifes Timbre zu verleihen, randvoll mit Geld und den dazugehörigen Ansprüchen. »Ich hoffe, Sie können mir helfen. Mein Mann und ich tragen uns mit dem Gedanken, einen Butler ins Haus zu holen, und durch das Ableben eines lieben Freundes ist dessen *maître d'hôtel*, wie wir vermuten, derzeit ohne Anstellung.« Die Stimme machte ein ermutigendes Geräusch. »Aber natürlich kann man nicht einfach fragen, besonders so kurz nach dem traurigen Ereignis.« Die Stimme machte ein mitfühlendes Geräusch. »Also rufe ich die besten Agenturen an in der Hoffnung, diejenige zu finden, die ihn vertritt, um erste Erkundigungen einzuziehen.«

Die Stimme machte ein verständnisinniges Geräusch. Dann fragte sie: »Wie lautet der Name?«

»Der Name des *maître d'hôtel*?« Rachel wurde siedend heiß bewusst, dass sie Fulkes vollständigen Namen gar nicht kannte.

»Nein, nein«, die Stimme produzierte ein kleines Lachen, »der Name des Arbeitgebers. Die Akte wäre unter dem Namen des Arbeitgebers abgelegt.«

Rachel quittierte das mit einem betuchten Schmunzeln ob der eigenen Gedankenlosigkeit. »Natürlich. Der Name des Arbeitgebers war Bowen. Edgar Bowen.«

Es folgte das gleiche Tastengeklacker, das sie vom *caviste* gehört hatte, und dann sagte die Stimme: »*Oui*, Monsieur Bowen ist unser Klient, aber uns liegt kein Vermerk vor, dass sein *maître d'hôtel* ein neues Betätigungsfeld suchen würde. Oder aus dem Dienst zu scheiden gedächte.«

»*Pardon?*« Die Formeln der Diskretion waren verwirrend. »Heißt das, dass der Butler seinen Job nicht aufgibt?«

»Nach unseren Unterlagen, nein.«

»Er arbeitet noch immer für Monsieur Bowen?«

Aber während sie sich darauf konzentrierte, die Codephrasen der Stimme zu entschlüsseln, hatte Rachel vergessen, sich selbst im Zaum zu halten: Ihre Stimme war zu ihrem normalen Tonfall zurückgekehrt. Die andere Stimme sagte einen langen Augenblick lang nichts, und als sie wieder sprach, war sie argwöhnisch und knapp. »Wer spricht da bitte?«

Rachel und Magda waren sich vor langer Zeit darin einig geworden, dass jeder Mensch ein Pseudonym für den Notfall parat haben sollte. »Susan Vandervelt«, sagte Rachel.

»Madame Vandervelt, dürfte ich Ihre Kontaktdaten aufnehmen, damit wir Sie für die Fortsetzung dieses Gesprächs zurückrufen können?«

Rachel und Magda hatten sich über die Wichtigkeit vorgefertigter Kontaktdaten allerdings nie Gedanken gemacht. Rachel spürte, wie das Schweigen sich vor ihr in die Länge zu ziehen und ihr Herz in Panik immer schneller zu pochen begann. *Bleib ruhig*, befahl sie sich. *Denk wie ein Detective. Benimm dich wie ein Detective. Tu, was ein Detective tun würde.*

Sie legte auf.

Zwei Minuten später hatte sie Magda an der Strippe und wiederholte ihr die Worte der Stimme.

»Was soll das heißen?«, bellte Magda. »Dass er keine neue Anstellung sucht oder nicht den Dienst quittiert?«

»Da hatte ich auch Schwierigkeiten mitzukommen. Aber

nach dem zu urteilen, was sie als Letztes gesagt hat, heißt das, dass er seinen Job bei Edgar nicht aufgibt. Beziehungsweise jetzt bei David, nehme ich an. Das bedeutet also, dass David ihn nicht entlassen hat. Es bedeutet aber auch«, sie holte tief Luft, »dass er selbst nicht gekündigt hat. Er versucht also nicht wegzugehen.«

»Also gut. Aber na und?«

Rachel erklärte die Zusammenhänge. »Wenn er nicht versucht wegzugehen, so bedeutet dies, dass er keinen Grund sieht zu gehen. Er macht sich keine Sorgen, dass, wenn er bleibt, jemand etwas herausfinden oder sich zurechtlegen könnte.«

Es folgte Schweigen. Dann sagte Magda: »Oder es könnte bedeuten, dass er glaubt, in Sicherheit zu sein. Oder dass er nichts unternimmt, bis er sicher ist, *nicht* in Sicherheit zu sein.«

»Nein«, sagte Rachel entschieden. »Das kauf ich dir nicht ab. Und wenn du dich auf den Kopf stellst: Jeder, der gerade einen Mord verübt hat, würde so schnell wie möglich aus der Reichweite jedes Verdachts verschwinden wollen. Besonders wenn es um einen Mord wie diesen geht, bei dem eine Sauerei entsteht, die man selbst oder seine Umgebung abbekommen könnte, und wodurch man nur Aufmerksamkeit auf sich zieht.«

»Vielleicht ist er ja ein routinierter Mörder«, sagte Magda. »Vielleicht ist er so geübt, dass er die Nerven behalten und auf Zeit spielen kann.«

»Er war mehr als zwanzig Jahre lang Edgars Butler.« Rachel verlor so langsam die Geduld. »Wann während dieser Zeitspanne, meinst du, hätte er Erfahrung im Morden sammeln sollen? Oder erwarb er besagte Routine, *bevor* er bei Edgar in Stellung ging? Vom professionellen Killer zum Butler in einem Hops?«

Wieder verstummte Magda. Als sie endlich sprach, war ihr Ton trotzig: »Na schön«, sagte sie. »Ans Ende der Liste!«

8. KAPITEL

Als Rachel am nächsten Morgen die Tür zur Bibliothek öffnete, stand ein Tablett mit Tee und einem kleinen Teller Kekse für sie bereit – und die Bücher glänzten wie gewienert. Ein sauberes gelbes Staubtuch hing gefaltet über dem Ende eines Bords. Sie fragte sich, nicht zum ersten Mal, warum sie keinen Butler hatte.

Aber sie war als Beobachterin hier, nicht um über die Ungerechtigkeit des Lebens zu sinnieren, und auf alle Fälle kann kein anständiger Mensch der Verlockung einer Bibliothek widerstehen. Vielleicht, weil die Bücher ohne Staub so viel besser aussahen, spürte sie, dass sie sich allmählich mit ihrer Aufgabe anfreundete. Wie sollte sie die Sache angehen? Sie verbrachte eine glückliche halbe Stunde mit der Überlegung – erst ordnen, dann katalogisieren; parallel zum Ordnen katalogisieren; oder aber katalogisieren und dann anhand der während des Katalogisierens gewonnenen Erkenntnisse ordnen –, ohne zu einer Entscheidung zu gelangen. Sie beschloss, damit den Anfang zu machen, dass sie den Inhalt der sie umgebenden Stapel auflistete.

Im erstbesten Turm fand sie eine komplette Erstausgabe der Werke Lord Byrons in französischer Übersetzung. Zwei Stapel weiter türmte sich die gesamte Erstausgabe des Gesammelten Dickens. Es gab eine kleine Erstausgabe von Stevensons *Strange Case of Doctor Jekyll and Mister Hyde*; es gab die New Yorker Ausgabe von Henry James. Das Regal mit antiquarischen Büchern beherbergte, wie sich zeigte, frühe französische medizinische Werke (*Librairie José Corti am Jardin du Luxembourg*, dachte sie: *Da waren sie häufig gewesen*), Erstausgaben von Samuel Beckett und – sie beugte sich näher heran: War das ein vollständiges Exemplar der »Paris Edition« der Gutenberg-Bibel? Selbst sie wusste, dass diese Faksimile-Ausgabe unglaublich selten war.

Am späteren Vormittag schrieb sie gerade die letzten Titel auf, als sie ein leises Klopfen hörte. Die Tür öffnete sich einen Spalt breit, und Mademoiselle des Troyes' Blondschopf erschien.

»Bonjour.« Sie lächelte verkrampft.

Rachel – sie saß neben dem Teetablett auf einem Polsterhocker – sah auf und erwiderte das Lächeln. *»Bonjour.«*

Das Mädchen tat einen Schritt ins Zimmer. »Ob ich wohl hierbleiben und mich ein bisschen ausruhen könnte?« Sie strich sich eine Haarlocke hinter das Ohr. »Ich versuche, die Papiere in Edgars Büro zu ordnen, und es ist …« Sie brauchte nicht weiterzureden; ihre traurige Miene sprach Bände.

»Natürlich.« Rachel deutete auf einen Sessel unweit von ihr. »Es wäre mir ein Vergnügen.«

Das Mädchen nahm Platz und saß stumm da, während Rachel die Stapel auf dem Fußboden noch einmal durchzusehen begann. Vielleicht suchte sie nur Zuflucht, denn außer nichts zu sagen, rührte sie sich auch kaum, während sie die Hände im Schoß verschränkt und den Blick auf einen unsichtbaren Punkt vor sich gerichtet hielt. Rachel spürte, wie ihr eigenes Inneres zitterte, teils vor Anspannung und teils vor Begeisterung über das unglaubliche Glück, das ihr da in den Schoß gefallen war. Dennoch war sie so klug, gleichfalls zu schweigen: Wenn sie so weit sind, fangen die Menschen von selbst an zu erzählen.

Schließlich seufzte das Mädchen. »Es ist sehr still hier ohne Edgar. Ich weiß nicht, ob ich mich daran gewöhnen werde.«

»War's denn so laut, als Edgar noch am Leben war?«

»Nein.« Sie furchte die Stirn, als erwöge sie eine weltbewegende Frage. »Aber wenn er hier war, dann wusste man es. Er hatte eine starke Präsenz.« Ihre Augen füllten sich mit Tränen.

Rachel verspürte ein plötzliches Aufwallen von Mitgefühl. Schon zu ihrer Zeit mit Edgar war seine Ausstrahlung stärker gewesen, als sein Äußeres vermuten ließ. Wenn er im Zimmer war, ja selbst wenn er sich nur in derselben Wohnung aufhielt, fühlte sich die Luft lebendiger an. Er brauchte nicht dicht bei einem zu sein: Seine bloße Anwesenheit irgendwo in der Nähe brachte die Atome zum Knistern. Und es war damals schwer gewesen, sich an das Fehlen von alldem zu gewöhnen. Sie erinnerte sich an Augenblicke nach ihrer Trennung, wo sie allein gewesen war und plötzlich erkannt hatte, dass ihre Einsamkeit keine Sehnsucht nach einer unerwarteten Bemerkung oder einem konkreten Ereignis war, sondern nach einer *Lebenskraft*; es war die Erkenntnis, wie still die Luft ohne Edgar war. Eine kurze Zeit lang fühlte sie sich Mademoiselle des Troyes sehr verbunden, von Frau zu Frau. Sie tätschelte ihren Arm. »Ja. Er war sehr lebendig. Es ist schwer zu verschmerzen, ich weiß, Mademoiselle.«

»Elisabeth, bitte.« Das Mädchen blinzelte, lächelte feucht. »Meine Mutter hat mich nach der Prinzessin benannt, die während der Revolution ums Leben kam.« Sie fügte entschuldigend hinzu: »Meine Mutter ist ein bisschen … ungewöhnlich.«

Rachel verdrehte die Augen. »Ich glaube, alle Mütter sind ein bisschen ungewöhnlich.«

Elisabeth lachte, herzlich, überraschend laut, und sah Rachel mit aufrichtigem Vergnügen an. Rachel versuchte, auf ihrem Glück aufzubauen, und fragte vorsichtig: »Wie lange hattest du Edgar gekannt, Elisabeth?«

»Ich kenne ihn seit ungefähr drei Jahren.«

Rachel nahm das Präsens zur Kenntnis. »Warst du seine Sekretärin?«

»Nein, nein.« Sie schüttelte ihr üppiges Haar, zog dann die Ärmel ihres fleischfarbenen Pullovers bis über die Hände, wie ein Kind, das sich aufzuwärmen versucht. »Eigentlich kam ich als Putzfrau. Ich studiere, und ich brauchte Geld, also bin ich zu einer Agentur, und die haben mich hierher geschickt. Nach drei oder vier Wochen sagte er, ich sei keine Putzfrau, er wisse aber, dass ich das Geld brauchte. Er wollte mich dabehalten, damit er mich weiter bezahlen konnte. Also wurde ich seine *aide de bureau*.« Rachel kannte diesen französischen Euphemismus für »Mädchen für alles«. »Ich habe«, Elisabeth machte eine wedelnde Handbewegung, »ihm einfach bei seinem Leben assistiert.«

»Lebensassistentin«: eine weitere Stelle, die in ihrem Fall unbesetzt blieb. Aber ihr blieb keine Zeit, diese Ungerechtigkeit gebührend zu würdigen; das Mädchen stellte ihr eine Frage.

»Und Sie? Woher kennen Sie Edgar?« Rachel, die auch nach über zwanzig Jahren Frankreich mit dem *vous* auf Kriegsfuß stand, nahm die förmliche Anrede zur Kenntnis. *Sind Mörderinnen überhaupt so höflich?*, fragte sie sich. Dann seufzte sie innerlich. In Frankreich wahrscheinlich ja.

»Also …« Sie entschied, dass Ehrlichkeit die beste Strategie war. »Wir lernten uns vor langer Zeit kennen. Vor über zwanzig Jahren. Und ungefähr zwei Jahre lang war ich seine *petite amie*.«

Elisabeths Augen wurden größer. »*Ah bon!* Dann wissen Sie ja Bescheid! Sie wissen, wie gütig Edgar war!« Sie blickte Rachel ernsthaft an, Verehrerinnen unter sich.

»Ja.« Rachel nickte. Sie wusste es. »Als wir uns kennenlernten, arbeitete ich als Kellnerin bei einem Partyservice, und es war mir peinlich zu gestehen, dass ich in meiner Freizeit Gedichte schrieb. Aber er sagte, ich sollte mich als Dichterin betrachten, die zufällig nebenbei kellnerte. Er glaubte an mich. Und er war der erste Mensch, dem ich je meine Gedichte vorgelesen habe.« Sie schüttelte lächelnd den Kopf. »Am Ende hat er geklatscht.« Einen Augenblick lang hing sie der Erinnerung nach. Aber die Pflicht rief. »Und Sie? In welcher Hinsicht war er *Ihnen* gegenüber gütig?« Sie versuchte zu sondieren, ohne bohrend zu klingen.

»Ach, er war immer so aufmerksam und versuchte, mir Gutes zu tun, gleich vom ersten Tag an. Immer gab es Kaffee oder ein kaltes Getränk, während ich arbeitete.«

Rachel sagte sich, dass das eher ein Beweis für Fulkes Professionalität als für Edgars Fürsorglichkeit war, aber sie behielt es für sich.

»Und er fragte mich immer, was mein Studium so machte«, fuhr sie fort, »und ob ich auch Spaß am Leben hatte. Ich studiere Medienwissenschaft am CELSA.« Sie benutzte die Abkürzung für das Centre d'études littéraires et scientifiques appliquées, die am Stadtrand von Paris gelegene Grande école für Publizistik und Kommunikationswissenschaften der Sorbonne. »Mein Schwerpunkt ist Fernsehstrukturen und Demographie. Nachdem er das erfuhr, fragte er mich oft nach meiner Meinung über verschiedene Sendungen, oder weswegen meiner Ansicht nach eine Sendung funktionierte oder nicht funktionierte. Natürlich«, fügte sie hastig hinzu, als befürchtete sie, Rachel könnte wegen solchen Fraternisierens schlecht von ihr denken, »war unser Verhältnis nicht von Anfang an so. Aber wenn man jemandes Anzüge zum *pressing* bringt, wenn man ihm bei seiner Korrespondenz hilft, wenn man für ihn ans Telefon geht, dann kommt man sich mit der Zeit näher. Und dann, nach ein paar Monaten, fing er an, mich an manchen Abenden, wenn Madame Nadeau nicht hier war, einzuladen, zum Essen zu bleiben und manchmal auch eine Fernsehsendung mit ihm anzusehen und anschließend darüber zu reden. Wir fingen an, miteinander, na ja, wie Freunde zu reden. Nicht wie Chef und Angestellte.« Wie Rachel kurz zuvor lächelte sie erinnerungsselig. »Und er war so aufmerksam! Er sorgte immer dafür, dass eine Flasche meines Lieblings-Rosés im Haus war, für den Fall, dass ich zum Abendessen blieb.«

Rachel merkte ruckartig auf. Hatte sie wirklich gehört, was sie gehört zu haben glaubte? Sie schaffte es gerade noch, sich umzusetzen, um ihre Schreckreaktion zu kaschieren, bevor Elisabeth weitersprach. »Er war gut zu mir«, sagte sie wehmütig. »Sehr gut. Und deswegen, als er …« Sie brach abrupt ab und riss die Augen auf.

Rachel hielt den Atem an. Erst eine unbeabsichtigte Enthüllung und jetzt ein vielsagendes Verstummen! Sie hatte gehofft, ein einziges kleines Indizchen zu finden, aber das hier war ja das reinste Schlaraffenland! Erst schwankte sie, welche Spur sie weiterverfolgen sollte, aber nach einer Sekunde entschied sie, dass der Wein warten konnte. Besser die Sache vorantreiben als wieder von hinten anfangen.

Gegen ihre Aufregung ankämpfend, beugte sie sich leicht vor und ließ ihre Stimme ganz sanft werden. »Was?« Sie spielte kurz mit dem Gedanken, das Mädchen ermutigend am Arm zu berühren, ließ es dann aber sein. »Als er was?«

»Ich weiß nicht.« Elisabeth schluckte, blickte auf ihre Hände hinunter. »Ich hab den Faden verloren.«

»Wir waren uns gerade einig, dass Edgar sehr gütig war. Und Sie erzählten mir gerade, in welcher Hinsicht er das zu *Ihnen* war.« Rachel versuchte, keine Frustration in ihre Stimme einfließen zu lassen. »Und Sie wollten mir etwas erzählen, was er dann tat – oder worum er Sie vielleicht bat?«

»Nein, nein.« Elisabeths Ton war eine zufallende Tür. »Er hat nie etwas verlangt. Er war gütig. Er war in jeglicher Hinsicht gütig. Immer.« Sie lehnte sich zurück und hob eine Hand, jetzt nicht mehr vom Ärmel bedeckt, an den Mund. Die Knöchel waren weiß, und Rachel begriff, dass sie nichts mehr aus ihr herausbekommen würde.

9. Kapitel

»Was von beidem hat sie, glaubst du, begriffen und bereut?«, fragte Magda. »Dass sie den Rosé erwähnt hatte, oder dass sie dabei war, etwas zu verraten?«

»Oder beides?«, fügte Rachel hinzu. Sie lunchten im Le Chant des Voyelles, unweit des Centre Pompidou, und der Kellner hatte gerade ihre *entrées* serviert. Sie wartete, bis er wieder gegangen war, und sagte dann: »Ich weiß es nicht. Aber beides lässt sie schlecht dastehen.« Dann dachte sie noch einmal nach. »Das heißt, eigentlich kann sie ja gar nicht wissen, dass wir vom Rosé auf dem Tisch wissen. Also kann sie nur bedauert haben, dass sie dabei gewesen war, irgendetwas zu verraten. Aber was? Und genau genommen hat sie auch keine Möglichkeit zu wissen, dass wir von dem Rosé *nicht* wissen – diese Frauen auf der Trauerfeier wussten ja schließlich davon. Also wurde ihr vielleicht *doch* nachträglich klar, dass sie einen Fehler gemacht hatte.«

»Also so oder so nicht besonders aufschlussreich.« Magda nahm einen Löffel von ihrer Suppe. »Und du glaubst nicht, dass sie vielleicht kurz davorstand, sich über eine Veränderung in der Natur ihrer Beziehung zu verplappern?«, fragte Magda. »Eine Möglichkeit, ihre Worte zu deuten – dieses ganze ›er ist warmherzig, er ist gütig, wir standen uns näher als bloß Chef und Angestellte, ich hab schon zu viel gesagt‹ – ist, sie als Code für ›wir waren ein Paar‹ zu verstehen.« Ihr Ton ließ keinen Zweifel daran, dass sie diese Deutung favorisierte.

»Nein.« Rachel schüttelte den Kopf. »Nein, das glaube ich

ehrlich nicht. Tatsächlich bin ich nach unserem Gespräch eher davon überzeugt, dass sie *keines* waren. Ich weiß, dass es in der heutigen Zeit lächerlich klingt, aber sie ist nicht so eine.«

Magda warf ihr einen Blick zu.

»Ich weiß, aber das trifft's am besten. Ehrlich, ich glaube nicht, dass ihr der Gedanke an Sex mit Edgar auch nur im Traum gekommen wäre.«

»Schön.« Magda schüttelte den Kopf. »Sie ist nicht so eine. Aber er könnte durchaus so einer gewesen sein. Die Idee könnte *ihm* gekommen sein.« Sie ließ eine lange Minute verstreichen, und als sie wieder sprach, klang sie zögerlich und unterbrach sich immer wieder. »Du glaubst nicht – also, dass er, du weißt schon, sie *genötigt* haben könnte? Und dass das Geld als Entschuldigung gemeint war? Oder als Versuch, es bei ihr wiedergutzumachen?«

»Nein.« Rachel klang bestimmt. »Schlicht – nein.«

»Also gut.« Magda sah sie vorsichtig an. »Es tut mir leid. Aber eine von uns beiden musste das sagen.«

»Ich weiß.« Rachel nickte. Sie war nicht böse; die Frage hatte gestellt werden müssen. »Aber es ist ausgeschlossen. Edgar wäre an der Art Sex nicht interessiert gewesen – das entsprach einfach nicht seinem Charakter.« Sie sah Magdas Miene: Sie wussten beide von massenhaft Frauen, die genau solche Dinge von Männern behaupteten, bei denen sich irgendwann herausstellte, dass sie *exakt* ihrem Charakter entsprachen. »Ich weiß. Aber es ist wahr. Außerdem war ihr keinerlei sexuelles Interesse anzumerken, von der Körpersprache oder dem Ton her. Und sie sagte, dass Edgar gütig war. Sie hat es ausdrücklich betont, und es klang nicht gezwungen oder unaufrichtig.«

Wenn schon nicht vollkommen, war Magda zumindest ausreichend überzeugt, um es dabei bewenden zu lassen. »Also gut. Er ist nicht so einer; und sie ist nicht so eine. Aber dann bleibt immer noch die Frage: Was für eine *ist* sie denn?«

Um Zeit zum Nachdenken zu gewinnen, nahm Rachel einen Löffel von ihren *œufs en cocotte*. Das Le Chant des Voyelles hatte sie vor vielen Jahren noch als Paris-Neuling entdeckt, und sie war seither immer wieder gern dorthin zurückgekehrt. Hätte man sie gefragt, weswegen sie dem Restaurant die Treue hielt, wäre sie auf die behaglich-freundliche Atmosphäre zu sprechen gekommen; auf den Umstand, dass an späten Sommerabenden das kulinarische Erlebnis plötzlich von einem vorbeiflanierenden schwatzhaften Transvestiten unterbrochen werden konnte; auf die Tatsache, dass das – gerade mal zweihundert Meter vom berühmtesten Tempel der Postmoderne von Paris entfernt gelegene – Restaurant an einer mittelalterlichen kopfsteingepflasterten Gasse lag. Aber am Ende hätte sie zugeben müssen, dass es an den *œufs en cocotte* lag. Sie hatte diese mit Crème fraîche und Käse überbackenen und in einem Auflaufförmchen servierten Eier in den verschiedensten Pariser Restaurants probiert, aber nirgendwo waren sie so gut wie hier. Die Augen geschlossen ließ sie sich das Ei, dessen eindimensionaler Geschmack durch das butterige Aroma der Sauce an Komplexität gewann, auf der Zunge zergehen. Dann wandte sie ihre Aufmerksamkeit wieder dem Thema Elisabeth zu.

»Sie ist – es widerstrebt mir, das Wort zu verwenden, aber sie ist *nett*. Das Wort trifft genau auf sie zu. Sie ist schlicht; sie ist lieb. Allzu viel Tiefgang scheint sie nicht zu besitzen, das stimmt, aber das bedeutet eben, dass in ihr auch kein Platz für Hinterlist und Falschheit ist.« Sie nahm einen weiteren Bissen. »Allerdings …«

»Ja?« Magda, die während der Schilderung der Nettigkeit gelangweilt dreingesehen hatte, merkte sofort auf, als sie eine Komplikation witterte. »Allerdings was?«

»Na ja, ein bisschen Unaufrichtigkeit muss sie schon in sich haben, da sie nicht weitergesprochen hat. Sie hat mir bewusst und mit Vorbedacht etwas vorenthalten. Sie hat sich dabei zwar nicht eben unauffällig angestellt, aber allein die Tatsache, dass sie sich mitten im Satz unterbrochen hat, zeigt, dass es etwas gibt, was ich, wenn's nach ihr geht, nicht wissen darf. In *einem* Punkt ist sie somit unaufrichtig.«

»Also nicht ganz so harmlos.« Magda klopfte mit ihrem Löffel meditativ auf den Boden ihrer Suppentasse. »Na ja, es gibt keine Regel, die besagt, dass einfach gestrickte Menschen keinen Mord planen oder verüben können. Tatsächlich hab ich mal gelesen, dass die meisten Kriminellen – zumindest diejenigen, die geschnappt werden – nicht sonderlich helle sind. Deswegen werden sie ja auch geschnappt. Also«, sie lächelte dem Kellner zu, der gerade ihr Geschirr abräumte, »gescheit genug, um einen Mord zu begehen, aber nicht gescheit oder vorsichtig genug, um anschließend konsequent an ihre Deckung zu denken?«

»Aber was ist mit dem Rosé?«, räsonierte Rachel wieder. »Das ist etwas anderes, als lediglich einen Augenblick lang seine Deckung zu vergessen. Das war kein kleiner Patzer. Wenn sie eine Mörderin ist, dann war das ein schwerwiegender Fehler. Selbst wenn sie glaubt, keiner wisse was vom Rosé auf dem Tisch, oder dass Edgar gar keinen Rosé mochte, hat sie keine Garantie, dass das niemand je herausfinden wird. Schließlich haben *wir* es herausgefunden. Wenn sie es also getan hat, dann würde man annehmen, dass sie besonders auf der Hut ist und derlei Ausrutscher unbedingt vermeidet. Wenn sie andererseits unschuldig ist«, fuhr sie fort, und ihre Stimme bekam einen nachdenklichen Klang, »dann besteht kein Grund, warum sie den Rosé nicht erwähnen sollte. Das würde also für ihre Unschuld sprechen – dass sie den Rosé erwähnt hat, meine ich, weil er eben für sie keinerlei Bedeutung hatte.«

Da sie keinen Löffel mehr hatte, klopfte Magda mit dem Zeigefinder auf den Tisch, während sie diese Argumente überdachte. »Es sei denn … es sei denn, wir haben es mit einem doppelten Bluff zu tun. Es sei denn, sie *scheint* lediglich einfältig und lieb, ist aber in Wirklichkeit die Mörderin, und der vermeintliche Lapsus war beabsichtigt und sollte uns davon überzeugen, dass sie nicht die Mörderin sein kann, weil keine Mörderin so dämlich wäre.«

»Ockhams Rasiermesser«, sagte Rachel.

»Was?«

»Der Grundsatz von Ockhams Rasiermesser.«

Magda guckte etwas ratlos. »Ist das nicht der, der besagt, dass die einfachste Erklärung immer die richtige ist?«

Rachel nickte. »Und nach diesem Grundsatz wäre dein Szenario zu kompliziert, um richtig sein zu können.« Dann ging ihr etwas auf. »Aber tatsächlich spielt es gar keine Rolle, ob das doppelt geblufft, einfach geblufft und überhaupt nicht geblufft ist, denn Bluff oder nicht, sie will etwas verheimlichen, und das macht sie schon von sich aus verdächtig. Und nach dem, was sie mir erzählt hat, war sie auch ein regelmäßiger Essensgast. Wodurch sie Mittel *und* Gelegenheit hatte.« Dann hielt sie inne. »Wir wissen allerdings weiterhin nicht, ob sie ein Motiv hatte, weil wir nicht wissen, *was* sie verbirgt.« Innerlich knirschte sie mit den Zähnen. Hätte sie dem Mädchen mehr zusetzen sollen? Hätte sie sie dazu treiben können, etwas wirklich Aufschlussreiches zu verraten? Oder gar zu einem Geständnis?

»Nun«, sagte Magda und verengte die Augen, »es könnte uns gelingen, aus dem, *was* sie dir gesagt hat, irgendeinen Anhaltspunkt zu gewinnen.« Sie lehnte sich vor. »Sag mir genau, was ihr beide jeweils gesagt habt.«

Rachel atmete tief durch und konzentrierte sich. »Also, erst sagte sie, dass Edgar sehr gütig war.«

»Und sie nannte ihn ›Edgar‹? Nicht ›Monsieur Bowen‹?«

»Nein.« Rachel verzog das Gesicht, erinnerte sich dann aber, dass Elisabeth Catherine Nadeau »Madame Nadeau« genannt hatte. Neugierig, fragte sie: »Warum?«

In diesem Moment erschien der Kellner mit den Hauptgängen. Rachel warf einen neidischen Blick auf Magdas Rochenflügel und dachte bei sich, dass es eine Schande war, ein warmes Gericht kalt werden zu lassen, weil dessen vorgesehene Verzehrerin eine lange Erklärung vortragen musste. Vielleicht wäre Magda ja einverstanden …?

Magda zog den Teller demonstrativ näher zu sich heran. Ohne Rachel anzusehen, nahm sie rasch das Messer und zerteilte damit das zarte Fleisch. »Also«, sagte sie, »die Tatsache, dass sie ihn nicht ›Monsieur Bowen‹ nannte, zeigt, dass sie wirklich eine zwanglose Beziehung hatten. Es lässt vermuten, dass sie in dem Punkt die Wahrheit sagt.«

Rachel war von Magdas Scharfsinn beeindruckt, aber Magda steckte sich nur einen Bissen Fisch in den Mund, kaute und holte dann Luft. »Okay, was hast du darauf erwidert?«

»Ich sagte, ja, das war er, aber dann habe ich sie gefragt, in welcher Hinsicht er zu ihr gütig war. Du weißt schon, irgendwie auf den Busch geklopft. Und sie sagte, dass er sie nach ihrem Studium fragte und sie viel Zeit zusammen verbrachten, wie Freunde plauderten und sich nach und nach ziemlich gut kennenlernten. Sie sahen zusammen fern. Sie sagte, er sei sehr gut zu ihr gewesen. Und dann sagte sie: ›Und deswegen, als er …‹, und ist dann verstummt. Ich versuchte nachzubohren, aber sie behauptete, sie hätte den Faden verloren.« Rachel stocherte in ihrem *salade niçoise.*

»Schön.« Magda kaute einen weiteren Bissen und schluckte. »Also, zunächst einmal lässt dieses ›Und deswegen, als er‹, *Pünktchen Pünktchen,* darauf schließen, dass er, was immer er tat, dann tat, nachdem sie sich nahegekommen waren.«

Rachel nahm den Faden auf: »Und *das* lässt vermuten, dass er sie gut kennen musste, bevor er *Pünktchen Pünktchen.* Und sie ließ es tatsächlich so klingen, als ob er sich Mühe gegeben hätte, ihr näherzukommen, bevor er – was auch immer.«

»Und *das* wiederum spricht dafür«, Magda war jetzt schneller, »dass, was auch immer er tat oder sagte, oder fragte, oder worum er sie bat, oder was er ihr gab, oder sich nahm, oder *was auch immer*, er wusste, dass sie mit ihm auf freundschaftlichem Fuße stehen musste, bevor sie es in Erwägung ziehen würde.«

»Richtig.« Rachel sammelte sich, zählte an den Fingern ab. »So. Er konnte sie nicht einfach so beiläufig fragen – sie war sichtlich durcheinander wegen dem, was er fragte oder worum er sie bat – und was auch immer er fragte, war abhängig von und stand gleichzeitig im Widerspruch zu seiner Güte.«

Magda nickte.

»Das lässt vermuten, dass es weder etwas Spontanes noch etwas Einfaches war. Und das alles lässt vermuten …«

»… dass es eine große Sache war«, vollendete Magda.

Sie sahen sich an, wechselseitig überrascht und stolz über ihre Fähigkeiten. Rachel stach mit der Gabel in ein Salatblatt; Magda zwackte einen Bissen Rochen ab und steckte ihn sich in den Mund.

Rachel sagte leise: »Und nach ihrer Einleitung zu urteilen, würde ich sagen – was auch immer es war, sie erklärte sich dazu bereit.«

Magda schluckte. »Also bekommt sie nach Edgars Tod viel Geld dafür, dass sie zu seinen Lebzeiten etwas getan hat, was ihr offensichtlich peinlich war. Das sind gleich zwei Motive: Geld und Angst.«

»Stimmt.« Doch Rachel wurde ihre Zweifel nicht los. »Aber es wäre unmöglich, jemanden zu finden, der sich weniger wie eine Killerin verhält oder nach einer aussieht. Und wir dürfen nicht vergessen – sie erwartete ja gar keine so hohe Zuwendung, also hätte sie ihn auch nicht deswegen töten können.«

»Tja«, sagte Magda, »wir stehen noch ganz am Anfang. Aber wenn du euer Gespräch aus einer anderen Perspektive betrachtest, dann ist es ein Erfolg: Du bist erst seit zwei Tagen da und hast schon eine Spur.« Sie seufzte, aber ihr Seufzer klang nicht unbefriedigt. »Wie du selbst sagst, hat gerade die Tatsache, dass sie so offensichtlich etwas nicht verraten hat, etwas verraten: Sie hat ohne Frage wenigstens *eine* Sache im Zusammenhang oder in Verbindung mit Edgar getan, die sie geheim halten will.« Noch einen Bissen, noch einmal schlucken. »Und Mathilde? Irgendwas aus der Ecke?«

Rachel schüttelte den Kopf. »Nicht das kleinste bisschen.« Verbittert spießte sie eine Kaper auf. »Wie steht's mit dir? Wie sind deine Recherchen gelaufen?«

»Ah, Madame Nadeau!« Magda beugte sich vor, zog ein gebundenes Notizbüchlein aus ihrer Handtasche und schlug es auf. »Catherine Nadeau besitzt eine Boutique, die dekorative Haushaltswaren verkauft. Für Laufkundschaft, soviel ich weiß, was auch der Grund wäre, warum sich unsere Wege nie gekreuzt haben. Der Laden heißt Le Cindy.« Sie hob vorwegnehmend die Hand. »Frag nicht. Ich weiß es nicht. Aber so heißt er. Hat keine nennenswerte Webpräsenz – vielleicht habe ich deswegen noch nie davon gehört –, aber er ist im Ersten, in der Rue des Bourdonnais.«

So hatte Edgar sie wahrscheinlich kennengelernt, tippte Rachel. Sein Spaß am Herumstöbern und seine Schwäche für ungewöhnliche Wörter und Wendungen konnten ihn ohne weiteres in dieses Geschäft mit dem komischen Namen geführt haben, zumal es ganz bei ihm in der Nähe lag.

Magda war noch nicht fertig. »Und jetzt kommt etwas sehr Interessantes. Ich hab's in einem Online-Business-Newsletter gefunden. Der Laden kündigt für nächste Woche eine ›Wiedereröffnung‹ an, nachdem er zwei Monate lang geschlossen hatte.« Zufrieden lehnte sie sich zurück, dann sah sie Rachels Miene an, dass die Bombe noch nicht eingeschlagen hatte, und lehnte sich wieder vor. »Okay, ich sehe ein, dass das für jemanden, der nichts vom Einzelhandel weiß, nicht viel hermacht.

Ich erklär's dir. Wenn ein Laden bereit ist, auf zwei Monate Umsatz zu verzichten, dann bedeutet das, dass es ein Problem gibt. Und wenn ein Laden bereit ist, während der Weihnachtssaison auf zwei Monate Umsatz zu verzichten, dann bedeutet das, dass er ein ernstes Problem hat, denn es bedeutet eine gewaltige Einbuße. Und im Einzelhandel«, sie richtete zur Emphase ihr Messer auf Rachel, »ist das einzige ernste Problem das Geldproblem. Was bedeutet, dass Madame Nadeau Geld brauchte.«

Jetzt begriff Rachel. »Sie verwendet Edgars Zuwendung, beziehungsweise deren Zusicherung, um ihr Geschäft wiederzueröffnen. Der Betrag war das Zünglein an der Waage, das für den Laden zwischen der Pleite und der Chance entschied, doch noch zu einem Erfolg zu werden.«

Magda nickte. »Und das bedeutet …«

Rachel fiel in ihre Worte ein, sodass sie wieder unisono sprachen: »… es war einen Mord wert!«

Sie sahen sich an.

»Wir müssen tiefer graben«, sagte Rachel.

Wieder nickte Magda, entschieden. »Stimmt.« Dann hielt sie inne. »Aber wie?«

Rachel staunte selbst, wie naheliegend die Antwort war. »Wir sehen uns das Geschäft an.«

»Tun wir das?«

»Klar. Ich bin in der Gegend. Einer hübschen Boutique kann ich nicht widerstehen – wir schauen einfach mal rein. Es wird ganz natürlich aussehen. Es ist eine Wiedereröffnung; es wird ein ständiges Kommen und Gehen sein.«

Magda holte weiter aus. »Du bist sowieso in der Gegend. Du bist in der Bibliothek beschäftigt. Die in Edgars Wohnung ist, welche wiederum im Ersten ist.« Sie steckte sich einen Bissen in den Mund. »Wir könnten am Montag hin.«

»Perfekt.« Dann erinnerte sich Rachel an ihr Ausgangsthema und runzelte die Stirn. »Und Elisabeth? Was machen wir mit *ihr?*«

»Ach ja, Elisabeth.« Magda dachte nach. »Sie sieht nicht aus wie eine Kriminelle.«

Rachel nickte.

»Und sie verhält sich auch nicht wie eine Kriminelle.«

Wieder nickte Rachel.

»Andererseits«, sagte Magda mit weiser Stimme, »sehen nicht alle Kriminellen wie Kriminelle aus oder verhalten sich nach außen hin wie welche.« Eine weitere Pause, und dann sagte sie aufgeräumt: »Tja, da musst du sie einfach beobachten und sehen, ob sie sich irgendwie verrät.«

Der Scharfsinn der Konsumentin von tausenden True-Crime-Dokus hatte gesprochen. Es gab nichts anderes zu tun, als die Augen weiter aufzuhalten und abzuwarten. Rachel hob die Hand nach dem Kellner. Da sie für das ganze Beobachten, Abwarten und In-Geschäfte-Gehen bei Kräften bleiben musste, würde sie sich zum Abschluss die Schokoladenterrine mit Minzsauce genehmigen.

10. KAPITEL

Als Rachel am Montagmorgen die Wohnung betrat, war Edgars Diele mit Kartons übersät. Außerdem war sie, wie sie erfuhr, nicht mehr Edgars Diele.

»Monsieur David zieht ein«, sagte Fulke.

Das ging ja schnell, dachte Rachel. Aber der Einzug würde ohnehin keinen außer Fulke behelligen, und der sah nicht im Geringsten behelligt aus. Sie hörte Geräusche aus den hinteren Zimmern und vermutete, dass das David war. Sollte sie dem neuen Eigentümer der Wohnung, in der sie arbeitete, guten Tag sagen? Sie konnte ihn schlecht ignorieren – auf einer Trauerfeier, wo er der Hauptleidtragende war und sie nur eine flüchtige Erscheinung, hatte sie sich davor drücken können, aber es war doch wohl ein elementares Gebot der Höflichkeit, dass man sich jemandem, in dessen Wohnung man arbeitete, vorstellen ließ. Sie korrigierte sich: sich *wieder* vorstellen ließ.

Auf ihre Bitte hin führte Fulke sie in den Salon, wo David über eine Kiste gebeugt stand. Unsicher, wie sie anfangen sollte, war Rachel dankbar, die heikle Navigation abgenommen zu bekommen, als Fulke mit leicht erhobener Stimme sagte: »Monsieur Bowen, Madame Levis ist hier.«

David hob den Kopf. Das Morgenlicht ließ seine fahle Haut bleich und seine Augenränder rot erscheinen, aber der verkniffene Ausdruck, den sie auf der Trauerfeier und bei der Verlesung des Testaments beobachtet hatte, war verschwunden. Jetzt zeigte David lediglich die normale Miene eines Mannes, der mitten im Umzug steckte: Verwirrung mit einem ordentlichen Schuss Frustration. Als er sie allerdings sah, leuchtete in seinem Gesicht ein überraschend herzliches Lächeln auf.

»Madame Levis? Nein, nicht Madame Levis. Rachel!« Er kam näher. »Hallo! Du kamst mir von irgendwoher bekannt vor, als wir uns alle mit Maître Bernard getroffen haben, aber ich kam erst darauf, nachdem du schon gegangen warst.« Er nahm ihre Hand. »Jetzt sehe ich, dass du dich überhaupt nicht verändert hast. Du siehst noch genauso aus, wie ich dich vage in Erinnerung hatte.« Bei diesem schwachen Witz lächelte er, dann küsste er sie auf beide Wangen. Als er sich wieder von ihr löste, schniefte er und sagte in entschuldigendem Ton: »Tut mir leid. Ich erhol mich gerade von einer fürchterlichen Erkältung. Einem richtigen Horror-Schnupfen.«

Rachel suchte in seinem Gesicht nach Überbleibseln des Kindes, das sie gekannt hatte, fand aber keine. Vielleicht zeigte sich eine Spur in den langen Wimpern oder der unbestimmten Weichheit, die um seine Kinnlade spielte, das war aber auch alles. Edgar erkannte sie allerdings in ihm wieder, in den nussbraunen Augen und in der Form des Mundes. Mathilde war ebenfalls leicht auszumachen: Er besaß ihre autokratische Nase mit ihren – momentan mit einem schmalen roten Rand abgesetzten – zarten Nüstern.

»Arbeitest du gerade in der Bibliothek?«, fragte David. Sie nickte. »Mein Vater war schon ein seltsamer Mensch, das von dir zu verlangen. Na ja, vielleicht komm ich dich mal besuchen. Obwohl ich weiß Gott genug zu tun habe.« Er sah sich trübselig um. »Ich dachte eigentlich immer, ich besäße nicht viel.«

»Das glauben alle, bis sie umziehen.« Sie lächelte. »Und wann immer du eine Pause einlegen und bei mir vorbeischauen möchtest, bist du herzlich willkommen.«

»Das wäre nett.« Er schniefte wieder. »*Pardon*. Warum nicht gleich heute? Wenn ich diesen Albtraum hinter mich gebracht habe, komme ich zur Belohnung vorbei, und wir können uns richtig unterhalten.«

»Wunderbar.« Rachel lächelte wieder. »Du weißt ja, wo du mich findest.« Sie hob eine Hand zum Abschied.

»Es hat mich sehr gefreut, dich wiederzusehen!«, rief er ihr nach. *Noch immer ein reizender Junge,* dachte Rachel, *und so charmant!* Dann versetzte es ihr einen wehmütigen Stich, alt genug zu sein, um einen erwachsenen Mann als Jungen zu sehen. *Was soll's,* dachte sie, *alt werden wir alle. Beziehungsweise die meisten von uns,* korrigierte sie sich. Edgar war nicht alt geworden, oder höchstens ansatzweise. Was war mit seinem Tod bloß los, dass er ihr keine Ruhe ließ?

»Genug«, sagte sie laut. Sie musste aufhören zu grübeln; sie würde sich auf die Bücher konzentrieren. Sie schloss die Tür der Bibliothek, setzte sich entschlossen auf den Polsterhocker und griff sich Stift und Notizblock. Während der nächsten paar Stunden blieb sie, außer dass Fulke sie diskret mit Tee versorgte, vollkommen ungestört. Als ein Klopfen sie aus ihrer Konzentration riss, stellte sie überrascht fest, dass es fast ein Uhr Mittag war.

»Herein!«, rief sie.

Die Tür ging auf und gab den Blick auf David frei. Er sah sich im Zimmer um und lächelte. »Das Allerheiligste also! Darf ich hereinkommen?«

»Natürlich! Du bist hier zu Haus.«

Er durchquerte den Raum und setzte sich. Fast augenblicklich begann eines seiner Knie auf und ab zu wippen. Rachel fand dieses Anzeichen von Nervosität ebenso rührend wie die zögernde Stimme, mit der er zu sprechen begann. »Weißt du«, sagte er und schluckte, »seit der Testamentsverlesung meine ich, mich zu erinnern … Könnte es sein, dass du mir einmal die Schuhe zugebunden hast?«

Rachel lachte. »Einmal? Zu der Zeit, als wir beide uns kannten, war das meine Hauptbeschäftigung.«

»Ach!« Er hob die Brauen, und das Mienenspiel war, obwohl frei von Hochmut, das seiner Mutter. »Das muss der Grund sein, warum es das Erste war, was ich mit dir in Verbindung gebracht habe. Und ich glaube, mich zu erinnern, dass wir manchmal in den Park gingen.«

Sie nickte. »In den Jardin des Plantes. Dein Vater war am Wochenende gern dort, und du durftest immer herumrennen, während wir gemütlich schlenderten. Nur«, sie lächelte bei der Erinnerung und rief, Edgars Stimme von damals nachahmend: »›Nicht zu weit weg!‹ Ich kann dir gar nicht sagen, wie oft ich dich wieder einfangen musste.«

»Ja, stimmt.« Zwischen ihnen wurde plötzlich eine Befangenheit spürbar, und eine Pause dehnte sich zu einem Schweigen. Endlich sagte er aus dem Nichts: »Die Bibliothek also.« Wieder schluckte er, schniefte. »Dad vermittelte immer den Eindruck, als sei die Bibliothek voll von Kostbarkeiten.«

»Oh, das ist sie auch!« Rachel stellte entsetzt fest, dass er den Inhalt des Zimmers gar nicht kannte. Für sie war solch ein Mangel an Bibliophilie inakzeptabel. Er ahnte gar nicht, welche Freuden er vor sich hatte! »Sieh mal.« Sie erhob sich von dem Hocker und ging an ein Regal. »Das hier ist ein vollständiger Dickens, die erste Gesamtausgabe, die in England erschienen ist. Hast du was von Dickens gelesen?«

David nickte. »*Große Erwartungen*, glaube ich.« Er sprang auf seinen langen federnden Beinen aus seinem Sessel auf und stellte sich neben sie.

»Jetzt kannst du alles von ihm lesen«, sagte sie. »Und im Original! Und hier ist ein vollständiger Henry James. Hast du von ihm schon was gelesen?« Er schüttelte den Kopf. Sie ging weiter, klopfte auf die Rücken der Samuel-Beckett-Bände. »Beckett ist viel französischer, er könnte dir also besser gefallen.

Und diese Erstausgaben steigen immer weiter im Wert.« Sie hob die Hand an ein höheres Regalbrett. »Und das«, sie zog das Gutenberg-Faksimile in seiner wie angegossen sitzenden Kassette herunter, »ist eine Reproduktion des ersten abendländischen Buches überhaupt, das mit beweglichen Lettern gedruckt wurde. Schau«, sagte sie, indem sie den ersten Band herausgleiten ließ und zufällig beim Hohen Lied Salomos aufschlug, mit seinen leuchtend bunten Randillustrationen. »Ist es nicht schön? Das ist das Faksimile eines der lediglich rund vierzig erhaltenen Exemplare der Gutenberg-Bibel. Im Internet habe ich gelesen, dass es für sich schon Tausende wert ist.«

David streckte einen Finger aus und fuhr die blauen und roten Ranken auf der Buchseite entlang. »Wunderschön.« Dann zuckte er leicht zusammen. In seinem Gesicht erkannte Rachel die ersten Anzeichen einer Erfahrung, die sie selbst gut kannte. Es war wie beim ersten Mal, als sie den Eiffelturm von Nahem gesehen hatte: Ein Objekt, das vertraut, überschaubar geschienen hatte, erwies sich mit einem Mal als ungeheuer komplex, weitaus komplexer, als sie es sich je vorgestellt hatte. Als David den Band selbst in die Hand nahm und darauf starrte, sah sie in seinem Gesicht die heraufdämmernde Erkenntnis einer Möglichkeit.

In diesem Moment klopfte es leise an der Tür, und Fulke trat mit frischem Tee und Keksen ein. Er tauschte das alte Tablett gegen das neue aus und zog sich zurück. David schob den Gutenberg-Band vorsichtig in die Kassette zurück und setzte sich wieder, um den Tee einzuschenken. Sofort fing sein Knie wieder an, auf und ab zu wippen. »Tja«, sagte er. »So.«

Der Zauber war gebrochen, erkannte Rachel. Sie hatte sich in ihrem Glauben, das Ganze würde eine Wiederannäherung werden, getäuscht. Sie waren Fremde, und außer diesen lange zurückliegenden Schnürsenkeln und dem Jardin des Plantes hatten sie keinerlei Berührungspunkte. Was hatten sie sich schon zu sagen, abgesehen von Bemerkungen über die Bücher oder die Vergangenheit? Dann dachte sie: *Na ja,* ein *Gesprächsthema haben wir schon noch.* Sie räusperte sich.

»Wie ist es dir so ergangen?«

Sie sah, dass er begriff. »Ach, na ja.« Sein Achselzucken besagte, dass er irgendwie zurechtkam. Das Knie blieb in Bewegung.

Sie versuchte es noch einmal. »Es ist bestimmt nicht leicht, hier zu sein.«

»Es geht.« Diesmal war es ein französisches Achselzucken – *nicht der Rede wert,* gab es zu verstehen. »Das hier ist ja nicht das Haus meiner Kindheit; es ist eher ein Ort, an dem ich Dad besucht habe. Und außerdem ziehe ich nur in einen kleinen Teil davon ein. Elisabeth hat noch immer im *bureau* zu tun, und das Esszimmer ist für mich allein zu groß, deswegen benutze ich nur Salon und Schlafzimmer. Hier einziehen ist also eher so, als zöge man in eine Wohnung, die zwar schon länger der Familie gehört, aber in der man nicht eigentlich zu Hause ist.«

»Oh.« Was konnte man darauf schon entgegnen? »Aber bestimmt«, sie hielt feinfühlig inne, empfing aber nichts, was ihr davon abgeraten hätte fortzufahren, »vermisst du hier deinen Vater. Ich meine«, ruderte sie leicht zurück, »du spürst bestimmt seine Abwesenheit.«

»Oh ja.« Er hob die Hand und kniff sich, während er einatmete, die Nasenflügel zusammen. Das lief auch nicht gerade gut. Vielleicht hätte sie besser nicht fragen sollen. Aber er fuhr fort: »Wir standen uns nah. Sehr nah.«

»Ja, das stimmt, ich erinnere mich.« Sie lächelte versonnen.

»Gleich von Anfang an, nach der Scheidung …« Er verstummte, setzte dann neu an: »Mit ihm ging es entspannt zu. Meine Mutter …« Er brach ab.

Oh bitte, mach, dass es nicht so wie bei Elisabeth läuft, dachte

Rachel. *Bitte mach, dass er weiterredet*. Sie holte tief Luft. »Deine Mutter …?«

Er stand abrupt auf, ging ans Fenster und blieb dort, auch als er weitersprach, von ihr abgewandt stehen, während er mit den Fingern auf die Fensterbank trommelte. Endlich sagte er: »Meine Mutter hat sehr viel Sinn für das, was ihr wichtig ist. Vielleicht für kaum etwas anderes.« Sein Ton machte deutlich, dass er selbst auf Mathildes Liste wichtiger Dinge nicht allzu hoch rangierte.

Da sie nicht wusste, was sie dazu sagen sollte, sagte Rachel nichts. David kam zurück und nahm wieder in seinem Sessel Platz. »Ich meine damit nicht, dass sie nicht für mich da gewesen wäre. Ganz und gar nicht.« Wieder das Knie. »Und ich habe ja nicht nur bei ihr gewohnt. Sie war sehr oft in Dads Wohnung, wenn ich auch da war.«

»Ja.« Rachels einer Mundwinkel zuckte. »Ich erinnere mich.«

»Auch nach der Scheidung verbrachte sie viel Zeit mit Dad. Vermutlich wollte sie, dass ich ein Gefühl von Familienleben hätte.« David zuckte die Achseln. »Obwohl – vielleicht waren sie ja wirklich Freunde, denn ich glaube, sie hat es bis zuletzt so beibehalten. Gestern habe ich im Weinkeller Rosé gefunden, und Dad hasste Rosé. Also muss er ihn ihretwegen dagehabt haben.«

»Wie bitte?« Rachel wurde erst schlagartig heiß, dann kalt. »Deine Mutter trinkt Rosé?«

»Sie liebt ihn.« David schürzte die Lippen. »*Déclassé*, nicht?«

»Du –« Ihre Stimme kippte. Sie schluckte und versuchte es noch einmal. »Du trinkst keinen?«

Er schüttelte den Kopf. »›Der Wein für den ungebildeten Gaumen‹, sagte Dad dazu immer. Tja, die Leute sind eben kompliziert – sogar meine Mutter. Und Dad …« Er setzte zu einem Lächeln an, aber dann erschlaffte sein Gesicht. »Er konnte einfach nicht nein sagen. Ich erinnere mich, als ich dreizehn war, stellte sich heraus, dass ich … *les bagues*, eine Zahnspange brauchen würde. Ah, meine Zähne waren eine Katastrophe!« Bei der Erinnerung verzog er das Gesicht. »Und der Zahnarzt sagte, um sie zu richten, müsste ich mein – wie heißt das auf Englisch? – mein Außengestell den ganzen Tag tragen.«

»Headgear«, steuerte Rachel bei.

»Ja, richtig, Headgear. Er sagte, ich sollte meinen Headgear rund um die Uhr tragen. Er sagte, ich könnte ihn als ein modisches Statement betrachten.« Er verdrehte die Augen. »Das zu einem dreizehnjährigen Jungen! Natürlich war ich verzweifelt. Ich würde wie ein Monster aussehen! Kein Mädchen würde mich jemals küssen! Und da hat mein Vater«, sein Knie wippte schneller, während sein Sprechtempo zunahm, »er hat die Kosten übernommen, damit ich eine dieser Spangen bekam, die innen, hinter den Zähnen getragen werden, sodass niemand etwas davon sehen würde. Die waren damals etwas ganz Neues und nicht billig. Aber mir zuliebe …« Er lächelte wieder, schüttelte den Kopf. »Also klar, dass er ihr den Wein kaufte, den sie mochte!« Seine Augen waren noch röter als zuvor.

Das tiefe Mitgefühl mit seinem Kummer rang mit der Aufregung über seine Offenbarungen, und Rachel fiel keine passende Entgegnung ein. Aber bevor sie auch nur versuchen konnte, eine zu formulieren, sprang er wieder auf. »Würdest du mich einen Augenblick entschuldigen?«

»Natürlich.« Sie nickte und blieb sitzen, nachdem er gegangen war, und versuchte, sich zu sammeln. Als er zurückkam, hatte er zwar einen Bausch Papiertaschentücher in der Hand, sah aber viel munterer aus. Sie hatte ein schlechtes Gewissen, dass sie dieses Gespräch angefangen hatte. Schließlich war er ein trauernder Sohn, kein Therapiepatient oder Zeuge: Was für sie Informationen waren, waren für ihn Familiendinge. Sie versuchte, sich ein unverfänglicheres Thema auszudenken.

Aber sie bekam keine Gelegenheit für einen Neuanfang. »Es tut mir leid«, sagte David. »Ich bin zum Lunch verabredet. Ich hatte es ganz vergessen. Ich treffe mich mit einem Freund.« Er schniefte wieder, wischte sich die Nase mit den Tüchern. Sie stand auf und wollte auf ihn zugehen, aber er hob eine abwehrende Hand. »Ich werde dich nicht küssen – ich möchte nicht, dass du meine Bazillen abbekommst.« Er lächelte auf seine reizende Weise.

Sie hätte ihn gern umarmt, zugleich um ihn zu trösten, und als eine Art Entschuldigung dafür, dass sie ihm Kummer bereitet hatte, aber er war zu schnell weg. Sie seufzte und starrte jetzt selbst einen Moment lang aus dem Fenster, folgte mit dem Blick den kleinen Wellen, die die graue Oberfläche der Seine kabbelig machten. Dann lächelte sie und begann, ihre Sachen zusammenzupacken. Mathilde eine Rosétrinkerin! Die Geschichte wurde allmählich kompliziert.

* * *

»Die Geschichte wird allmählich kompliziert«, sagte Magda. Auf dem Weg zu Catherine Nadeaus Geschäft hatte sie sich Rachels Bericht über die Entdeckungen des Tages angehört.

»Natürlich«, sagte Rachel, die das Gefühl hatte, darauf hinweisen zu müssen, »hat Elisabeth eindeutig gezeigt, dass sie etwas zu verbergen hat, wodurch sie weiterhin ganz oben auf unserer Liste steht.«

Magda zog den Kragen enger um ihren Hals, um die Kälte draußen zu halten. »Es sei denn, David hat noch etwas anderes von Bedeutung gesagt. Hat er?«

»Offenbar kam Mathilde auch später, als er schon erwachsen war, noch häufig zu Edgar.«

Magda drehte sich nach ihr um. »War sie auch am besagten Abend da?«

»Also, dass er *das* nicht wissen kann, ist ja wohl klar.«

Magda fiel leicht in sich zusammen, fing sich aber sofort wieder. »Ist ja gut, werd nicht gleich grantig. Und apropos David, er ist dort eingezogen, sagst du? Steckt da irgendwas dahinter, was meinst du? Kommt mir schnell vor.«

»Fand ich auch. Aber weder er noch Fulke schienen es auch nur erklärungswürdig zu finden.« Rachel zuckte die Achseln.

Etwaige weitere Bemerkungen seitens Magdas blieben unausgesprochen, denn sie hatten ihr Ziel erreicht. »GROSSE WIEDERERÖFFNUNG!!!« verkündete ein schrilles Banner über die ganze Breite des Schaufensters hinweg. Darunter war ein etwas gelasseneres gelbes Smiley-Gesicht, über dem »Endlich zurück« geschrieben stand. Rachel drückte die Tür auf, und ein Glöckchen bimmelte.

Sie sah sich um. Nicht gerade die Umgebung, in der man sich Edgar hätte vorstellen können. Die Ladenregale waren vollgestopft mit skurrilen Deko-Objekten. Die Ananas war überproportional vertreten: als Lampe, als Bonbonbehälter, als die Sorte Kerzen, die intensiv duftet, wenn man die Nase daranhält, aber nach ganz und gar nichts riecht, wenn man sie anzündet. Es gab kompliziert aus Schmiedeeisen geflochtene Herzen und gigantische Vogelkäfige, die nie einen echten Vogel beherbergen würden – *Statement-Vogelkäfige*, dachte Rachel bei sich. Raffiniert arrangierte Tische boten verschiedenerlei Haushaltsutensilien dar, die sichtlich all jene ansprechen sollten, die ihren Geschmack als »unkonventionell« zu bezeichnen pflegen: Schubladengriffe in Gestalt von Dackeln, eine Lampe in UV-Pink, die wie ein Nilpferd geformt war. Paris war übersät mit Boutiquen wie dieser; die meisten waren einen Monat lang da und im nächsten verschwunden.

Catherine Nadeau trat aus dem Hinterzimmer hervor. Wenn ihr Outfit auf der Testamentseröffnung elegant-leger gewesen war, war es heute Business pur, ganz in schwarz. Der rote Lippenstift war allerdings geblieben und zierte einen lächelnden Mund.

»Bonjour!«, sagte sie, während sie näherkam. *»Bonjour et bienvenue!«*

»Bonjour!«, erwiderte Rachel. Dann wechselte ihre Miene ins Überraschte (sie hatte gestern Abend vor dem Spiegel geübt). »Nein, *so* was! Ich glaube, ich kenne Sie!«

Madame Nadeau sah sie genauer an und nickte dann. *»Mais bien sûr!«* Ein weiteres Willkommenslächeln. »Sie sind die Frau, die zur Verlesung des Testaments meines Edgars zu spät gekommen ist.«

Rachel kam der Verdacht, dass Madame Nadeau ihr nicht besonders ans Herz wachsen würde. Trotzdem, erst kam die Arbeit und dann das Vergnügen, und so erwiderte sie das Lächeln. »So ist es.« Sie legte sich die Hand an die Brust. »Rachel Levis. Und das ist meine Freundin, Magda Stevens.« Magda nickte.

»Catherine Nadeau.« Es folgte ein Gestöber von Wangenküsschen.

»Was für ein Zufall!« Rachel schaffte es, freudig verblüfft zu klingen. »Magda hatte mich gerade von meiner Arbeit in Edgars Bibliothek abgeholt, und uns ist das Geschäft aufgefallen, und da dachten wir, schauen wir mal rein. Ihr Sortiment ist entzückend.«

»So *süß*!«, fügte Magda hinzu.

»Ah!« Catherine sah erfreut aus. »Genau den Effekt hatte ich angestrebt.«

»Es ist Ihnen geglückt.« Wieder lächelte Rachel. »Und Sie haben gerade renoviert?« Sie deutete hinter sich, in Richtung des Banners.

»Reno-?« Dann verstand Catherine. »Ach so, nein, nein. Wir mussten für kurze Zeit schließen. Sie wissen ja«, sie winkte sorglos ab, »die Wirtschaftslage. Schwierig für den Einzelhandel. Aber jetzt …« Sie warf Rachel einen bedeutungsvollen

Blick zu. »Na ja, ich kann wiedereröffnen. Eine große Erleichterung. Obwohl natürlich«, fügte sie eilig hinzu, »auch furchtbar traurig. Ich hatte geglaubt, Edgar würde uns noch viele Jahre erhalten bleiben.«

»Ja, tja ...« In Anbetracht ihrer Vermutungen zu Edgars Tod hielt es Rachel für besser, dieses Thema zu meiden. »Er hoffte bestimmt, dass das Geld Ihnen von Nutzen sein würde. Und das ist es ja gewesen.«

»Ja.« Catherines Stimme gewann an Wärme, wie aus einer heimlichen Freude heraus. »Ich erwarte keine weiteren Probleme. Also bitte«, sie breitete die Arme überschwänglich aus, »erkunden Sie mein Geschäft. Ich möchte, dass Sie sich wie zu Hause fühlen!«

Rachel tat so, als stöberte sie. Die Produkte waren weder billig gemacht noch durch die Bank abscheulich. Es war nur so, dass sie derart entschlossen schienen, einen eigenen Charakter vorzuweisen, dass sie am Ende gar keinen mehr hatten.

»Wie war eigentlich Ihr Verhältnis zu Edgar?«

Als sie Catherines Stimme so dicht an ihrem Ohr vernahm, machte sie einen Satz.

»Genau wie Ihres, komischerweise. Ich war vor vielen Jahren seine Freundin.«

»Ah ja. Er scheint ja jede Menge davon gehabt zu haben! Allerdings«, sagte Catherine mit einem verschwörerischen Lächeln, »müssen Sie und ich etwas Besonderes gewesen sein; wir sind die einzigen, die er in seinem Testament bedacht hat.« Plötzlich legte sie die Hände zusammen. »Oh, ich weiß was! Da wir Schicksalsschwestern sind, müssen Sie und Ihre Freundin mit mir auf meinen kleinen Neustart anstoßen.«

»Oh nein, nein, das geht nicht«, protestierte Rachel.

»Ich bestehe darauf. Sie sind meine ersten Kundinnen, seit ich wiedereröffnet habe, und ich habe einen wunderbaren Rosé hinten im *frigo*.«

Rachel sagte: »Einen Rosé?« Instinktiv suchte sie Magdas Blick.

»Ja, einen kleinen Mas de Cadenet. Ich bin ganz verrückt nach Rosé. Er passt zu jeder Gelegenheit.«

Sie zog sich in die Tiefen des Ladens zurück, und als Rachel sich umdrehte, stand Magda direkt hinter ihr. »Sie ist ganz verrückt nach Rosé!«

»Habe ich mitbekommen.« Sie starrten sich gegenseitig an.

Catherine tauchte mit drei vollen Weingläsern auf einem Tablett wieder auf und sie nahmen sich jede eins.

Magda sagte fröhlich: »Auf Le Cindy!«

»Auf Le Cindy«, echote Rachel. Catherine machte ein erfreutes Gesicht, und sie fühlte sich ein bisschen mies.

Sie plauderten, während sie am Wein nippten. Rachel erfuhr, dass Catherine Edgar zwei Jahre zuvor auf einer Galerieeröffnung kennengelernt hatte und sie seitdem zusammen gewesen waren.

»Ihm gefiel die Idee mit dem Laden auf Anhieb«, sagte sie vertraulich. »Ich glaube, er bewunderte meinen Geschäftsplan. Wissen Sie, Boutiquen wie diese sind äußerst beliebt: Man sieht sie überall.«

»Ein todsicheres Projekt.« Magdas Stimme und Miene waren gleichermaßen ernst.

»Und wie!« Sie lachte glockenhell. »Ich glaube, das hat er direkt erkannt. Er hat hier sogar mehrmals kleinere Beträge investiert.« Plötzlich kam ihr ein Gedanke, und sie sagte: »Wahrscheinlich könnte ich die Erbschaft als seine letzte Investition ansehen.« Wieder wurde sie unvermittelt seriös. »Nicht, dass ich das tun würde, wohlgemerkt.«

»Natürlich nicht.« Magda nippte an ihrem Wein und mied dabei sorgsam Rachels Blick.

»Dann hat Edgar also das Geschäft finanziell unterstützt?« Rachel bemühte sich, nicht zu viel Interesse zu zeigen.

»Er hat ein bisschen geholfen.« Catherine nippte an ihrem Rosé. »Dank meiner Scheidungsabfindung hatte ich ein hohes Anfangskapital.« Wieder stieß sie ihr schrilles Lachen aus. »Ja, ich bin ein leibhaftiges Klischee! Die Pariser *divorcée*, die, nachdem ihr Mann sie verlassen hat, einen kleinen Laden eröffnet.« Sie winkte ab. »Nicht, dass ich klagen würde. Ohne meinen Mann geht's mir zweifellos besser, und bei der Abfindung hat er sich großzügig gezeigt.«

»Und«, sagte Rachel mit einer raumgreifenden Geste, »Sie haben das Geld gut eingesetzt.«

Catherine quittierte das Kompliment mit einem knappen Nicken. Dann verzog sie das Gesicht. »Aber es gibt so viel zu beachten, so viel zu bedenken!« Sie schnalzte mit der Zunge. »Sie können mir glauben, der Spruch ist wirklich wahr: Willst du einen Laden eröffnen, verdopple dein Budget!« Sie trank ein weiteres Schlückchen. »Was auch der Grund ist, warum Edgars kleine Zuschüsse so hilfreich waren.«

»Und wie es aussieht, hat Ihnen sein abschließendes Vertrauensvotum ebenfalls gutgetan«, sagte Magda vergnügt. »Jetzt sind Sie wieder im Rennen!« Dann riskierte sie eine Frage: »Und Sie rechnen nicht mit weiteren Schlaglöchern auf der Strecke?«

Wieder winkte Catherine ab. »Oh, ich habe einen guten Zukunftsplan.«

Rachel sah ihre Chance und sagte schnell: »Dann müssen Sie uns aber erlauben, bevor wir gehen, zu Ihren Umsätzen beizutragen.« Sie pflückte sich eine Ananaskerze vom nächsten Regal. »Mit der liebäugle ich schon, seit wir hereingekommen sind. Sie ist unglaublich witzig. Und«, sie presste die Nase daran, »hmmm!«

Catherine packte die Kerze ein und steckte sie in eine Tüte. Als sie Rachel ihr Wechselgeld gab, sagte sie: »Sie sollten mir Ihre Nummer geben. Wir könnten uns zu einem *apéro* treffen.«

Rachel zögerte, doch dann erinnerte sie sich, dass sie im

Dienst war: Diese Frau konnte nützliche Informationen liefern. Sie tauschten Nummern aus.

»In den Laden«, schnaubte Rachel, sobald sie und Magda ein Stück die Straße entlanggegangen waren. »Edgar hat in *den* Laden Geld gesteckt!«

»Vielleicht war es Liebe.« Magdas Stimme klang ebenso verblüfft. »Vielleicht macht Liebe sogar blind für Kitsch.«

Rachel stöckelte weiter, während ihr bewusst wurde, dass sie gerade fünfzehn Euro für ebensolchen Kitsch ausgegeben hatte. Als läse sie ihre Gedanken, sagte Magda: »Aber das war eine sinnvolle Investition. Sieh doch nur, was wir alles herausgefunden haben.«

Rachel versuchte, ihre Gedanken von ihrem Portemonnaie abzulenken. Was hatten sie herausgefunden? »Sie hatte Edgars Geld wirklich nötig. Wahrscheinlich hing sogar das Überleben ihres Ladens davon ab. Ich gebe dieser Boutique schon so keine drei Monate, ohne Edgars letzte Finanzspritze wäre sie bereits tot.«

»Und sie trinkt Rosé!« Magda tat einen kleinen Hüpfer. »Das ist toll! Sie hatte einen Grund, es zu tun, es wäre für sie ein Leichtes gewesen, es zu tun, und es gibt überzeugende Indizien, die sie mit der Tat in Verbindung bringen.«

»Ja, aber Elisabeth und Mathilde trinken ebenfalls Rosé«, wandte Rachel ein. »Und wir wissen auch von Catherine nicht, ob sie zur fraglichen Zeit in Edgars Wohnung war. Es ist also nicht so, als ob wir den Fall schon gelöst hätten.«

»Nein, aber wir sind schon ein ganzes Stück weiter.« Es widerstrebte Magda, jetzt wo sie eine richtige, hieb- und stichfeste Verdächtige hatten, ihr Hochgefühl aufzugeben. »Wir sammeln Indizien, bringen unsere sämtlichen Schäfchen ins Trockene.«

Rachel hatte das Gefühl, dass das Bild nicht so ganz passte, aber sie ließ es durchgehen.

Magda redete unterdessen weiter. »Wir konnten ja doch wohl kaum erwarten, dass uns die Auflösung nach gerade mal einer Woche in den Schoß fallen würde. So läuft das nie. Und besser viele Verdächtige als überhaupt keinen.«

»Oje.« Rachel fand beide Aussichten gleichermaßen entmutigend.

»Kopf hoch.« Magda beschleunigte ihren Schritt. »Schließlich fällt für dich ein Drink mit Madame Nadeau ab.«

11. KAPITEL

Während er in den folgenden paar Tagen weiter auspackte, setzte David seine gelegentlichen Bibliotheksbesuche fort, und trotz seines hartnäckigen Schnupfens schien er immer zum Reden aufgelegt. Rachel fand es nachvollziehbar, dass er, mit einer Gestalt aus seiner Vergangenheit konfrontiert, den Wunsch verspürte, sich in Reminiszenzen zu ergehen, und über Erinnerungen zu sprechen, war zudem Teil seines Trauerprozesses. Was immer seine Gründe sein mochten, Rachel hörte mit Vergnügen zu.

Aus dem, was er sagte, ging klar hervor, dass Edgar ihn sehr geliebt hatte. Während David aufwuchs, verbrachten sie viel Zeit miteinander, und wenngleich diese Zeit viel Kluges und Erzieherisches beinhaltet hatte, war auch der Spaß keineswegs zu kurz gekommen: Schmöker-Nachmittage in den – bei französischen Jungen wie Männern so beliebten – Comic-Läden, Eiscreme bei Berthillon, Schlittschuhlaufen vor dem Hôtel de Ville und einmal ein Skiurlaub in der Schweiz. Wenn David von all dem sprach, glomm seine Stimme von Zärtlichkeit und vergangenem Glück.

Seine Beziehung zu Edgar als Erwachsener klang ebenso eng und herzlich. Während Mathilde ihn dazu überredet hatte, auf dem College etwas Prestigeträchtiges zu studieren – Architektur machte sich in einem Lebenslauf und in der Konversation gleichermaßen gut –, war es Edgar gewesen, der verstanden hatte, warum seine guten Noten ihm keine Jobs einbrachten. »Er las die Nachrichten; er arbeitete in der Finanzbranche«, erklärte David. »Er sagte zu mir. ›Ich weiß, dass du hervorragend abgeschnitten hast, aber ich weiß auch, dass es keine Stellen gibt.‹«

Ohne Frage hatte Davids Version von Edgar eine Schwäche für Geld und die Bewunderung, die es einbrachte, gehabt. David sagte das nicht explizit, aber es ging aus seinen Anekdoten über Edgars Verhandlungsgeschick und seinen exzellenten Geschmack klar hervor. Dennoch schien er auch zu Großzügigkeit fähig gewesen zu sein, zumindest seinem Sohn gegenüber. »Meine Mutter«, sagte David halb im Scherz: »Selbst bei Verwandtschaft, selbst bei mir, klammert sie sich an ihre Talerchen, als ob sie gelobt hätte, für jedes einzelne persönlich zu sorgen. Aber Dad hatte eine offene Hand, und er war immer bereit, mir zu helfen, wenn es mal eng wurde.«

»Erzählt er dir auch irgendetwas Nützliches, oder sind es alles nur so goldene Erinnerungen an *papa*?«, fragte Magda nach einem von Rachels täglichen Berichten. Mathildes Schwäche für Rosé war schon nach dem ersten Gespräch abgehakt gewesen.

»*Du* hattest doch gesagt, ich sollte bei den Leuten, die ich treffe, die Ohren aufhalten«, gab Rachel pikiert zurück. »Außerdem hängt's ja wohl davon ab, was du unter ›nützlich‹ verstehst. Er erzählt mir viel darüber, was für ein Mensch Edgar war und wie das Zusammenleben mit ihm war, und dadurch gewinnt unser Bild von Edgar an Plastizität.«

In Wahrheit waren Davids Geschichten für Rachel eine Beruhigung. Sie hatte sich oft gefragt, ob Edgar sich weiterentwickelt hatte, ob er für den Teenager ein ebenso guter Vater gewesen war wie früher für das Kind – aber das waren keine Fragen, die man auf einer Cocktailparty zwischen betuchten Bankern und zwei Canapés abhandeln konnte. Die Gespräche mit David mochten ihr nicht viele Gelegenheiten bieten, knallharte Fragen zu stellen oder Details herauszukitzeln, aber was sie erfuhr, schenkte ihr ein ruhigeres Gefühl in Bezug auf die Menschen, die sie vor so vielen Jahren zurückgelassen hatte. Und sie verschafften ihr auch eine klarere Vorstellung dessen, was aus Edgar geworden war; das war keine Lüge.

»Wir sind dabei, uns ein Bild zu machen, schon vergessen?«, sagte sie. Magda schien nicht allzu erfreut über diese Erinnerung.

Tatsächlich hatte sich Rachel, entgegen Magdas Bemerkung, durchaus auch auf andere Aspekte des Lebens in der Wohnung konzentriert. Jetzt sagte sie: »Mathilde lässt sich da nie blicken. Was für mich dafür spricht, dass, wenn sie wirklich fortfuhr, Edgar zu besuchen, auch als David erwachsen war, sie das aus anderen Gründen tat als aus Sorge um Davids seelische Gesundheit.«

»Wie zum Beispiel aus Eifersucht.«

»Ja, beispielsweise. Ich habe dein Lieblings-Erklärungsmodell nicht vergessen. Aber ich dachte darüber hinaus auch, dass sie vielleicht hoffte, Edgar würde ihr weiterhin gewogen bleiben und ihr Geld hinterlassen, oder vielleicht versuchte sie auch, ihm schon zu Lebzeiten Geld zu entlocken.«

»Beides plausibel«, räumte Magda ein. »Also, ich würde sagen, dass ihr Ausbleiben etwas zu bedeuten scheint, aber ich würde auch sagen, dass wir noch nicht sagen können, inwiefern es das tut.«

»Messerscharf geschlossen«, sagte Rachel, womit sie ihr die Bemerkung über Nützlichkeit heimzahlte.

Magda sah sie aufmerksam an, aber Rachel wahrte eine harmlose Miene. So konnte Magda nur bockig zurückgeben: »Und was ist mit Elisabeth? Weißt du noch, Elisabeth? Unsere *Haupt*verdächtige?«

»Ah!« Rachel nickte. »Dazu habe ich was Interessantes. Zu sehen bekomme ich sie dort eigentlich nie, aber ich höre sie und sie scheint jeden Tag da zu sein. Edgars Arbeitszimmer muss das reinste Messie-Paradies sein, denn sie ist immer vor mir da und geht nach mir, und wir sind beide seit zwei Wochen dort. Ich glaube, sie tut da mehr als bloß Papiere ordnen.«

»Du brauchst doch deinerseits mehr als zwei Wochen, um die Bibliothek zu ordnen«, hielt Magda dagegen.

»Ja, aber die war auch in einem chaotischen Zustand, als ich ins Spiel gekommen bin! Dieses Mädchen war ein Jahr lang Edgars *aide de bureau*, und wie man vermuten darf, hielt sie seine Papiere schon die ganze Zeit in Ordnung. Ich glaube –« Sie holte tief Luft.

»Was glaubst du?« Magda wartete, aber, plötzlich verunsichert, blieb Rachel stumm. »Ich weiß«, sagte Magda und beugte sich vor. »Du glaubst, sie treibt da etwas, das mit dem was auch immer im Zusammenhang steht, was sie gerade über Edgar erzählen wollte und dann nicht erzählt hat.«

Rachel nickte.

»Was glaubst du, was es ist?«

Rachel nagte an ihrer Oberlippe. »Ich weiß es nicht.«

Magda schloss entnervt die Augen, öffnete sie dann aber wieder. »Nein, ist schon okay. Wir sind noch dabei, uns ein Bild zu machen. Und *ich* meine«, sagte sie und legte den Kopf etwas schief, »wir stellen uns schon gar nicht so schlecht dabei an. Mathildes mangelnde Anwesenheit ist verdächtig; Elisabeths ständige Anwesenheit ist verdächtig. Zwei Verdächtige.«

»Und nicht zu vergessen, Catherine«, fügte Rachel hinzu. »Auch wenn die Indizien gegen Elisabeth und Mathilde mittlerweile über Rosé und Gesichtsausdrücke hinausgehen, dürfen wir ihre sehr praktische Erbschaft nicht vergessen.«

»Nein, wirklich.« Magdas Augen begannen, Funken zu sprühen. Sie lächelte Rachel zu. »Tut mir leid, dass ich schnippisch war. Selbst ohne David, würde ich sagen, kommen wir sehr gut voran.«

12. KAPITEL

Catherine Nadeau rief an. Rachel hatte fest damit gerechnet. Während des Eröffnungs-Smalltalks wurde ihr bewusst, wie wenig Lust sie hatte, sich wie lange auch immer die Konversation der letzten Eroberung ihres Exlovers anzuhören. Aber Catherine sollte keine neue Freundin werden, brachte sie sich in Erinnerung. Sie war eine Verdächtige. Also verabredete sie sich mit ihr für den folgenden Nachmittag auf einen Drink.

* * *

Paris besitzt viele Kaufhäuser, aber nur drei, die man als den Gipfel des Luxus bezeichnen könnte: die Galeries Lafayette, Printemps und Le Bon Marché. Gewöhnliche Sterbliche können sich in den Galeries Lafayette viele Dinge leisten, und sie können sich ein paar bei Printemps leisten. Wenn sie sehr knauserig leben, können sie sich im Bon Marché eine Tasse Kaffee leisten. Es ist das schickste Kaufhaus von Paris und das Shopping-Ziel der schicksten Einwohner von Paris. Es war außerdem der Ort, an dem Catherine sich mit Rachel treffen wollte.

Das glasüberdachte Atrium des Bon Marché ist ein Fest für die Sinne. Von einer Masse exklusiver Kosmetikfirmen besiedelt, deren Auslagen ein Pfauenrad von Lidschatten und Lippenstiften schlagen, funkelt es voll exotischer Verheißung. Jahrelang immer wieder abgegebene Spritzer von verschiedenerlei Parfüms haben ihm einen tiefsitzenden Duft nach

Zucker und Moschus geschenkt – jeder Atemzug lässt einen gleichzeitig an warme Plätzchen und mächtige Frauen denken. Rachel atmete tief ein, während sie auf dem Weg zu den Jugendstil-Rolltreppen das Atrium durchquerte, und ihr wurde wehmütig ums Herz, als sie die Kosmetik-Verkaufstheken mit ihrem tröstlichen Glamour unter sich zurückweichen sah. *Lebt wohl, Tabernakel der Schönheit!*, dachte sie, während sie sich über den Kreis von glitzernden Theken erhob. *Lebt wohl, ihr Visionen unerschwinglichen Frauseins!* Ihr Gesichtsfeld stieg höher und höher, bis vor ihr, an einem Tisch in der Rose Bakery, Catherine erschien.

»Ich hab Ihnen einen Bellini bestellt«, sagte Catherine, nachdem sie Küsschen getauscht hatten. »An einem Freitagnachmittag kann man nichts anderes trinken.«

Rachel sagte nicht, dass sie sich aus Bellinis nichts machte oder sich weit lieber selbst ein Getränk ausgesucht hätte. Stattdessen lächelte sie strahlend. »Sie sind eine Hellseherin!«

Der Kellner brachte ihre Drinks. Rachel wartete, bis er wieder gegangen war, und ordnete dann ihre Gesichtszüge zu einer teilnahmsvollen Miene. »Und, wie geht es Ihnen?«

Catherine seufzte. *»Ça va.«* Sie nahm einen Schluck aus ihrem Glas. »Das Geschäft hält mich auf Trab. Und ich versuche, mein Leben nach dieser großen Veränderung neu zu begreifen. Versuche mich zu erinnern, was es bedeutet, eine alleinstehende Frau, eine alleinstehende berufstätige Frau zu sein.« Sie blickte tragisch. »Wer bin ich jetzt?«

Rachel verdrehte innerlich die Augen. Catherine konnte sich wirklich nicht erinnern, wer sie vor zwei Jahren gewesen war?

Und tatsächlich, als würde ihr ihr eigenes Selbstmitleid bewusst, schwenkte Catherine ihre Aufmerksamkeit prompt auf Rachel. »Aber wie geht es Ihnen?«

»Mir?« Rachel war von der Frage überrascht. »Gut. Ich hab viel zu tun.«

»Noch immer mit Edgars Bibliothek beschäftigt?«

Sie nickte.

»Und wie läuft's?«

»Ich komm voran. Langsam.«

»Aber Sie können sich bestimmt gut konzentrieren, so ganz allein in der Wohnung. Es gibt keine Ablenkungen.« Catherine nahm wieder einen Schluck. »Oder kommt der Butler zum Schwatzen vorbei?«

»Fulke? Nein.« Rachel schüttelte den Kopf. »David kommt allerdings gelegentlich zum Plaudern. Er ist schon eingezogen«, erklärte sie.

»Natürlich.« Catherine machte ein leicht gelangweiltes Gesicht.

»Natürlich?« Wieder war Rachel überrascht. »Warum natürlich?«

»Er hat ja sonst keine Bleibe.« Catherine sagte das so, als sei es allgemein bekannt.

»Wie bitte?« Jetzt war Rachel sogar noch überraschter, versuchte allerdings, es nicht zu zeigen. »Wie meinen Sie das?«

»Wie ich es sage.« Catherine zuckte mit den Schultern. »Er musste seine Wohnung räumen. Edgar hat es mir erzählt. Ich weiß nicht, wie es dazu kam. Edgar sagte was von Mietrückständen, aber an die Details kann ich mich nicht erinnern. So viel weiß ich allerdings, dass er bei irgendwelchen Freunden untergekommen war; er schlief bei ihnen auf der Couch.« Sie betupfte sich die roten Lippen mit der Serviette, sichtlich nicht sonderlich interessiert. »Funktioniert der Haushalt trotzdem reibungslos, obwohl er eingezogen ist? Sie haben keine Klagen vonseiten des Personals gehört?«

Was für Personal? Wovon redete die Frau? Gab es etwa weitere Leute, von denen Rachel wissen, die sie befragen sollte?

»Na ja«, sagte sie, »natürlich ist es eine schwierige Situation. Alle sind traurig, aber sie scheinen sich insgesamt gut zu halten.« Sie ließ Catherine Gelegenheit, nach einzelnen Personen zu fragen und damit die Namen möglicherweise unbekannter Hausangestellten zu verraten, aber als Catherine lediglich einen weiteren Schluck von ihrem Bellini nahm, versuchte Rachel, ihre Aufmerksamkeit dorthin zurück zu lenken, wo sie sie haben wollte. »Und Sie? Wie geht es *Ihnen*? Schließlich haben Sie den Mann verloren, den Sie liebten. Und das«, fügte sie hoffnungsvoll hinzu, »wiegt alles Geld der Welt nicht auf.«

»Stimmt.« Catherine sah eine Sekunde lang angemessen traurig aus. Dann: »Aber ich hatte ihn ja nicht so lang wie David oder Mathilde gekannt, oder auch nur so lang wie Fulke! Sie müssen doch alle, sogar der Diener, nervös und verunsichert sein.«

Was würde sich Fulke freuen, sich als »der Diener« tituliert zu hören! Und wenngleich Catherines Ton unbeschwert klang, war das, was sie sagte, zu pointiert, um beiläufig gesagt worden zu sein. Wer versuchte hier eigentlich wen auszuhorchen? Wieder parierte Rachel.

»David scheint es gutzugehen. Und für Fulke, glaube ich, ist es eine Frage der Professionalität, sich durch nichts aus der Ruhe bringen zu lassen. Wie es Mathilde geht, weiß ich nicht.« Das entsprach soweit alles der Wahrheit. Interessant allerdings, dass sie nicht nach Elisabeth gefragt hatte.

»Und die Polizei hat den Todesfall zu den Akten gelegt?«

»Die Polizei?« Rachel war überrascht und verwirrt. »Ich wusste nicht, dass sie eingeschaltet worden war.« Bedeutete das, dass die Polizei allmählich kapierte, was passiert war? Sie fragte sich, wie Magda wohl auf diese Neuigkeit reagieren würde. Würde sie dafür sein, ihre bisherigen Erkenntnisse an die Gesetzeshüter weiterzugeben?

Aber Catherine schüttelte schon den Kopf. »Nein, nein, mein Fehler.« Sie stieß ihr glashelles Lachen aus. »Ich dachte, die Polizei würde bei jedem Todesfall benachrichtigt werden, aber jetzt erinnere ich mich, dass das bei Todesfällen zu Haus nicht erforderlich ist.« Sie lachte noch einmal, gleichsam über ihre eigene Dummheit, aber ihre Augen beobachteten Rachel aufmerksam, und eine Sekunde lang sah sie enttäuscht aus. *Angriff abgewehrt*, dachte Rachel. Sollte sie es ruhig noch mal probieren; vielleicht würde sie beim vierten Vorstoß mehr verraten, als sie herauszufinden versuchte.

Catherine probierte es allerdings nicht wieder. Vielleicht war ihr klargeworden, dass sie ihr Ziel, wo auch immer es liegen mochte, so nicht erreichen würde, oder vielleicht hatte sie auch nur die Lust verloren, es weiter zu versuchen; jedenfalls warf sie einen Blick auf ihr Silberscheibchen von Uhr und sagte: »Jetzt muss ich aber. Ich treffe mich mit einem Lieferanten wegen ein paar neuer Produkte.«

»Ach.« Rachel hielt Ausschau nach dem Kellner. »Sollen wir die Rechnung verlangen?«

Abermals lächelte Catherine ihr rotes Lächeln. »Ach, lassen Sie mich bezahlen.«

»Sicher?« Rachel hatte ihre Hand schon am Portemonnaie.

»Absolut. Gar kein Problem. Ist mir ein Vergnügen.«

* * *

»Du kannst Bellinis nicht ausstehen.« Der Handylautsprecher ließ Magdas Stimme verschwimmen.

»Stimmt.« Rachel war kurz angebunden. »Das meinte Alan auch, als ich ihm davon erzählt habe. Danke, dass ihr mich beide daran erinnert.«

»Du hast Alan erzählt, dass du dich mit Edgars Freundin auf einen Drink getroffen hast?«

»Erzählt habe ich ihm, dass ich von einer der anderen Begünstigten zwecks Austauschs von Erinnerungen zu einem Drink eingeladen worden war. Worüber wir gesprochen haben, habe ich ihm nicht erzählt. Irgendwelche Einwände?« Dann riss sie sich zusammen. Sie brauchte ihren frustrierenden Nachmittag nicht an Magda auszulassen. »Tut mir leid.« Sie öffnete den Kühlschrank und holte den Rest der *crème caramel* vom Vorabend heraus.

»Schon okay.« Rachel hörte, dass Magda einen Schluck irgendwas trank. »Und wie war sie, alles in allem?«

Rachel schnitt sich eine wackelige Scheibe Eiercreme ab. »Ich glaube, wir sollten sie in der Liste der Verdächtigen weiter nach oben setzen.«

»Was? Wieso?« Magda hatte eine Fehlanzeige erwartet.

»Weil sie ihrerseits darauf aus war, mich auszuhorchen. Sie hat alle möglichen Suggestivfragen gestellt. Es schien sie sehr zu beschäftigen, ob Edgars Tod irgendwelche Turbulenzen in der Wohnung verursacht hatte. Sie *sehr* zu beschäftigen. Sie fragte mich, ob die Polizei gekommen sei.«

»Was?«

Rachel nickte, erinnerte sich dann, dass Magda sie nicht sehen konnte. »Ja. Sie hat dann versucht, das wieder auszubügeln, aber es hat nicht funktioniert. Ich halte sie für keine Meisterin der subtilen Gesprächsführung.«

Als Magda einatmete, rauschte es in der Leitung. »Wiederhol mir, was ihr beide jeweils genau gesagt habt.«

Rachel referierte das Gespräch. Eingedenk Magdas Anfangsverdachts gegen David verschwieg sie ihr, was sie über seine Unfähigkeit, seine Miete zu bezahlen, erfahren hatte. Sie wusste, dass Magda behaupten würde, sein Geldmangel sei Beweis dafür, dass er Drogen nahm, und verlangen, dass sie auch ihn ganz nach oben auf die Verdächtigenliste setzten – und da sie nicht gehört hatte, wie der erwachsene David über Edgar sprach, würde sie nicht begreifen, wie lächerlich die Vorstellung war, er könnte seinen Vater ermordet haben. Besser, sie sparte sich die ermüdende Diskussion und Erklärung und stellte die *wirklich* relevanten Informationen, die sie von Catherine erhalten hatte, in den Mittelpunkt. Sie beendete ihr Referat mit Catherines offensichtlich unwahrer Behauptung, sie habe noch eine andere Verabredung.

»Gott!«, sagte Magda, als Rachel fertig war. »Subtilität ist wirklich nicht ihr Ding. Es sei denn … es sei denn, sie kann nicht subtil sein, weil sie verzweifelt ist. Angst hat, jemand könnte wissen, was sie getan hat.«

»Aber was *hat* sie getan?«, fragte Rachel gereizt.

»Das ist die Frage.« Magda klang nachdenklich, und irgendwie wusste Rachel im Voraus, was sie gleich sagen würde. »Wir werden sie eben im Auge behalten müssen.«

13. KAPITEL

Der Job der Detekteuse erweist sich als äußerst frustrierend, dachte Rachel, während sie am Montagmorgen über den Pont Neuf ging. Wo blieb das Schnüffeln, Spurenlesen, wo das Kopfeinziehen und Um-die-Ecke-Spähen? Wo blieben die berühmten Durchbrüche? Schon waren seit Edgars Tod zwei Wochen vergangen, und sie hatten nichts als sich den Mund fusselig geredet und ein paar Theorien. Es war wirklich kein bisschen so wie in den Büchern und im Fernsehen versprochen.

Aber nach einer Stunde in der Bibliothek waren ihr seltsames Treffen mit Catherine und ihr frustrierendes Gespräch mit Magda vergessen. Das Sortieren der Bücher erforderte Konzentration, aber nicht viel Nachdenken, und im halbhypnotischen Zustand, den dies induzierte, leerte sich ihr Geist und wurden ihre Sinne wacher. Ohne Absicht begann sie, die Zeit nach Geräuschen zu bestimmen, von denen sie bislang nicht mal gewusst hatte, dass sie sie wahrnahm: dem Klimpern der Tasse und Untertasse, die auf ihrem Tablett hereingetragen wurden, dem leisen Zuschnappen einer Tür irgendwo um Punkt elf, dann noch einmal um Punkt elf Uhr dreißig. Sobald sie sich dieses Zuschnappens bewusst war, begriff sie, dass es von jemandem verursacht werden musste, der aus dem Haus ging und dann wiederkam. Da Elisabeth vor ihr kam und nach ihr ging, und da David, wenn er kam oder ging (was ohnehin nie vor Mittag geschah), immer laut mit der Tür knallte, gelangte sie mit Hilfe des Ausschlussverfahrens zu dem Ergebnis, dass die Schnappgeräusche zu Fulke gehören mussten, der täglich einkaufen ging und zurückkam. Sie würde es Magda niemals erzählen, aber die Tatsache, dass sie diese Dinge unbewusst bemerkt und dann blitzschnell in einen Zusammenhang gebracht hatte, sprach für sie dafür, dass sie die geborene Ermittlerin war. Da war sie doch ein bisschen stolz.

* * *

Am Freitagvormittag ihrer vierten Woche in der Bibliothek wurde die Stille durch zwei Stimmen unterbrochen. Als sie gekommen war, hatte Fulke ihr mitgeteilt, dass David seit dem Vorabend noch nicht wieder heimgekehrt sei, und die Tür war schon einmal zugeschnappt, also wusste sie, dass die Stimmen weder dem Butler noch dem Hausherrn gehören konnten. Und überhaupt waren das keine Männerstimmen. Sie spürte, dass ihr Herz schneller schlug; ihr angeborener Ermittlerinneninstinkt sagte ihr, dass sie lauschen sollte. Sie legte den Atlas aus dem 18. Jahrhundert, den sie ins Regal zu wuchten versucht hatte, wieder hin und schlich sich leise an die Tür. Mit angehaltenem Atem presste sie das Ohr an das Holz.

»Wie ich schon sagte, ich bin hier, um ein paar Dinge mitzunehmen«, kläffte eine Stimme, die sie augenblicklich als Mathildes erkannte.

Die einzige Erwiderung war ein unverständliches Gemurmel.

»Nippes!«, sagte Mathilde. »Dinge von lediglich ideellem Wert.«

Mehr Gemurmel.

»Ich wünsche nicht, dass Sie sie für mich holen. Ich will sie mir selbst holen. Sie haben eine persönliche Bedeutung.«

Rachel konnte die andere Stimme nach wie vor nicht verstehen, aber Mathildes Entgegnung ließ erschließen, was sie gesagt haben musste.

»Natürlich bin ich befugt! Ich bin seine *Ehefrau*!«

Nichts, dann weiteres Murmeln.

Mathilde rief aus: »Wie *können* Sie es wagen! Wie können Sie? Ich muss ins Arbeitszimmer!« Ihre Stimme klang empört, aber auch knallhart: Was auch immer sie wollte, sie würde keinen Widerspruch dulden.

»Sie dürfen dort nicht hinein, Madame!« Plötzlich sprach die zweite Stimme sehr laut, wie oft bei schüchternen Menschen zu beobachten, wenn sie sich erst einmal dazu aufgerafft haben, mutig zu sein. Wie Rachel schon vermutet hatte, gehörte dieses bibbernde, fast schreiende Organ Elisabeth. Als sie weitersprach, klang sie ruhiger. »Wie ich Ihnen gerade erklärt habe, lauteten Monsieur Bowens Anordnungen, dass niemand das *bureau* betreten darf, bis ich damit fertig bin und Monsieur Bowens Papiere geordnet habe. Anschließend dürfen andere sie einsehen.«

»Andere.« Mathilde brachte es fertig, das Wort wie die schlimmste rassistische Verunglimpfung klingen zu lassen. »Ich bin nicht ›andere‹. Ich bin ein Familienmitglied.«

»Es tut mir leid, Madame.« Elisabeths Stimme zitterte. »Ich kann Monsieur Bowens Anweisungen nicht zuwiderhandeln. Sie standen in seinem Testament. Ihnen Zutritt zum Arbeitszimmer zu gewähren, wäre ein Gesetzesverstoß.«

Elisabeth klang entschlossen, aber auch ängstlich. Alles in allem wirkte der Wortwechsel tatsächlich nicht wie ein Kampf unter Ebenbürtigen. Rachel wusste aus Erfahrung, dass mit Entschlossenheit jedem Misstrauen beizukommen war, wie standhaft der oder die Misstrauische nun auch zu sein sich vornehmen mochte. Ebenso wusste sie, dass sie außerhalb der Bibliothek mehr erfahren konnte als in ihr. Und sie wusste außerdem, dass sie es nicht viel länger schaffen würde, so regungslos dazustehen. Sie stieß die Tür so energisch auf, dass sie mit Sicherheit mit einem Knall gegen die Wand schlagen und ihre Anwesenheit ankündigen würde.

Mathilde und Elisabeth standen im Eingangsbereich, ungefähr zehn Meter von Rachel entfernt. Elisabeth hielt die Arme vor der Brust verschränkt, wie um deutlich zu machen, dass sie nicht wanken und nicht weichen würde. Mathilde, die ihren Kamelhaarmantel noch anhatte, stand mit dem Rücken zu Rachel, aber auch so beherrschte sie mit ihrer starren Haltung die Szene.

»*Dachte* ich mir doch, dass ich Stimmen gehört hatte!« Ihre eigene füllte Rachel mit harmloser Munterkeit. »Mathilde, was für eine Freude, Sie hier zu sehen! Wir waren uns seit Jahren nicht begegnet, und jetzt gleich zweimal binnen weniger Wochen. Was für ein glücklicher Zufall! Sie müssen unbedingt in die Bibliothek kommen und eine Tasse Tee trinken.« Sie trat einen Schritt beiseite, damit das Chaos im Zimmer sichtbar wurde. »Oder wollten Sie gerade gehen?«

Mathilde lächelte eisig. »*Bonjour*, Rachel.« Sie sprach mit ruhiger Stimme, aber Rachel sah Anspannung in ihren Augenwinkeln. Ihr Blick registrierte den Zustand der Bibliothek, und sie wandte den Kopf mit einem angewiderten Schauder ab, der gerade klein genug war, um instinktiv zu erscheinen, aber auch sichtbar genug, um absichtlich zu sein. »Ich wollte eigentlich ein paar *bibelots* einpacken, aber wie es aussieht, sind sie nicht da, wo ich sie vermutete. Ich werde ein anderes Mal wiederkommen.« Sie zog den Gürtel ihres Mantels straffer, machte auf dem Absatz kehrt – das erste Mal, dass Rachel diese Aktion tatsächlich real ausgeführt sah – und verschwand.

Sobald sich die Tür hinter Mathilde geschlossen hatte, ließ Elisabeth die Arme fallen. »Danke.«

»Nicht der Rede wert.« Rachel lächelte dem Mädchen zu. »Sie ist eine schwierige Frau. Ich weiß.«

Elisabeths Unterlippe fing an zu zittern, und sie bekam nasse Augen. Da es taktvoll oder zumindest klug erschien, zog sich Rachel in die Bibliothek zurück und hob den Atlas wieder auf. Erst später wurde ihr bewusst, dass Elisabeths Zustand eine perfekte Gelegenheit geboten hätte, ein paar weitere Informationen zutage zu fördern. Ihre detektivischen Instinkte mochten angeboren sein, überlegte sie, aber ihnen fehlte der Schliff. Noch.

* * *

»Oje«, sagte Magda. Sie hatten in der Buchhandlung Gibert Joseph Zeitschriften nach Ideen durchgeblättert, was Rachel zum bevorstehenden *Bal Rouge* tragen könnte, aber jetzt schlug sie ihre *Vogue* zu und konzentrierte sich ganz auf Rachel. »Oje«, wiederholte sie.

»Ich weiß, okay?«

Ein Mann, der sich im nächsten Gang Skimagazine ansah, drehte sich um.

»Brüll nicht so!« Magda wartete, bis er seine ungeteilte Aufmerksamkeit wieder dem *Skieur* zugewandt hatte. »Offensichtlich gibt es etwas in dieser Wohnung, was Mathilde haben will.«

»Und zwar ganz schön haben will«, fügte Rachel hinzu.

»Belastendes Material!« Magdas Stimme war voller Freude.

»Ja.«

»Persönliche Dinge? Fotos? Dokumente?«

»Vermutlich irgendwas davon.«

»Und Edgar wollte, dass dieses Etwas geschützt oder versteckt wird«, sagte Magda. »Aber was davon? Und vor wem?«

»Ich weiß es nicht.«

»Und Elisabeth soll es verschwinden lassen? Es mitnehmen, aber aufbewahren?«

»Ich weiß es nicht.«

»Und warum will Mathilde es haben?«

Rachel seufzte. »Ich weiß es nicht. Wir *können* es gar nicht wissen. Wir können nicht einmal wissen, was es *ungefähr* sein könnte, weil wir nicht einmal *ungefähr* wissen, was ihr wichtig ist – was sie verstecken oder mitnehmen wollen könnte.« Ihr Flüstern wurde zu einem Zischen. »Weil *wir sie nicht kennen*.«

»Wir *lernen* sie allmählich kennen. Wir sind dabei, uns ein Bild zu machen.«

»Ich weiß. Es ist nur …« Rachel sackte leicht in sich zusammen. »Mir ist nicht klar, wie wir damit je zurande kommen sollen. Wir sind nicht die Polizei; wir sind keine ausgebildeten Ermittlerinnen. Wie sollten wir mehr Informationen über Verdächtige sammeln können? Wir wissen doch gar nicht, wie man das macht. Wie machen das die Leute? Wie sollen wir bitteschön irgendwas erreichen? Ich kann mir einfach nicht vorstellen, dass wir irgendwas erreichen.«

»Das ist eine äußerst negative Betrachtungsweise.« Magda klang so, als habe man sie persönlich angegriffen. »Das ist eine *Chance*. Eine Chance, unsere investigativen Fähigkeiten zu vervollkommnen.«

»Immer angenommen, wir haben überhaupt welche.«

»Sei nicht albern!« Sie legte die Zeitschrift ins Regal zurück und sah Rachel an. »Ich spüre, dass wir auf etwas gestoßen sind. Du bist kreativ; dir wird schon was einfallen.« Sie raffte ihren Mantel enger um sich.

»Du gehst?« Rachel war empört.

»Ich hab meiner Mutter versprochen, sie anzurufen, und in Jamaika ist es jetzt neun. Du weißt doch, wie jamaikanische Mütter sind.«

Rachel wusste zwar nicht, wie jamaikanische Mütter waren, aber sie wusste, wie Magdas jamaikanische Mutter war. Wenn man ihr sagte, man würde an dem und dem Tag anrufen, erwartete Mrs Stevens vom Telefon, dass es zum frühestmöglichen zivilisierten Zeitpunkt klingelte.

Nachdem Magda gegangen war, blätterte Rachel noch ein

paar Minuten lang in der *Elle*, ohne richtig hinzusehen. Im Fernsehen sagten die Polizisten ständig: »Ich werd mit meinen Informanten reden«, und jeder literarische Schnüffler schien über ein Netzwerk von sorgsam gepflegten Kontakten oder Dorfklatschbasen zu verfügen, die ihm im Bedarfsfall weiterhalfen. Das Problem für eine reale Amateurdetektivin war ihr völliger Mangel an solchen Insiderinformationen. Kein Wunder, dass keines ihrer fiktionalen Vorbilder beruflich noch ganz am Anfang stand: Ohne Kontakte war man aufgeschmissen.

Plötzlich klatschte sie sich innerlich gegen die Stirn. Wie konnte sie es bloß vergessen haben? Sie *hatte* doch eine Kontaktperson! Kiki Villeneuve. Kiki kannte jeden, den man in Paris kennen sollte, und wenn sie ihn nicht kannte, dann wusste sie über ihn Bescheid. Sie und Rachel waren mehr als zehn Jahre lang Freundinnen gewesen, aber als Kikis Mann zwei Jahre zuvor gestorben war, war sie von der Bildfläche verschwunden, hatte sich vor allen versteckt. Es war offensichtlich, dass sie in Ruhe gelassen werden wollte, und Rachel, die nicht aufdringlich sein wollte, hatte sich nicht mehr bei ihr gemeldet. Jetzt aber würde sie sie kontaktieren. Kiki war keine Dorfklatschbase – sie klatschte nie, wie sie zu sagen pflegte. Aber sie hamsterte Informationen und manchmal brachte sie diese Informationen unter die Leute. Rachel würde sich feinfühlig vortasten, und wenn Kiki noch immer trauerte, würde sie sich wieder zurückziehen. Aber sie brauchte eine Kontaktperson – einen Spitzel, eine V-Frau –, und Kiki war ihre einzige Bekannte, die der Stellenbeschreibung entsprach.

14. KAPITEL

Die Franzosen sind kein freundliches Volk, dachte Rachel, während sie sich in der Metro hinsetzte. *Sie sind charmant; sie sind tadellos höflich; sie sind ohne Frage elegant*, dachte sie, ihren Blick auf einen Mann mit einem formvollendet gefalteten Schal gerichtet, der sich gegen die Wand des Waggons lehnte. *Aber von Natur aus freundlich sind sie nicht*. Oder vielleicht galt das auch nur für Pariser, aber da sie in Paris lebte, *war* Paris für sie Frankreich. Auf jeden Fall waren die meisten Franzosen, mit denen sie, seit sie überhaupt hier war, zu tun gehabt hatte, mit Ausnahme derjenigen, die sie verführen wollten, nicht freundlich gewesen.

Eine bemerkenswerte Ausnahme stellte Kiki Villeneuve dar. Als sie sich zum ersten Mal begegneten, gehörte Rachel zu einem Team, das auf einer Party der Villeneuves das Catering besorgte. Die meisten Pariser Ehefrauen für die Rachels Team arbeitete, waren so dünn und angespannt wie Violinsaiten, nicht so aber Madame Villeneuve (wie man ihnen eingeschärft hatte, sie anzusprechen). Sie war prall und rosig, und anstatt ihnen zu sagen, was sie tun sollten, und dann zu verschwinden, half sie ihnen, die Tabletts zu beschicken, zeigte sich fasziniert von der hohen Kunst der Anordnung von Horsd'œuvres und machte für sie eine Flasche Wein auf. Im Laufe des Abends kam sie immer wieder in die Küche, um nach ihnen zu sehen; sie forderte sie auf, sie Kiki zu nennen, und als die Party zu Ende war, umarmte sie jede einzelne von ihnen. Sie war, kurzum, eine warme Bö nach einer langen Frostperiode. Später vertraute sie Rachel an, sie halte ihr Naturell für die Folge des Umstands, dass sie in einem winzigen Dörfchen aufgewachsen sei, so klein, dass dort niemand ein Fremder war, aber als Rachel Kikis Gatten kennenlernte, den kugelrunden Robert Villeneuve, der in Paris aufgewachsen war, erwies dieser sich als ganz genauso freundlich.

Tatsächlich waren die Villeneuves das wahrscheinlich passendste Paar, dem Rachel je begegnet war: so gütig und fröhlich zueinander, wie sie es zu anderen waren, wechselseitig förderlich und rundum von- und übereinander begeistert. Sie waren ein Paar in jeglichem Sinne des Wortes. Roberts Bestattung war die erste Gelegenheit gewesen, wo Rachel Kiki allein oder traurig erlebt hatte, und sie wusste, dass Letzteres die Folge von Ersterem war. Sie nahm ihr diese Monate des Schweigens nicht übel.

Rachels Handy machte ping. Böses ahnend holte sie es aus ihrer Manteltasche. Wie sie vermutet hatte, kam die Textnachricht von Catherine.

Wie gehts wie stehts??? Macht die Bibliothek Fortschritte?? Alle gut drauf? xxx

Das Handy machte wieder ping.

Hab unseren Plausch sehr genossen!! Sollten wir bald wiederholen!!! xxxx

Seit ein paar Tagen bekam sie in regelmäßigen Abständen solche satzzeichenreichen, an Pronomen dafür desto ärmeren SMS, die durchweg auf nicht sehr subtile Weise nach den Stimmungen und Vorkommnissen in Edgars Wohnung fragten. *Ich will mich nicht wieder mit dir treffen,* dachte Rachel, während sie das Telefon anstarrte, als ob hinter dem Display eine winzige hellseherisch begabte Catherine säße: *Ich halte dich für eine mögliche Mörderin. Und wenn du keine bist, dann bist du so was wie eine Blutsaugerin. Und wenn du auch das nicht bist, bist du zuallermindest ausgesprochen seltsam.*

Morgen???? xx

Rachel stellte das Handy auf Vibration und stopfte es zurück in die Tasche.

Die Metro hielt am Chemin Vert, und Rachel drückte den Griff nach oben und herum, sodass die Tür aufglitt. Im Laufe der Jahre war sie so oft bei Kiki gewesen, dass ihre Füße sie ohne ihr Zutun hinzuführen schienen, die Treppe zur Straße hinauf und dann immer weiter, als sei die Route ausgeschildert: Die Rue des Tournelles entlang, mit der Synagoge, deren Anblick sie immer aufheiterte, dann mitten durch die Place des Vosges mit ihren gebleichten Winterwegen und dem umgebenden Quadrat von altehrwürdigen Backsteinhäusern, dann die Rue des Francs-Bourgeois entlang, bis sie die knallblaue Front der Brasserie Royal Turenne erreichte, wohin Kiki und Robert sie früher immer wegen der Miesmuscheln, die sie so liebten, eingeladen hatten, und schließlich Kikis *résidence*. Sie stellte fest, dass der alte Sicherheitscode, genau wie bei Edgars *résidence*, noch immer funktionierte. Andererseits waren in diesem Fall auch erst zwei Jahre vergangen, keine zwanzig. Während sie mit dem Aufzug, der noch immer nach Gitanes roch, nach oben fuhr, strich sie mit den Fingern über die Schachtel Pralinen, die sie mitgebracht hatte, und begriff mit einem Mal, wie sehr ihr Kiki gefehlt hatte.

In ihrer Manteltasche vibrierte ihr Handy.

Als sie an Kikis Tür klingelte, erkannte sie die Person, die ihr aufmachte, kaum wieder. Kiki war so rund und braun wie ein gutes französisches Brötchen gewesen, aber diese Frau war hager, ihre Haut war gelblich und hing ihr schlaff von den Wangen herunter. Einen Augenblick lang befürchtete Rachel, im falschen Stock ausgestiegen zu sein. Dann lächelte die Frau, und sie sah die vertraute Wärme in ihren Augen, die gute Laune, die sich noch immer in ihren Mundwinkeln herumdrückte.

»Komm rein, komm rein!« Kiki machte eine einladende Geste. »Ja, ich hab mich verändert, ich weiß. Ich bin daran gewöhnt, aber für andere muss es ein seltsamer Anblick sein.«

Rachel nickte, unschlüssig, was die höfliche Erwiderung darauf gewesen wäre. »Ein … ein kleines bisschen.« Sie fühlte sich leicht aus dem Gleichgewicht gebracht, als stünde sie vor einer Unbekannten. Trotzdem, das *war* Kiki, und als sie mit offenen Armen empfangen und mit freudiger Herzlichkeit umarmt wurde, wusste sie, dass es niemand anders sein konnte. Sie wurde gedrückt, abgeküsst und schließlich, beruhigt, wieder losgelassen. Als sie die Schachtel Pralinen hervorholte, bekam Kiki leuchtende Augen.

»Ah! Ja, das ist genau, was ich brauche. Für rein medizinische Zwecke natürlich. Nur, um wieder Fleisch auf die Rippen zu bekommen.« Sie lächelte wieder, damit Rachel auf ihren Scherz einging.

Tee zog, es fand sich ein Tablett, und die Pralinen kamen hübsch auf einen Teller. Endlich machten sie es sich auf der Couch bequem. Kiki nahm ein *bonbon* und ließ es sich auf der Zunge zergehen, bevor sie sprach.

»Ich hab mich so gefreut, von dir zu hören! Es tut mir leid, dass ich mich so lange nicht gemeldet habe. Es hatte nichts mit dir zu tun, das schwöre ich dir.« Sie seufzte. »Es ist so, dass ich, nachdem Robert …« Sie sah durch das Fenster des Salons nach draußen. »Wir hatten so viel Zeit miteinander verbracht. Ich kann … ich konnte mich an ein Leben ohne ihn überhaupt nicht erinnern – und warum sollte ich es auch wollen?« Ein

Achselzucken. Rachel sah, dass ihre Augen nass waren. »Ich konnte mir nicht vorstellen, wie es – oder warum es überhaupt – weitergehen sollte. Lange Zeit. Mich an die Stille, ans Alleinsein gewöhnen. Wozu so leben, nachdem …« Sie winkte mit einer Geste des Überdrusses ab. Dann lächelte sie und schniefte. »Tja. Am Ende wächst du selbst über die Trauer hinaus.« Sie stieß ein kleines Lachen aus. »Du erinnerst dich, dass ihr euch gelegentlich auch gestritten habt. Dass er dich manchmal ganz fürchterlich aufregte. Zeit vergeht, und wenn du nicht stirbst, fängt die Welt irgendwann wieder an, interessant zu sein. Wir sind wohl einfach so gebaut.« Sie legte ihre weiche Hand auf Rachels. »Und jetzt freue ich mich wahnsinnig, von dir zu hören! Ich hab den Eindruck, dass viele meiner Freundinnen meine Nische in meiner Abwesenheit neu besetzt haben.«

»Oh nein!« Rachel schüttelte den Kopf. »Das glaube ich nicht!«

Kiki seufzte. »Doch, es ist so. Nur Genette Maurois ruft noch gelegentlich an. Und jetzt bist du da.« Sie tätschelte Rachels Hand. »Aber ich vermute, dich führt mehr hierher als lediglich der Wunsch, mir Süßigkeiten zu schenken. Was kann ich für dich tun, meine Freundin?«

Auf dem Weg hierher hatte sich Rachel überlegt, wie sie die Sache am besten angehen sollte. Da sie nach wie vor keine konkreten Indizien hatte, wollte sie ihren Verdacht in Bezug auf Edgars Tod nicht aussprechen – aber ihre alte Freundin anlügen wollte sie ebenso wenig. Sie hatte beschlossen, einfach um die Informationen zu bitten, die sie benötigte, und den Grund dafür nur anzugeben, wenn Kiki fragen sollte. Trotzdem war sie angespannt. Sie wusste nicht, was sie sagen würde, sollte Kiki sie wirklich fragen, und plötzlich war sie – völlig irrational – davon überzeugt, dass Kiki fragen *würde*. Sollte sie lieber warten? Sollte sie den ganzen Plan aufgeben? Sie holte tief Luft, als müsste sie gleich vom Dreimeterbrett springen, und sagte dann viel zu abrupt: »Ich möchte, dass du mir von den Bowens erzählst.«

Kiki richtete sich ein Spürchen auf. »*Ah bon?* Von den Bowens?« Nachdenklich musterte sie Rachel ein paar Sekunden lang. Offenbar einverstanden mit dem, was sie sah, nahm sie sich eine weitere Praline und sagte: »*Bien.* Ich bin zwar kein Konversationslexikon, und ich klatsche nie. Aber dieses eine Mal, weil ich eine einsame alte Frau bin und du die einzige bist, die mich besucht«, sie lächelte, »werde ich dir erzählen, was ich weiß, und ich werde keine Fragen stellen.«

Rachel frohlockte. Sie hatte einen Spitzel. Ihren ersten Spitzel! Sie machte es sich bequem und sperrte die Ohren auf.

»Über Edgar weiß ich sehr wenig: Er kam als Banker hierher; er kam als Banker zu Geld. Aber Mathilde, nun, sie ist eine Castel.« Kiki sagte das so, als ob Rachel wissen müsste, was das bedeutete. »Mütterlicherseits aus Perpignan, nicht weit von der Grenze. Sie behaupten, von spanischem Adel zu sein. Deswegen haben sie wohl auch diese Nasen.« Sie skizzierte mit der Hand ein Faksimile von Mathildes langer Nase. »Damit sie sie umso höher tragen können. Wie dem auch sei.« Sie holte tief Luft. »Genau wie ihre Mutter ist sie so stolz wie Luzifer, aber in jeder anderen Hinsicht schlägt sie nach ihrem Vater.« Sie verzog das Gesicht. »Ein sehr unangenehmer Mensch. Er liebte nur das Geld. Mag sein, dass er seine Frau und seine Tochter ganz gern hatte, aber wenn es bei ihnen gebrannt hätte, wäre er ins Haus zurückgerannt, um sein Portemonnaie zu retten. Und wie so viele, die das Geld lieben, liebte er es vor allem, es auszugeben.« Sie lehnte sich zurück. »Am Ende musste Madame, Mathildes Mutter, ihr eigenes Geld in einen Treuhandfonds stecken, damit es vor ihm sicher war.«

»Dann heiratete Mathilde Edgar also wegen seines Geldes?«

»Oh nein. Geld war durchaus noch da. Nach unseren Maßstäben eine ganze Menge davon; nach ihren genug. Obwohl ich nicht bezweifle, dass ihr Edgars Geld willkommen war – wie gesagt, sie schlägt nach ihrem Vater. Und natürlich war schon damals klar, dass Edgar in Zukunft noch weit mehr auf dem Konto haben würde. *Das* bekam sie also auch. Aber geheiratet hat sie ihn«, Kiki legte eine ganz kurze Pause ein, »wegen der Macht.«

»Macht?« Wieder war Rachel verwirrt. Edgar war kein Politiker oder Magnat. Wenn überhaupt, so war Mathilde diejenige, die Macht, gesellschaftlichen Einfluss besaß.

»Keine Macht in dem Sinn, wie du das Wort vielleicht verstehst«, erklärte Kiki, »aber es gibt unterschiedliche Arten. Bei den *bien établis*, diesen alten Familien, hat eine unverheiratete Frau keine Macht. Sie weiß nichts von … vom Leben. Sie ist noch nicht reif. Eine verheiratete Frau ist gefestigt, hat Einblick, ein Verständnis von der Welt. Sie hat Einfluss. Mit einem Kind umso mehr. Und wenn mit fortschreitendem Alter ihre Erfahrung noch weiter zunimmt, ihre Weltgewandtheit steigt, dann wird eine solche Frau *formidable*.«

Nun ja, formidabel war Mathilde ganz gewiss. »Aber warum ließ sie sich dann von ihm scheiden?«

»Oh, durch eine Scheidung büßt so eine Frau nichts ein. Tatsächlich könnte man sogar sagen, dass sie dadurch noch gewinnt. Sie besitzt die Weisheit der Ehe und der Mutterschaft, und sie hat Beziehungen, aber außerdem auch die Kraft, sich allein zu behaupten. Also umso besser!« Sie warf den Kopf zurück, aber dann änderte sich ihr Ton. »Dass der abgelegte Ehemann allerdings seinerseits sein früheres Leben wiederaufnimmt …« Sie schnalzte mit der Zunge. »Das gefiel Mathilde ganz und gar nicht. Ein Affront gegen das Haus Castel – und natürlich gegen sie persönlich.« Tiefes Luftholen. »Deswegen konnte sie alle, die nach ihr kamen, nicht ausstehen: dich, diese Amandine und so weiter.«

Rachel machte ein ungläubiges Gesicht. »Wirklich? Selbst nach so langer Zeit?«

»Manche Frauen sind so. Sie verlassen einen Mann, aber trotzdem darf er nie wieder eine andere lieben.« Rachel erinnerte sich, dass Magda etwas Ähnliches gesagt hatte. Kiki fügte hinzu: »Und dieses Risiko würde auch nicht mit den Jahren abnehmen. Ganz im Gegenteil. Ältere Männer wissen ein warmes Bett zu schätzen.« Ihr Achselzucken besagte, dass das zwar dumm, aber auch natürlich war. »Und vielleicht waren Mathildes Befürchtungen auch nicht unbegründet, denn Edgar hatte durchaus neue Geliebte. Die letzte, die ich kannte, war eine junge Frau mit dunklem Haar …« Sie führte ihre Hand, wie zur Veranschaulichung, an den Kopf.

»Catherine Nadeau?«

»*Oui*, so hieß sie. Catherine Nadeau. Über ihre Familie weiß ich nichts.« Kiki lächelte. »Aber vielleicht ist sie ja mit Mathildes Vater verwandt, denn alle sagten, das Geld würde ihr nur so durch die Finger rinnen. Auf alle Fälle war sie jung. Wenn auch, wie man auch fairerweise sagen muss«, fügte sie hinzu, »nicht abartig jung, wie manche dieser kleinen Mädchen, die man mit Männern in Edgars Alter sieht.«

Rachel dachte an Elisabeth. Kiki musste die Spur einer Reaktion in ihrem Gesicht gesehen haben, denn sie hob die Augenbrauen.

»Ah, so ist das, wenn man jeden Kontakt zur Welt verloren hat. Edgar hatte sich also eine *jeune fille* zugelegt?«

»Nein, nein.« Rachel schüttelte den Kopf. »Beziehungsweise ja, aber nicht als *petite amie*. Nur so als Freundin.«

»Und ist sie hübsch, diese platonische Freundin?«

»Ja.«

Kiki schürzte die Lippen. »Das dürfte Mathilde kaum gefallen haben. Hat er diesem hübschen Mädchen oder seiner aktuellen *petite amie* etwas hinterlassen?«

Rachel nickte. »Ja, beiden. Catherine siebeneinhalbtausend Euro. Dem Mädchen, Elisabeth«, sie schluckte, »zwanzigtausend.«

»Oh, là là!« Ohne es zu wollen, lächelte Rachel; sie konnte immer noch nicht fassen, dass die Franzosen das wirklich sagten. Aber Kiki war aufrichtig geschockt. »Und Mathilde selbst?«

»Zehntausend.«

Kiki schnappte nach Luft. *»Mon Dieu!«* Sie hielt sich eine Hand vor den Mund. »Bist du sicher?«

»Ja.« Rachel lehnte sich vor. »Warum?«

Kiki nahm die Hand wieder herunter. »Na ja, so offensichtlich weniger zu bekommen als die junge Hübsche ... Und wenn die nicht einmal Edgars *fruit vert* war, umso schlimmer.« Sie atmete ein. »Aber außerdem, weißt du, vor ein paar Jahren, bevor sie starb, besuchte Mathildes Mutter sie in Paris. Es gab *un petit souper* – Mathilde richtete es aus – zu ihren Ehren. Madame vertrug Champagner, wie man hört, nicht allzu gut, und nach ein paar Gläsern fing sie an zu krähen, Mathilde sei so einzigartig, so unvergesslich, so *ravissante*, dass Edgar ihr kürzlich versichert habe, dass er ihr in seinem neuen Testament – und das war schon Jahre nach der Scheidung – immerhin noch fünfzigtausend Euro vermachte. Und dann ...« Sie schüttelte den Kopf, schnalzte wieder mit der Zunge. »Vielleicht vor einem Monat? Also da erzählte mir Genette – du weißt schon, meine Freundin, die mich noch immer gelegentlich anruft – da erzählte sie mir, sie sei um ein Haar bös hereingefallen. Ihr Finanzmensch hatte sie letztes Jahr dazu überreden wollen, in Erdöl zu investieren. Er hatte ihr erzählt, dass sie einen sehr, sehr schönen Gewinn erzielen würde. Sie ging nicht darauf ein – sie mag keine Risiken. Und das war klug von ihr, denn natürlich ist der Ölpreis gefallen. Aber weißt du, sie erzählte mir auch«, sie sah Rachel in die Augen, »dass ihr Finanzmensch auch Mathildes Finanzmensch ist. Und Mathilde hatte ja gesagt. Und so …«

Rachel hielt die Luft an, als sie den Ausgang des Satzes vorausahnte.

»… ist jetzt *weniger* als genug da.«

Rachel erinnerte sich, wie Mathilde bei der Verlesung des Testaments zusammengezuckt war. *Überraschung mit Sicherheit, fast mit Sicherheit Zorn, aber vielleicht,* dachte sie jetzt, *auch Enttäuschung und Angst?* Jede Kombination dieser Ingredienzien konnte eine leicht entflammbare Mischung ergeben.

Aber vorerst behielt sie diese Gedanken für sich. Sie und Kiki unterhielten sich noch eine Zeit lang, während Kiki die Pralinen verputzte, bis Rachel schließlich aufstand und sich verabschiedete. »Du hast mir unheimlich geholfen.« Sie legte die Hände auf Kikis Schultern und spürte Knochen, wo sie noch nie welche gespürt hatte.

»Jederzeit gern!« Kiki nahm Rachels Gesicht zwischen die Hände. »Es ist unheimlich schön gewesen, dich zu sehen. So gesund und so«, ein winziges Zwinkern, »neugierig. Du musst bald wieder kommen.« Sie lächelte. »Und mehr Leckerlis bringen.« In der Metro ließ sich Rachel das, was sie erfahren hatte, noch einmal durch den Kopf gehen. Gut weggekommen war keine der abgehandelten Personen. Catherine konnte so schlecht mit Geld umgehen, dass die Spatzen es von den Dächern pfiffen. Mathilde war ein Mensch, der für Geld oder ihrem Stolz zuliebe fast alles tun würde. Aber das war die große Frage: Würde sie alles tun oder nur *fast* alles? Es bestand ein großer Unterschied zwischen schlecht mit Geld umgehen können und für welches töten, und von Geld verlieren bis hin zu töten, um es zu ersetzen, war ein weiter Weg. Aber was wusste sie schon? Jetzt hatten beide Frauen Motive, die sie zu eins a Verdächtigen machten, und Verzweifelte dachten nicht so wie andere Leute – was übrigens ebenso für Mörderinnen galt. Wer weiß, wenn Mathilde und Catherine ausreichend Ersteres waren, konnten sie es durchaus zu Zweiterem gebracht haben.

15. KAPITEL

Am nächsten Morgen schickte sich Rachel gerade an, Magda anzurufen, um ihr Kikis Enthüllungen mitzuteilen, als der Türsummer in rascher Folge mehrmals Laut gab. Kaum war die Tür geöffnet, rauschte Magda an ihr vorbei.

»Auch dir guten Morgen. Wie geht's?«

Magda nahm von dem unausgesprochenen Vorwurf keine Notiz. »Hast du heute die Zeitung gelesen?«

»Was?« Rachel glaubte, sich verhört zu haben.

»Hast du heute die Zeitung gelesen?«

»Ja, beim Frühstück. Ich meine, ich habe sie nicht ganz durchgelesen, aber ich …«

Magda hielt ihr eine quer und längs zu einem Quadrat gefaltete Zeitung hin. »Lies!«

»Was? Warum? Kannst du es mir nicht einfach sagen?«

Sie hielt ihr die gefaltete Zeitung noch einmal heftiger hin. »Lies!«

Rachel nahm die Zeitung. Magda hatte sie so gefaltet, dass in der Mitte eine Meldung von wenig mehr als einem Absatz prangte.

TRAGÖDIE IM PARISER ZENTRUM

Gestern kam im III. Arrondissement eine Frau bei einem Fenstersturz ums Leben. Catherine Nadeau, 41, Inhaberin der Boutique Le Cindy im I. Arrondissement, fiel gegen 17.15 Uhr aus dem Fenster ihres Salons in den Hof. Auf-

gefunden wurde sie von einer anderen Bewohnerin des Hauses um 17.20 Uhr.
Madame Nadeau hatte in letzter Zeit in finanziellen Schwierigkeiten gesteckt; vor einigen Wochen äußerte sie einer Nachbarin gegenüber, sie befürchte, ihr Geschäft schließen oder aber, um es halten zu können, ihre Wohnung verkaufen zu müssen.
Madame Nadeau hinterlässt keine Angehörigen. Die Polizei schließt ein Fremdverschulden aus.

»Oh mein Gott, sie hat sich das Leben genommen?« Rachel ließ sich auf einen Stuhl fallen. »Aber sie hat mich doch die ganze Woche lang angesimst.«

Sie sah auf. Magda beobachtete sie, den Kopf zur Seite geneigt.

»Was?«

»Lies den zweiten Absatz noch mal.«

Rachel tat's. Dann las sie ihn ein drittes Mal. Dann begriff sie. »Aber sie *steckte* doch gar nicht in finanziellen Schwierigkeiten!« Ihre Stimme klang schrill. »Sie hat unsere Drinks bezahlt. Im *Bon Marché*!«

Magda nickte. »Und erinner dich, als wir bei ihr im Laden waren, da sagte sie«, sie schaltete ihre Zitierstimme ein, »›Ich habe einen guten Zukunftsplan.‹«

»Stimmt. Hat sie gesagt.« Rachel erinnerte sich. »Und etwas Ähnliches sagte sie noch mal, als ich sie getroffen habe.«

»Begreifst du denn nicht?« Magda breitete die Hände aus.

»Was denn begreifen?«

»Jemand hat sie *ermordet*!«

»Also jetzt aber.« Rachel runzelte die Stirn. »Das nennt man voreilige Schlüsse ziehen.«

»Tut man nicht! Sie hatte das nötige Geld, um ihr Geschäft neu zu eröffnen und dich in das teuerste Kaufhaus der Stadt zu einem Drink einzuladen. Sie *war* nicht klamm!« Sie fing Rachels Blick ab, hielt ihn fest. »Das Szenario ist ganz einfach. Catherine lässt jemanden in ihre Wohnung, schenkt ihm oder ihr und sich selbst einen Drink ein – vielleicht sogar ein Glas Rosé. An irgendeinem Punkt lacht sie wahrscheinlich diese bekloppte Lache. Und die andere Person wartet, wartet auf den richtigen Augenblick. *Dann!*« Rachel machte einen Satz. »Catherine auf dem Hofpflaster, unter ihr eine immer größer werdende Lache von Blut, ihr Körper unnatürlich verdreht, wie eine fallen gelassene Marionette.«

»Jesus.« Rachel schluckte. »Vielleicht solltest *du* von uns beiden die Schriftstellerin sein.« Sie zwang ihre Gedanken in logische Bahnen zurück. »Aber weswegen sollte sie jemand ermorden? Ich meine, aus welchem Grund?«

»Wegen des Geldes«, sagte Magda, als läge es auf der Hand.

»Wegen siebentausend Euro?«

»Siebentausend*fünfhundert* Euro«, stellte Magda richtig. »Und wie ich schon sagte, haben Leute schon wegen weniger getötet.«

»Leute sind zu einer Frau ins Haus und haben wegen siebeneinhalbtausend Euro, die nicht einmal physisch da waren, deren Selbstmord vorgetäuscht? Das ist lediglich eine neue Version deines unbemerkt gebliebenen Suppenmörders. Und außerdem«, Rachels Gedanken hatten ihre Besitzerin endlich eingeholt, »würden diese Leute ja gar nichts bekommen. Da steht doch, dass sie keine lebenden Verwandten hatte.« Sie legte den Finger auf die entsprechende Zeile. »Wenn man ohne Erben stirbt, fällt alles an den Staat.«

»Nicht, wenn der ursprüngliche Testator Sekundärerben bestimmt hat.«

»Testator?« Wer benutzte denn ein Wort wie »Testator«?

»Das ist die Person, die das ursprüngliche Testament erstellt hat«, sagte Magda, als wüsste Rachel das nicht selbst. »Edgar.

Edgar könnte eine Klausel eingefügt haben, im Zuge deren im Falle des Ablebens eines der Erstbegünstigten eine andere Person dessen Geld erbt. Wie bei Hochzeitsgästen«, erklärte sie. »Man hat eine Auswahl A und eine Auswahl B.«

Rachel war ganz durcheinander. Erst »Testator« und jetzt »im Zuge deren«? Wo kamen die ganzen Ausdrücke auf einmal her?

»Hast du dich über französisches Erbrecht schlaugemacht?«

»Nein.« Magda klang ganz unschuldig, blickte dabei aber auf ihre Schuhe hinunter. »Na ja ...«

»Na ja was?« Rachel versuchte, ihr Gesicht zu sehen.

»Na ja, ich ...« Errötete ihre Freundin da gerade? »Ich habe mich lediglich mit jemandem über Testamente unterhalten.«

Rachel versuchte, sich das bildlich vorzustellen. »Wer genau?«

»*Wem* genau«, korrigierte Magda sie, aber Rachel war klar, dass sie damit nur Zeit zu schinden versuchte.

»Also schön. Mit *wem* hast du dich über Testamente unterhalten?«

»Äh, also ...« Magda hob endlich die Augen. »Mit Benoît.«

Rachel war verwirrt. »Wer ist Benoît?«

»Erinnerst du dich, wie wir auf Edgars Trauerfeier waren?«

Rachel nickte. Wie hätte sie sich nicht erinnern können?

»Dieser Mann, mit dem ich mich da unterhalten habe. Das ist Benoît.«

Rachel dachte an den Tag zurück. Es stimmte: Als sie angekommen war, um Magda von ihrem Verdacht zu erzählen, war da ein Mann gewesen. »Der mit der spitzen Nase?«

»Na ja, schon.« Magda sah leicht pikiert auf. »Sie ist wohl ein bisschen spitz.«

»Nein, sie ist spitz. Sie ist richtig spitz.« Plötzlich dämmerte die Erkenntnis. Rachel stupste ihre Freundin an und grinste. »Du! Immer mit deinen spitzen Nasen. Darauf fährst du ab, nicht?«

Jetzt *war* Magda rot. Rachel erinnerte sich, dass sie es nicht ausstehen konnte, wegen ihres Liebeslebens aufgezogen zu werden; in den Vierzigern und single zu sein, war hart genug, auch ohne dass sich deine Freundinnen über dich lustig machten. Sie riss sich zusammen. »Aber wie auch immer, ich komm vom Thema ab. Wieso kennt sich Benoît mit Testamenten aus?«

»Er gehört zur Anwaltsfirma, die für Edgar arbeitete.«

Rachel kam wieder nicht mit. »Aber Edgars Anwalt ist doch Maître Bernard!«

»Nein, *der* ist Notar. Jedenfalls hat er mit Edgars Nachlass zu tun. Benoît arbeitet in einem ganz anderen Ressort.« Sie warf Rachel einen verwunderten Blick zu. »Hast du dich denn nicht gefragt, warum du auf der Trauerfeier Maître Bernard nicht gesehen hast?«

»Nein.« Diese Frage war Rachel keinen Augenblick lang in den Sinn gekommen, und sie hatte auch nicht das Gefühl, dass sie ihr hätte kommen müssen. Warum sollte man erwarten, auf jemandes Beerdigung dessen Notar zu sehen?

»Tja, er war nicht da, weil Benoît da war. Benoît ist derjenige, den die Firma zum Zeichen ihrer Anteilnahme hingeschickt hatte.«

»Oh.« *Man lernt jeden Tag was dazu,* dachte Rachel. »Wie auch immer, und jetzt seht ihr euch?«

»Ja. Na ja, du weißt schon, gelegentlich.« Magda sah verlegen, aber auch etwas stolz aus.

»Moment mal!« Rachel hielt eine Hand in die Höhe. »Könnte er uns einen Blick in Edgars Testament werfen lassen?«

Magda runzelte die Stirn. »Ich bin ziemlich sicher, dass das illegal ist.«

Rachel kaute an der Innenseite ihrer Wange und dachte nach. »Na gut, könnte er dann selbst einen Blick hineinwerfen und uns sagen, ob Edgar solche – wie hast du dazu gesagt – Sekundärerben bestimmt hatte?

»Ich weiß nicht.«

Rachel zwang ihre Stimme, ruhig zu klingen. »Könntest du ihn fragen?«

Magda dachte einen Augenblick lang nach und atmete dann langsam ein und wieder aus. »In Ordnung. Ich werd ihn fragen. Aber stell dich schon mal darauf ein, dass er nein sagt.« Sie lächelte stolz. »Er nimmt es mit der Ethik sehr genau.«

»Danke.« Rachel bemühte sich um eine gleichermaßen neutrale Miene und Stimme; sie wusste, wie leicht es für die Vielleicht-Verliebte war, Freude mit Gönnerhaftigkeit zu verwechseln. »Na, dann rufen wir ihn doch so bald wie möglich an! Eigentlich«, sie stand auf, »könntest du das doch direkt machen.«

16. KAPITEL

Magda rief Benoît von Rachel und Alans Schlafzimmer aus an. Rachel hätte am liebsten neben ihr auf dem Bett gesessen und ihr Wort für Wort vorgesagt, was sie sagen sollte, aber da sie einsah, dass das nicht ging, drückte sie sich stattdessen auf dem Flur vor der geschlossenen Schlafzimmertür herum und bekam eine ganze Menge Gekicher und ein gewisses Quantum gemurmelte Konversation mit. Sie wusste nicht genau, was zwischen den beiden besprochen wurde, aber die Folge war eine Einladung in die Kanzlei von Edgars Anwaltsfirma, wo Benoît in Sachen Testament sein Bestes tun würde.

So kam es, dass sie am Montag der darauffolgenden Woche im schimmernden Empfangsbereich des Cabinet Martin Frères saß, im zweiten Stock eines Gebäudes aus der Belle Époque im II. Arrondissement. Magda saß neben ihr und schlug aus Nervosität fortwährend die Beine einmal so, einmal andersrum übereinander. Sie wirkte wie eine Teenagerin, die kurz davor stand, ihren Freundinnen ihre Mutter vorzustellen.

Rachel und Alan hatten zwar auch einen *avocat*, aber wie Edgars Wohnung gehörte auch die Kanzlei Martin Frères in eine ganz andere Preisklasse. Im Empfangsbereich herrschten die wohlgepolsterte Stille, die das Vorhandensein richtigen Geldes, und die Aura von Diskretion, die das Vorhandensein echter Macht kennzeichnen. Sämtliche Möbel waren aus dunklem, auf Hochglanz poliertem Holz und auf dem Couchtisch lagen Hochglanzmagazine wie *Art et Décoration* und *Challenges*. Die Rezeptionistin saß hinter einem gigantischen Schreibtisch, darauf vorn-mittig ein Telefonapparat, der in seinen Ausmaßen praktisch eine ganze Telefonzentrale darstellte, und auf der hinteren Ecke eine Vase mit Rudbeckien. Die Empfangsdame war eine Mischung aus Catherine Deneuve in *Belle de jour* und Evita Peron: das blonde Haar zu einem strengen Chignon geknotet, das beigefarbene Kleid von vollkommener Schlichtheit, der hochmütige Mund in Lachsrot matt geschminkt. Unter dem Schreibtisch, hätte Rachel wetten können, trug sie ein Paar dieser Folter-Stilettos, für die elegante junge Französinnen solch eine unerklärliche Schwäche verrieten. Nach der Arbeit würde sie in Le Bar Long oder ins Hôtel Costes gehen und irgendeinem sehr reichen Mann gestatten, ihr Drinks zu bezahlen. Später würde sie einen anderen sehr reichen Mann heiraten, möglicherweise sogar einen Mandanten dieser Firma, und wenn sie sich scheiden ließen, würde sie eine Abfindung erhalten, die ihr fortan ein behagliches Leben ermöglichte. Das hier war die Sorte Firma, die so eine Empfangsdame hatte.

War es ein Fehler gewesen, nicht bei Edgar zu bleiben? Rachel kamen Bedenken. Die ganze Würde und die diskrete Betuchtheit dieser Kanzlei hätten ihr gehören können. Diese Wohnung hätte ihr gehören können. Dann erinnerte sie sich, dass die Frage gegenstandslos war, da nicht sie, sondern Edgar die Beziehung beendet hatte. Und das war richtig gewesen. Bei Alan fühlte sie sich wohler – beim wunderbaren Alan, der gelernt hatte, Ballett zu mögen, der sie gelehrt hatte, modernen Jazz zu schätzen, der sie gleichzeitig zum Lachen und Gruseln bringen konnte, indem er seine übergelenkigen Daumen nach außen bog. Trotzdem verspürte sie eine leichte Trauer: Dankbarkeit für das, was sie hatte, aber Bedauern darüber, keine Chance gehabt zu haben, das zu erleben, was sie nicht hatte.

Sie hatte gerade damit begonnen, über dieses Paradox zu grübeln, als der Mann vom Trauerempfang aus einer der Türen heraus- und auf sie zukam. Jetzt, wo sie nicht darauf aus war, Magda davonzuschleifen, konnte sie darauf achten, wie er aussah, und was sie sah, gefiel ihr. Sein weiches, dunkles, in der Mitte gescheiteltes und in zwei Schwüngen zurückgekämmtes Haar versilberte sich schon an den Schläfen, während eine randlose Brille seine lebhaften dunklen Augen leicht vergrößerte. Sein marineblauer Anzug war tadellos geschnitten, und er hatte ihn mit einer leuchtend violetten Krawatte kombiniert. Als er Magda erblickte, ging sein professionelles Lächeln in die Breite und vertiefte sich zu einem Ausdruck aufrichtiger Freude. Er streckte ihr beide Hände entgegen; sie stand auf und ergriff sie. Zwei Küsse auf jede Wange, nahm Rachel zur Kenntnis, und dann noch einen extra auf die eine. So viel zum Thema »sich gelegentlich sehen«! Die Sache war schon ganz schön weit gediehen. Lächelnd stand sie zur Begrüßung auf.

»Madame Levis.« Der Mann sprach ihren Namen korrekt aus, während er ihre Hand nahm. »Benoît Géroux. Was für eine Freude! Ich habe schon sehr viel von Ihnen gehört. Magda erzählt mir ständig, was Sie gesagt oder gemacht haben; immer mit großem Stolz. Jetzt lerne ich Sie endlich persönlich kennen!« Er lächelte. »Es ist mir eine Ehre.«

Er umfasste ihre Hand mit beiden Händen, während er sie auf jede Wange einmal küsste und den tiefen Duft irgendeines köstlichen Aftershaves hinterließ. Rachel spürte, dass sie errötete. Sie verspürte den unbändigen Drang, wie ein Schulmädchen zu kichern. Wenn die Franzosen den Ruf haben, übertrieben charmant zu sein, dann liegt es daran, dass nur sie die erforderliche Gewandtheit besitzen, ihren Charme zu versprühen, ohne wie Schmierenkomödianten zu wirken.

»Alors«, sagte Benoît, als sie in seinem Büro Platz genommen hatten. »Wenn ich Magda richtig verstanden habe, wünschen Sie, Monsieur Bowens Testament einzusehen.« Er nahm von einem Dokumentenstapel eine braune Aktenmappe und legte sie

vor sich auf den Schreibtisch. »Nach unserem Telefonat habe ich das fragliche Testament herausgesucht.« Er spielte mit der Mappe herum, steckte den Zeigefinger zwischen die Deckel und zog ihn wieder heraus. »Bedauerlicherweise«, sagte er und legte eine Kunstpause ein, wobei er die Pappe mit beiden Daumen glättete, »ist dieses Testament noch nicht bestätigt worden. Wenn Sie in sechs Monaten fragen würden, könnte ich es Ihnen ohne Weiteres zeigen. Zum gegenwärtigen Zeitpunkt ist es mir leider nicht möglich.« Er schüttelte wehmütig den Kopf, als räumte er die Absurditäten des Lebens ein. »Ich kann es nur selbst lesen und Ihnen sagen, was darin steht – es paraphrasieren.«

»Aber die Paraphrase habe ich doch schon gehört.« Rachel bemühte sich, mit ruhiger Stimme zu sprechen. Magda warf ihr einen warnenden Blick zu.

Benoît hob wieder kummervoll die Schultern. »Nichtsdestoweniger ist das alles, was ich für Sie tun kann.«

Sie atmete tief durch. Sie durfte nicht anfangen zu diskutieren. Das war Magdas mutmaßlicher Lover und ein Anwalt, der seinem Berufsethos verpflichtet war. Sie versuchte, die Ablehnung mit Anstand hinzunehmen. »Sehr gerne, vielen Dank.«

»Es ist mir ein Vergnügen.« Er klappte die Mappe auf dem Schreibtisch auf, entnahm ihr ein dickes Dokument und begann, es durchzublättern. Am Ende legte er es wieder hin und verschränkte die Hände darauf. »Monsieur Bowen bestimmt keine Sekundärerben und trifft auch keine Anordnungen bezüglich der Konsolidierung der Vermächtnisse.«

Magda stieß den Atem heftig aus. »Verdammich.« Sie ließ sich gegen die Stuhllehne zurückfallen.

Rachel aber war noch nicht ganz fertig. Als Benoît die Aktenmappe schon wieder schließen wollte, sagte sie: »Verzeihung.« Sie lächelte. »Dürfte ich Sie bitten, noch eine weitere Sache nachzusehen?«

»Comme vous voulez.« Er neigte leicht den Kopf. »Ich stehe zu Ihren Diensten.«

Sie wandte sich zu Magda. »Letzte Nacht ist mir ein Gedanke gekommen. Während ihrer Auseinandersetzung mit Mathilde sagte Elisabeth, Edgar habe verfügt, dass nur sie seine Papiere sehen dürfe, und zwar mit dem Auftrag, sie zu ordnen. Sie sagte, das würde in seinem Testament stehen.«

Magda nickte.

»Ich war aber dabei, als das Testament verlesen wurde. Und ich erinnere mich nicht, dass der *notaire* irgendwas davon gesagt hätte, dass nur sie Einblick in die Papiere haben dürfte.« Rachel lehnte sich zu ihr. »Was, wenn der springende Punkt gar nicht der wäre, dass Mathilde Zutritt zu den hinteren Zimmern haben wollte, als vielmehr die Tatsache, dass *Elisabeth* das *verhindern* wollte? Was, wenn Elisabeth lügt, um sich Zeit zu verschaffen, weil sie etwas Bestimmtes sucht, was sie irgendwie belastet? Sie selbst, meine ich«, fügte sie der Klarheit halber hinzu, »Elisabeth, belastet.«

Er nickte noch einmal. Wieder nahm er sich das Dokument vor, wieder blätterte er es langsam durch, wieder legte er es am Ende auf den Schreibtisch zurück. »Monsieur Bowen hinterlässt keinerlei solche Verfügung.«

Jetzt war es Rachel, die sich gegen die Lehne zurückfallen ließ. Elisabeth hatte gelogen! Sie wollte verhindern, dass andere in Edgars Wohnung etwas Bestimmtes fanden: etwas für sie so Nachteiliges, dass es sich dafür zu lügen lohnte. Die Naive war also doch nicht so naiv!

»Haben Sie vielen herzlichen Dank«, sagte sie. Sie und Magda sammelten ihre Sachen zusammen. Im Vorzimmer gab sie vor den Augen der hochnäsigen Rezeptionistin Benoît die Hand und küsste ihn auf beide Wangen. Er war äußerst hilfsbereit gewesen und hatte ihretwegen etwas zumindest nicht ganz Legales, möglicherweise sogar regelrecht Verbotenes getan. Wie viel oder wie wenig sie auch herausgefunden haben mochten, sie war ihm dankbar.

Draußen blieben sie vor der *porte d'entree* des Gebäudes stehen und machten einen Buckel gegen die Kälte.

»Also«, fing Rachel an.

»Verdammt, das mit Catherine!«, fiel ihr Magda ins Wort. »Ich war mir sicher, dass eine von ihnen sie umgebracht hatte, um an ihr Geld ranzukommen.«

Rachel hatte an diese Theorie nie geglaubt; jetzt suchte sie nach einem schonenden Weg, ihre eigene vorzubringen. »Also, ich habe darüber nachgedacht.« Sie leckte sich die Lippen und bedauerte es prompt, als eisige Luft über die feuchte Haut strich. Sie wischte sich mit dem Handrücken über den Mund und fuhr fort: »Dass sie nicht wegen des Geldes ermordet wurde, bedeutet nicht, dass sie *überhaupt* nicht ermordet wurde.«

»Was?«

»Nein, hör zu. In einem Punkt muss ich dir recht geben: Edgars Geld hatte sie offensichtlich aus den roten Zahlen geholt. Nach dem zu urteilen, wie sie sich im Geschäft uns beiden und später mir gegenüber verhalten hat, hatte sie zumindest aktuell keine Geldsorgen.« Magda machte den Mund auf, aber Rachel sprach unbeirrt weiter. »Ich glaube aber durchaus, dass jemand sie getötet hat. *Ich* glaube, das geschah deswegen, weil sie diesen Jemand erpresste. Ich glaube, sie erpresste den Mörder – beziehungsweise die Mörderin.«

Magda verzog das Gesicht. »Wie kommst du denn *darauf*?«

»Aus verschiedenen Gründen.« Rachel holte tief Luft. »Erstens – wie du selbst argumentiert hast, sagte sie, als wir bei ihr waren, sie habe einen guten Zukunftsplan. Kiki hat aber gesagt, dass sie Geld noch nie zusammenhalten konnte. Und Leute, die mit Geld nicht umgehen können, denken nicht in solchen Kategorien über das Geld, das sie haben. Sie sagen vielleicht: ›Damit sind alle meine Probleme gelöst!‹, oder vielleicht sogar:

›Ich habe einen Plan‹, aber sie würden sich nie so gründliche oder konkrete Gedanken machen, dass sie ›ich habe einen guten Zukunftsplan‹ sagen könnten. Schon die bloße Formulierung ist zu rational, zu weitblickend für sie.«

Magda machte den Mund auf, dann wieder zu. Dann öffnete sie ihn wieder. »Das ist wirklich clever. Darauf wäre ich nie gekommen.«

Doch Rachel ruhte sich nicht auf ihren Lorbeeren aus. »Dann, als wir mit unseren Drinks zusammensaßen, all die komischen Fragen, die sie gestellt hat: wie die Leute im Haus auf den Todesfall reagierten, ob sie mitgenommen oder beunruhigt aussähen oder irgendetwas zu mir gesagt hätten. Ich dachte, sie versuchte vielleicht herauszufinden, ob jemand sie verdächtigte, jetzt glaube ich allerdings, dass ich das falsch gedeutet hatte. Ich glaube, sie klopfte auf den Busch, um herauszufinden, ob jemand nervös wirkte – oder sie sogar direkt der Erpressung beschuldigt hatte. Und ich glaube, jemand *hat* sie ermordet.«

Schweigen. Dann nickte Magda. »Ja. Ja. Das ergibt Sinn. Aber jetzt lautet die Frage: Wie gehen wir weiter vor?«

Das schien überhaupt immer die Frage zu sein. Rachel ließ alle weiterführenden Ermittlungsmethoden Revue passieren, die sie von Film, Fernsehen und einschlägiger Literatur her kannte. Ihre V-Frau hatte sie bereits konsultiert. »Wir führen eine Anwohnerbefragung durch! Wir fragen einfach ihre Nachbarn, ob sie etwas beobachtet haben.« Dann fiel sie etwas in sich zusammen. »Nur, dass wir ihre Adresse nicht haben.«

Doch Magda grinste, freudig und listenreich zugleich. »Stimmt, aber wir können sie rauskriegen!« Sie griff in ihre Handtasche nach ihrem Handy. »Lob dem Internet.«

Rachel bremste sie mit einer Handbewegung. »Okay, aber könnte es nicht bitte das *beheizte* Internet sein? Wir stehen hier schon seit zehn Minuten im Freien, und ich glaube, meine Zehen sind bereits angefroren.«

Fünf Minuten später hatten sie ein Möbelgeschäft gefunden und saßen nebeneinander auf einem dick gepolsterten Tweedsofa.

»Wie heißt die Seite noch mal?« Rachel zog sich die Handschuhe aus.

»Infogreffe.« Magda starrte aufs Display. »Darauf sind die Namen und Adressen sämtlicher Firmen und Firmeninhaber Frankreichs verzeichnet. In meiner Anfangszeit habe ich die Seite ständig benutzt, sowohl um Kontakte zu knüpfen als auch um Großhändler zu finden. Hier.« Als sich die Seite öffnete, tippte sie auf den Bildschirm ein. »Catherine musste Le Cindy als Gesellschaft eintragen. Das ist aus Steuergründen vorgeschrieben. Und als Geschäftsführerin dieser Gesellschaft musste sie ihre Privatadresse angeben.«

»Und das Ganze ist öffentlich einsehbar?« Rachel dachte an militante Tierschützer, inländische Terroristen und einfache altmodische Einbrecher.

»Na ja, man muss eine Gebühr zahlen.« Magda war gerade ganz bei dem, was sie tat, und hörte nur mit halbem Ohr zu. Endlich: »Da hätten wir's.« Sie tippte auf das Display.

Und tatsächlich, da hatten sie's: »Le Cindy, S. à. r. l.«, erklärte das Display, »Geschäftsführerin: Catherine Nadeau«. Und darunter stand, klar und deutlich, eine Wohnanschrift.

17. KAPITEL

Catherines Wohnung lag in der Rue Pont aux Choux – Brücke der Kohlköpfe –, obwohl die Straße nicht danach aussah, als habe sie in ihrer ganzen Geschichte je ein Gemüse beherbergt. Ganz im Gegenteil. Sie erweckte den Eindruck, gänzlich und schon immer dem Handel und Gewerbe gewidmet gewesen zu sein – eintönige cremefarbene Hausfronten, die gelegentlich von Schaufenstern oder heruntergelassenen Rollgittern unterbrochen wurden. *»Pas de vente au détail«* erklärte ein Schild in einem der Schaufenster – »Kein Einzelverkauf« –, und Rachel schloss, dass die Straße deswegen wie ausgestorben war, weil viele der Geschäfte hier Großhandlungen waren. Was auch immer der Grund für diese Häufung sein mochte, war das Resultat eine Straße, die sie nachts nicht ohne Not allein entlanggegangen wäre.

Catherines Haus besaß, wie es schien, die einzige elegante Fassade in dem Straßenabschnitt: eine Doppeltür aus Eiche mit aufwändigem Rahmen, auf Hochglanz polierte, facettierte Messingknäufe und eine blanke Messingtafel, die die Hausnummer angab. Rachel hob die Hand an das Tastenfeld. Dann ließ sie sie wieder sinken.

»Der Türcode.« Sie hatte vergessen, dass in Paris eine Adresse nicht viel nützte, solange man nicht auch den dazugehörigen Türcode hatte. Zu wissen, wo ein Haus stand, half nicht viel, wenn man nicht hineinkam.

»Ach, sei nicht so kompliziert!« Magda griff über Rachels Kopf hinweg und drückte die flache Hand auf sämtliche Klingelknöpfe auf einmal. Ein paar Sekunden später klickte der Türöffner. »Klappte, als man fünfzehn war, klappt auch jetzt noch.« Magda drückte die Eingangstür auf. »Irgendeinen Doofen gibt's immer.«

»Wart mal.« Rachel streckte die Hand aus und hielt die Tür fest. »Wir brauchen einen Plan.«

»Einen Plan?«

»Ja, einen Plan. Wir müssen uns überlegen, was wir sagen, wer wir sind. Wir können nicht einfach plötzlich vor der Tür stehen und den Leuten sagen, wir glauben, Catherine sei ermordet worden, und ob sie bitte Informationen für uns hätten.«

Kurz sah Magda so aus, als läge ihr die Frage »Warum nicht?« auf der Zunge, aber dann sagte sie: »Na ja, wir können ja behaupten, wir wären von der Polizei.«

Rachel dachte nach, schüttelte den Kopf. »Schlechte Idee. Keine Dienstausweise.«

»Stimmt, ja.« Magda überlegte. »Dann können wir sagen, wir wären Privatdetektivinnen. Ist ja sogar die Wahrheit.«

»Nein.« Wieder schüttelte Rachel den Kopf. »Das können wir nicht machen. Kein Mensch redet mit Privatdetektiven. Hast du *Engrenages* nicht gesehen?« Eine rhetorische Frage; die Serie sahen sie sich gewissenhaft jede Woche zusammen an.

Eine Zeit lang standen sie da, von Wirklichkeit und Fernsehen gleichermaßen widerlegt. Dann kam die Eingebung. »Ich weiß! Wir können sagen, wir seien Reporterinnen.«

»Reporterinnen?« Magda sah sie zweifelnd an.

»Ja. Das ist ideal. Welcher Pariser hätte keine Lust, den Zeitungen Geschichten zu erzählen? Wir können ihnen sagen, wir würden sie als anonyme Quellen zitieren, und ich wette, sie werden singen wie Kanarienvögel.«

Pariserinnen und Pariser waren berüchtigte Klatschbasen. In kleine Wohnungen gestopft, in Gebäuden, die so konstruiert waren, dass man sich über den Hof hinweg gegenseitig in die

Wohnung guckte, konnten sie es gar nicht vermeiden, sich gegenseitig zu beobachten, und so machten sie aus der Not ein Vergnügen, indem sie über ihre Beobachtungen redeten. Jemand von der Zeitung würde ihnen eine zusätzliche Gelegenheit bieten, Klatsch und Tratsch unter die Leute zu bringen, und indem sie Informationen lieferten, würden sie zeigen, dass sie Bescheid wussten – was der Pariser Mensch an sich nicht minder liebte.

»Okay.« Dann fügte Magda hinzu: »Wir können ja sagen, wir wären von *Le Trois*.« Auf Rachels fragenden Blick hin erklärte sie: »Das ist ein Lokalblatt. Ich bin darauf gestoßen, als ich über Catherine recherchierte.«

Rachel drückte die Tür vollständig auf, und sie gelangten durch den Hausflur in den Innenhof. Kein Absperrband markierte den Unglücksort, keine Reste von Seifenwasser zeugten davon, dass Blutflecken entfernt worden waren. Der Hof sah aus wie ein x-beliebiger Pariser Innenhof, mit ein paar Pflanzenkübeln hier und da und zu beiden Seiten je einem Treppenhaus, das zu den Wohnungen hinaufführte. *Wie schnell doch ein Leben und eine Existenz ausgelöscht werden können*, dachte Rachel. Wenn man den Hof jetzt sah, hätte man nie gedacht, dass erst ein paar Tage zuvor ein Mensch – der wiederum wenige Sekunden vorher noch lebendig gewesen war – tot auf diesen Pflastersteinen gelegen hatte.

Magdas pragmatische Stimme unterbrach Rachels melancholische Gedanken. »Wo fangen wir an?«

Ihre Freundin mochte die Konstanten der menschlichen Natur kennen, aber Rachel kannte die Konstanten von Pariser Etagenhäusern. »Wir fangen damit an, dass wir uns mit der fülligen Frau mit Schürze unterhalten.«

Magda sah sich um. »Welcher fülligen Frau mit Schürze?«

»Jedes Pariser Etagenhaus besitzt eine füllige Frau mit Schürze.«

Und tatsächlich erschien schon binnen weniger Sekunden eine rundliche Frau mit Schürze und einem Besen in der Hand. Sie begann sofort, eine Ecke des Hofes auszukehren, aber Rachel wusste, dass sie nur herausgekommen war, um zu sehen, wer sie waren.

Sie lächelte. *»Bonjour, madame.«* Sie gingen auf sie zu.

»Bonjour.« Ihre braunen Augen, zwei leuchtende Knöpfe in ihrem fülligen Gesicht, schlugen am Außenrand Fältchen, als sie Rachels Lächeln erwiderte.

»Wir sind von *Le Trois.*« Die Frau lächelte weiter, erweckte aber nicht den Eindruck, als ob der Name ihr etwas sagte. »Die Lokalzeitung«, erklärte sie.

Beim Wort »Zeitung« merkte die Frau sichtlich auf. *»Ah, oui?«* Sie setzte den Besen ab.

»Ja«, schaltete sich Magda ein. »Wir schreiben einen Nachruf auf Madame Nadeau.« Die Blicke der Frau huschten eigenmächtig zur Fläche hinter ihnen. »Wir hofften, ein paar Informationen über sie zu erhalten.«

Die Frau nickte. »Da kann ich Ihnen helfen. Ich wohne gleich hier.« Sie wies mit dem Kopf auf die Erdgeschosswohnung hinter ihr. »Und ich war's, die sie gefunden hat.« Sie sah zugleich unangenehm berührt und ein bisschen stolz aus.

Jetzt war es Rachel, deren Blick zur Seite, in Magdas Richtung huschte. *Jackpot!*, sagte ihr Blick.

»Na«, begann sie, »könnten Sie uns dann für den Anfang etwas über sie erzählen?«

»Sie war eine schöne Frau. Und so liebenswürdig!« Die Frau schüttelte den Kopf. »Es ist so traurig. Erst Weihnachten hatte sie mir eine wunderschöne Orchidee geschenkt zum Dank dafür, dass ich ihre Lieferungen annehme.«

»Ihre Lieferungen?«, sagte Magda,

»Aber ja! Sie bekommt wenigstens ein Paket pro Woche, und wenn sie nicht zu Hause ist, verwahre ich die Sachen für sie solang. Wissen Sie«, die Frau beugte sich vertraulich vor, »sie hat ein kleines Geschäft, einen Laden. Ich glaube, die Lieferungen sind Waren.«

Weder Rachel noch Magda wiesen darauf hin, dass Waren doch wohl direkt ans kleine Geschäft geliefert wurden. Stattdessen sagte Rachel: »Ah, ja, der Laden. Er lief also gut?«

»Tjaaa …« Die Frau verdrehte die Knopfaugen. »Er *war* eine Zeit lang nicht so gut gelaufen, aber vor Kurzem, da hatte mir Catherine erzählt, ihre Situation hätte sich verbessert.«

Nachdenklich sagte Rachel: »Und dennoch, wie sie ums Leben gekommen ist … Das lässt doch *schon* auf gewisse persönliche Probleme schließen. Ohne eine Erklärung erscheint es völlig unbegreiflich. Hatte sie irgendwelche sonstigen Sorgen, von denen Sie wüssten?«

»Na ja, natürlich war ihr *amoureux* gerade erst gestorben …« Wieder das bekümmerte Kopfschütteln. »Ich war zufällig an meinem Fenster, als sie davon erfahren haben muss – ich hab einen Blick rübergeworfen und sie am Telefon gesehen. Und wie ich sie ein paar Minuten später auf dem Hof getroffen habe, da schien sie von der Nachricht völlig erschüttert zu sein. Und an den Tagen danach genauso – völlig fertig, völlig fertig. Sein Tod hatte ganz bestimmt einen Einfluss auf das, was sie dann getan hat.« Sie kehrte den Blick zum Himmel. »Es ist immer eine Tragödie, wenn die Liebe stirbt.«

»Und an dem Tag, wo sie … von uns gegangen ist«, Rachel versuchte, das Gespräch so behutsam wie möglich in andere Bahnen zu lenken, »hatte sie da irgendwelche Lieferungen oder Besucher?«

»Nein.« Die Frau dachte zurück. »Es war den ganzen Tag ruhig. *Zu* ruhig eigentlich.« Ihr Blick heftete sich an Rachels Augen. »Ich glaube nicht, dass mir irgendjemand widersprechen würde, wenn ich sage, dass Unheil in der Luft lag.«

Sie holte Atem, um fortzufahren, aber Rachel war schneller:

»Da Sie ›irgendjemand‹ sagen – hatte Madame Nadeau noch andere gute Freundinnen hier, mit denen wir uns unterhalten könnten?« Angesichts der Unterstellung, sie sei eine gute Freundin einer zu postmortaler Berühmtheit Aufgestiegenen gewesen, schwoll die Frau vor Stolz ein wenig an, schüttelte aber den Kopf. »Oder hatte sie häufige Besucher?«

»Na ja, ihr *ami* kam natürlich gelegentlich vorbei.«

»Natürlich.« Jetzt übernahm Magda. »Aber in jüngerer Zeit? Vielleicht am Tag ihres Ablebens? Hatte sie da vielleicht Besuch?«

Die Frau dachte eine Sekunde lang nach und sagte dann: »Nein, ich hab niemand gesehen.«

»Oder vielleicht an den Tagen davor?« Rachel bemühte sich weiterhin um einen unverfänglichen Ton. »Kam da keine ihrer Freundinnen sie besuchen?«

»Ich verbring nicht den ganzen Tag am Fenster. Ich bin keine, die spioniert!« Die Frau ging auf Distanz. Dann, nachdem sie die Unbeflecktheit ihres Charakters klargestellt hatte, sagte sie: »Jedenfalls ist mir sonst niemand aufgefallen.« Sie dachte kurz nach und schlug dann vor: »Vielleicht möchten Sie die Orchidee sehen? Sie ist sehr schön. Sie könnten davon ein Foto für den Artikel machen.«

»Ach, es tut mir leid«, sagte Magda und klang aufrichtig betrübt, »aber die Zeitung räumt uns keinen Platz für Fotos ein, abgesehen von einem von Madame Nadeau. Wir würden uns allerdings gern mit ein paar weiteren Nachbarn unterhalten, auch wenn ich bezweifle, dass uns irgendjemand so behilflich sein kann wie Sie. Könnten Sie uns zeigen, wo es langgeht?«

»Natürlich.« Die Frau nickte in die Richtung des linken Treppenhauses. »Sie wohnte im zweiten Stock. Wohnung 5.« Sie griff wieder zum Besen und sah ihnen nach, wie sie sich auf den Weg nach oben machten.

Wo hat Magda das bloß gelernt?, fragte sich Rachel, während sie die Treppe hinaufstieg. Es war nicht nur die Dreistigkeit oder die Promptheit, mit der sie eine Geschichte aus dem Ärmel schüttelte, die Rachel beneidenswert fand; es war ihre Fähigkeit, sich mühelos plausible Lügen auszudenken und sie überzeugend vorzutragen. Rachel kam der Verdacht, dass dies das Motto der wahren Detektivin war: Habe allzeit eine gute Lüge parat. Sie waren die Anti-Pfadfinderinnen.

Auf dem zweiten Absatz verschnauften sie erst kurz, dann suchten und fanden sie Wohnung 5. Gleich daneben, im rechten Winkel dazu, lag die Tür zur Wohnung mit der Nummer 6, und Magda klopfte. Keine Antwort.

»Na ja«, sagte Rachel, »ist ja auch mitten am Tag.«

Wie um ihr Argument zu bekräftigen, war in Wohnung 7 ebenfalls niemand zu Haus. Nummer 8 erwies sich allerdings als eine Goldgrube: nicht irgendein Nachbar, sondern ein verärgerter Nachbar.

»Die Frau konnte einfach nicht aufhören, Krach zu machen«, sagte er. »Kam jeden zweiten Tag mit einem neuen Paket in der Hand die Treppe raufgetrampelt. Und ich konnte sie durch die Wand lachen hören. Wirklich, wer in einem Etagenhaus wohnt, sollte auf seine Nachbarn etwas Rücksicht nehmen!«

Der Mann war eine Sorte Mensch, die Rachel allzu gut kannte. Für ihn war alles, was seine Ruhe störte, ein Affront, und solche Affronts waren sein Lebensinhalt. Er hatte Catherines Verbrechen gegen seinen Seelenfrieden zweifellos mit bitterer Zärtlichkeit gesammelt und memoriert. Zum wirklich idealen Zeugen hätte er nur noch ein chronisches Leiden gebraucht, das ihn zwang, den ganzen Tag zu Hause zu verbringen.

»Und von ihrem Lärm bekam ich reichlich zu hören«, fuhr der Mann fort, »denn zurzeit bin ich den ganzen Tag zu Haus. Seit ich gekündigt habe. Na ja«, räumte er ein, »*die* würden wahrscheinlich behaupten, dass sie mich entlassen haben, aber die Wahrheit ist, dass ich es nicht mehr ausgehalten habe, da zu arbeiten, also habe ich mich feuern lassen. Ständig haben die meine Arbeitszeiten geändert, und immer von jetzt auf gleich, ohne einen Gedanken daran zu verschwenden, dass ich vielleicht auch so was wie ein Privat-«

Magda schnalzte mit der Zunge. »Leute gibt's! Völlig rücksichtslos!« Sie schüttelte den Kopf ob solchen Elends. »Wie Madame Nadeau. Deren Besucher haben Sie ja wohl auch gestört? Es ist nämlich so«, erklärte sie, »dass wir Freundinnen und Freunde suchen, die wir interviewen könnten, und einige, nehmen wir an, werden sie ja gelegentlich besucht haben. Vielleicht können Sie sich an den Namen einer Person erinnern, die besonders rücksichtslos war? Bei der Sie sich vielleicht den Lärm verbeten haben?«

»*Alle* ihre Besucher waren rücksichtslos.« Er war ein König, der über Gesindel sprach. »Aber vorgestellt hat sich niemand.«

»Na gut, aber erinnern Sie sich vielleicht an jemand Bestimmtes? Jemand, den Sie vielleicht beschreiben könnten? Hinweise aus der Öffentlichkeit sind für uns *so* wichtig!«

Magda hatte offenbar die richtige Mischung aus anbiedernd und hilfsbedürftig getroffen, denn der Nachbar sagte: »Manchmal kamen Frauen zu Besuch – Freundinnen, nehme ich an. Allesamt Amazonen in Pfennigabsätzen, ihrem Geklacker nach zu urteilen. Und ein paarmal kam ein Mann zu ihr.«

»Ein Mann?« Magda hatte ihr Notizbuch bereits aufgeschlagen; jetzt zückte sie den dazugehörigen Minibleistift. »Wie sah er aus?«

»Ich hab ihn nicht richtig gesehen.« Der Nachbar zuckte mit den Schultern. »Viel Lärm hat er nicht gemacht. Er trug einen Mantel und hatte dunkles Haar.«

Das könnte jeder sein, dachte Rachel. Magda klappte das Notizbuch wieder zu. »Sonst noch jemand?«, fragte Rachel hoffnungsvoll. Sie versuchte, ihn anzustupsen, wie sie es mit der selbsternannten *concierge* gemacht hatte. »Erinnern Sie sich, dass eine der Frauen sie *in letzter Zeit* besucht hätte?«

»Wollen Sie unterstellen, ich wäre unaufmerksam?« Der Mann richtete sich zu voller Größe auf. »Ich versichere Ihnen, dass ich jeden einzelnen Besuch mitbekommen habe. Ich habe die Ohren eines Luchses!«

Rachel hatte nicht gewusst, dass Luchse wegen ihres Gehörs berühmt waren, wohl aber wusste sie, wann sie jemandes Kooperationsbereitschaft verloren hatte. Dieser Mann würde ihnen überhaupt nichts mehr erzählen. Sie trat Magda leicht auf den Fuß, damit sie begriff, dass sie sich verabschieden sollten.

»Was?«, sagte Magda.

»Was?« Der Mann klang verwirrt.

»Nein, Verzeihung«, entgegnete Magda. »Nicht Sie.«

Der Mann starrte sie verblüfft an. »Was?«

Sie hätten ohne weiteres den ganzen Tag so weitermachen können. Rachel mischte sich wieder ein. »Es tut mir leid, aber wir müssen jetzt gehen. Wir stehen unter Termindruck. Sie haben uns sehr weitergeholfen.«

»Na gut, wenn Sie keine Zeit haben, sich anzuhören, was ich zu sagen habe …« Er zuckte die Achseln, dann machte er die Tür zu. Selbst die Luft, die dabei aus seiner Wohnung entwich, hatte etwas Gekränktes an sich.

Magda und Rachel sahen sich an und schafften es, nicht loszulachen. Sie stiegen die Treppe hinunter und überquerten den Hof; die inoffizielle *concierge* folgte ihnen von ihrem Fenster aus mit dem Blick, bis sie verschwunden waren.

»Tja, das war ein Schuss in den Ofen.« Jetzt wieder auf der Straße, spürte Rachel, wie sich Trübsal in ihr breitmachte. Eine weitere Idee, die sich als fruchtlos erwiesen hatte.

Magda war optimistischer. »Das würde ich so nicht sagen.«

»Wie würdest du es denn dann sagen? Treppen gestiegen, Nachbarn ausgefragt und nichts rausbekommen, außer dass sie viele Pakete bekam!«

»Na ja, und ist das etwa nicht nützlich? Die Tatsache, dass sie im Privatleben eine Verschwenderin war, macht die Theorie, dass sie jemanden erpresste, nur überzeugender: Sie brauchte das Geld fürs Geschäft *und* für zu Hause.«

Rachel knurrte zum Zeichen, dass sie das Argument gleichzeitig akzeptierte und für unzulänglich befand. »Schon, aber wie es aussieht, hatte sie in letzter Zeit keine Besucher, womit die Idee, jemand könnte nachgeholfen haben, hinfällig ist.«

»Der Nachbar sagte doch, ein Mann hätte sie besucht.«

»Und die Frau sagte, dass Edgar sie besuchte. Zwei plus zwei gleich sie waren ein und dieselbe Person.« Da Magda so aussah, als wollte sie protestieren, fügte Rachel hinzu: »Und selbst, wenn nicht: Er sagte, der Mann habe dunkles Haar gehabt und einen Mantel getragen – das könnte so gut wie jeder Mann in Paris sein. Und was noch wichtiger ist«, sagte sie mit hoffnungslos höher werdender Stimme, »er sagte, er hätte in letzter Zeit keine Frauen gesehen!«

»Nein, das hat er nicht gesagt.« Magdas Stimme blieb ruhig. »Er hat gar nicht gesagt, ob er irgendwelche Frauen gesehen oder nicht gesehen hatte: Genau an dem Punkt hat er angefangen, sich aufzuspielen.« Sie sah Rachel an. »Er hat nämlich die Ohren eines Luchses, musst du wissen.«

Jetzt lachten sie doch. »Also gut.« Rachel spürte, wie sich ihre Frustration ein wenig verzog. »Wofür würdest du also plädieren? Dass wir noch jemand anders fragen?«

»Nein, ich glaub nicht, dass uns das etwas bringen würde. Wenn du von jemandem erpresst wirst und ankommst, um ihn umzubringen, würdest du wahrscheinlich eher darauf achten, *nicht* gesehen zu werden. Ich bezweifle also, dass wir bei unserer Zeugensuche allzu viel Glück hätten. Ich glaube, am besten sollten wir uns fragen, wer am ehesten Grund hatte, erpresst zu werden.«

»Und damit wären wir wieder bei Elisabeth und Mathilde, und bei einem geheimnisvollen Objekt in Edgars Wohnung.«

Magda nickte.

»Und deine Idee wäre also, dass wir herausfinden, wer am ehesten Grund hatte, Edgar zu töten, und dann versuchen, ihn oder sie mit Catherines Tod in Verbindung zu bringen? Also nicht die deduktive, sondern die induktive Methode?«

Wieder nickte Magda.

Rachel schien dieser Ansatz zwar eine erstaunliche Ähnlichkeit mit Rätselraten aufzuweisen, aber er hatte immerhin den Vorzug, dass er an ihren einzigen konkreten Anhaltspunkt anknüpfte: an Mathilde und Elisabeths Auseinandersetzung. Sie gab ihren Widerstand auf. »Also schön. Wir sind wieder bei Edgars mysteriöser Hinterlassenschaft. Tja, und da Mathilde das fragliche Objekt als *bibelot* bezeichnete, kann es nichts besonders Großes sein. Und da Elisabeth ausdrücklich von Edgars Papieren sprach, kann man vermuten, dass es irgendeine Art Dokument ist …«

»Aber was für eine Art Dokument?« Magda runzelte die Stirn. »Und warum sollten Mathilde und Elisabeth es unbedingt haben wollen?«

Rachel kam ein Gedanke. »Und was, wenn sie gar nicht beide dasselbe Ding wollten? Wir nehmen doch nur an, dass sie nach demselben Ding suchen, weil die eine etwas abholen und die andere etwas verstecken wollte. Aber die zwei Etwasse brauchen ja gar nichts miteinander zu tun zu haben!« Sie begann, sich für diese Möglichkeit zu erwärmen. »Genau genommen spricht *nichts* eindeutig dafür, dass zumindest Elisabeth wirklich weiß, wonach sie eigentlich sucht.« Sie hob die Hand, damit Magda sie nicht unterbrach. »Sie hat gelogen, aber daraus folgt nicht, dass sie irgendetwas wirklich *wüsste*. Nimmt man noch ihren Ausrutscher in der Bibliothek und die Tatsache hinzu, dass sie sich noch immer in der Wohnung aufhält, deutet tatsächlich alles darauf hin, dass sie nicht weiß, ob da etwas ist, es aber befürchtet.«

»Irgendetwas Belastendes. Ja, das ergibt Sinn.« Magda verschränkte die Arme und schob die Hände darunter. »Herrgott, ist es kalt!«

Rachel zog sie hinunter in die nächste Metrostation. Vom Bahnsteig her wehte warme Luft in den Schalterbereich und Magda zog ihre Handschuhe aus. »Was ist mit Mathilde?«, fragte sie. »Glaubst du, das, was sie haben will, ist ebenfalls belastend?«

Rachel spielte den Wortwechsel noch einmal im Kopf durch. Sie erinnerte sich an die Empörung, die sich in Mathildes Haltung und Stimme geäußert hatte. Aber wie erriet man die Ursache von Empörung? Mathilde war zu wütend gewesen, um irgendetwas anderes als eben Wut zu verraten. Rachel schüttelte langsam den Kopf. »Ich weiß es nicht. Ich habe mir die Frage selbst schon gestellt. Ich bin mir sicher, dass der fragliche Gegenstand für sie irgendwie von großer Bedeutung ist. Aber *inwiefern*, weiß ich nicht.«

Ein weiteres »Ich weiß nicht.« *Seit wir mit dieser Sache angefangen haben, sagen wir in einem fort nur »Ich weiß nicht«*, dachte sie. Das sah einer Detektivin nicht eben ähnlich. Sagte Mr Monk etwa »Ich weiß nicht?« Oder Nero Wolfe? Jetzt reichte es: Das war das »Ich weiß nicht«, das das Fass zum Überlaufen brachte. Es war Zeit für einen kühnen Schritt.

Sie wappnete sich. »Ich weiß es nicht, aber ich werde es herausfinden!«

Ihre plötzliche Heftigkeit schien Magda zu befremden. »Wie?«

Rachels Lippen wurden schmaler. »Ich werde das *bureau*

durchsuchen. Ich werde es finden, was auch immer es sei, und dann werden wir es wissen.«

»Aber David wohnt doch jetzt in der Wohnung! Und Elisabeth verbringt, wie du selbst sagst, nach wie vor den ganzen Tag dort, und dazu auch noch *exactement* im *bureau*.«

Rachel wischte beides vom Tisch. »David habe ich seit der ersten Woche gar nicht mehr zu Gesicht bekommen. Nach dem, was Fulke sagt, bleibt er oft die ganze Nacht außer Haus. Und er schläft viel. Und was Elisabeth angeht«, darauf hatte sie keine Antwort, »werde ich mir was einfallen lassen.«

»Du klingst wie ich.« Magda runzelte die Stirn. »Das ist nicht sehr beruhigend.«

»Keine Sorge«, sagte Rachel grimmig. »Es wird alles glatt laufen.« Sie kramte in ihrer Tasche nach ihrem Navigo-Ausweis und hielt ihn vor den Sensor an der Schranke. Zum Klang des bestätigenden Pieptons sagte sie: »Vertrau mir.«

18. KAPITEL

Doch während des Großteils der folgenden Woche lief alles nur in dem Sinne glatt, dass sie überhaupt nichts unternehmen konnte. Fulke war geradezu Teil der Wohnungseinrichtung, und Elisabeth schien nie einen Tag ausfallen zu lassen oder auch nur Mittagspause zu machen. Hinzu kam, dass David offenbar endgültig die Nacht zum Tag und vice versa gemacht hatte. Manchmal stolperte er erst in die Wohnung, wenn Rachel schon seit Stunden bei der Arbeit war, und die Vorstellung, ihm auf ihrem Erkundungsgang über den Weg zu laufen, behagte ihr nicht besonders.

Endlich, nach einer gefühlten Ewigkeit, die sich tatsächlich nur auf fünf Tage belaufen hatte, waren ihr die Sterne wohlgesinnt. Als sie an dem Freitagmorgen nach dem Besuch bei Benoît die Wohnung betrat, war es dort noch stiller als sonst; Mademoiselle des Troyes, bestätigte Fulke auf ihre Nachfrage hin, war mit einer Erkältung zu Hause geblieben.

»Und David?«, fragte Rachel.

»Monsieur Bowen ist seit gestern Abend noch nicht zurückgekehrt.«

Ideal war es nicht, dachte Rachel, als sie die Bibliothek betrat und die Tür hinter sich schloss, aber wenn David nicht heimkam, bevor Fulke die Wohnung verließ, würde sie die Gelegenheit beim Schopf ergreifen müssen und auf Erkundung gehen. Gut möglich, dass sie keine weitere Chance bekommen würde. Sie schlüpfte aus den Schuhen, legte ihre Handtasche hin, strich ihren Rock glatt und setzte sich. Sie versuchte nicht einmal so zu tun, als katalogisierte sie, aus Angst, das Kratzen des Bleistifts könnte das Klicken der sich schließenden Tür übertönen; sie blieb einfach regungslos sitzen. Seit dem Gespräch mit Magda hatte sie entschieden, dass, wenn sie schon das Risiko einging, sie sich nicht damit begnügen würde, das Arbeitszimmer zu durchsuchen, und so nutzte sie diese Minuten des Wartens dazu, im Kopf eine Liste dessen zu erstellen, was sie mit ihrer Forschungsexpedition alles erreichen wollte.

Klar wollte sie herausfinden, was Elisabeth durch ihre Lüge zu schützen versucht – und was Mathilde so dringend gewollt – haben mochte. Aber sie wollte sich darüber hinaus auch eine Vorstellung von der Aufteilung der Wohnung machen. Von den vorderen Zimmern, dem langgestreckten repräsentativen Esszimmer auf der linken und dem Salon auf der rechten Seite, mit dem *bureau* dahinter, konnte sie einen ungefähren Grundriss skizzieren. Aber von den übrigen Zimmern und den Details des Ganzen hatte sie keine Ahnung. Sie und Magda waren davon überzeugt, dass Edgar von jemandem ermordet worden war, der ihn persönlich kannte, aber die logischere Hälfte ihres Gehirns musste zugeben, dass es keinerlei konkrete Beweise dafür gab. Konnte ein Unbekannter – ein opportunistischer Dieb oder vielleicht auch ein Drogenabhängiger, der sich irgendwie Zutritt zum Gebäude verschafft hatte – unbemerkt in die Wohnung eingedrungen sein? Entgegen dem, was sie Magda gesagt hatte, wollte sie einen Plan der Wohnung anfertigen, um sich darüber Klarheit zu verschaffen, ob es überhaupt möglich war, dass ein Fremder einen so fehlerfreien Mord verübt hatte.

Tatsächlich musste ihr Verstand zugeben, dass nach wie vor herzlich wenig dafür sprach, dass sie es überhaupt mit einem Mord zu tun hatten. Ein bisschen Wein und ein paar Enthüllungen über Geldnöte und Geldgier, ein paar unvermittelte Pausen im Gespräch und eine Lüge vonseiten eines hübschen Mädchens ergaben nicht automatisch eine Straftat. Ihr Verstand wollte einen handfesten, unwiderleglichen Beweis dafür finden, dass ihr Instinkt recht hatte: eine schlecht versteckte Flasche vergifteten Rosés, eine Reihe von Briefen, die irgendeine von Mathilde verübte ruchlose Tat belegten, oder sonst etwas in der Richtung.

Sie vernahm das leise Klick, auf das sie gewartet hatte: Fulke hatte die Wohnung verlassen, und sie hatte eine halbe Stunde für ihre Suchaktion. Sie beschloss, mit dem Esszimmer anzufangen: Sie hatte das Gefühl, es könnte ihr helfen, den eigentlichen Tatort in Augenschein zu nehmen. Sie durchquerte die Diele mit ihrem dicken cremefarbenen Teppichboden, der sich den Korridor entlang bis in den Hauptteil der Wohnung hinzog und garantiert jeden Schritt schluckte, der sich dem Esszimmer näherte. Ein Punkt dafür, dass der Mörder sich hätte hereinschleichen können. Dann fiel ihr Blick auf die Eingangstür. Sie war elegant gestaltet, aber doch die in besseren Pariser Häusern übliche schwere Metallkonstruktion, mit dem gleichen komplizierten Schlossriegelmechanismus wie ihre eigene. Es wäre für jeden – ob bekannt oder unbekannt – nahezu unmöglich gewesen, sie zu öffnen, ohne gehört zu werden. Ein Punkt dafür, dass es überhaupt kein Mord war.

Sie drehte den Knauf an der Doppeltür, die ins Esszimmer führte, öffnete leise und trat ein. Hier wich der Teppichboden dunklem Parkett, auf dem ein Orientteppich lag. An der linken tiefroten Wand hing ein Ölgemälde mit einem dunstigen Seeufer. Ein Impressionist der zweiten oder dritten Riege, tippte sie. Das Bild sah nicht wertvoll genug aus, um das zu sein, was Mathilde so unbedingt hatte haben wollen – oder um einen Mord zu rechtfertigen –, aber vielleicht war es ja doch mehr wert, als sie dachte. Sie machte sich im Geiste eine Notiz und zog weiter.

Der Esstisch aus Nussholz, den sie bei ihrem ersten Besuch flüchtig gesehen hatte, stand in der Mitte des Raums und war mit einem Läufer bedeckt, auf dem zwei auf Hochglanz polierte vielarmige Kerzenleuchter prangten. Flankiert wurde der Tisch von zehn vollkommen parallel ausgerichteten Stühlen mit überhoher massiver Lehne. Das war kaum der geeignete Ort für trauliche Dinner *à deux*. Sie erinnerte sich an ihren Verdacht, dass Edgar Elisabeth – zu welcher gemeinsamen Untat auch immer – hatte verführen müssen; das Gefühl von privilegierter Intimität, das ein Candle-Light-Dinner in solchem herrschaftlichen Ambiente erzeugte, hätte jede überwältigt. Und sie konnte sich unschwer die Wut vorstellen, die die Erkenntnis ausgelöst hätte, dass solch eine Intimität eine List und kein Freundschaftsbeweis gewesen war.

Als sie eine Schwingtür in der rechten Wand öffnete, fand sie sich in einem engen Raum mit schwarz-weiß gefliestem Fußboden wieder, dessen Wände von Geschirrschränken und Regalen gesäumt waren. Die Anrichte. In Anbetracht des bewundernswerten Zustands des Tafelsilbers im Esszimmer überraschte es sie nicht, an einem Wandhaken ein Putztuch und eine Schürze hängen zu sehen. In Anbetracht von Fulkes Versessensein auf Reinlichkeit und Ordnung allerdings stutzte sie sehr, als sie auf der Fensterbank einen Stoß Zettel entdeckte. Ihr Herz schlug schneller. Rechnungen? Ging der Haushalt in Schulden unter? Oder konnten das Wettbelege sein? Oder … *Erpresserbriefe?* Mit spitzem Daumen und Zeigefinger pflückte sie den Stoß von seiner Unterlage, dann pustete sie darauf, sodass sich die Zettel auffächerten, und verdrehte den Hals, um sie zu lesen. Stolz über ihren geschickten Umgang mit Beweismitteln, sah sie, dass sie eine Kollektion von Empfangsbelegen einer chemischen Reinigung gefunden hatte – für Haushaltstextilien und Anzüge und, zuoberst, für eine schwarze Samtjacke.

Ihre Wangen glühten. Sie legte den Zettelstapel wieder zurecht und hastete durch die nächste Tür, erneut eine Schwingtür. Dahinter lag die Küche, mit weißen Wänden und einem praktischen grauen Linoleumfußboden. Auf der Arbeitsfläche standen die üblichen Kochutensilien und eine Obstschale, und es gab einen kleinen Zinktisch, gerade groß genug für einen Esser, mit einem einzelnen Stuhl.

Neben dem Tisch thronte ein wuchtiger Edelstahlkühlschrank. In Anbetracht der Anzahl von Personen, die hier tatsächlich wohnten, dachte Rachel, mussten seine Dimensionen eher dem Status als der Notwendigkeit geschuldet sein. Sie fand sich in ihrer Vermutung bestätigt, als sie ihn öffnete, denn er enthielt lediglich ein Päckchen *prosciutto*, etwas frische Pasta, einen Karton Milch und eine halbvolle Flasche lieblichen Weißwein. Keinen Rosé. Sie sah sich noch einmal um, aber auch auf der Arbeitsfläche stand keine weitere Flasche. Nichts deutete darauf hin, dass hier noch immer Rosé getrunken wurde, nichts, was einen der derzeitigen Bewohner überhaupt mit Rosé in Verbindung gebracht hätte.

Sie schätzte, dass das Arbeitszimmer genau jenseits des Ganges liegen musste, und wandte sich in die entsprechende Richtung. Zu ihrer Überraschung gab es aber keine direkte Verbindung zwischen Küche und Korridor: Ihre einzigen Optionen waren, entweder kehrtzumachen und den Umweg über das Esszimmer zu nehmen oder aber die Küche durch die zweite, gegenüberliegende Tür zu verlassen und tiefer in die Wohnung vorzudringen. Nun, Vormarsch war immer besser als Rückzug.

Die Tür führte in eine kleine Toilette, die ein schmales Waschbecken und ein Klosett enthielt. *Man müsste schon beim Cirque du Soleil beschäftigt sein, um hier drin etwas verstecken oder wiederfinden zu können*, dachte Rachel, wenngleich sie die Geschicklichkeit bewunderte, mit der man gleich zwei Türen in diesen winzigen Raum hineinbekommen hatte: die eine zur Küche und eine weitere, die, wie sie feststellte, in einen großen

Abstellraum führte. Ein zusammengeklapptes Feldbett in einer Ecke ließ vermuten, dass dies einmal ein Schlafzimmer gewesen war, aber das musste schon eine ganze Weile her sein, denn der nackte Fußboden war jetzt mit häuslichem Gerümpel vollgestellt: ein paar Holzkisten, mehrere Koffer, ein Sortiment von Kartons unterschiedlicher Größe und Provenienz und – unerwarteterweise – ein Netz Zwiebeln und ein Sack Kartoffeln, die auf einem, wie es aussah, ehemaligen Schreibtisch platziert waren. Trotz des Durcheinanders erkannte Rachel fast augenblicklich, dass dieser Speicher unter Fulkes Kommando stand: Nirgendwo lag Staub, und die verschiedenen Gegenstände waren, obwohl sie den Raum ausfüllten, ordentlich arrangiert, eine lebensgroße chinesische Puzzleschachtel. Dann bemerkte sie in der hinteren Ecke eine weitere Tür. Tja, dachte sie, damit waren die Probleme mit der Wohnungstür umgangen. Wenn diese Tür nicht verriegelt war, hätte sich jemand leicht Zutritt verschaffen und bis ins Esszimmer schleichen können. Ein Punkt für einen möglichen Mord durch einen Unbekannten. Wenn die Tür allerdings abgeschlossen war, würde man schon einen Schlüssel brauchen, um auf diesem Weg in die Wohnung zu gelangen, und sie konnte sich zugegebenermaßen nicht vorstellen, dass Fulke jemals vergessen sollte, eine Tür abzuschließen. Damit lag Mord durch einen Nahestehenden wieder auf dem Tisch. Sie lächelte grimmig über ihren Kalauer.

Auch in der rechten Wand gab es eine Tür. Sie öffnete sich auf den Korridor, der nach nur wenigen Schritten in eine Art enges Treppenhaus überging, in dem Stufen nach oben wie nach unten führten. Das musste die Tür sein, die sie jeden Tag mit einem Klick zuschnappen hörte. Wie die meisten Pariser *résidences* aus dem 19. Jahrhundert verbannte auch diese die Dienstbotenquartiere ins Obergeschoss, von wo aus eine eigene Treppe hinunter in die Wohnungen und auf den Hof führte. Zu Edgars Wohnung gehörten zweifellos mehrere solche Dachstuben, in denen der Inhaber, was immer er an Hauspersonal haben mochte – in Edgars Fall Fulke –, unterbringen konnte. Sie sah auf ihre Uhr: fünfzehn Minuten.

Irgendwo im Haus raschelte etwas. Sie erstarrte und spitzte die Ohren, aber schon war alles wieder still. Hatte ein Luftzug einen dieser Wäschereizettel zu Boden flattern lassen? Oder das Silberputztuch an der Wand der Anrichte bewegt? Sie wartete mit angehaltenem Atem. Als sie weiterhin nichts hörte, warf sie wieder einen Blick auf die Uhr. Dreizehn Minuten. Genügend Zeit, um auch die andere Seite der Wohnung abzugehen, wenn sie sich beeilte. Sie schloss die Tür und öffnete behutsam die gegenüberliegende.

Edgars Schlafzimmer. Das Bett war ein riesiger Schlitten aus dunklem Holz, der von lederbespannten Nachttischen flankiert und von einem hochflorigen dunkelbraunen Teppich umflossen und unterspült wurde. Plötzlich ging ihr auf, dass die ganze Wohnung gut gepolstert war. Nur der Abstellraum und Fulkes Bereich waren frei von dickem Teppichboden, schweren Möbeln, gestepptem Leder. Wie Davids Erzählungen andeuteten, war Edgar wirklich zu einem Mann geworden, der es genoss, Geld zu haben und damit nicht zu geizen.

Wie zur Bestätigung ihres Urteils, fiel ihr eine Marmorplastik ins Auge, die auf einem Regal an der gegenüberliegenden Wand stand. War das etwa eine Jacob-Epstein-Taube? Sie ging näher heran. Mein Gott, die musste Tausende wert sein! Sie wusste, dass Edgar Epstein liebte, aber als sie zusammen gewesen waren, hatte er bestimmt nicht das Geld gehabt, sich einen zu kaufen. Sie legte eine Hand darauf. Das Ding hätte leicht unter einen Mantel gepasst, wenn auch nicht, ohne eine gewisse Aufmerksamkeit zu erregen.

Da die Zeit drängte, schob sie diesen Gedanken nach hinten und betrat das angrenzende Badezimmer. Es enthielt lediglich Davids Toilettenartikel und den Bodensatz seiner Taschen:

Elektrorasierer und -zahnbürste, Zahnpasta, einen Waschlappen und Seife, etwas Kleingeld und eine Kreditkarte, die ordentlich, mit der Kante des Waschtisches bündig, hingelegt worden war. Sie öffnete einen in die Wand eingelassenen Spiegelschrank. Keine Pillenfläschchen, kein Digoxin, nicht einmal ein Antazidum: nichts, was darauf hingedeutet hätte, dass Edgar Herzprobleme gehabt hatte – aber auch nichts, was dafür sprach, dass man ihm zu welchen verholfen hatte. Andererseits hätte man den Schrank mit Sicherheit vor Davids Einzug geleert. Sie schloss den Spiegel und kehrte ins Schlafzimmer zurück.

Wieder ein Rascheln; wieder erstarrte sie. Diesmal folgte allerdings *keine* Stille. Diesmal folgte vielmehr, nach einer Pause, ein zweites Rascheln. Sie sah auf ihre Uhr. Fünf Minuten. Ihre Intuition sagte ihr zwar, dass sie allein war, aber auch, dass ihr die Zeit allmählich ausging. Und sie musste noch ins *bureau*; dort befanden sich Edgars Geschäftspapiere. Sie verfluchte sich rückblickend für ihre Entscheidung, mit dem Esszimmer zu beginnen. Hatte sie wirklich unbedingt sehen müssen, wo Edgar gestorben war? Sie riss sich zusammen: Ausschimpfen konnte sie sich immer noch später. Erst mental, dann physisch die Schultern straffend legte sie eine Hand an die Tür des *bureaus*, drückte mit der anderen die Klinke herunter und öffnete.

Elisabeth hockte vornübergebeugt vor einem Karton, mit beiden Händen in den darin enthaltenen Papieren zugange. Was Rachel gehört hatte, war das Rascheln von Dokumenten gewesen, die von zitternden, hastenden Fingern durchgeblättert wurden. Als sie die Tür hörte, hob Elisabeth den Kopf, und ihre grauen Augen, die durch die Perspektive noch riesiger erschienen als sonst, sahen zu Rachel auf. Sie wurde knallrot.

»Elisabeth!« Obwohl Rachel ebenso überrascht war wie das ertappte Mädchen, hatte sie das große Glück, sich zu erinnern, dass ein beherzter Angriff immer die beste Verteidigung war.

Sie legte Schärfe in ihre Stimme. »Ich denke, Sie sind zu Hause und krank? Was machen Sie hier?«

Elisabeths Blicke schossen nach links und nach rechts. »Ich – ich – ich hab nach einem Stift gesucht.« Sie holte tief Luft. Nachdem sie einen metaphorischen Strohhalm zum Sichdranklammern gefunden hatte, ließ sie ihn nicht aus der Hand. »Ich arbeitete an Edgars Papieren, und ich musste mir Notizen machen, aber ich konnte keinen Stift finden. Ich dachte, vielleicht wäre im Karton einer.«

Geht's noch dämlicher?, stöhnte Rachel innerlich. »Lassen wir mal beiseite, was Sie gerade in diesem Augenblick machen«, sagte sie. »Wieso sind Sie *überhaupt* hier?«

Elisabeth fuhr sich mit einer Hand durch das Haar, dann zerrte sie ihre Ärmel über die Hände hinunter. Sie holte noch einmal tief Luft. Aber gerade, als sie zum Sprechen ansetzte, ertönte das Geräusch der Hintertür, die aufgeschlossen wurde. Fulke war wieder da.

19. Kapitel

»Das reicht.« Alan verschränkte die Arme. »Das ist weit genug gegangen.«

»Willst du, dass ich aufhöre?« Sie saßen einander gegenüber auf dem Bett, während Rachel ihm von ihrem Abenteuer erzählte. Sie war gerade an den Punkt gelangt, wo Fulke die Tür öffnete.

»Ja. Ich will, dass du aufhörst. Wenn du mir schon früher gesagt hättest, was du da treibst, hätte ich da gewollt, dass du damit aufhörst. Jetzt will ich, dass du jetzt damit aufhörst. Hör mit dem Detektiv-Unfug auf; hör mit der ganzen Geschichte auf. *Hör auf!*«

»Unfug?« Rachel blieb, wo sie war, mit dem Rücken gegen das Fußende des Bettes gelehnt, aber ihre Miene wurde rebellisch. »Du bezeichnest meine Interessen als Unfug?«

»Ich bezeichne diese ganze Eskapade als Unfug.«

Beim Wort »Eskapade« bekam Rachel schmale Nasenlöcher, aber er redete unbeirrt weiter.

»Als du mir erzähltest, Edgar habe in seinem Testament den Wunsch geäußert, dass du seine Bücher katalogisierst, und das müsse deiner Meinung nach daran liegen, dass er auf einer Party erwähnt hatte, er habe deine Sachen gelesen und sie gut gefunden, wusste ich, dass das eine Lüge war. Wer würde auch schon eine solche Geschichte schlucken? Aber ich weiß auch, dass du die fixe Idee hast, ich sei ein krankhaft eifersüchtiger Mann, also habe ich mir gesagt: ›Schön, lassen wir's durchgehen.‹ Aber jetzt erzählst du mir, dass dir nicht nur – und zwar aus Gründen, die kaum stichhaltig klingen – der Verdacht gekommen war, er könnte eines nicht natürlichen Todes gestorben sein, sondern dass du dich außerdem, im Verein mit Magda, auch schon auf Verdächtige festgelegt hast. Und dann, als eine deiner Verdächtigen gestorben ist, hast du, obwohl alles für Suizid sprach, daraus geschlossen, sie müsste von einem deiner übrigen Verdächtigen ermordet worden sein.«

Rachel war empört. »Du *bist* ein eifersüchtiger Mensch! Und wir haben Indizien dafür, dass es *kein* Selbstmord war!«

»In welchem Fall du nicht nur den letzten Monat mit«, er malte Gänsefüßchen in die Luft, »›Detektivarbeit‹ zugebracht hast, und zwar, ohne mir etwas davon zu sagen, sondern darüber hinaus die letzte Woche damit verbracht hast, einen echten Mord zu untersuchen, und zwar ebenfalls, ohne mir etwas zu sagen. Und dann, um dem Ganzen die Krone aufzusetzen, hast du entschieden, die beste Vorgehensweise wäre, in den Privaträumen der Wohnung deines ersten Mordopfers herumzuschnüffeln! Und das alles hast du mir verheimlicht, deinem Ehemann, dem Menschen, den du mehr als jeden anderen lieben und achten und dem du, vor allem, mehr als jedem anderen vertrauen solltest. Und jetzt hast du es mir auch nur deswegen erzählt, weil dir, auf meine Frage, warum du heute Abend beim Essen so zappelig warst, auf die Schnelle keine andere Geschichte eingefallen ist. Wenn ich das also nicht als Unfug bezeichnen darf, dann muss ich es erniedrigend und verletzend nennen, und so oder so: Ja ich will, dass du damit aufhörst.«

Er verstummte, um Atem zu holen. Rachel wandte, die Wangen rot, den Blick nicht von den Laken. So hatte sie die Sache nie betrachtet; sie hatte lediglich geglaubt, wenn sie ihm nicht erzählte, was sie machte, würden alle möglichen Peinlichkeiten vermieden werden. Sie schämte sich plötzlich entsetzlich.

»Mein Herz«, sagte Alan, »du bist nicht die Polizei. Du bist nicht mal eine Detektivin«, sie öffnete den Mund zum Protestieren, »jedenfalls keine ausgebildete. Und du bist, wenn du mit deinem Verdacht recht hast, durch einen Tatort spaziert. Allein. Und dann wirst du von nicht nur einem, sondern gleich zwei möglichen Mördern überrascht!«

Rachel war nicht so beschämt, dass sie nicht versucht hätte, wieder Oberwasser zu bekommen. »Also bitte, ja? Ich wurde von einem Mädchen für alles und einem Butler überrascht. Da ist ja wohl kaum ein Mord zu erwarten.«

»Wenn deine Beschreibung von alldem, was zu deiner Schnüffelaktion geführt hat«, wieder machte sie den Mund auf, aber auch diesmal redete er einfach weiter, »zutreffend ist, dann glaubst du, dass in dieser Wohnung ein Mord stattgefunden hat und dass dieses Mädchen für alles die Mörderin sein könnte. Du meinst also, die gescheiteste Weise, mit einem Tatort umzugehen, wäre, darin herumzustochern. Und wenn du unerwartet einer möglichen Mörderin begegnest, hältst du es für die gescheiteste Weise, *damit* umzugehen, sie zur Rede zu stellen! Du kannst nicht zuerst behaupten, die Umstände ließen auf einen Mord schließen, und anschließend behaupten, dir drohe nicht die geringste Gefahr!« Er wiederholte: »Ich will, dass du damit aufhörst.«

Wie jeder, der sich dämlich verhalten und seine Dämlichkeit unter die Nase gerieben bekommen hat, war Rachel hell empört. Wer war Alan, dass er ihr sagen konnte, sie hätte falsch gehandelt? Wer hatte ihn zum neuen Inspector Morse gemacht? »Ich *höre* aber nicht auf!«

Alan seufzte. »Nein, natürlich nicht.« Er nahm ihre Hand und rieb ihre Finger zwischen den seinen, dann stieß er einen weiteren Seufzer aus. »Wärst du dann wenigstens bereit, eine Auszeit zu nehmen?« Er sah sie an. »Damit ich die Chance habe, mich vom Schock zu erholen?«

»Eine Auszeit?«

»Nur ein paar Tage. Eine Woche.«

Rachel runzelte die Stirn.

»Einschließlich eines Wochenendes. Also fünf Arbeitstage. Wärst du bereit, fünf Arbeitstage abzuwarten, nur um dir klarzuwerden, ob du wirklich weitermachen willst und wenn, dann wie?«

Sie überlegte. Eine Auszeit zu nehmen, war keine schlechte Idee. Sie begriff jetzt, wie sehr ihre Heimlichkeiten ihn verletzt haben mussten, und wenn sie auf seine Bitte einging, wäre es ein guter erster Schritt in Richtung Wiedergutmachung. Außerdem hätte sie es zwar nie zugegeben, aber der abrupte Ausgang ihrer Haussuchung hatte ihr *schon* einen ziemlichen Schreck eingejagt, und ein paar Tage Zeit, um wieder zu Atem zu kommen, wären bestimmt nicht verkehrt. Aber was vielleicht noch wichtiger war: Ein paar Tage, um sich zu sammeln und die gewonnenen Informationen zu ordnen, konnten tatsächlich hilfreich sein.

»Schön«, sagte sie. Und zwecks Gesichtswahrung fügte sie schnell hinzu: »Aber nur eine Woche!«

Er atmete hörbar auf. »Danke.«

Rachel quittierte das mit einem Nicken, dann nahm sie seine andere Hand und hielt sie auf der Bettdecke fest. »So«, sagte sie, »und möchtest du jetzt wissen, wie es weitergegangen ist?«

»Natürlich.« Alan lehnte sich zurück.

»Na ja, Elisabeth und ich waren also im *bureau*. Wir hatten keine Zeit mehr, das Zimmer zu verlassen und die Tür zuzumachen, und wenn wir dringeblieben wären und sie geschlossen hätten, dann hätte Fulke das natürlich gehört. Es hätte so ausgesehen, als wollten wir uns vor ihm verstecken. Außerdem waren wir in Panik. Also standen wir immer noch da, als die Tür aufging und Fulke uns sah. Einen Augenblick lang stutzte er – aber nur einen Augenblick lang. Dann sah er mich an und sagte: ›Madame Levis.‹ Man hätte meinen können, ich stünde jeden Tag in der Tür zum *bureau*.«

* * *

»Und was hast du dann gesagt?« Magda lehnte sich vor. Rachel hatte ihr am folgenden Nachmittag im Coffee Parisien, einem schummrig beleuchteten Café unweit von Rachels Wohnung, die Geschichte erzählt. Umgeben von schwatzenden Studierenden und Trauben von Parisern, die auf einen Aperitif einen Zwischenstopp einlegten, saß Magda wie gebannt vor einem unberührt gebliebenen *café américain*.

»Ich habe gesagt, ich hätte ein Geräusch gehört und wäre nachsehen gegangen.«

»Hat er es dir abgekauft?«

»Wie sollte ich das wohl erkennen, bei Fulke? Er hat nicht mit der Wimper gezuckt. Hat lediglich Elisabeth angesehen und ›Mademoiselle‹ gesagt.«

Aber Fulkes momentane Abgelenktheit hatte Rachel einen Augenblick Zeit zum Nachdenken geschenkt. »Es ist *wirklich* eine Überraschung, sie hier vorzufinden, nicht?«, sagte sie heiter. »Sie hatte mir gerade erklärt, sie hätte beschlossen, *doch* zu kommen, weil sie sich besser fühlte.«

Glücklicherweise hatte Elisabeths verblassende Röte ihre Wangen noch nicht ganz verlassen; sie hätte ohne weiteres eine Frau mit einer leichten Grippe sein können. Und noch besser: Als sie sprach, bewirkte ihre zugeschnürte Kehle, dass sie so klang, als habe sie eine verstopfte Nase.

»Ja«, sagte sie mit leicht zittriger Stimme. »Ich sortierte gerade einige Papiere, als Madame Levis plötzlich in der Tür stand.«

Es war nicht minder unmöglich zu erkennen, ob Fulke diese Geschichte schluckte. Die einzige Regung in seinem Gesicht war ein Anflug leichter Verwirrung. »Ich verstehe, Madame«, sagte er zu Rachel auf Englisch und produzierte dazu eine seiner kleinen Verbeugungen. Dann wandte er sich an Elisabeth. »Mademoiselle«, fuhr er auf Französisch fort, »ich habe einen vortrefflichen Kräutertee für Nase und Rachen. Wenn Sie gestatten, brühe ich Ihnen eine Kanne auf.«

Er neigte den Kopf und schritt dann weiter in Richtung Esszimmer, am Arm seine Jutetasche voll Obst und Gemüse. Mit einem kurzen Blick auf Elisabeth, der hoffentlich *Mit Ihnen bin ich noch nicht fertig!* besagte, entschwand Rachel eilig den Korridor entlang.

»Dann hast du also gar nicht gesehen, was im *bureau* war!« Magdas Stimme war voll mitfühlender Frustration.

»Ich weiß. Und diese Wäschezettel!« Rachel schüttelte beschämt den Kopf. »Ich kam mir vor wie in *Die Abtei von Northanger.*«

Magda würdigte ihre Verlegenheit durch ein kurzes Schweigen. Dann sagte sie: »Und, glaubst du, du hast *irgendetwas* gefunden, was von Nutzen sein könnte?«

Zur Abwechslung einmal würde die Antwort nicht »Ich weiß nicht« lauten.

Rachel räusperte sich. »Vielleicht.«

»Vielleicht?«

»Na schön, dann meinetwegen ja.« Sie schwieg kurz. »Vielleicht.« Als sie Magdas Miene sah, erklärte sie: »Ich habe etwas gefunden, worauf Mathilde aus gewesen sein könnte. Im Schlafzimmer. Eine Taubenplastik von Jacob Epstein.«

»*Dem* Jacob Epstein?« Als Rachel nickte, stieß Magda einen leisen Pfiff aus. »Die muss ein hübsches Sümmchen wert sein.«

»Und sie würde unter einen Mantel passen. Gerade eben. Sie wäre zwar etwas sperrig gewesen, aber nicht zu schwer.«

»Glaubst du, das war's, was sie einsacken wollte?«

Rachel zuckte die Achseln, aber Magda sprach schnell weiter. »Ist absolut vorstellbar. Sie bringt ihn wegen des Geldes um, das er ihr, wie sie glaubt, zu vermachen gedenkt, und als sich dann rausstellt, dass es nicht so viel ist, wie sie gedacht hatte und zu verdienen meint, beschließt sie, die Summe mit Hilfe der Skulptur aufzurunden. Aber Elisabeth hindert sie daran, sie sich zu holen.« Befriedigt ging sie zum nächsten Punkt über. »Apropos Elisabeth. Du hast sie dabei ertappt, wie sie irgendwelche Papiere durchwühlte, obwohl sie angeblich wegen Krankheit zu Haus geblieben war? Raffiniert.«

»Sie muss durch die Hintertür hereingekommen sein, als ich gerade im Esszimmer war, und ich war zu konzentriert, um sie zu hören.« Ärgerlich wechselte Rachel das Thema. »Aber weißt du, was wirklich bizarr ist?«

»Was?« Magda lehnte sich vor.

»Keines der Zimmer zwischen dem Esszimmer und dem rückwärtigen Teil der Wohnung hat eine Tür zum Korridor. Wenn jemand rausgehen will, dann kann er das nur entweder über das Esszimmer oder den Speicher tun.«

Magda legte die Stirn in Falten, zweifellos beim Versuch, sich die Raumaufteilung vorzustellen, und schob ihr dann eine Papierserviette zu. »Zeichne das mal auf.«

Rachel skizzierte einen Grundriss der Wohnung und schob dann die Serviette zurück.

»Wie kommt man bloß auf die Idee, sein Haus so zu bauen?«, fragte sie.

Magda zog die Brauen zusammen. »Ich wette, das ist ein Überbleibsel aus anderen Zeiten«, sagte sie endlich. »Ich wette, als das Haus gebaut wurde, war dieses hintere Zimmer so etwas wie ein Vorbereitungsraum – du weißt schon, was man früher ›Wirtschaftsraum‹ nannte. Die Dienstboten kamen von der Seite herein und blieben unsichtbar, während sie sich bis zu den Gesellschaftszimmern vorarbeiteten oder wieder in die Wirtschaftsräume zurückzogen. Und wenn sie die Zimmer auf

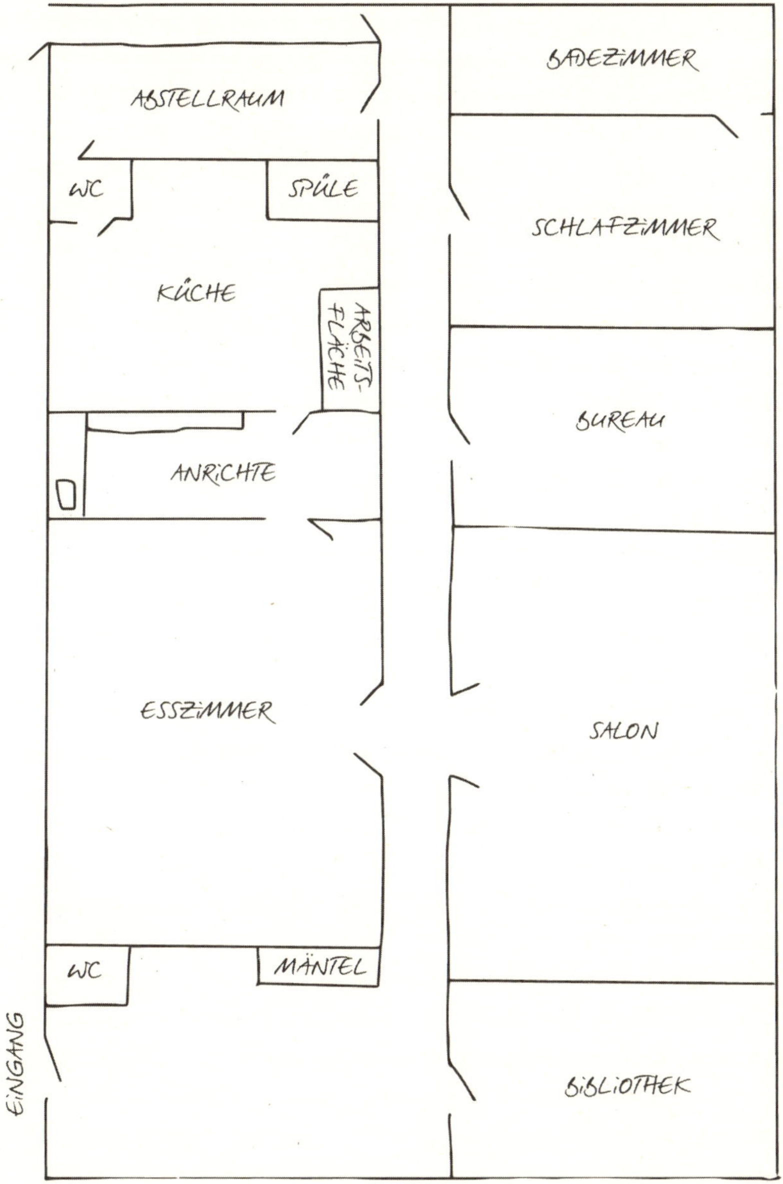
ABSTELLRAUM
BADEZIMMER
WC
SPÜLE
SCHLAFZIMMER
KÜCHE
ARBEITS-
FLÄCHE
BUREAU
ANRICHTE
ESSZIMMER
SALON
WC
MÄNTEL
EINGANG
BIBLIOTHEK

der anderen Seite reinigen mussten, konnten sie das einfach vom hinteren Ende des Korridors aus erledigen. Alles ganz diskret.« Sie fixierte die Zeichnung mit zusammengekniffenen Augen, während ihr eine Schlussfolgerung dämmerte. »Das bedeutet aber, dass, wenn man ins Esszimmer gelangen wollte, um Edgar zu töten, man genau zwei Möglichkeiten hatte: Man konnte sich vom Hinterzimmer aus anpirschen, oder man konnte vom Korridor aus durch die Doppeltür kommen. Du sagtest aber, dass die Essstühle massive Lehnen haben, richtig hohe, massive Rückenlehnen. Wenn Edgar also sehen wollte, wer gerade durch die Doppeltür hereinkam, hätte er aufstehen müssen. Und dann wäre es entweder zu einem Kampf mit der Person, die ihn töten wollte, gekommen, oder er wäre von vorne getötet worden.« Sie schwieg kurz. »Aber wir wissen, dass kein Kampf stattgefunden hat, weil es keine Unordnung oder sonstigen Spuren gab, die die Polizei argwöhnisch gemacht hätten. Und wir wissen, dass er nicht von vorne getötet wurde, weil er mit dem Gesicht nach unten lag.«

»Aber von hinten wurde er ebenso wenig getötet«, wandte Rachel ein. »Ich meine, er bekam keinen Schlag von hinten versetzt. Er hatte keinerlei äußere Verletzungen.«

»Nein, aber selbst wenn der Mörder ihn lediglich ertränkte, hätte er das nicht tun können, nachdem er durch die Doppeltür hereingekommen war, weil Edgar in dem Fall Zeit gehabt hätte, aufzustehen und sich zu wehren. Und wenn jemand erst aufgestanden ist, kann man ihn kaum dazu überreden, sich wieder hinzusetzen, und sich dann hinter ihn stellen und ihn ertränken, ohne dass die geringste Unordnung entstehen würde. Folglich muss der Mörder oder die Mörderin durch die Anrichte gekommen sein.«

»Weil Edgar ihn oder sie sehen konnte, ohne aufzustehen.«

»Genau.« Magda sah wieder auf den Plan. »Es gab weder in der Küche noch im Esszimmer Rosé, sagtest du?«

Rachel war vom Themenwechsel etwas überrumpelt, aber sie sagte: »Richtig. Im Kühlschrank war ein lieblicher Weißwein, aber nirgends Rosé.« Dann: »Warum?«

»Na ja, die Tatsache, dass zum Zeitpunkt seines Todes Rosé auf dem Tisch stand und jetzt im ganzen Haus keiner zu finden ist, spricht dafür, dass jemand, der Rosé mochte, zu dem Zeitpunkt dort aß, jetzt aber nicht mehr da isst. Und die Tatsache, dass er nicht aufstand, spricht wiederum dafür, dass er nicht überrascht war, die betreffende Person zu sehen. Und beides *zusammen* lässt darauf schließen, dass der Mörder kein x-beliebiger Unbekannter war, sondern vielmehr ein Rosétrinker, den er kannte. Beziehungsweise Trinker*in, die*.«

»Im Klartext Mathilde oder Elisabeth.«

Magda nickte, sichtlich mit sich zufrieden – wozu sie, wie Rachel fand, allen Grund hatte. Nun bedeutete durch die Hintertür kommen, dass man einen Schlüssel hatte, aber vermutlich *hatten* Elisabeth oder Mathilde – oder wahrscheinlich sogar beide – einen. Damit lautete die alles entscheidende Frage: Bei welcher von beiden hätte Edgar erwartet, dass sie in dieser Tür erschien? Oder wäre zumindest, fügte sie im Geist hastig hinzu, nicht darüber erschreckt, wenn sie da erschienen wäre?

»Es war Elisabeth.«

Magda sah sie überrascht an. »Wieso sie?«

»Erstens würde Mathilde ein Esszimmer unter normalen Umständen nie über die Anrichte oder einen Abstellraum betreten, also wäre Edgar überrascht gewesen, sie zu sehen. Und zweitens, selbst wenn sie das getan hätte, wäre sie niemals geräuschlos durch die Abstellkammer gekommen, denn um da durchzukommen, müsste man einiges Gerümpel aus dem Weg räumen.« Als Magda nichts dazu sagte, fuhr Rachel fort: »Elisabeth hingegen dürfte unzählige Male durch die Anrichte ins Esszimmer gekommen sein. Sie sagte, sie wäre wie ein Teil der Familie behandelt worden, also wäre es nicht weiter verwunderlich gewesen, wenn sie auch von hinten hereinkam. Und sie war oft genug da, um den Durchgang schon irgendwann früher freigeräumt zu haben, ohne dass es seltsam erschienen wäre, da sie eben ein Mädchen für alles war. Und mir ist gerade noch etwas klargeworden.« Außer Atem geraten schnappte sie nach Luft und fuhr fort: »Was es auch sei, was Elisabeth sucht, ihr liegt gewaltig viel daran. Entweder sie hat sich für krank ausgegeben, um unbemerkt hereinzuschleichen, in der Hoffnung, es zu finden, oder sie ist gekommen, obwohl sie wirklich krank war, wiederum in der Hoffnung, es zu finden. Und sie ist von Anfang an jeden Tag in diesem Arbeitszimmer gewesen und hat vermutlich schon die ganze Zeit nach diesem Was-auch-immer-es-sei gesucht. Während Mathilde nur sporadisch vorbeigekommen ist.«

»Vielleicht ist Mathilde so gewieft, dass sie einen auf cool macht.«

»Wenn du jemanden umgebracht hast und willst ihn jetzt auch noch beklauen, wäre es zu riskant, ›auf cool zu machen‹. Und von dem Szenario gehen wir doch aus, oder?«

Rachel sah Magda an, dass sie Möglichkeiten abwog, Indizien addierte. Schließlich fragte sie: »Was genau machte Elisabeth in dem Moment, als du sie entdeckt hast?«

Jetzt musste Rachel kurz nachdenken. »Sie hatte die Hände in einem Karton voller Papiere. Und da waren Stapel, die sie schon durchgegangen zu sein schien.«

»Persönliche Papiere oder Dokumente?«

Rachel dachte zurück. »Dokumente.«

»Sahen sie amtlich aus?«

»Ja.«

»Na gut. Dann wissen wir also, dass sie nach einem amtlichen Schreiben suchte, etwas behördlich oder juristisch Relevantem. Und sie gelangte unbemerkt in die Wohnung, was uns verrät, dass sie einen Schlüssel besitzt, und wie es aussieht, vermutlich auch einen für die Hintertür.« Magda schwieg kurz, um das alles sacken zu lassen. Dann: »Ich will nicht behaupten, dass sie unsere einzige Verdächtige wäre, aber du hast recht, sie ist unsere wichtigste Verdächtige: jemand, der Zutritt zur Wohnung hatte und dessen Anwesenheit in der Wohnung Edgar nicht überrascht hätte; jemand, der zusammen mit Edgar oder zumindest unter dessen Mitwirkung etwas getan hat, was er jetzt vertuschen möchte. Und jetzt«, sie leckte sich die Lippen, »jetzt haben wir etwas gegen sie in der Hand. Du hast sie dabei erwischt, wie sie etwas machte, bei dem sie nicht erwischt werden wollte. Du weißt es, und sie weiß es. Also bist du jetzt im Vorteil. Du kannst sie zur Rede stellen und ein paar Antworten verlangen.«

Sie hatte recht. Rachel spürte, wie ihr leicht ums Herz wurde. Dann spürte sie, wie es ihr prompt wieder schwer wurde. »Nicht vor nächster Woche.«

»Nicht vor …?« Dann fiel es auch Magda wieder ein. »Ach ja, stimmt.«

Sie saßen da wie zwei Häufchen Elend. Rachel starrte miesepetrig in ihre halbe Tasse kalte Schokolade. Müsste es nicht eine Rolle spielen, dass sie Alan ihr Versprechen gegeben hatte, *bevor* sie eine Spur hatten – als es noch so aussah, als würde die ganze Ermittlung zu nichts und wieder nichts führen? Müsste es, antwortete sie sich selbst, tat es aber nicht. Ein Versprechen war ein Versprechen, besonders einem Ehepartner gegenüber, ganz besonders nach ihrem jüngsten Verhalten. Alles andere wäre ein Schritt in eine verhängnisvolle Richtung gewesen. Sie stieß einen Seufzer aus, der jeden Seufzer, den sie jemals ausgestoßen hatte, alt aussehen ließ.

»So schlimm ist das nicht«, sagte Magda, ihre Niedergeschlagenheit missdeutend. »Eine Woche wird nichts daran ändern, dass du sie bei verdächtigem Tun ertappt hast. Ja«, fügte sie hinzu, und ihr Ton wurde machiavellisch, »ein längeres Warten könnte sie nervlich derart zermürben, dass, wenn du sie endlich zur Rede stellst, sie anfängt, wie ein Kanarienvogel zu singen. Oder sie könnte sich durch fünf Tage Funkstille auch in falscher Sicherheit wiegen lassen.«

»Sechs Tage«, stellte Rachel richtig. »Und sie wird nicht die einzige sein, deren Nerven darunter leiden.« Sie biss sich in den Daumennagel und starrte in den Abgrund der vor ihr liegenden Tage.

20. KAPITEL

Es wurde eine lange Woche. Rachel wusste aus Erfahrung, dass es unmöglich war, in einem vorgegebenen Zeitrahmen gute Lyrik zu schreiben, also probierte sie es gar nicht erst. Stattdessen versuchte sie, sich dadurch die Zeit zu vertreiben, dass sie die vollkommene Hausfrau spielte. Sie putzte die Wohnung, und anschließend putzte sie sie noch einmal; zum ersten Mal seit Jahren bügelte sie Alans sämtliche Hemden selbst. Sie zog sich sämtliche Episoden der letzten Staffel von *Law & Order* am Stück rein. Aber am Donnerstagabend war sie wirklich am Ende ihrer Ressourcen.

»Noch einen Tag«, rief sie Alan ins Gedächtnis, als sie sich zu Ochsenschwanzsuppe und ofenwarmem Brot (denen *Omelette surprise* folgen würde) zu Tisch setzten.

»Hmm.« Er schluckte einen Löffel Suppe und sah dann zu ihr auf. »Warum lädst du Magda nicht morgen zum Abendessen ein?«

»Magda?« Rachel führte ihrerseits den Löffel an die Lippen. »Warum? Ich habe sie diese Woche täglich gesehen. Morgen sehe ich sie bestimmt auch.«

»Trotzdem finde ich, du solltest sie zum Essen einladen. Es gibt ein paar Dinge, die ich euch zeigen möchte.« Als er ihr Gesicht sah, sagte er: »Gute Dinge, gute Dinge. Komm schon. Lad sie ein.«

* * *

Das Abendessen war eine unersprießliche Angelegenheit. Durch ihre aufgezwungene Untätigkeit frustriert strahlte Rachel Langeweile und Gereiztheit aus; Magda, die tägliche zornige Statusmeldungen erhalten hatte, wollte nicht riskieren, sie wieder in Rage zu bringen, und blieb deswegen stumm. Dennoch wirkte Alan, als er seine Mahlzeit beendete, stillvergnügt.

»Das war köstlich.« Sie hatten *coq au vin* mit neuen Kartoffeln und zum Dessert *tarte Tatin* gegessen. Er trank den abschließenden Schluck aus seinem Weinglas. »So.« Er schenkte sich nach, neigte anschließend die Flasche in Magdas, dann in Rachels Richtung; beide schüttelten den Kopf. »Und, wie war die Woche so?«

»Langweilig«, sagte Rachel. Sie klang, als wär sie fünfzehn. »Stink-lang-wei-lig. Und stressig, weil ich weiß, dass eine Mörderin frei herumläuft, ich aber verboten bekommen habe, irgendwas dagegen zu unternehmen.«

Alan lächelte.

»Amüsiere ich dich?«, fragte sie.

»Immer. Aber das ist nicht der Grund, warum ich lächle.«

»Sondern?«

Behutsam holte er einen Stoß Papiere unter seinem Stuhl hervor und legte ihn auf den Tisch.

»Was ist das?« Sie streckte die Hand danach aus, aber Alan zog den Stoß zu sich heran.

»Das«, sagte er, »ist der Grund für Edgars ›Zuneigung und Dankbarkeit‹.« Er klopfte den Stoß zweimal auf Kante, legte ihn wieder hin und sah die zwei Frauen abwechselnd an. »Sollen wir anfangen?«

»Alan …« Dann besann sich Rachel und beschloss, ihm seinen großen Moment zu gönnen. »Ja.«

»Also gut.« Er brachte die Papiere, die er gerade zurechtgerüttelt hatte, wieder durcheinander. »Als du mir von deinem Gespräch mit Elisabeth in der Bibliothek erzählt hast, dann vom Wortwechsel zwischen Elisabeth und Mathilde an der Wohnungstür, und dann noch einmal nachdem du … dich in Edgars Wohnung umgesehen hattest, da habe ich es zwar nicht zugegeben, aber ich fand schon, dass alles ziemlich merkwürdig klang. Und als ich weiter darüber nachdachte, fiel mir auf, dass der durchgehende rote Faden in allem, was du beschriebst – Edgars Tod und sein Testament, der Tod der Nadeau, die Tatsache, dass das Mädchen sich heimlich hereingeschlichen hatte, um Edgars Arbeitszimmer zu durchwühlen –, dass der rote Faden also Geld ist.« Wieder sah er die Frauen an, die ihrerseits nickten. »Nun«, fuhr er fort, »kannte ich Edgar Bowen nicht besonders gut, und dieses Mädchen, die des Troyes, und Catherine Nadeau kenne ich überhaupt nicht, aber mit Geld kenne ich mich aus. Also habe ich mir in den vergangenen paar Tagen gewisse Kontobewegungen angesehen. Ich wollte überprüfen, ob eure Gedankengänge plausibel erschienen.« Er klopfte mit den Knöcheln auf den Papierstoß. »Und ich bin auf etwas Interessantes gestoßen.«

»Etwas Interessantes?« Magda biss sich auf die Unterlippe.

»Tja …« Er hob die Augenbrauen. »Eine kluge Frau erklärte mir einst, es gebe vier hauptsächliche Mordmotive: Eifersucht, Angst, Vergeltung und …«

Rachel hauchte das letzte Wort wie Howard Carter vor Tutenchamuns Guckloch: *»Diebstahl.«*

Alan nickte. Er hob das erste Blatt auf. »Edgar hatte eine ganz schöne Menge Geld. Ich werde euch nicht sagen, wie viel, weil der Gesamtbetrag nichts zur Sache tut, aber so viel kann ich euch verraten, dass mein Job mich eines gelehrt hat: So viel Geld bekommt man nicht zusammen ohne einen wirklich guten Sinn fürs Geschäft. Und ohne ein paar Abkürzungen zu nehmen.«

»Woher weißt du denn, dass er so viel Geld hatte?« Rachel graute vor der Aussicht, sich den Bücher liebenden, Katzen liebenden, ja selbst den zuletzt Prunk liebenden Edgar als (und wenn auch nur Klein-)Kriminellen vorstellen zu müssen.

»Ich habe mir seine Geschäftskosten angesehen: seine Gehaltsliste, seine Steuern und die Steuern der Leute die für ihn arbeiteten.«

»Wie hast du das alles herausgefunden?« Magda wusste immer gern, wie etwas funktionierte, aber Alan, der diese grundsätzliche Neugier eigentlich teilte und normalerweise gern bereit war, Abläufe haarklein zu erläutern, wurde jetzt vage.

»Ich bin im Bankgeschäft tätig. Es gibt bestimmte Frameworks. Bestimmte«, er überlegte einen Augenblick lang, »Mittel zur Feststellung der finanziellen Situation bestimmter Leute.«

»Sind es legale Mittel?« Rachel war sich nicht sicher, welche Antwort sie sich erhoffte.

»Es sind Mittel, die jedem Banker in meiner Gehaltsstufe zur Verfügung stehen.«

Was streng genommen keine Antwort auf ihre Frage war, wie Rachel zur Kenntnis nahm. Aber gerade als sie sich überlegte, ob es sie überhaupt interessierte, lehnte sich Magda vor und fragte in sachlichem Ton: »Hast du etwas von diesem Geld entnommen, bewegt oder dich sonst wie daran zu schaffen gemacht?«

»Natürlich nicht.«

»Hilft uns das, was du herausgefunden hast, weiter?«

»Potenziell.«

»Besteht die Gefahr, dass du Ärger bekommst?«

Alan sah Rachel an. »Sehr unwahrscheinlich.«

Magda lehnte sich wieder zurück. Sie machte eine Geste in Rachels Richtung, als sagte sie: *Da hast du's.*

Rachel seufzte. »Na gut. Weiter. Du hast also seine Steuern überprüft?«

»Ja, ich habe seine steuerliche Situation überprüft.« Alans Ton wurde wieder geschäftsmäßig. »Der unbekannte Faktor war hierbei Elisabeth des Troyes, also habe ich mich auf sie konzentriert. Ich kannte ihren Namen, soweit klar, und anhand von Edgars Gehaltsliste habe ich ihre Bankverbindung herausgefunden. Sie *war* Edgars ... na ja, ich vermute, dass *›aide de bureau‹* keine anerkannte Stellenbezeichnung ist. Er führte sie als seine *secrétaire de direction*, und er bezahlte sie durch Banküberweisung. Allerdings«, er nahm das zweite Blatt, auf dem eine Art Tabelle zu sehen war, »zahlte er ihr eine ganz schöne Stange Geld. Viel mehr, als man normalerweise für die Art von Arbeit bezahlen würde. Dreitausend Euro im Monat.«

Herrjesus, dachte Rachel, *den Job hätte ich auch gern!*

Alan legte das zweite Blatt beiseite, nahm sich zwei, drei weitere und fuhr fort: »Viele Leute, die mehr als einen bestimmten Betrag verdienen, lassen sich handelsgerichtlich eintragen und verwandeln sich sozusagen in eine Firma, eine Gesellschaft.« Rachel nickte. »Nun, Edgars Angestellte wurden von der *Gesellschaft* ›Edgar Bowen‹ bezahlt. Er selbst hatte aber außerdem noch Bankkonten, Geld und so weiter als die *Privatperson* Edgar Bowen. Und das ist wichtig«, sagte er, die Augen auf die Papiere gerichtet, »denn es war die Gesellschaft Edgar Bowen – Edgar Bowen, S. à. r. l. –, die Elisabeth des Troyes bezahlte. Und *das* wiederum ist wichtig«, hier konnte er sich nicht beherrschen und legte eine vor Spannung knisternde Kunstpause ein, »weil Elisabeth des Troyes anschließend die Privatperson Edgar Bowen bezahlte.«

»Was?« Rachel und Magda stießen die Frage unisono aus. Sie lehnten sich vor.

»*Sie* bezahlte *ihn*?«, sagte Rachel.

»Ja.« Alan nahm zwei der verbleibenden Blätter vom Stapel und legte sie quer nebeneinander vor sich hin. »Es sieht folgendermaßen aus: Jeden Monat überwies die Edgar Bowen,

S. à. r. l., das Gehalt auf das Konto der des Troyes. Und gegen Ende jedes Monats hob sie von ihrem Konto fünfzehnhundert Euro in bar ab. Im darauffolgenden Monat wiederum zahlte die Privatperson Edgar Bowen um die tausend Euro in bar auf sein Privatkonto ein. Offenbar behielt er immer einen Teil des Geldes für kleinere Ausgaben zurück. Hier.« Er schob Rachel die Blätter zu. »Sieh selbst.«

Rachel sah eine Sekunde lang auf die Computerausdrucke und dankte dabei Alan im Geiste dafür, dass er so tat, als könnte sie daraus schlau werden, obwohl er genau wusste, dass sie, was Zahlen anging, eine Katastrophe war. Sie reichte die Blätter an Magda weiter.

»Das bedeutet also«, sagte Magda, die die Ausdrucke genommen hatte, aber weiterhin Alan ansah, »dass er ein Loch mit dem anderen zustopfte.« Sie runzelte die Stirn. »Ich verstehe nicht.«

»Das liegt daran«, sagte Alan, »dass dir das letzte Puzzleteilchen fehlt. Und zwar das folgende: Edgar Bowen, S. à. r. l., zahlte an Unternehmenssteuer und Sozialabgaben weniger, als die Privatperson Edgar Bowen an Einkommenssteuer bezahlt hätte. Nicht viel, aber mit der Zeit summiert sich ›nicht viel‹ zu einer ordentlichen Menge. Und überhaupt«, wieder blickte er von der einen zur anderen Frau, »weiß jeder gute Geschäftsmann, dass Kleinvieh auch Mist macht.«

Rachel konnte es nicht glauben. »Betrug!«, sagte sie.

»Na ja«, Alans Ton war nachsichtig, »geringfügiger Diebstahl. Und übrigens«, fügte er hinzu, »erklärt das auch, warum er in Catherine Nadeaus Laden investierte. Er konnte es von seinem zu versteuernden Einkommen abziehen.«

Rachel war verstummt. Edgar hatte sich des Betrugs schuldig gemacht. Sie probierte es mit Alans Perspektive: Edgar hatte geringfügigen Diebstahl verübt. Das klang um keinen Strich besser. Der Edgar Bowen, dem sie einst sehr nahgestanden hatte, der Edgar Bowen, mit dem sie all die Jahre über auf Cocktailpartys Wangenküsschen getauscht hatte, hatte sich mit einer Lohnabhängigen dazu verschworen, den Staat Monat für Monat um Geld zu betrügen. *Und nicht mal um richtiges Geld!*, dachte sie. Gemessen an seinem Gehalt, gemessen an seinem Lebensstil – Peanuts. Das klang jetzt nun wirklich nicht gut. Hätte er weniger schmierig gewirkt, wenn er *richtig* zugeschlagen hätte? Hätten große Beträge auch ihm eine Aura von Größe verliehen? Plötzlich erinnerte sie sich an einen alten Witz, den ihr Vater so gern erzählte: »Das Essen war katastrophal – und dazu noch so kleine Portionen!«

Magda studierte die Ausdrucke. »Aber Bargeld ist bekanntlich schwer zurückzuverfolgen.«

Da behaupte noch einer, Fernsehen würde nicht bilden, dachte Rachel. »Wie kannst du dir also sicher sein, was da tatsächlich ablief?«

»Guter Einwand.« Alan nickte. »Und das könnte der Grund sein, warum Edgar die Höhe seiner Einzahlungen ständig variierte. Du hast recht: Mit hundertprozentiger Sicherheit wird man nie feststellen können, was da genau abgelaufen ist. Aber Elisabeth bezahlte alle ihre größeren Fixkosten durch Überweisung von ihrem Konto, bevor sie jeden Monat die fünfzehnhundert abhob, also brauchte sie die *nicht* für Miete, Nebenkosten oder sonstige größere Ausgaben. Und es ist ein Muster erkennbar: Gegen Ende jedes Monats hebt sie fünfzehnhundert ab, und Anfang des darauffolgenden zahlt Edgar immer etwas weniger als das auf sein Privatkonto ein.«

Rachel nahm ihr Gesicht in beide Hände und spürte die Knochen unter der Haut. »Aber er wäre doch wohl irgendwann aufgeflogen?«

»Früher oder später ja, wahrscheinlich. Aber wir sprechen hier von relativ kleinen Beträgen. Und das Einzige, was uns zu interessieren braucht, ist, dass er noch nicht aufgeflogen *war*.«

»Und jetzt kann ihm nichts mehr passieren«, sagte Magda feierlich. Dann: »*Deswegen* hat er also Elisabeth das Geld vermacht! In Zuneigung und *Dankbarkeit*. Sie hatte diesen Schwindel mit ihm abgezogen, und er war ihr dafür dankbar.«

»Ja. Und sie war dabei auch ganz gut gefahren. Fünfzehnhundert Euro monatlich, um jemandem die Sachen von der Reinigung abzuholen ... Aber er hatte ihr vermutlich versprochen, oder hatte vorgehabt, ihr am Ende etwas mehr zukommen zu lassen.« Alan sammelte die Blätter wieder zusammen und klopfte den Stoß mit höchst zufriedener Miene auf dem Tisch wieder in Form.

Ein paar Sekunden lang sprach niemand ein Wort. Endlich sagte Magda: »Danke. Du hast dir viel Arbeit gemacht, und das hätte keiner von dir verlangen können.«

»Ja«, echote Rachel, »danke. Ganz ehrlich.« Sie nahm seine Hand. »Du bist ein Schatz.« Aber sie klang nicht froh.

Nach einem weiteren kurzen Schweigen wandte sich Magda zu Rachel. »Das bedeutet, dass Elisabeth ihn nicht ermordet hat.«

Rachel traute ihren Ohren nicht. »Was?«

»Na ja, sie hätte doch wohl kaum die Gans geschlachtet, die jeden Monat ein goldenes Ei legte!«

»Aber vielleicht hatte sie genug davon. Vielleicht wollte sie aufhören.«

»Vielleicht?«, sagte Magda spitz. »Wenn ich das gesagt hätte, würdest du jetzt sagen, dass ich spekuliere. Wo sind denn deine Beweise?«

Alan hatten sie beide vergessen. Sie sprachen nur noch miteinander.

»Sie sucht wie verrückt nach belastenden Dokumenten«, sagte Rachel, »was vermuten lässt, dass sie sich den ganzen Schlamassel vom Hals schaffen möchte. Anzeigen konnte sie ihn nicht, denn damit hätte sie sich selbst belastet. Ihr Ausweg war, ihn zu ermorden.«

»Eine ziemlich übertriebene Lösung.«

»Nicht, wenn sie wusste, dass sie durch sein Testament einen weit höheren Profit erwarten konnte.«

»Das ergibt doch gar keinen Sinn.« Magda verzog das Gesicht. »Das ist ein Widerspruch in sich. Sie hat ihn ermordet, weil sie aufhören wollte, auf illegale Weise Geld zu verdienen, aber auch weil sie wusste, dass sie durch seinen Tod zu noch mehr Geld kommen würde? Mord ist auch nicht gerade legal.«

Aber Rachel war störrisch, und in diesem Moment brauchte sie eine Schurkin, die Edgars Schurkentum in den Schatten gestellt hätte. »Dadurch wird aber ihre Reaktion bei der Testamentseröffnung verständlich.« Während sie die Puzzleteilchen zusammensetzte, wurde ihre Stimme lebhafter. »*Deswegen* war sie so seltsam überrascht. Erinner dich, ich sagte, dass sie so aussah, als ob sie eine Empfindung, die sie tatsächlich hatte, übertriebe. Erwartet *hatte* sie eine Erbschaft – aber dann erwies sie sich als größer, als sie sich je hätte erhoffen können.«

»Edgar erwähnt, dass er sie in seinem Testament bedacht hat, aber nicht, mit wie viel, und wegen dieser unbekannten Summe ist sie bereit, ein gesichertes regelmäßiges Einkommen aufzugeben, indem sie ihn umbringt?« Magdas Ton deutete an, was sie von dieser Theorie hielt.

»*Du* hattest gedacht, Catherine Nadeau würde wegen siebeneinhalbtausend Euro töten! *Und* dazu kommen noch«, Rachels Stimme nahm einen triumphierenden Klang an, »Schuldgefühle! Aus ihrem Verhalten während unseres damaligen Gesprächs in der Bibliothek ging klar hervor, dass sie sich wegen der ganzen Sache schuldig fühlte. Schuldgefühle und Habgier!«

»Nein.« Magda schüttelte den Kopf. »Das glaub ich nicht. Das da«, sie deutete auf die Papiere, »scheint mir ein guter Grund für sie zu sein, ihn gerade *nicht* zu töten. Solange er am

Leben war, würde niemand seine Geschäftsbücher unter die Lupe nehmen und am Ende irgendwelchen Steuertrickserelen auf die Spur kommen. Nein«, wiederholte sie und schüttelte erneut den Kopf, »diese neuen Erkenntnisse machen Mathilde zur Hauptverdächtigen.«

»Mathilde!«

»Ja. Sie kannte das Haus, und es gibt keinen rechten Grund, warum sie nicht durch die Hintertür hätte hereinkommen können. Du glaubst nur, dass sie es nicht getan hat, weil es ›ihr nicht ähnlich sähe‹.« Rachel knirschte mit den Zähnen; Magdas Ton ärgerte sie ebenso sehr wie die Richtigkeit ihrer Beobachtung. Magda fuhr fort: »Dass Elisabeth das *bureau* durchwühlt, zeigt, warum sie ihn nie getötet hätte. Jetzt, wo er tot ist, kann sie nicht mit Sicherheit wissen, ob es nicht noch irgendwelche Spuren ihrer gemeinsamen Machenschaften gibt. Sie mag jetzt um zwanzigtausend Euro reicher sein, aber sie hat auch erheblich mehr Sorgen und potenzielle Schwierigkeiten am Hals. Während Mathilde …« Sie hob die Augenbrauen. »Wir sind uns beide einig, dass sie eiskalt ist. Kiki hat dir gesagt, dass sie außerdem habgierig und stolz war. *Du* hast *mir* gesagt, dass Edgar ihr mit ziemlicher Wahrscheinlichkeit vom Inhalt seines Testaments erzählt hatte. Wenn sie wusste, was darin stand, wer weiß, was sie aus Rache nicht alles getan haben könnte? Und Habgier. Rache und Habgier!«

»*Wenn*. Wenn, wenn.« Insgeheim dachte Rachel, dass Magda ein paar gute Argumente vorgebracht hatte, aber sie war nicht bereit, ihre Verdächtige aufzugeben, solange es noch Indizien gab, die ihre Theorie stützten. »Und was ist mit dem Rosé?«

»Was ist damit?«

»Wir wissen, dass Elisabeth diejenige war, für die Edgar den Wein immer im Haus hatte, und wir wissen, dass er auf dem Tisch stand, als Edgar aufgefunden wurde. Jetzt, wo sie nicht mehr in der Wohnung zu Abend isst, ist auch keiner mehr da.

Das scheint mir ein ziemlich stichhaltiger Beweis ihrer Schuld zu sein.«

»Was?« Magdas Stimme kippte bei dem Wort um. »Abwesenheit beweist überhaupt nichts. Schön, Catherine trank Rosé. Aber Mathilde trinkt ihn ebenfalls! *Und* David hat dir erzählt, dass sie weiterhin immer wieder mal zu Besuch kam! Hinzu kommt«, sagte sie jetzt ruhiger, »dass Elisabeth nach deiner Beschreibung eine halbe Portion ist – und dazu ängstlich. Wäre sie imstande gewesen, Catherine aus dem Fenster zu werfen oder sie auch nur zu schubsen?« Die Frage hing noch in der Luft, als Magda ihre Trumpfkarte auf den Tisch knallte: »Während Mathilde …«

Selbst unvollendet klang der Satz überzeugend. Rachel verschränkte die Arme in trotziger Wut; Magda tat das Gleiche in zufriedenem Triumph. Sie starrten sich über den Tisch hinweg an.

Rachel gab als Erste nach. »Schön. Da ist was dran. Also, was sollten wir deiner Meinung nach tun?«

Magda überlegte. »Ich weiß es nicht«, sagte sie schließlich. »Was meinst *du*, was wir tun sollten?«

Alan brachte sich durch ein Räuspern wieder in Erinnerung. »Ihr solltet zur Polizei gehen.«

Sie drehten sich nach ihm um.

»Unmöglich«, sagte Rachel.

»Wir haben immer noch nicht genug konkrete Beweise«, sagte Magda. »Wir sind erst noch dabei, uns ein Bild zu machen.«

»Aber *sicher.*« Er nickte freundlich. »Und vermutlich würdet ihr die Möglichkeit, dass das Fehlen stichhaltiger, konkreter Beweise dafür sprechen könnte, dass Edgar schlicht an einem Herzinfarkt gestorben ist, *nicht* in Betracht ziehen?«

»Nein!«, sagten sie unisono, in entschiedenem Ton.

»Und das, obwohl ihr momentan nichts anderes in der Hand

habt als eine Flasche Rosé und einen eher geringfügigen Steuerschwindel?«

»Ich weiß, dass er ermordet wurde«, erklärte Rachel im selben Augenblick wie Magda »Er hasste Rosé« sagte.

Alan seufzte durch die Nase. Um ihn abzulenken, legte Rachel die Hand auf den Stapel Ausdrucke. »Aber was wirst *du* unternehmen? Wegen der Sache hier?«

Er zuckte die Achseln. »Nichts. Ich kann nichts unternehmen.« Dann, nach einer Pause: »Manchmal schafft man es, Dinge herauszufinden, die man eigentlich nicht herausfinden dürfte. Also wissen nur wir davon.« Noch eine Pause. »Beziehungsweise wisst *ihr*.«

Rachel nickte. Sie saßen alle noch einen Augenblick so da, dann stand Magda auf und verabschiedete sich.

21. KAPITEL

Später lag Rachel im Dunkeln im Bett. Neben ihr schlief Alan, gleichmäßig atmend, den Schlaf des Gerechten, der gerade geliebt worden war. Sie war hellwach.

Edgar war ein Wirtschaftskrimineller gewesen. Edgar! Mit einfachen Worten und ungeschönt gesagt, war er ein Dieb gewesen.

Sie schätzte es überhaupt nicht zu weinen, während sie auf dem Rücken lag. Die Tränen rannen widernatürlich in Richtung der Ohren, und wenn sie versuchte, mit der Nase hochzuziehen, klappte das nicht; der Schleimpfropf verschob sich lediglich ein bisschen weiter nach innen und verstopfte die Nase nur noch mehr. Aber wenn sie sich aufsetzte, würde Alan aufwachen – das war immer so, sobald sie eine größere Bewegung machte. Also blieb sie liegen und litt: erstens überhaupt und zweitens, weil's ihr so schlecht ging.

Edgar der Dieb. Korrektur: Edgar der Kleinganove. Das war schlimmer; »geringfügiger Diebstahl« klang so jämmerlich. Sie spürte, wie zwei Tränen sich von ihren Augenwinkeln lösten und links und rechts ihre Abwärtsreise antraten. Katzenliebhaber, Bücherliebhaber, kultivierter älterer Liebhaber, und das war er in Wahrheit gewesen: ein … Kleinganove. Sie schniefte leise. War er das von Anfang an gewesen, und sie hatte es nur nicht mitbekommen? War sie eine so schlechte Menschenkennerin?

Sie erinnerte sich an ihre Empfindungen, als sie durch Edgars Wohnung gewandert war und die luxuriösen öffentlichen und privaten Räume und dann den sterilen Rest gesehen hatte, die Einöde des Kühlschranks. Vielleicht hatten die heutigen Offenbarungen sie nur deswegen überrascht, weil sie zu feige gewesen war, sich schon früher einzugestehen, was sie längst gewusst hatte: dass ihre erste große Liebe zu einem seichten Plutokraten geworden war. Sie zog die Nase hoch.

Aber Moment mal. Sie wischte sich mit den Handballen die Tränen von den Schläfen. Dass er ein Dieb gewesen war, traf auf diese bestimmte Tat zu, keine Frage, aber war es die ganze Wahrheit über ihn? Er *war* ein Katzenliebhaber gewesen, er *war* ein Bücherliebhaber gewesen, er *war* ein kultivierter älterer Liebhaber gewesen, und er *war* ein kultivierter Mann gewesen, Punkt. Er hatte sie geliebt, dessen war sie sich sicher, und als er sie verließ, hatte er das mit Zartgefühl getan. Vielleicht war mit seinem Einkommen auch seine Habgier gewachsen, aber das bedeutete noch lange nicht, dass von ihm nur noch diese Habgier geblieben wäre. Als Elisabeth in der Bibliothek den Tränen nahe gewesen war, hatte das nicht dem Verlust von Edgars monatlichen Überweisungen oder, umgekehrt, dem plötzlichen Geldregen gegolten: Sie hatte den Verlust des Mannes betrauert, der mit ihr wie ein Freund gesprochen hatte, der sich für ihr Leben und ihre Person interessiert hatte. Und zwar hatte er ihr durch das Erbe möglicherweise wirklich etwas wie ein postmortales Schweigegeld gezahlt (*möglicherweise*, betonte Rachel noch einmal), aber Mathilde hatte er Geld lediglich als Zeichen des Dankes, in Anerkennung ihres Wertes hinterlassen. Selbst die pathologisch verschwenderische Catherine hatte er in seinem Testament bedacht, und die Bitte, die er an Rachel gerichtet hatte, da war sie sich sicher, war dem aufrichtigen Wunsch entsprungen, einer bibliophil verwandten Seele eine Freude zu machen. Und seine Straftat war so schlimm ja gar nicht gewesen; sie schien durch die Liebe und Aufmerksamkeit, die aus seinen sonstigen Handlungen sprachen, *wirklich* aufgewogen zu werden. Plötzlich erinnerte sie sich an das Gefühl seiner Hand an ihrem Rücken, die sie durch einen Raum voller Leute lotste. Diese Hand hatte Anteilnahme und Fürsorglichkeit bewiesen, eine Wärme, die nicht nur physischer Natur war. Ja, sie wusste, dass auch Kriminelle herzlich und fürsorglich sein konnten – sie erinnerte sich an den alten Spruch, dass jeder Dieb sein Mütterlein liebte –, aber das war doch wohl der schlagende Beweis dafür, dass kein Verbrecher ausschließlich Verbrecher war, dass jeder Kriminelle auch ein Individuum war, vielschichtig und menschlich.

Ach, Menschen!, dachte sie. *Warum müssen sie nur so kompliziert sein?* Warum musste es so sein, dass jede Beziehung, jedes noch so detaillierte Bild, das man von einem anderen gewonnen hatte, irgendwann Korrekturen erforderte? Warum gehörten zu jedem Individuum nur so viele Schichten? Und da es doch immer so war, warum überraschte es einen dann jedes Mal wieder?

Aber sie war müde und hatte für eine Nacht schon genug gewichtige Gedanken gewälzt. Morgen würde sie mit Elisabeth reden und sehen, was dabei herauskam. Sie rollte sich auf die Seite, zog einmal kräftig, befreiend die Nase hoch und schmiegte sich an Alans warmen Rücken. Sie legte den Arm um ihn und glitt in den Schlaf.

22. KAPITEL

Der nächste Tag brachte Sonne, eine Ahnung von Wärme und insgesamt das Gefühl, dass der Februar möglicherweise doch einmal enden würde. Was er nicht brachte, war Elisabeth.

Den ganzen Vormittag über hielt Rachel ein Ohr gespitzt, konzentriert auf ihre Ankunft, durch die Wohnungs- oder (würde das Schicksal so gütig sein?) die Hintertür. Endlich, als Fulke ihr schon den Mantel hinhielt und sie zum Aufbruch bereit war, sagte sie: »Fulke, ich habe mich gefragt, ob Mademoiselle des Troyes sich wohl von ihrem Schnupfen erholt hat.« Dürftig, dachte sie, aber es musste als Einleitung genügen. »Glauben Sie, ich kann sie sprechen, bevor ich gehe?«

»Mademoiselle Elisabeth ist heute nicht gekommen.« Er sprach hinter ihrem Kopf.

»Ach?« Sie behielt den beiläufigen Ton bei. »Ist sie noch krank?«

»Ich weiß es nicht, Madame.« Er ließ den Mantel auf ihre Schultern gleiten und trat einen Schritt zurück. »Sie hat sich nicht gemeldet.«

Etwas an der Art, wie er es sagte, ließ sie aufmerken. »Seit wann?«

»Seit sie letzte Woche erkrankt ist.« Er sagte es ohne eine hörbare Spur von Ironie. »Ich habe angenommen, sie sei zu geschwächt, um anzurufen.«

Rachel drehte sich nach ihm um. »Sie ist seit fünf Tagen nicht mehr hier gewesen?«

»Sechs«, korrigierte Fulke sie sanft. »Sieben, wenn man heute mitrechnet.«

Sobald sie auf der Straße war, rief sie Magda an. »Elisabeth ist seit einer Woche nicht mehr in Edgars Wohnung gewesen.«

»Einer Woche!«

»Das habe ich von Fulke.« Rachel spürte, wie der Wind ihre Haare nach vorn zerrte. Sie streifte sie zurück und drückte das Handy fester ans Ohr.

»Du glaubst doch nicht etwa …«

In dieser Pause hörte Rachel alle ihre eigenen Gedanken: *Du glaubst doch nicht etwa, dass ich mich geirrt habe und sie jetzt eine flüchtige Mörderin ist, oder? Oder dass ich recht hatte und ihr jetzt etwas zugestoßen ist? Du glaubst doch nicht etwa, dass der wahre Mörder ihr etwas angetan hat?*

»Nein, nein«, erwiderte Rachel auf all diese unausgesprochenen Befürchtungen. »Nein, ganz bestimmt nicht.« Verheißung von Wärme schön und gut, aber Herrgott war der Wind kalt!

»Aber was machen wir jetzt?«

Ja. Was machen wir jetzt?, dachte Rachel. Was machst du, wenn eine deiner Hauptverdächtigen seit sechs Tagen nicht mehr gesichtet worden ist? Wenn eine deiner Hauptverdächtigen gerade dabei sein könnte, zu deinem dritten Opfer zu mutieren? »Wir gehen zu ihr.«

»Wir wissen doch gar nicht, wo sie wohnt«, wandte Magda ein.

Rachel spürte, wie der Wind ihre Beine geißelte, und bereute ihren Entschluss, einen Rock anzuziehen. »Stimmt«, sagte sie und verbannte die Frage, wie genau Frostbeulen eigentlich aussahen, aus ihrem Bewusstsein, »aber das lässt sich herausfinden.«

* * *

»Das ist nicht. Wie ich mir. Meine Mittagspause. Vorgestellt. Habe.«

Sie waren auf der vierten Treppe eines fünfstöckigen Hauses im XI. Arrondissement, und Alans Worte kamen in kurzen Stößen. Als sie den nächsten Absatz erreichten, blieb er stehen und stützte sich auf das Geländer.

»Privatdetektiv!«, schnaufte er. »Nicht mal als kleiner Junge wollte ich das später mal werden.«

Rachel zuckte die Achseln. »Wenn du einfach nur die Adresse herausgerückt hättest, statt darauf zu bestehen mitzukommen, wär dir das erspart geblieben.«

Endlich erreichten sie den fünften Stock, einen langen Flur, von dem eine Unzahl von Zimmerchen abging. Hundert Jahre früher waren das *chambres des bonnes* gewesen, kaum mehr als Zellen, in die sich die Dienstmädchen des Hauses gequetscht hatten. Mittlerweile, wusste Rachel, war die Hälfte von ihnen in Küchen umgewandelt worden, und die andere Hälfte diente als erschwingliche Zimmer für Studierende, Arbeiter und gelegentlich auch für alleinstehende Freiberufler, die Geld zu sparen versuchten. Und da das hier Paris war, wusste sie außerdem, dass die Eigentümer dieser Einzimmerwohnungen weder für Heizung noch für Kühlung gesorgt hatten. Im Winter war es drinnen eiskalt; im Sommer ging man hingegen vor Hitze ein. Und die eigenmächtigen Maßnahmen, die die Mieter dagegen trafen, erhöhten die Brandgefahr auf ein Level, das sie sich gar nicht erst vorstellen mochte. Wieder einmal war sie dankbar dafür, dass sie keine Geldsorgen hatte.

Ihre Schritte hallten auf den Dielen, während sie auf der Suche nach Nummer 27, Elisabeths Zimmer, den Flur entlanggingen. Es war ganz am Ende. Rachel sah, dass es eigentlich zwei Zimmer waren, die man zu einem doppelt so großen zusammengelegt hatte. Die weiße Metalltür wirkte gleichzeitig rein und verletzlich, obwohl Rachel wusste, dass das nur ihre eigene Projektion war. Sie drückte auf den Klingelknopf.

Keiner machte auf. Sie drückte noch einmal, und als wieder nichts passierte, hämmerte sie mit der Faust gegen die Tür. Nichts.

»Was machen wir jetzt?«, flüsterte Magda.

»Ich weiß nicht.« Rachel dachte nicht daran, leiser als normal zu sprechen. »Ich weiß nicht, was wir überhaupt machen *können*.«

»Was, wenn sie da ist?«

»Sie macht nicht auf, was dafür spricht, dass sie nicht da ist«, gab Alan zu bedenken.

Aber irgendetwas an dem langen Flur und seiner hallenden Luft hatte Magdas Nerven blankgelegt. Sie klammerte sich an Rachels Arm und zischte: »Was, wenn sie da ist und *tot* ist?«

»Da drin ist keiner tot!« Rachel schüttelte ihre Hand ab. Dann erbarmte sie sich; die Kälte und die Stille erzeugten wirklich eine unheimliche Atmosphäre. Sie klopfte Magda beruhigend auf den Arm. »Aber sollte da wirklich ein Mörder auf der Lauer liegen, würde ich dich retten, versprochen.«

Plötzlich erschien auf der Treppe ein dunkelhaariges Mädchen in Jeans und Caban. Ohne von ihrem Smartphone aufzusehen, kam sie den Flur entlang auf sie zu, während ihre linke Hand in der Tasche nach dem Schlüssel kramte. Ihre Beine schienen die Entfernung bis zu ihrer Wohnungstür motorisch auswendig zu kennen, denn sie sah nicht einmal dann von ihrem Gerät auf, als sie, etwa drei Meter von ihnen entfernt, stehenblieb. Wahrscheinlich hätte sie sie überhaupt nicht bemerkt, wenn ihr Schlüssel nicht, statt sein Ziel zu finden, vergeblich am Türbeschlag geschrappt hätte. Derart ausgebremst blickte die junge Frau auf und nahm wohl aus dem Augenwinkel ihre Silhouetten wahr. Sie machte einen Satz, ließ die Hand mit dem Schlüssel fallen und wandte sich ihnen zu. »Kann ich Ihnen irgendwie helfen?«

Rachel und Magda erstarrten, aber Alan bewahrte einen kühlen Kopf. Er trat einen Schritt vor. »*Bonjour*, Mademoiselle. Ich bin Monsieur Field, von der CorBank USA, und das sind meine … Kolleginnen, Madame Levis und Madame Stevens. Wir wollten zu Mademoiselle des Troyes.« Er hielt ihr eine seiner Geschäftskarten hin. Das Mädchen nahm sie ihm ab, warf einen Blick darauf, dann auf die drei und wieder zurück. Vielleicht lag es an der Visitenkarte oder vielleicht an der Tatsache, dass man Kriminelle eher nicht in Gruppen aus einem Mann und zwei Frauen vermutet, jedenfalls entspannte sie sich und nickte einen Gruß.

»Sie ist nicht da.«

»Nicht da?«, sagte Rachel. »Ist sie heute überhaupt schon da gewesen?«

»Heute?« Das Mädchen stieß ein nüchternes Lachen aus. »Sie ist seit letzter Woche nicht mehr da gewesen.«

»Haben Sie sie weggehen sehen?« Magda kam ein Schrittchen nach vorn, sodass sie besser sah und zu sehen war.

»Nein. Aber ich weiß, dass sie nicht zu Hause ist, weil ich ständig ihr Handy klingeln höre, und keiner nimmt ab.«

Rachel japste: »Sie hat ihr Handy liegenlassen?«

Das Mädchen bekam einen zweifelnden Blick. »Warum genau sind Sie eigentlich hier?«

»Wir haben einen Scheck für Mademoiselle des Troyes«, sagte Alan geschmeidig. »Wie Sie möglicherweise wissen, hat sie kürzlich einen größeren Betrag geerbt, und sie bat um möglichst baldige Auszahlung. Wir haben versucht, sie zu kontaktieren, damit sie zu dem Zweck persönlich vorbeikäme.« Mit einer sparsamen Geste in Richtung der geschlossenen Tür gab er zu verstehen, dass sich ihre zahlreichen Sprachnachrichten im dort liegengelassenen Handy befinden mussten.

»Und jetzt, da es Freitag ist und wir annehmen, dass sie das Geld dringend benötigt, sind wir hergekommen, um es ihr zu übergeben.«

Rachel war baff, als sie feststellen musste, dass auch ihr Mann, wie ein wahrer Detektiv, um keine Lüge verlegen war.

Überraschenderweise befriedigte diese Geschichte das Mädchen. »Ich kann Ihnen nur so viel sagen, dass sie nicht da ist. Haben Sie versucht, den Scheck unter der Tür durchzuschieben?«

Alan machte ein empörtes Gesicht. Er bekam sichtlich Geschmack an seiner Rolle. »Mademoiselle, wir sind eine Bank, nicht die Frau Mama, die kurz vorbeischaut! Wir können Schecks unmöglich unter Türen durchschieben!« Er schüttelte bekümmert den Kopf. »Ach, na ja, wir werden es einfach weiter versuchen müssen. Haben Sie vielen herzlichen Dank.«

»Danke«, echoten Rachel und Magda. Während sie den Flur entlang zur Treppe zurück pilgerten, hörten sie, wie das Mädchen seine Tür aufschloss.

Sobald die *porte d'entrée* hinter ihnen ins Schloss gefallen war, blieb Magda abrupt stehen. »Sie ist nicht da drin«, sagte sie, als ob die beiden anderen nicht die ganze Zeit neben ihr gestanden hätten. »Sie ist seit einer Woche nicht mehr da gewesen.«

»Und ihr Handy ist noch da«, fügte Rachel hinzu.

»Junge Leute gehen nirgendwohin ohne ihr Handy«, sagte Magda. »Ihr habt das Mädchen eben gesehen; ohne ihr Ding könnte sie keinen Schritt tun.«

»Vielleicht hat Elisabeth ja ihres vergessen?« Rachel gab sich optimistisch, aber selbst in ihren Ohren klang die Idee wenig glaubwürdig.

»Oder es ist ihr aus einer ihrer Reisetaschen gefallen, als sie sie beim Hinausgehen aufgehoben hat?« Magdas Versuch war nicht minder dürftig. Sie sahen sich an.

»Ich weiß nicht …«, sagte Magda.

»Ich kann nicht …«, sagte Rachel.

Sie verstummten beide, und dann sprach Rachel. »Was sollen wir machen?«

Alan sagte: »Ihr solltet zur Polizei gehen.«

Diesmal mussten sie ihm recht geben.

* * *

Sie saßen im *Commissariat de Police* auf der Rue de Vaugirard. Es hatte einige Überzeugungsarbeit gekostet, aber Alan war zu guter Letzt doch wieder ins Büro zurückgekehrt. Dann hatten Rachel und Magda die nächstgelegene Polizeidienststelle gesucht und waren hier gelandet. Sie hatten einem jungen *gardien de la paix*, dessen Adamsapfel wie der Druckknopf am Stiel eines Regenschirms hervorragte, ihr Anliegen vorgetragen, worauf er einen geringfügig weniger jungen *brigadier* hinzugerufen hatte, der sich ihnen gegenüber gesetzt und ihre Geschichte aufmerksam angehört hatte. Jetzt war der *brigadier* in den Tiefen des Gebäudes verschwunden, und sie saßen allein unter den flimmernden Neonröhren des Empfangsbereichs.

Dies war eindeutig kein Ort schimmernder Nussholzmöbel und schicker Empfangsdamen, sinnierte Rachel. Sie saßen auf zwei Exemplaren dieser bei Behörden so beliebten kuriosen Stahlrohrstühle, die so konzipiert waren, dass man sie unweigerlich mit einem steifen Rücken wieder verließ. Die ehemals weiße Zimmerdecke war vom Staub der Jahrzehnte grau, während der einst graue Linoleumfußboden infolge jahrelanger Beanspruchung durch Schuhwerk und herumgeschobene Stühle weiß geworden war. Es gab zwar einen Tisch mit Zeitschriften, aber er bestand aus Spanplatten in rissiger Eichen-Optik, und die Auswahl beschränkte sich auf die *Voici* und die *Oops!*

»Glaubst du, es gibt hier einen Kaffeeautomaten?«, fragte sie Magda im Murmelton. Die Umgebung war zu deprimierend für Zimmerlautstärke.

»Du könntest fragen.« Magda neigte den Kopf in Richtung des *gardien*, der in das vor ihm liegende Register mit der konzentrierten Miene eines Mannes starrte, der viel lieber durchs Internet surfen würde. Rachel schickte sich gerade an aufzustehen, als die Tür zum Gebäudeinneren aufschwang und ein Mann mittleren Alters mit graumeliertem Haar, in offenem Sakko zu Jeans und zerknittertem Hemd erschien. Der *brigadier* trottete einen halben Schritt hinterher.

»Bonjour, mesdames.« Der ältere Mann streckte die Hand aus. Sie standen auf und schüttelten sie ihm eine nach der anderen. »Ich bin Capitaine Boussicault. Mein Kollege sagte, Sie seien hier wegen eines Mädchens, das seit einer Woche vermisst wird?« Sie nickten. »Bitte folgen Sie mir.«

Er führte sie durch die Tür und ein, zwei gleichermaßen trostlose Korridore entlang, bis sie einen großen Raum voller Schreibtische erreichten; von diesem ging seitlich ein kleinerer Raum mit nur einem Schreibtisch und drei Stühlen ab. Er bedeutete ihnen durch ein Nicken vorauszugehen, und sie zogen im Gänsemarsch in das kleinere Zimmer. Er bot den zwei Frauen die zwei Besucherstühle an, dann schloss er die Tür und setzte sich an den Schreibtisch. Der junge *brigadier* lehnte sich, die Hände in den Taschen, gegen die hintere Wand, in der Nähe seines Vorgesetzten, aber nicht direkt bei Fuß.

»Alors«, sagte der *capitaine*. »Ein Mädchen wird vermisst. Schon seit längerem?«

Rachel räusperte sich. »Ja. Elisabeth des Troyes.«

»Bon.« Er zog sich einen Block heran und schrieb darauf mit einem Bleistift, der auf dem Schreibtisch gelegen hatte. »Wie alt ist sie?«

Rachel konnte nur schätzen. »Einundzwanzig?«

»Und eine von Ihnen ist … ihre Mutter?« Er sah fragend von einer zur anderen.

»Oh nein!« Rachel war zu besorgt, um beleidigt zu sein. »Wir sind keine Angehörigen.«

»Sie sind Freundinnen?«

»Nnn-nein …« Rachel hatte nicht das Gefühl, sich mit Fug und Recht als Elisabeths Freundin bezeichnen zu können.

Der *capitaine* sah sie ratlos an. »Also gut.« Er legte den Bleistift aus der Hand. »Woher kennen Sie dieses Mädchen?«

Was konnte sie sagen?, fragte sich Rachel. Sie war bei meinem ehemaligen Liebhaber angestellt? Sie und mein früherer Lover kollaborierten mit dem Ziel, den französischen Fiskus zu hintergehen? Wie konnte sie ihre Beziehung zu Elisabeth wahrheitsgemäß beschreiben, ohne dass es hirnrissig klang? Sie dachte einen langen Moment nach und wählte ihre Worte mit Bedacht: »Wir sind Nutznießerinnen desselben Nachlasses.«

»Ah.« Das schien er zu akzeptieren, denn er nahm wieder den Bleistift zur Hand und machte sich schreibbereit. »Um wessen Nachlass handelt es sich?«

»Eines gewissen Edgar Bowen.«

»Edgar Bowen!« Wieder legte er den Bleistift nieder und warf dem *brigadier*, der plötzlich Haltung angenommen hatte, einen Blick zu.

»Sie haben von Edgar Bowen gehört?«

»Madame«, sagte der *capitaine* mit weltläufiger Stimme, »jeder hier hat von Edgar Bowen gehört. Er ist ›Der Suppenmann‹.« Für einen Augenblick wurde sein Ton vertraulich. »Polizisten haben eine Schwäche für frappante Todesfälle.«

»Komisch, dass Sie das sagen«, begann Rachel, aber Magda unterbrach sie mit einem lautstarken Räuspern.

»Verzeihung.« Magda wedelte mit der Hand. »Die trockene Zimmerluft.« Dann strahlte sie. »Wieder alles in Ordnung.«

Aus dem Konzept gebracht kehrte der Polizist zum Thema zurück. »*Bon*, Sie wurden also beide in Edgar Bowens Testament bedacht. Und Sie haben sich angefreundet?«

Warum nicht?, dachte Rachel. Es klang plausibel. »Ja.«

»Und Sie bemerkten ihr Verschwinden, weil …?«

»Na ja, zurzeit arbeiten wir beide in Edgar Bowens Wohnung, aber seit einer Woche ist sie nicht mehr erschienen.« Sie fügte hinzu: »Und davor war sie jeden Tag da.«

»Wie sieht sie aus?«

Rachel beschrieb Elisabeth so ausführlich, wie sie konnte, und ging auch auf die verschiedenen Outfits ein, die sie an ihr bislang gesehen hatte. Der *capitaine* schrieb alles mit.

»Und Sie wollten also nach ihr sehen, aber sie hat nicht aufgemacht?« Obwohl sein Vorgesetzter nicht in seine Richtung sah, nickte der *brigadier* zur Bestätigung.

»Ja.«

Der *capitaine* sah von seinen Notizen auf. »Vielleicht ist sie krank.«

»Sie ist nicht krank«, sagte Rachel. »Wir haben geklingelt und gegen die Tür gehämmert, aber niemand hat aufgemacht.«

»Vielleicht war sie einfach nicht zu Hause. Vielleicht – verzeihen Sie«, er hob eine Hand, »möchte sie Sie nicht sehen.«

Magda übernahm das Antworten. »Also, ihre Nachbarin sagt, sie hätte sie seit einer Woche nicht mehr gesehen.«

»Aber es kommt vor, dass Leute – selbst junge Damen – für eine Woche wegfahren. Das ist nicht ungewöhnlich.«

»Aber ihre Nachbarin sagt, sie kann Elisabeths Handy in einem fort klingeln hören, was bedeutet, dass es in ihrem Zimmer sein muss. Und wie viele Einundzwanzigjährige kennen Sie, die aus dem Haus gehen und ihr Handy zurücklassen? Das *ist* ungewöhnlich.« Magda lehnte sich triumphierend zurück.

Der *capitaine* sah auf seinen Notizblock, holte tief Luft und legte die Hände vor seinem Kinn zu einer Raute. Eine Sekunde lang starrte er ins Leere; dann ließ er die Luft wieder entweichen. Als er sprach, klang seine Stimme beherrscht. »Verehrte *mesdames*. Wenn ich Sie richtig verstehe, ist eine volljährige junge Frau, über deren Lebensumstände Sie nur wenig wissen, seit einer Woche von ihrer Nachbarin nicht mehr gesehen worden und scheint ebenso lange ihr Mobiltelefon zu Hause gelassen zu haben. Nun kenne ich diese junge Dame zwar noch nicht mal so gut wie Sie, aber mir scheint kein rechter Grund zur Beunruhigung vorzuliegen. Die junge Dame könnte in den Urlaub gefahren sein und ihr Mobiltelefon vergessen haben, oder es könnte ihr, als sie die Wohnung verließ, aus der Tasche oder einem Gepäckstück gefallen sein.«

»Daran haben wir selbst schon gedacht!«, warf Rachel ein. »Aber dann haben wir auch gedacht …« Doch als sie an Magdas Warnsignal von vorhin dachte, brach sie ab.

»Was haben Sie auch gedacht?« Das Gesicht des *capitaines* war offen, seine Neugier echt.

Im Zimmer wurde es sehr still. Rachel konnte das Summen des Computerventilators hören und das Geräusch ausmachen, mit dem der *brigadier* den Stoff seiner Hosentasche zwischen den Fingern rieb. Sie erinnerte sich daran, dass sie gleich am Anfang hatte zur Polizei gehen wollen. Und ebenda waren sie jetzt. Und Elisabeth konnte durchaus in ernsten Schwierigkeiten stecken: Mädchen verschwanden nicht für eine Woche ohne ihr Handy und ohne jemandem ein Wort zu sagen. Machten sie nicht. Sie sah Magda an, deren Augen sie flehentlich anblickten.

»Es ist wegen Edgar«, sagte sie.

Magda atmete in einem Schwall aus.

Der *capitaine* löste seine Hände aus der Raute und verschränkte sie auf dem Schreibtisch. »Ich höre.« Er musterte sie konzentriert.

»Elisabeth hing sehr an Edgar. Sie arbeiteten eng zusammen. Und wir – wir glauben …« Sie stolperte über die letzten Worte.

Magda seufzte, aber sprach sie für sie aus. »Wir glauben, dass Edgar Bowen ermordet wurde.«

Die Miene des *capitaines* wechselte von ernst zu verblüfft, von verblüfft zu belustigt. Er bellte ein kurzes Lachen, dann tauschte er einen Blick mit seinem Untergebenen und wandte sich schließlich wieder Magda zu. »Ermordet! Und was verleitet Sie zu dem Schluss, dass ein eindeutiger Unfalltod, der sich ereignete, als das Opfer allein zu Hause war, in Wirklichkeit ein Mord war? Was haben Sie für Beweise?« Er lachte noch einmal.

Rachel war gekränkt. »Wir haben den Wein.« Als sie selbst hörte, wie dünn das klang, ging sie mehr ins Detail. »Da war Rosé. Edgar mochte keinen Rosé. Er hätte ihn nie auf seinem Tisch geduldet.«

»Sie glauben also, Monsieur Bowen wurde ermordet, weil es der falsche Wein war?« Er tauschte einen weiteren belustigten Blick mit dem *brigadier*. »Wahrhaftig, Madame, Sie haben offenbar schon so lange hier gelebt, dass Sie selbst zur Französin geworden sind!«

Rachel errötete. »Das ist noch nicht alles. Tatsächlich geht es nicht nur um Edgar.« Diesmal brach sie nicht vorzeitig ab. »Wir machen uns auch Sorgen um Elisabeth, weil eine andere Frau, die Edgar nahestand, ums Leben gekommen ist.«

»Ah ja?« Der Ton des *capitaines* war zwar neutral, aber seine Lippen zuckten. Das Bewusstsein, dass er sie gerade wie ein Kleinkind behandelte, ließ Rachels Wangen glühen, aber sie fuhr unbeirrt fort.

»Catherine Nadeau, Edgars Lebensabschnittsgefährtin. Sie ist gestorben, und in der Zeitungsnotiz über ihren Tod stand, sie habe sich wegen finanzieller Sorgen das Leben genommen. Aber wir hatten sie erst eine Woche vor ihrem Tod gesehen, und sie war bester Laune und sagte uns, sie sei durchaus solvent. Tatsächlich«, sie tat einen sieghaften Atemzug, »hatte sie gerade ihren Laden wiedereröffnet!«

»Ja.« Der *capitaine* nickte, seine Miene und sein Ton nicht mehr gönnerhaft. »Ich bin ebenfalls über diesen Vorfall unterrichtet. Die Polizei wurde ja eingeschaltet.« Er schnalzte mit der Zunge. »Immer eine schlimme Sache, solche Todesfälle.« Er lehnte sich nach vorn und sah Rachel in die Augen. »Sie wissen natürlich, Madame, dass viele Selbstmörder in den letzten Tagen vor ihrem Tod heiter erscheinen. Sie wissen, dass der Entschluss, dem Ganzen ein Ende zu machen, die plötzliche Gewissheit nach einer langen Periode der Verwirrung, sie häufig aufheitert. Und Sie wissen, dass viele Selbstmorde gerade nach dem Abklingen einer Depression stattfinden, weil die Person davor einfach zu deprimiert ist, um ihren Wunsch in die Tat umsetzen zu können.« Er lehnte sich mitsamt seinem Stuhl zurück und starrte an die Decke, während seine Finger wieder in Rautenstellung gingen. »Und zweifellos haben sie den Umstand bedacht, dass viele Leute, die von sich behaupten, sie seien solvent, das nur tun, um ihr Gesicht zu wahren, und es in Wirklichkeit ganz und gar nicht sind.« Er ließ die Vorderbeine seines Stuhls wieder auf den Fußboden knallen und fixierte Rachel mit ausdrucksloser Miene.

Sie saß stumm da. Sie kniff sich in die Nasenwurzel, drückte auf die zarten Knospen in den inneren Augenwinkeln und starrte stur auf die Wand hinter dem *capitaine*. Sie wusste, dass es für die zwei Männer so aussehen musste, als sei sie erschöpft oder verlegen oder beides, aber in Wirklichkeit diente die Übung dem Zweck, nicht zu weinen. Sie war in Sorge um Elisabeth, sie war eine schlechte Detektivin, und jetzt machte sich dieser Kerl auch noch einen Spaß daraus, sie zu demütigen. Sie blinzelte krampfhaft, um die Tränen zu unterdrücken.

»Und im Fall Monsieur Bowens«, fuhr der *capitaine*, jetzt mit ernster Stimme, fort: »Nein, *mesdames*, es tut mir leid, Sie enttäuschen zu müssen, aber die Polizei hat Nachforschungen angestellt. Es war der freie Abend des Butlers, und bevor er ging, bereitete er für Monsieur Bowens Abendessen eine Vichyssoise zu. Als er spätabends zurückkehrte, ging er direkt hinauf in seine Wohnung, und als er am nächsten Morgen herunterkam, um den Tisch abzuräumen und anschließend für das Frühstück zu decken, fand er Monsieur Bowen. Tot.« Er breitete die Arme aus, die Handflächen emphatisch nach oben gedreht. »Es wurde eine Obduktion durchgeführt und dabei festgestellt, dass er in seiner Suppe ertrunken war! Es gab Spuren davon in seiner Lunge. Und Wein hin oder her, mehr steckte nicht dahinter.«

»Da sind wir anderer Meinung«, sagte Magda kühl.

»Sie können so viel anderer Meinung sein, wie Sie möchten.« Er produzierte jenen übertriebenen Flunsch samt abruptem Luftausstoß, der den typisch französischen Ausdruck von Geringschätzung darstellte. »Aber die Geschichte ist ganz simpel.« Er zeigte ein gleichermaßen herablassendes französisches Achselzucken. »Und jetzt«, im Sprechen stand er vom Schreibtisch auf, »danke ich Ihnen für Ihr Kommen. Ich *werde* nach dieser jungen Dame suchen, denn auch ich finde die Situation ungewöhnlich. Und wenn Sie am Empfang Ihre Kontaktdaten hinterlassen, werde ich Sie über meine Erkenntnisse informieren.«

Damit, wusste Rachel, versuchte er nur, freundlich zu sein. Aber verzeihen konnte sie ihm deswegen noch lange nicht.

Wie um ihr recht zu geben, fügte er hinzu: »Aber über diesen Unsinn mit Monsieur Bowen verlieren wir kein weiteres Wort. *C'est fini.*« Er gab ihnen beiden die Hand. »Mein Kollege begleitet Sie hinaus.«

Als sie das Kommissariat endlich hinter sich gelassen hatten, nahm Magda Rachels Hand und drückte sie. Sie sah sie ernst an, und als sie sprach, klang ihre Stimme feierlich. »Weißt du was«, sagte sie gravitätisch, »ich glaube, dieser Jungspund hatte die ganze Zeit die Hände in den Taschen, weil er wegen uns einen Ständer hatte.«

Als sie zur Metrostation Vaugirard hinabstiegen, war Rachel noch immer am Lachen.

23. KAPITEL

Für Rachel schienen der Rest dieses Tages und der Vormittag des nächsten in fingerbreiten Schritten dahinzukriechen, jede einzelne Stunde randvoll mit Fragen zu Elisabeth. Konnte sie vielleicht *doch* im Urlaub sein? Die Möglichkeit verwarf sie als zu viel des Zufalls: Der Zeitpunkt ihres Verschwindens brachte letzteres eindeutig mit jüngsten Ereignissen in Verbindung. Aber in was für eine? Das war die Frage, die in ihrem Kopf vor sich hin trommelte. War Elisabeth, die Steuerbetrügerin und Mörderin, auf der Flucht? Oder war Elisabeth, die unfreiwillige Helfershelferin und überraschte Erbin, das Opfer eines gnadenlosen Mörders? War das hier Godards *Außer Atem* oder eine dieser Dokus, in denen das Opfer unter den Dielen verscharrt lag?

Und wie die Stunden vergingen, sah sie sich mit weiteren, komplexeren Fragen konfrontiert. Wenn Elisabeth ein Opfer war, *wessen* Opfer war sie? Die Pariser nahmen ihre Nachbarn wahr, ja beobachteten sie. Mathilde wäre nie unkommentiert die Treppe zu Elisabeths Wohnung hinaufgekommen; schon allein ihre Kleidung hätte sie zum Gegenstand des Hausklatsches gemacht. Es bestand zwar die theoretische Möglichkeit, dass gerade in dem Augenblick sämtliche Nachbarn und Nachbarinnen woandershin guckten, aber sie musste anerkennen, dass es auch andere Möglichkeiten geben musste. Wer sonst würde Elisabeth aus dem Weg haben wollen? Und Catherine? Wer sonst würde Elisabeth *und* Catherine aus dem Weg haben wollen? Ihr schwirrte allmählich der Kopf.

Dann, ganz sachte, begann sich ein Gedanke bemerkbar zu machen. Es *gab* jemand anderen, der all diese Morde verübt haben konnte. Sie und Magda waren von der Annahme ausgegangen, dass Mathildes finanzielle Nöte und verletzter Stolz allem zugrunde liegen mussten, aber jemand anders konnte ebenfalls Geld gebraucht haben. Was, wenn die Person, die sie unter die Lupe nehmen sollten, nicht Mathilde, sondern David wäre?

Wie Magda gesagt hatte, war er derjenige, der von Edgars Tod am meisten profitiert hatte. Catherine hatte ihr erzählt, er sei wegen Mietschulden auf die Straße gesetzt worden; Edgars Tod hatte dieses Problem gelöst. Und der einzige Besucher, an den sich Catherines Nachbar erinnert hatte, war ein dunkelhaariger Mann gewesen. Sie waren von Edgar ausgegangen, aber Rachel wurde bewusst, dass sie nicht nachgefragt hatten, ob der Nachbar diesen Mann vor oder nach Edgars Tod gesehen hatte. Catherine konnte David wegen irgendeines Patzers in der Hand gehabt und erpresst haben, und er konnte ohne weiteres ihr Besucher gewesen sein, der sie aufsuchte, um sein Blutgeld zu zahlen oder um sie … Rachel schluckte. David war jung genug, um bei Catherines Nachbarschaft nicht allzu viel Aufmerksamkeit zu erregen. Er hätte leicht für jemandes Freund oder einen neuen Mieter gehalten werden können. Tatsächlich, ging ihr plötzlich auf, konnte auch Elisabeth ihn erpresst haben – wer wusste schon, was sie in Edgars Papieren nicht alles zutage gefördert oder was David selbst aus Unachtsamkeit über sich verraten haben konnte? Schließlich sahen sie sich tagtäglich in der Wohnung.

Was, flüsterte eine bohrende Stimme, wenn Magda recht hatte?

Aber es gibt gewisse Dinge, vor denen die Vorstellungskraft, selbst die Vorstellungskraft einer geborenen Detektivin, zurückschreckt. Das Kleinkind, das Rachel gekannt hatte, das seine Händchen emporstreckte, wenn es zu müde war, um weiterzulaufen, dessen Gesichtchen vor Verzückung leuchtete, wenn sein Vater ihm eine Gutenachtgeschichte vorlas – dieses Kleinkind konnte diesen Vater nicht getötet haben. Und hatte Catherine nicht lediglich Desinteresse gezeigt, als Rachel von David gesprochen hatte? Wenn sie ihn erpresst hätte, dann wäre doch wohl eine etwas heftigere Reaktion auf seinen Namen zu erwarten gewesen! *Gut argumentiert, Levis,* lobte sie sich selbst. Über die zynisch bohrende Stimme konnte sie nur lachen – die kannte David nicht so gut wie sie!

Unterstützt wurde sie beim Ziehen dieses Schlussstrichs durch ihr Mobiltelefon, das sich mit dem »Imperial March« aus *Star Wars* meldete: Magda. Sie wischte über das Display. »Hallo?«

»Sollen wir uns erst Kleider ansehen und anschließend essen gehen oder lieber umgekehrt? Allerdings könnte vorher besser sein, wenn wir einen flachen Bauch haben wollen.«

Rachel hatte keine Ahnung, wovon sie da redete. Was denn essen? Was für Kleider?

»Ach, erzähl mir bloß nicht, du hast es vergessen. Du *kannst* es nicht vergessen haben!«

Da fiel es ihr siedend heiß wieder ein: Sie wollten sich Kleider für den *Bal Rouge* kaufen. Magda hatte eine Einladung als Benoîts Gast bekommen, und sie hatten beschlossen, als Draufgabe zum Shoppen auch noch zusammen essen zu gehen. »Ich hab's nicht vergessen«, sagte sie. »Wir gehen Kleider shoppen für den *bal*.« Sie blähte die Nasenflügel. Es war ihr völlig entfallen, dass die Wohltätigkeitsgala an diesem Wochenende stieg. Mit einem Blick auf ihre bücher-bestoßenen Nägel fragte sie sich, ob sie vor dem großen Event auch noch eine Maniküre einschieben konnte.

»Fangen wir in den Galeries Lafayette an!« Magda platzte förmlich vor Begeisterung.

Nach ihrem ersten Besuch hatte sich Rachels Vorfreude auf den *bal* immer sehr in Grenzen gehalten. Es bereitete ihr kein sonderliches Vergnügen, sich Darbietungen von Opéra-Elevinnen und Vorträge von Titanen der internationalen Finanz anzuhören und sich dabei die ganze Zeit zu wünschen, es wäre nicht unhöflich, um ein zweites Dessert oder ein größeres Glas Champagner zu bitten. Aber wie die meisten Dinge strahlte der *bal* aus der Ferne weitaus heller, und jahrelang hatte Magda ihre Schilderungen am Morgen danach gierig verschlungen. Jetzt würde sie endlich selbst daran teilnehmen, und ihre Vorfreude darauf war schwindelerregend.

»Galeries Lafayette wäre perfekt.« Rachel sagte sich, dass die Vorbereitungen für die Gala sie zumindest, wenn schon nichts anderes, von Grübeleien über Elisabeth und damit einhergehenden quälenden Fragen ablenken würden. »Wir treffen uns dort in zwei Stunden.«

24. KAPITEL

»Ach, du hast mir ja nie erzählt, dass alle so *gut* aussehen!«

Anders als Rachel fand Magda *Le Bal Rouge* selbst aus nächster Nähe hochgradig unterhaltsam. Rachel unterdrückte einen leichten Anflug von Gereiztheit; Magdas Positivität war lange Zeit eine ihrer nervigeren Eigenschaften gewesen. Zweifellos würde sie die musikalischen Darbietungen genießen und sich mit einem einzigen Dessert zufriedengeben, und Rachel würde das Ganze mit einem aufgesetzten Lächeln angeblich geteilten Vergnügens aussitzen müssen.

Allerdings musste sie zugeben, dass *wirklich* alle gut aussahen. Das Einzige, was einem Mann besser stand als ein eleganter Anzug, war ein Smoking, und dieser Saal wimmelte schier von James Bonds. Die Frauen waren ebenso elegant, und die leuchtenden Farben ihrer Abendkleider strahlten um die Wette. Dem Saal entstieg ein gedämpftes Stimmengewirr wie das Summen zufriedener Bienen.

Sie betrachtete ihr eigenes Quartett. Alan sah immer gut aus, aber von einer weißen Hemdbrust und Manschettenknöpfen zur Geltung gebracht, strahlten seine blauen Augen regelrecht, während Benoîts geschliffene Eleganz Formalität ausstrahlte. Magda schimmerte in einem kastanienbraunen Taft, der das perfekte Komplement ihres warmen Hauttons darstellte. Selbst Rachel hatte es geschafft, ein durchaus passables marineblaues Kleid zu finden, auch wenn das dazugehörige verstärkte Korsett sehr wenig Spielraum für das Diner ließ.

»Nicht übel für eine Gruppe von Leuten, die zum Frühstück

aufgewärmte Croissants essen«, bemerkte Alan. Benoît schien leicht befremdet von dieser Enthüllung, aber er strahlte unvermindert weiter. Benoît, fand Rachel, war eine Sonne des Lebens; seine Freude wärmte mit ihren Strahlen seine ganze Umgebung. Im Glanz seines Lächelns verspürte sie erneut das Bedürfnis zu kichern. Sie wandte sich ab, damit Alan es nicht sah. Egal, was er sagte – sie wusste, er war eifersüchtig.

Das Diner war leider genau so, wie sie es in Erinnerung hatte: untadelig, aber nicht Aufsehen erregend. Zum Dessert gab es Pochierte-Birnen-Tarte mit einer Kardamom-Coulis: eher ungewöhnlich als delikat (sie aß sie trotzdem, und Alans Portion dazu). Das Unterhaltungsprogramm war zermürbend. Als ein Lehrmädchen der Pariser Oper Brünnhildes Schlussgesang aus dem dritten Aufzug der *Götterdämmerung* anstimmte, widmete sich Rachel lieber ihren Gedanken zu Elisabeth. Konnte es sein, dass sie wirklich völlig unversehrt irgendwo anders war, wie der *capitaine* gemutmaßt hatte? Aber wenn es so war, warum hatte Rachel dann so ein böses Gefühl? Hatte die unheimliche Atmosphäre in Elisabeths Treppenhausflur sie unnötig argwöhnisch gemacht? Aber selbst dann blieb doch die Tatsache, dass Elisabeth seit über einer Woche nicht mehr gesehen worden war, und Einundzwanzigjährige waren wirklich fast festgewachsen an ihren Handys. Rachel biss in ihren Daumennagel und wünschte sich, die Sängerin könnte einfach mal still sein und sie nachdenken lassen. Um sich sowohl vom Lärm als auch von ihren eigenen sinnlosen Sorgen abzulenken, betrachtete sie Magda, deren Gesicht vor Entzücken strahlte.

Aber selbst Magdas offensichtliches Vergnügen gab ihr nicht die Kraft, den nächsten Programmpunkt auszusitzen, eine wohlbekannte Pantomime-Nummer, in der die Künstlerin ein Haus baute, das, wie sich am Ende herausstellte, keine Tür hatte. Mit der Ausrede, sich die Nase pudern zu müssen, entschuldigte sie sich. Sie würde im Mezzanin auf den Applaus warten, der anzeigen würde, dass die Pantomimin mit ihrer Nummer durch war.

Dieses Jahr wurde der *bal* in einer dieser gigantischen ehemaligen *résidences* abgehalten, die den Franzosen immer so wunderbar gelingen, einem ganz in Marmor, vergoldetem Stuck und dickem Teppichboden gehaltenen und zu einem Veranstaltungsort umgebauten *hôtel particulier*. Das Mezzanin wies einen Kreis von kleinen Balkonen auf, die jeweils von zwei aus einer rosafarbenen Balustrade aufsteigenden, gleichfalls rosafarbenen Marmorsäulen flankiert wurden, und die den Ausblick gleichermaßen nach oben hin auf das Deckenfresko mit Putten in hauchdünnen Flattertüchern wie nach unten hin auf das Gewirr von kunstvoll verschlungenen Ranken des Mosaikfußbodens freigaben. Sie stellte sich auf einen dieser Balkone, und schon wieder begannen Gedanken an Elisabeth an die Oberfläche ihres Geistes zu perlen. Behutsam verschob sie die Verstärkung ihres Oberteils, die sich in ihre Taille bohrte. Vielleicht wäre *ein* Dessert doch ausreichend gewesen. Als ihr aufging, dass sich, sobald die Pantomimin fertig wäre, vor der Damentoilette eine Schlange bilden würde, beschloss sie, ihre Ausrede wahrzumachen und die Räumlichkeiten schon jetzt aufzusuchen.

Sie drehte sich um und stieß um ein Haar mit Mathilde zusammen.

»Rachel! Ich hatte schon gedacht, dass Sie das sind.« Die ältere Frau stand unbewegt da, so kerzengerade wie eh und je. Sie trug ein langes schwarzes Abendkleid – von Chanel, wie Rachel erkannte –, das abgesehen von einem Ledergürtel bar jeglicher Accessoires war, und ihr seidiges Silberhaar war in der Mitte gescheitelt und zu einem tief sitzenden Chignon geknotet. Sie lächelte frostig.

»*Bonsoir*, Mathilde.« Rachel versuchte, genauso cool wie die

Frau vor ihr zu erscheinen. »Ich hatte nicht erwartet, Sie hier zu treffen.«

»Natürlich nicht.« Mathilde brachte durch ein Achselzucken zum Ausdruck, dass die bloße Vorstellung, sie könnte an einem solchen Event teilnehmen, lächerlich war. »Aber ein alter Freund bat mich, ihn zu begleiten, und ich wollte nicht nein sagen. Und ich habe schon schlimmere Abende verbracht. Obwohl«, sie deutete mit einem Kopfruck auf die Türen hinter ihnen, »diese Frau …! Ich habe den Reiz von derlei feinsinnigem Unsinn nie nachvollziehen können.«

Rachel entspannte sich ein wenig. »Ich weiß, was Sie meinen. Aus nichts nichts bauen … Also, wenn sie auf der Bühne *wirklich* ein Haus baute, dafür würde es sich schon lohnen zu bleiben.«

Mathilde schnaubte beifällig. »Ja. Und vielleicht alle Ziegelsteine und den Mörtel aus ihrem Trikot hervorzauberte.«

»Natürlich.« Rachel hob eine Augenbraue und senkte das Kinn. »In Frankreich bestünde das eigentliche Kunststück darin, Maurer zu finden, die es bauen, ohne zwischendurch ein paarmal zu streiken.«

Diesmal lachte Mathilde wirklich. Sie musterte Rachel mit einem nachdenklichen Blick, den Rachel noch nie an ihr gesehen hatte, dann stellte sie sich neben sie, nah genug, um leise sprechen zu können und dennoch verstanden zu werden. Rachel konnte ihren Atem an ihrer Wange spüren. »Sagen Sie«, sagte sie leise, »Sie kennen doch dieses Mädchen, Elisabeth, Edgars kleine *aide*?«

Rachel fühlte sich von diesem unvermittelten Wechsel ins Vertrauliche überrumpelt. Offenbar pflasterte geteilte Geringschätzung den Weg zu Mathildes Herz. Sie schluckte mühsam, nickte. »Ja. Ja, ich erinnere mich an sie.«

Mathildes Stimme blieb gedämpft. »Anscheinend ist sie verschwunden.« Sie hielt inne, um die Wirkung ihrer Worte abzuschätzen; Rachel bemühte sich, zugleich erschrocken und nicht zu Kommentaren aufgelegt auszusehen. Das war keine leichte Aufgabe, aber ihre Miene musste Mathilde zufriedengestellt haben, denn sie schürzte die Lippen und fuhr fort: »Mein Sohn hat mir erzählt, ein Polizist habe angerufen, um Fulke deswegen zu befragen.« Sie schüttelte den Kopf. »Erst diese Catherine,« – war da der Hauch einer Pause? – »die sich umbringt, und jetzt löst sich diese andere in Luft auf. Das ist wie in einem dieser alten Filme, *hein*? *Eine Dame verschwindet*.« Sie produzierte ein freudloses Lächeln der Belustigung. »Beziehungsweise in diesem Fall, eine *junge* Dame verschwindet.«

Rachel schluckte erneut. Was war die korrekte Erwiderung auf diese unerbetene Enthüllung, auf ihre unmotivierte und nur spärlich verschleierte Gehässigkeit? Was würde Nora Charles tun? Rachel bemühte sich um einen aufgeregten, aber bescheidenen Ton – eine Novizin, die die Hüterin der Weisheit befragt. »Weiß man inzwischen, wo sie ist?«

Es schien zu funktionieren. »Der Polizist hat nur Fragen gestellt, hat mein Sohn gesagt, keine beantwortet.« Mathilde zuckte die Achseln. »Dieses Mädchen sieht mir nicht wie jemand aus, den man überhaupt vermissen würde, noch viel weniger *polizeilich*.« Dann ein plötzlicher Kurswechsel: »Sie studierte übrigens an derselben *université* wie mein Sohn.« Rachel, die nicht gewusst hatte, dass David die Sorbonne besuchte, beobachtete fasziniert, wie Mathilde die Worte »mein Sohn« auskostete, sie gingen ihr offenbar wie Honig über die Zunge. »Allerdings ein viel einfacheres Fach.« Sie entfaltete abschätzig eine langfingrige Hand. »In diesem CELSA, wo sie *la culture pop* untersuchen. Und – natürlich! Sie waren ja da, als sie mich daran hinderte, ein paar *objets* mitzunehmen, von denen Edgar gewollt hätte, dass ich sie bekomme.«

Rachel sagte nichts. Was hätte sie schon sagen können? Dass selbst sie wusste, dass das CELSA die renommierteste Hochschule für Medienwissenschaft Frankreichs war? Dass sie wusste, dass Edgar in seinem Testament nichts von irgendwelchen *objets* für Mathilde gesagt hatte? Dass Kiki Villeneuve bei einer Schachtel Pralinen von Mathildes Eitelkeit und Anspruchsgesinnung erzählt hatte und Rachel sie jetzt deshalb mit dem kritischen Auge der Gewarnten betrachtete? Da ihr keine alternative Replik einfiel, konzentrierte sie sich darauf, eine neutrale Miene zu wahren.

Mathildes Augen ruhten auf dem kunstvollen Blumen- und Rankenmuster des Fußbodens tief unter ihr. Sie sagte missmutig: »Die Vorstellung, dass das Geld meines Mannes seine Familie verlässt, hat mir nie gefallen. *Très désagréable.* Und es auch noch an eine leichtsinnige Frau und eine Hausangestellte zu vergeuden!« Sie schüttelte den Kopf. »Ich denke dabei nicht an mich, wohlgemerkt, aber bei seinem Sohn wäre es doch wohl besser aufgehoben gewesen, *n'est-ce pas*? Und jetzt …« Sie trommelte mit ihren Nägeln auf der Marmorbalustrade. »Erst der Tod dieser Frau, und jetzt ist das Mädchen verschwunden.« Zum ersten Mal, seit Rachel sie kannte, erschien ein aufrichtig beglücktes Lächeln in Mathildes Gesicht. »Es scheint fast, als sei das Geld, das mein Mann weggab, verflucht! Natürlich bekommen wir es nicht wieder zurück, aber es ist erfreulich zu wissen, dass es auch niemand anders ausgeben wird.«

Plötzlich blinzelte sie und hob eine Hand. »Ah! Wer sagt's denn.«

Rachel hörte den Applaus aus dem Ballsaal.

Mathilde zeigte wieder ihr straff gespanntes Lächeln. »Ich muss mich beeilen, wenn ich es noch auf *les cabinets* schaffen will.« Als sie sich umdrehte, wickelte sich der Rock ihres Kleids um ihre Beine, aber das änderte nichts an ihrem Tempo. Im Rennen zur Erleichterung würde sie sämtliche Mitstreiterinnen spielend hinter sich lassen.

* * *

»Ach du Scheiße«, sagte Magda. Sie saß auf dem Klodeckel in einer der Kabinen der nunmehr menschenleeren Damentoilette, während Rachel vor ihr stand. »Ach du Scheiße.«

»Das kannst du laut sagen.« Rachel verschränkte die Arme unter ihren Brüsten und zog die Schultern hoch.

»Das hat sie wirklich gesagt?«

»Ja, das hat sie wortwörtlich gesagt. Sie stand da, ausstaffiert wie so eine Anna-Wintour-*Der-Teufel-trägt-Prada*-Teufelspuppe und erzählte mir, sie fände es unschön, dass ihr Mann Elisabeth Geld hinterlassen hat.«

»Du hast zweimal ›Teufel‹ gesagt.«

»Einmal in substantivischer, einmal in attributiver Funktion. Und außerdem verdient sie es nicht anders! Glaub mir, sie war furchterregend für zwei.«

»Aber jetzt komm schon!«, sagte Magda und strich ihren Taftrock glatt. »Du meinst doch nicht ernsthaft, dass sie dir damit etwas *sagen* wollte? Ich meine, du glaubst doch nicht im Ernst, sie wollte dir damit zu verstehen geben, dass sie Elisabeth etwas angetan hat?«

Rachel atmete tief durch, um sich zu beruhigen. »Ich weiß es nicht.« Sie schüttelte den Kopf. »Im ersten Moment habe ich nicht mal verstanden, warum sie überhaupt mit mir sprach. Und alles, was sie dann sagte, war so … verblümt.« Sie schluckte. »Aber der Ton! Sie klang, na ja, ›schadenfroh‹ ist das einzige Wort, das mir dazu einfällt. Verblümt, aber schadenfroh.«

»Könnten wir jetzt bitte raus aus diesem Kabuff?« Magda versuchte aufzustehen, aber solange Rachel dastand, wo sie stand, ging das nicht. »Ich kann nicht nachdenken, solang wir hier so zusammengepfercht sind.«

»Ich will nicht rausgehen. Ich will nicht, dass uns jemand überrascht.«

»Wir werden noch selbst zur Überraschung, wenn man uns hier zusammen entdeckt. Jetzt komm schon!« Magda versuchte es noch einmal. »Wenn wir rausgehen, können wir hören, ob jemand reinkommt. Und sehen tun wir sie auch.«

Widerstrebend entriegelte Rachel die Tür und schaffte es, sich in den Waschbeckenbereich hinauszuschlängeln. Dann schlichen sie und Magda ins Vorzimmer und setzten sich auf eine dieser kuriosen runden Kanapees, die ausschließlich in den Vorzimmern exklusiver Damentoiletten anzutreffen sind. Die Form des Möbels bedingte zwar, dass eine von ihnen quer sitzen musste, wenn sie sich beim Reden ansehen wollten, aber Rachel musste zugeben, dass es immer noch besser war, als in einer Klokabine aufeinander zu hocken.

»Jetzt also«, sagte Magda. Sie holte tief Luft. »Wie wirkte sie auf dich?«

Rachel dachte nach. »Zufrieden.«

Magda verdrehte die Augen. »Geht's auch ein bisschen genauer, Monsieur Poirot?«

»Mit sich selbst zufrieden.«

Magda musste nicht lachen.

»Also …« Wie *hatte* Mathilde denn nun gewirkt? »Fast begierig. Es war seltsam. Sie kennt mich kaum, aber es war fast so, als ob sie einfach das übermächtige Bedürfnis hätte, sich etwas von der Seele zu reden.«

»Und zwar was genau?«

Gute Frage. »Na ja, sie erwähnte Catherine und Elisabeth. Sie sagte, ihr missfalle die Vorstellung, dass Geld die Familie verließ …«

»Ja, ja!« Magda wedelte ungeduldig mit der Hand. »Wissen wir alles. Mach da weiter, wo sie konkret was über Elisabeth und Catherine gesagt hat.«

»Na gut. Sie sagte, ihr sei unbegreiflich, warum Edgar jemandem, der nicht zur Familie gehörte, unbedingt so viel hinterlassen musste. Ganz besonders einer … sie bezeichnete Catherine als ›eine leichtsinnige Frau‹ und Elisabeth als ›eine Hausangestellte‹. Und sie sagte, es stimme zwar, dass sie und David das Geld nicht zurückbekommen konnten, aber es sei ›erfreulich‹ zu wissen«, sie ließ ihre Stimme bestimmt und bedrohlich klingen, »›dass es auch niemand anders ausgeben wird‹.«

»Klang sie wie Inspektor Clouseau, als sie das sagte?«

»Nein.« Rachel war verwirrt. *Hätte* Mathilde wie Inspektor Clouseau klingen sollen? Hätte das etwas zu bedeuten gehabt?

»Ich frage nur, weil du sie wie Inspektor Clouseau hast klingen lassen. ›Nieman andärs osgäbän …‹«

»Ich hab gar nicht so …« Rachel unterbrach sich. »Findest du wirklich, dass das der richtige Augenblick dafür ist?«

»War nur ein Witz. Ich dachte, das würde die Stimmung ein wenig aufheitern.«

Rachel fixierte Magda mit einem todbringenden Blick und sagte langsam: »Edgar. Möglicherweise Catherine. Und jetzt Elisabeth.«

Magda hörte auf zu lächeln.

Rachel fuhr fort: »Edgar wegen des Geldes, das sie brauchte. Catherine, weil sie sie wegen Edgar erpresste. Dann Elisabeth, weil sie im Arbeitszimmer etwas gefunden hatte, was Mathilde mit Edgars Tod in Verbindung brachte. Es passt alles zusammen. Und wenn du darüber nachdenkst, erklärt es auch alles.«

Magda dachte darüber nach. Sie hielt sich die Hand vor den Mund. »Wow. Ich weiß, dass sie eiskalt ist, aber *so* eiskalt?«

»Glaub mir: Sie *ist* so eiskalt. Ich glaube, wenn sie wusste, dass Edgar ein Testament gemacht hatte, in dem ihr Anteil sich verringerte, und das zugunsten Elisabeths …« Rachel schüttelte den Kopf. »Oder selbst, wenn sie nach wie vor glaubte, dass ihr fünfzigtausend ins Haus standen, und sie das Geld brauchte, um ihre Investmentverluste auszugleichen. Ich hab's von Anfang an gesagt: Ich würde ihr einen Mord durchaus zutrauen. Und jetzt reibt sie sich innerlich die Hände, weil das Mädchen verschwunden ist, das ›ihr‹ Geld bekommen hatte, das ihr Mann schätzte *und* das sie von etwas Belastendem ferngehalten hatte. Und was sie allgemein über Hausangestellte denkt, können wir uns ja vorstellen!« Für den Fall, dass Magda das nicht konnte, fügte sie hinzu: »Sie sind entbehrlich!«

Magda wurde sehr still. Endlich sagte sie: »Sollen wir den *capitaine* anrufen?«

Rachel dachte nach. »Nein. Du hast recht; wir haben nach wie vor nichts vorzuweisen, was die Polizei zum Tätigwerden veranlassen würde.« Sie zog die Brauen zusammen. »Außerdem war er fies.«

Magda nickte: Er *war* fies gewesen. Sie saßen mutlos auf dem gesteppten rosa Samt, bis Magda seufzte, sich mit den Händen leicht auf die Oberschenkel klatschte und aufstand.

»Was soll's«, sagte sie, »heute Nacht können wir sowieso nichts ändern. Also könnten wir genauso gut wieder reingehen. Kristin Scott Thomas trägt einen Monolog aus der *Phèdre* vor, bevor der Chef der BNP Paribas spricht.«

Normalerweise hätte Magdas Fähigkeit, sich von Dingen so schnell abzuschotten, im vorliegenden Fall schockieren können, aber selbst Rachel liebte Kristin Scott Thomas. Sie hastete hinter ihrer Freundin hinaus.

25. KAPITEL

Als Rachel am Montag nach dem *bal* zu ihrer Arbeit erschien, war Fulkes Begrüßung kaum mehr als ein Flüstern. »Monsieur Bowen ist erst unlängst nach Hause gekommen«, erklärte er leise, »und hat sich gerade zu Bett gelegt.«

Seine Mitteilung zeitigte den in solchen Fällen üblichen Erfolg: Rachel schlich in der Bibliothek herum, als ob diese eine gemeinsame Wand mit dem Schlafzimmer hätte und als könnte die leiseste Bewegung David aus seinem Schlummer aufschrecken lassen. Verstohlen nahm sie Bücher aus den Regalen und schob sie wieder hinein, während sie den Umstand verfluchte, dass David, endlich zugegen und eine potenzielle Quelle sachdienlicher Informationen, nun doch nicht verfügbar war. Im Laufe der Stunden, die seit dem *bal* vergangen waren, hatte sie es geschafft, sich nervlich von dem Gespräch mit Mathilde zu erholen, aber selbst wenn sie mit einem kühleren Kopf daran zurückdachte, erschien ihr die Frau wie eine plausible Verdächtige. Und ihre Sorge um Elisabeth hatte seither kein bisschen nachgelassen. Das Resultat war, dass es ihr auf der Seele brannte, endlich mit dem Mann zu sprechen, der Mathilde am besten kannte.

Nach ungefähr einer Stunde fand sie sich langsam damit ab, dass sie David an dem Vormittag wohl nicht mehr zu Gesicht bekommen würde. Nach einer weiteren Stunde hatte sie sich einen neuen Plan zurechtgelegt. Als Fulke sich nach dem Servieren des Vormittagstees gerade wieder zurückziehen wollte, hielt sie ihn auf. »Fulke, dürfte ich Sie etwas fragen?«

Er blieb stehen. »Gewiss, Madame.«

Rachel holte noch einmal Luft und sprang dann ins kalte Wasser. »Waren Sie an dem Abend, als Monsieur Bowen starb, eigentlich hier?«

Falls Fulke von dieser scheinbar zusammenhanglosen Frage überrascht war, ließ er es sich nicht anmerken. »Ich war bis siebzehn Uhr hier, Madame Levis. Dann bin ich für meinen freien Abend aus dem Haus gegangen.«

Ach ja, stimmt: Rachel erinnerte sich, dass sowohl die Frau auf der Trauerfeier als auch der *capitaine* gesagt hatten, dass es sein freier Abend gewesen war. Da konnte er nichts gesehen haben. Es sei denn – »Wissen Sie, ob Monsieur Bowen Gäste erwartete?«

»Er erwartete keine, Madame. Ich führte Buch über alle gesellschaftlichen Verpflichtungen des verstorbenen Monsieur Bowen, und für den Abend war nichts eingetragen.«

Moment mal. »Sie haben eine Liste all seiner Verabredungen?«

»Ja. Die Polizei hat sie für ihre Ermittlungen mitgenommen. Ich habe sie noch nicht zurückerhalten.«

Verdammt! Freier Abend, keine Besuche, ein Terminkalender, der ihr erst vor die Nase gehalten, dann aber weggerissen wurde – und was nun?

»Haben Sie sich weit vom Haus entfernt? An Ihrem freien Abend?« Wenn er in der Gegend geblieben war, konnte er jemanden gesehen haben, der das Gebäude betrat oder verließ, oder er konnte sogar Mathilde auf der Straße erkannt haben. Oder hatte er vielleicht selbst …

Aus den Tiefen ihres Gedächtnisses tönte Magdas Stimme herauf: »Ans Ende der Liste.«

»Nein, Madame. Ich bin über die Brücke und ins Kino Le Champo gegangen. Es wurde *Der Diener* gezeigt, und ich wollte ihn mir ansehen. Ich bewundere Joseph Losey sehr.«

Rachel wurde bewusst, dass dies die wohl persönlichste Äußerung war, die Fulke ihr gegenüber je gemacht hatte. Doch die gleichmütige Miene, die er dabei zeigte, bewirkte, dass die Mitteilung der Kategorie des Persönlichen schon wieder enthoben wurde.

»Und sind Sie anschließend direkt zurückgekommen?«

»Nach dem Film aß ich, in einem Café unweit des Kinos, zu Abend. Ich versuche, einmal die Woche eine Mahlzeit einzunehmen, die ich nicht selbst zubereitet habe.«

War das als Erinnerung an seine Stellung gemeint? Wieder verrieten seine Miene und Körpersprache nichts, aber Rachel brannten die Ohren vor Scham bei dem Bewusstsein, dass sie im Privatleben eines Mannes herumschnüffelte, dem Edgars Wertschätzung und vorbehaltloses Vertrauen gegolten hatten. Diese Erkenntnis war ihr widerwärtig gewesen, als sie an der Tür gestanden hatte, die nach oben in sein Quartier führte, und sie war es jetzt nicht minder.

»Natürlich, natürlich«, sagte sie hastig.

Aber auch wenn sie verstummte, konnte sie nicht umhin, in Gedanken weiterzumachen. Also gut, Fulke war an dem betreffenden Abend weder in der Wohnung noch in deren näherer Umgebung gewesen. Sie konnte leicht überprüfen, wann *Der Diener* gelaufen war, es wäre also dumm von ihm gewesen, diesbezüglich zu lügen. Und warum hätte er überhaupt lügen sollen? Als sie sein glattes Gesicht betrachtete, wurde ihr wieder bewusst, dass er durch Edgars Tod nur zu verlieren gehabt hatte. Aber trotzdem, vielleicht hatte er ja etwas gesehen, irgendein verdächtiges Verhalten, von wessen Seite auch immer, sei es vor oder nach Edgars Tod.

»Madame Bowen ist seit der Testamentseröffnung hier gewesen?« Sie wusste selbst nicht, warum sie das als Frage formuliert hatte.

Fulke nickte. »Ja.«

»Und kam sie Ihnen da anders vor? Als sie normalerweise ist, meine ich.«

Fulke krauste die Stirn, sagte aber nichts. Rachel verstand: Er würde der Diskretion, die seine Stellung verlangte, auf keinen Fall zuwiderhandeln. Sie versuchte es mit einer anderen Taktik.

»Am Samstagabend habe ich Madame Bowen auf dem *Bal Rouge* getroffen. Sie wirkte unruhig, und ich habe mir Sorgen gemacht.« Zum Beweis zog sie jetzt die Brauen zusammen. »Ich weiß, dass Monsieur Bowens Tod ein furchtbarer Schock für sie gewesen sein muss, und da habe ich mich gefragt, ob Sie möglicherweise irgendeine Veränderung in ihrem Verhalten bemerkt haben.« Geteilte Fürsorge: dürftig, aber es konnte funktionieren.

Doch Fulke sagte nur: »Madame Bowen war schon immer … angespannt.«

»War sie in letzter Zeit nicht angespannter? In den letzten paar Wochen?« Rachel wusste, sie riskierte, ihr Glück zu überreizen, und tatsächlich produzierte Fulke eine seiner kleinen abschließenden Verbeugungen.

»Madame Levis. Ein Butler hört und sieht nichts.«

»Ach je.« Sie sah von ihrem Polsterhocker zu ihm auf. »Bitte entschuldigen Sie meine Dreistigkeit. Ich versuche Ihnen keine Familiengeheimnisse zu entlocken.« *Tu ich doch!* »Aber ich mache mir Sorgen.« Noch immer sagte sie nicht, um wen.

Er sah sie aufmerksam an. Er schätzte sie ab, und welchen Aspekt auch immer er abgeschätzt haben mochte – sie hatte offenbar bestanden, denn er sagte: »Mir ist bei Madame Bowen keine erhöhte nervliche Belastung aufgefallen.« Dann richtete er sich um ein weiteres Spürchen aus seiner Verbeugung auf. »Ich habe den Eindruck, dass sie in den Tagen vor Monsieur Bowens Tod angespannter war.«

»Ach?« Rachel bemühte sich, ihre Stimme im Zaum zu halten.

»Zu einer oder zwei Gelegenheiten hörte ich sie ihm gegenüber im *bureau* die Stimme erheben. Und als sie anschließend ging, schlüpfte sie heftiger als sonst in ihren Mantel.«

Darüber, wie unser Beruf unsere Wahrnehmung beeinflusst, ließe sich eine Doktorarbeit schreiben, sinnierte Rachel. Hätte eine Reinigungskraft gesagt, dass Mathilde unordentlicher als sonst wirkte? Eine Tänzerin, anmutloser? Aber jetzt war nicht die Zeit für derlei Überlegungen. »Sie hörten sie die Stimme gegen Monsieur Bowen erheben?«

»Ich sage es nicht gern.« Sein gequälter Ton bestätigte seine Aussage, und er fuhr erst nach kurzem Zögern fort: »Aber ich erschloss, dass die Diskussionen um finanzielle Fragen kreisten.«

»Immer ein spannungsgeladenes Thema«, sagte Rachel verständnisvoll. »Aber zumindest beschränkten sich ihre Entladungen auf das *bureau*.« Wieder blieb ihr Ton ausdruckslos.

Fulkes Blick war betrübt. »Bedauerlicherweise war dies nicht immer der Fall. Sie brachte Mademoiselle des Troyes …« Dann setzte sich der Butler in ihm wieder durch, und er brach ab. »Sie war Mademoiselle des Troyes gegenüber schroff.«

»Ich verstehe. Und das alles schon vor dem Schock infolge von Monsieur Bowens Tod.« Persönlich fand sie, dass dieser Satz eine besonders geschickte Verlockung darstellte, mehr preiszugeben, doch Fulke blieb stumm. Rachel versuchte ihr Glück und schwieg ebenfalls. Sie würde es länger aushalten als er.

Sekunden verstrichen wie qualvolle Stunden.

»Madame Bowen blieb auch nach Monsieur Bowens Tod sehr angespannt«, sagte Fulke endlich. Rachel spürte, wie sich ihre Rückenmuskeln entkrampften. »In der ersten oder zweiten Woche danach äußerte sie sich kritisch über Madame Nadeau, und sie blieb Mademoiselle des Troyes gegenüber unfreundlich.« Dann sprach er den ersten uneingeschränkt illoyalen Satz, den Rachel ihn je hatte sagen hören: »Madame Bowen ist keine Frau, die verzeiht.«

»Den Lebenden oder den Toten?«

Fulke wiederholte: »Ein Butler sieht und hört nichts.«

Also beiden nicht, dachte Rachel. Sie sah Fulke an, dass er seine Enthüllungen zu bereuen begann, also riskierte sie nur eine einzige letzte Frage, und zwar zu einem anderen Thema. »Und Sie sind sich sicher, dass Elisabeth, bevor sie ging, Ihnen nichts davon sagte, dass sie sich einen Urlaub gönnen oder ein paar Tage frei nehmen wollte, weil sie sich etwas angeschlagen fühlte?«

Er schüttelte den Kopf. »Sie sagte nichts. Allerdings ...«

»Allerdings was?«

Wieder blieb er lange Sekunden lang stumm; wieder gab seine Miene nichts preis. Schließlich sagte er widerstrebend: »Allerdings weiß ich, dass Madame Bowen, als sie letzte Woche Monsieur David besuchte, entspannter wirkte.«

Dann, offenbar von dem Gefühl übermannt, zu viel gesagt zu haben, verbeugte sich Fulke ein letztes Mal und verließ das Zimmer. Als er Rachel ein paar Stunden später in den Mantel half, benahm er sich so, als habe ihr Gespräch nie stattgefunden, und Rachel, die seine Verlegenheit spürte, sagte nur »Danke«; dann schloss sich die Wohnungstür hinter ihr.

Sie wollte gerade auf den Fahrstuhlknopf drücken, als sich wie durch Magie die Tür vor ihr öffnete. Zwei Männer kamen heraus. Der eine war sehr mager und trug einen schwarzen Anzug aus irgendeinem glänzenden Stoff, der ihm eng anlag; darunter ein weißes Hemd, dessen drei oberste Knöpfe offenstanden; und die spitzesten Schuhe, die Rachel je gesehen hatte. Sein Begleiter, kleiner und breiter, mit wattierter Weste über einem T-Shirt und einer tief hängenden Trainingshose angetan, schien zwar einer gänzlich anderen Subkultur zu entstammen, aber an dem Blick, den er dem Dürren zuwarf, erkannte man sofort, dass er zu ihm gehörte.

Der dünne Mann blieb stehen und drückte mit der Hand gegen den einen Flügel der Schiebetür, sodass diese geöffnet blieb. Er lächelte Rachel an, aber sein Gesicht war so knochig, dass die resultierende Miene eher an die Grimasse eines Schädels als an eine Begrüßung erinnerte.

»Danke.« Rachel stieg in den Aufzug.

Ohne die Hand von der Tür zu nehmen, nickte er zur Antwort. »Sie sind eine Freundin von David Bowen?« Wieder nickte er, diesmal in Richtung der Wohnungstür. Sein Haar war so kurz geschnitten, dass die Kopfhaut elfenbeinfarben hindurchschien, und als er sprach, sah Rachel seine spitzen verfärbten Zähne. Er beäugte sie abschätzig.

»Nicht von David.« Sie streckte die Hand nach der Tastenleiste aus und versuchte, gelassen zu wirken. »Ich kannte seinen Vater.«

»Ah, seinen Vater! Den reichen Mann, dessen Vermögen David übernimmt.«

»Also, so würde ich das nicht formulieren.« Sie brachte ein Lächeln zustande.

»Ach nein?« Er legte den Kopf schief. »Wie dann?«

»Ich würde sagen, er war ein guter Vater, der David so sehr liebte, dass er ihn gut versorgt zurückließ.«

Aber die Aufmerksamkeit des Mannes war inzwischen abgeschweift. Er musste ihren Akzent erkannt haben, denn er lehnte sich näher heran und sagte: »Sie sprechen Englisch?«

Rachel bemühte sich, nicht zurückzuweichen. »Ja. Ja, so ist es.«

»Ah! *Scarface, hein?*« Mit der freien Hand deutete er auf sein Outfit. Sie hatte keine Ahnung, wovon er redete, aber sie lächelte höflich. Dann grinste er wieder. »Haben Sie auch was von dem Geld des guten Vaters geerbt?«

Gott, wollte er die Tür überhaupt nicht mehr loslassen? Rachel spürte ihren Magen Bocksprünge machen, und sie musste schrecklich dringend pinkeln. »Nein, ich … ich wurde gebeten, seine Bibliothek zu ordnen.«

»Eine Bibliothek!« Endlich ließ er los und machte dazu ein abschätziges Geräusch mit Zunge und Zähnen. Er drehte sich um und entfernte sich; der Kleinere folgte ihm in trägem Imponiergang. Während die Fahrstuhltür zuglitt, sah Rachel, dass die Anzughose wie angegossen saß und die dürren Beine darin wie Pfeifenreiniger aussahen. Sie hätte gern gelacht – dieser missglückte Versuch in Sachen Eleganz hätte einen Lacher wohl verdient. Aber tatsächlich war sie, eingeschlossen zwischen dem verfehlten Charme dieses Totenkopfes und dem, was Fulke ihr mitgeteilt hatte, völlig aus dem Gleichgewicht geraten. Was sie jetzt brauchte, war eine schöne Tasse Tee.

* * *

Eine halbe Stunde später ruckelte sie sich auf einem Starbucks-Stuhl etwas bequemer zurecht, während sie auf Magda mit ihren Getränken wartete. Normalerweise weigerte sie sich aus Prinzip, einen Starbucks zu betreten – Paris wimmelte von kleinen familiengeführten Cafés –, aber wenn man eine anständige Tasse Tee wollte, war das der einzige Ort in der Stadt, an dem man fündig wurde. Wenn man in einem richtigen Pariser Café Tee bestellte, bekam man ein winziges Edelstahlkännchen voll heißem Wasser und einem separaten Teebeutel serviert, möglicherweise begleitet von einer grantigen Scheibe Zitrone, die auf einem eigenen Tellerchen gerade den Geist aufgab. Im Vergleich dazu waren Humpen mit Firmenlogo und Gebräue mit aberwitzigen Bezeichnungen zwar nervig, aber geradezu *Merry Old English*. Und dieser Starbucks in der Nähe des vergoldeten Palace Garnier hatte fraglos etwas zu bieten. Rachel betrachtete die goldenen Voluten und pseudo-neobarocken Deckenfresken, die die dekadente Beaux-Arts-Architektur des Palais aufgreifen und sanft karikieren sollten, und eine Minute lang war es gar nicht so schlimm, eine Frau in Paris zu sein, die Kaffee nicht ausstehen konnte.

»Ich steckte hinter ein paar Studenten fest.« Magda sah fix und fertig aus, als sie, an die Getränke geklammert, endlich auftauchte. »Die haben sich ständig umentschieden.« Sie schlüpfte auf den Stuhl gegenüber Rachel und atmete erleichtert auf. »So, und was war das jetzt mit den zwei Männern am Fahrstuhl?«

»Ach.« Rachel seufzte, aber nur ein bisschen. Irgendwie erschien ihr, nach der stummen Zwiesprache mit dem Deckenfresko, die Begegnung gar nicht mehr so wichtig. »Gerade als ich aus Edgars Wohnung herauskam, bin ich von zwei richtig unangenehmen Typen überfallen worden.«

»Wie, überfallen?« Magda sah besorgt aus. Wie in jeder Großstadt waren auch die Pariser Straßen voll von Männern, die Frauen belästigten, aber hier waren sie besonders hartnäckig, folgten einem manchmal mehrere Häuserblocks weit und machten dreckige und aggressive Bemerkungen.

»Ach, nicht *die* Sorte Überfall. Ich wollte in den Fahrstuhl einsteigen, als sie gerade ausstiegen, und einer von beiden … er war einfach in Plauderstimmung.« Aber sie fröstelte. »Er war mir nicht geheuer. Aber ich will jetzt nicht wieder daran denken müssen. Hör dir einfach an, was Fulke gesagt hat.«

Magda hörte aufmerksam zu, während Rachel das Gespräch wiedergab. Als sie geendet hatte, sagte Magda: »Das sieht für Mathilde wirklich nicht gut aus.«

»Aber es ist immer noch kein konkreter Beweis.«

Magda seufzte. »Du hast recht – ist es nicht.« Sie verstummte. Rachel wartete auf das gewohnte Wiederaufleben, aber es kam keines. Magda starrte bloß in ihren Becher. Schließlich blickte sie auf. »Mir sind die Ideen ausgegangen.«

Es war Rachel noch nie in den Sinn gekommen, dass die mentalen Ressourcen der so entschlossenen und zielstrebigen Magda eines Tages erschöpft sein könnten. Magda war schon immer die Optimistische von ihnen beiden gewesen, die jeden Rückschlag mit neuen Hypothesen und listigen Plänen konterte. Wenn selbst sie keinen Weg nach vorne mehr sah, musste die Situation wirklich aussichtslos sein.

Vielleicht, dachte sie, sollten sie aufgeben. Niemand würde je erfahren, dass sie das Handtuch geschmissen hatten, außer dem *capitaine*, den sie nach kurzer Überlegung dann doch nicht benachrichtigt hatten, und Alan, der sich vielleicht einmal kurz über sie lustig machen, das Thema dann aber nie wieder anschneiden würde. Dann aber betrachtete sie das bekümmerte Gesicht ihrer besten Freundin. Eine niedergeschlagene Magda war ein seltener Anblick, normalerweise war sie es, die ihr Mut machte. Vielleicht wäre die beste Strategie, die Rollen zu tauschen.

»Also«, sprach sie forsch, »wir brauchen eindeutige Beweise von Mathildes Untaten. Schluss mit den bloßen Andeutungen oder Interpretationen.«

»Genau.« Magda nickte.

»Das heißt, wir brauchen so etwas wie …« Sie überlegte. »Ein Tagebuch Elisabeths?«

»Na ja«, Magda verzog das Gesicht, »das ist zwar ein bisschen *Gone Girl*, aber … ja. Oder, ich weiß nicht, irgendeinen Hinweis darauf, was Elisabeth dir verraten wollte. Oder meinetwegen einen Hinweis darauf, was sie in den hinteren Zimmern gefunden hat.« Sie hob eine matte Hand. »Einfach einen Hinweis auf *irgend*etwas.«

»Tja.« Die Auflistung hatte Rachel etwas Zeit zum Nachdenken geschenkt. »Mir scheint, das sind alles lauter Dinge von der Art, die sich«, sie zögerte es einen köstlichen Augenblick lang hinaus, »in der Wohnung einer gewissen Person finden lassen könnten.« Sie wackelte Magda mit ihren Brauen zu und trank einen Schluck Tee.

* * *

Nachdem er sich Auszüge dieser Unterhaltung angehört hatte, sagte Alan an dem Abend im Bett: »Es ist gut, dass ihr beide euch gefunden habt, denn es ist klar, dass ihr füreinander bestimmt seid.«

»Was soll das jetzt bitte heißen?« Rachel drehte sich um und starrte ihn an.

»Ihr seid gleichermaßen übergeschnappt. Ihr habt euch in eine Idee hineingesteigert, die sich im Wesentlichen auf Spekulationen gründet, und glaubt felsenfest an euer eigenes Hirngespinst.«

»Das sind keine Spekulationen!« Rachel war empört. »Elisabeth ist verschwunden! Catherine ist tot! Mathilde verhält sich seit längerem verdächtig!«

Alan schnaubte, sagte aber nur: »In Ordnung.«

»Du glaubst mir nicht.«

»Habe ich nicht ›In Ordnung‹ gesagt?« Er schwieg eine Sekunde lang und riskierte es dann noch einmal: »Ging es bei der ganzen Sache nicht eigentlich um Edgar?«

»Was willst du damit sagen?«

»Na ja, angefangen habt ihr doch damit, dass ihr glaubtet, jemand hätte Edgar getötet, und noch vor zwei Wochen war Elisabeth eure Hauptverdächtige. Jetzt konstruiert ihr euch irgendeinen hochkompliziert vernetzten Fall mit gleich mehreren Toten und einer Vermissten; Elisabeth ist plötzlich ein Opfer, und Edgar ist offenbar zu einer Randfigur herabgesunken.«

Rachels Ton war würdevoll. »Unser Netz weitet sich, ja.«

Wieder schnaubte Alan. »Und was soll *das* jetzt bitte heißen?«

»Es soll heißen, dass es absolut möglich ist – ja mehr als wahrscheinlich –, dass Edgars Tod, Catherines Ermordung und Elisabeths Verschwinden miteinander zusammenhängen.«

»›Catherines Ermordung, Catherines Ermordung‹.« Er war entnervt. »Nach allen euch vorliegenden Beweisen hat sie entweder Suizid begangen, oder sie ist aus dem Fenster gefallen! Ihr glaubt einzig deswegen, dass Catherines und Edgars Tod miteinander zusammenhängen, weil *sie* Freude darüber bekundet hat, von *ihm* Geld geerbt zu haben. Das ist ja kaum ein belastbares Indiz!«

Rachel versuchte ihres Gefühls, dass er vielleicht nicht ganz unrecht hatte, Herrin zu werden. »Zwei Menschen, die sich kannten, sind tot, richtig? Und eine weitere Person, die sie kannte, ist gerade verschwunden. Du hast kein Problem damit, das Zufall zu nennen? Schön, und was, wenn Elisabeth zwar nicht tot, aber lediglich *noch* nicht tot ist? Was, wenn sie irgendwo gefangen gehalten wird und es wäre noch Zeit, sie zu finden? Möchtest du, dass ich mich auf jemanden konzentriere, der schon tot ist, und dafür das Leben eines jungen Mädchens opfere? Wär dir das lieber?«

»Ist ja gut, ist ja gut.« Alan kapitulierte. »Ja. Ich sehe es ein. Du solltest dich auf Elisabeths verdächtiges Verschwinden konzentrieren, von dem sich möglicherweise herausstellen könnte, dass es im Zusammenhang mit Edgars verdächtigem Tod steht.«

Es folgte ein längeres Schweigen. Endlich sagte Rachel: »Von dem sich *wahrscheinlich* herausstellen *wird*, dass es im Zusammenhang damit steht.«

Alan raufte sich weder die Haare, noch knirschte er mit den Zähnen, noch gab er einen Seufzer von sich. Er rollte sich einfach auf die Seite und schaltete seine Nachttischlampe aus.

Plötzlich ohne Widerpart knipste Rachel ihrerseits das Licht aus. Im Dunkeln liegend sagte sie sich, dass sie recht daran getan hatte, Alan gewisse Informationen vorzuenthalten. In Anbetracht seiner Einwände, Ratschläge und Ermahnungen war sie ziemlich sicher, dass er nicht gebilligt hätte, wozu sie und Magda sich zu guter Letzt entschlossen hatten.

26. KAPITEL

»Los geht's.« Am nächsten Morgen standen sie im eiskalten Flur vor der Tür zu Elisabeths Zimmer, und Rachel zog eine Karte mit Haarklammern aus ihrer Handtasche. Sie zeigte sie Magda. »*Les pinces à cheveux*. Ich hatte gar nicht gewusst, dass die auf Französisch so heißen.«

»Warum können wir nicht einfach eine Kreditkarte benutzen?«, fragte Magda.

»Weil Kreditkarten nur bei billigen Schnappschlössern funktionieren. Ich hab den ganzen Morgen mit einschlägigen Recherchen zugebracht. Jetzt bin ich eine Expertin in Sachen ›Lockpicking‹, wie man das gewaltlose Öffnen von Sicherheitsschlössern nennt.«

»Zumindest theoretisch.« Magdas Ton war eine gehobene Augenbraue.

Rachel achtete nicht auf sie. Sie bog eine Haarklammer auseinander und biss das Gummiknödelchen an dem einen Ende ab. »Das Ende leicht abknicken«, wiederholte sie sich flüsternd die Anweisung aus dem Internet. Sie bog das blanke Metall um etwa fünfundvierzig Grad und klemmte sich den dadurch gewonnenen »Haken« zwischen die Zähne. »Eine weitere Klammer in einem rechten Winkel knicken, um einen sogenannten ›Spanner‹ zu erhalten«, murmelte sie. »Jetzt Spanner in Zylinder einführen und Drehspannung anlegen.« Sie schob die zuletzt gebogene Haarklammer unten in das Schlüsselloch und drehte sie anschließend leicht zur Seite. »Okay. Jetzt Haken in Schlüsselkanal einführen und nach Stiften mit Bindung tasten.« Behutsam schob sie die weniger gebogene Haarklammer oberhalb der ersten in das Schlüsselloch, bis sie auf Widerstand stieß. »Ja, ja!«, flüsterte sie aufgeregt. »Jetzt brauche ich nur noch die Stifte hinunterzudrücken. Es müsste einen hörbaren Klick geben.«

Sie ruckelte die auseinandergebogene Haarklammer auf und ab. Es gab keinen Klick. Aber im Video hatte es doch funktioniert!

»Warum funktioniert es nicht?«, zischte Magda.

»Eine Sekunde. Hol meine Notizen aus der Handtasche.«

Magda kramte und fischte ein Blatt Papier heraus.

»Was steht da über das Öffnen der Stifte?«

»Äh …« Magda suchte die entsprechende Stelle und las dann vor: »Stifte durch sanftes Hin- und Herdrehen des Hakens hinunterdrücken. Es müsste ein hörbarer Klick ertönen.«

»›Sanft‹. Okay, sanft.« Sie entspannte ihren Arm und atmete tief durch die Nase ein. »Sei die Haarklammer. Du bist die Haarklammer.« Sie bewegte die aufgebogene Klammer ganz zart auf und ab. Es machte hörbar klick. »Heilige Kacke!«

»Es hat geklappt!«, flüster-schrie Magda.

»Warte.« Rachel ruckelte mit der aufgebogenen Klammer weiter, bis zwei weitere Klicks ertönten. »Dreh den Knauf! Dreh den Knauf!«

Magda drehte den Knauf, Rachel ließ die Haarklammern los, und die Tür schwang auf.

»Oh. Mein. Gott.« Magdas Stimme war voll ehrfürchtigen Staunens. »Du bist der Wahnsinn! Du machst das wie Pierce Brosnan in *Remington Steele*.«

Rachel lächelte verlegen. »Das habe ich alles nur dem Internet zu verdanken.« Sie schloss die Tür hinter ihnen. Ein rascher Blick ergab, dass das Zimmer menschenleer war, und eine Nasevoll seiner abgestandenen Luft, dass es das schon seit längerem war. »Sie ist noch nicht wieder hier gewesen. Machen wir uns an die Arbeit.«

»In Ordnung.« Magda begann, sich umzusehen. Dann wandte sie sich abrupt Rachel zu. »Darf ich sagen: Zuerst haben wir ein Schloss gepickt, und jetzt filzen wir die Bude? Ich fühl mich so, als müsste ich einen Trenchcoat anhaben.«

Rachel empfand zwar so ziemlich das Gleiche, hatte aber auch das Gefühl, dass sie als Chef-Einbrecherin dafür zu sorgen hatte, dass sie bei der Sache blieben. »Später, später. Los.«

In jeder vernünftigen Wohnanlage wäre dieser Raum eine Gefängniszelle oder ein begehbarer Wandschrank gewesen. In Paris hatte man daraus eine Ein-Zimmer-Wohnung gemacht. Gegenüber der Tür blinkte ein Fenster, darunter stand ein Einzelbett. Rechtwinklig zum Bett, an die Wand gerückt, ein kleiner Schreibtisch, darüber drei Regalbretter voller Bücher, gegenüber dem Fußende ein schmaler Wandschrank. Quer neben dem Wandschrank eine Anrichte, die zugleich als Raumteiler fungierte. Dahinter befand sich eine winzige Einbauküche, mit Spüle und Abtropfbrett, daneben zwei Herdplatten, darunter ein kleiner Kühlschrank und darüber eine Reihe von Hängeschränken. Ungläubig sah Rachel, dass sich in die hintere Ecke sogar noch eine Duschkabine quetschte. Hier schien jemand in der Kategorie »Wer bekommt eine vollständige Wohnung in den kleinstmöglichen Raum« den ersten Preis verdient zu haben. Anrichten und Schränke waren aus weißem Resopal; das Bett war weiß bezogen; und die Wände waren weiß gestrichen. Auf den dunklen Dielen lag ein blauweißer Flickenteppich, und bäuchlings auf dem Teppich lag ein Smartphone.

»Das Handy«, hauchte Magda und machte einen Schritt darauf zu.

»Nicht anfassen!«, flüsterte Rachel.

Magda erstarrte.

»Wir sollten alles so lassen, wie es ist.«

»Richtig. Okay.« Magda begab sich in den Küchenbereich und öffnete den ersten Schrank. Rachel ging zum Schreibtisch.

Darauf lag nur ein unbeschriebener Schreibblock. Als sie die mittlere Schublade aufzog, fand sie Tinten- und Bleistifte, ein Lineal und andere Zeugnisse studentischen Lebens. In der oberen linken Schublade lagen etliche Hefte voll säuberlicher Notizen, deren Lektüre Rachel sich sparte – eindeutig Vorlesungsmitschriften. Die Schublade darunter enthielt ein Durcheinander von losen Blättern und Heftmappen; unter diesen lag ein kleines gebundenes Heft. Rachel schlug es auf und blätterte es durch. Erst auf der letzten Seite wurde sie fündig: Eine Liste von Zahlen und Anmerkungen, die ihr verrieten, dass Alan mit seinen Schlussfolgerungen recht gehabt hatte. Elisabeth war ja doch nicht so einfältig, wenn sie so viel Grips gehabt hatte, erstens Buch zu führen, und zweitens das so zu machen, dass unbefugte Augen die Aufzeichnungen nicht gleich entdeckten.

»Hier ist nichts.« Magda hatte gerade den Hängeschrank über der Spüle geöffnet. »Sie hat allerdings hübsches Geschirr. Überhaupt«, sie drehte sich um, »ist das ganze Ambiente recht hübsch. Irgendwie schwedisches Flair. Um mehr Gefühl von Raum zu schaffen, vermutlich.«

»Stimmt.« Rachel kramte gerade in der unteren Schublade. »War auch mein Eindruck.«

Magda stellte sich neben sie. »Was hast du gefunden?«

»Hier drin nichts.« Sie schloss die Schublade. »Aber in der anderen Schublade liegt ein Heft, in dem sie notierte, wie viel sie von Edgar bekommen und wie viel sie zurückgezahlt hatte.« Sie seufzte.

»Also, da nichts anderes da ist, könnten wir …?« Magda deutete mit einer Kopfbewegung auf das Smartphone.

»Ja, meinetwegen.« Sie griff in die Manteltasche und zog

ihre Handschuhe heraus, wobei ihr siedend heiß einfiel, dass sie sie besser von Anfang an getragen hätte. »Was dagegen, wenn ich das mache?«, fragte sie.

»Aber woher denn. Du bist die Detektivin des Tages!«

Rachel hob das Handy mit spitzen Fingern auf. Es war ausgeschaltet. Sie drückte auf die Power-Taste, spürte die Vibration, mit der das Ding zum Leben erwachte, und wischte mit dem Finger über das Display. Nichts passierte. Sie zog einen Handschuh aus, wischte noch einmal. Nichts. Sie tippte zweimal; sofort erblühte das Display in voller Farbenpracht. *10 Nachrichten*, erklärte es. Dann leuchtete das winzige Akku-Icon rot auf, und das Handy gab den Geist auf. *War ja klar*, dachte Rachel. In Frankreich machten selbst Handys aus allem ein Drama.

Mit gereizter Stimme sagte sie: »Der Akku ist leer. Von zwei Wochen lang auf dem Fußboden liegen, vermutlich.«

»Vergiss es.« Magdas Stimme war ausdruckslos.

»Was heißt hier ›vergiss es‹? Das ist der einzige konkrete Anhaltspunkt, den wir haben! Sollen wir nach dem Ladegerät suchen?« Sie hob die Augen und sah, dass Magda wie gebannt auf den Teppich starrte. Sie folgte ihrem Blick. An der Stelle, wo das Handy gelegen hatte, prangte ein runder rostbrauner Fleck von getrocknetem Blut.

Ihre Blicke trafen sich.

»Das ist nichts«, sagte Rachel. »Wie lang liegt dieser Teppich schon hier? Es könnte ein alter Fleck sein.« Aber sie betrachtete die Stelle eingehender.

»Sieh mal.« Magda beugte sich tief hinunter und zeigte auf die Dielen. Dort, farblich vom Holz fast nicht zu unterscheiden, zog sich eine Reihe von ähnlichen Flecken hin, die vom Teppich in Richtung Tür führten.

Rachel merkte mit einem Mal, wie kalt es im Zimmer war: Sie konnte ihren Atem sehen. Aber sie wusste, dass das nicht nur an der Luft lag. Ihr war innerlich kalt geworden. Plötzlich begriff sie, dass bis zu dieser Sekunde alles, was den Fall ausmachte – Elisabeths Abwesenheit, Catherines Tod, selbst Edgars Ermordung –, zum Reich des Abstrakten gehört hatte, nur Worte und Theorien ohne Wirklichkeitsgehalt. Das, erkannte sie jetzt, war die eigentliche Bedeutung von »keine konkreten Hinweise«. Aber diese Blutstropfen *waren* konkrete Hinweise, und zwar konkrete Hinweise auf eine Gewalttat.

»Wir müssen hier raus«, sagte sie. Magda erhob keine Einwände. Rachel wischte das Display des Handys ab und legte es auf den ersten Blutfleck zurück. Mit auf den Dielen dröhnenden Schritten hasteten sie aus dem Zimmer und zogen die Tür hinter sich zu. Dass das Schloss, das sie so erfolgreich gepickt hatten, sich nicht wieder abschließen ließ, kümmerte sie nicht. Sie hatten ganz andere Sorgen.

* * *

Sie gingen in ein anderes Café. Diesmal schien die Situation nach stärkerem Stoff zu verlangen: Rachel bestellte für sich einen Pastis, Magda einen Cognac, und dann schwiegen sie, bis die Drinks kamen.

»Blut.« Magda nahm einen Mundvoll Cognac.

»Ja.« Rachel nahm einen ordentlichen Schluck von ihrem Pastis.

Sie starrten durch das Schaufenster auf die Straße.

»Ich weiß, dass wir es auch vorher ernst meinten«, sagte Magda endlich, »aber dieses Blut hat mir klargemacht, dass ich das Ganze bisher so behandelt hatte, als wäre es ein Krimi, ein Film oder ein Buch.«

»Ja.« Rachel nahm einen weiteren Schluck. »Ich hatte genau den gleichen Gedanken.«

Ein weiteres Schweigen. Dann: »Ist sie tot?« Magdas Stimme war ein Flüstern.

Rachel schüttelte den Kopf. »Das wissen wir nicht. Vielleicht … Vielleicht hat sie sich in der Eile des Packens irgendwie eine Schramme geholt. Vielleicht hat sie Nasenbluten bekommen.« Sie wusste selbst, dass sie sich an winzige Strohhalme klammerte. Mit einem erneuten Kopfschütteln sagte sie: »Das sieht nicht gut aus.« Dann versuchte sie, optimistisch zu klingen. »Aber das bedeutet nicht unbedingt, dass es schlecht steht.«

Magda trank ihren Cognac aus, setzte das Glas sehr behutsam ab und starrte es kurz an. Dann sagte sie mit fester Stimme: »Wir sollten wieder zur Polizei gehen.«

»Ja.« Rachel schickte sich an, ihren Mantel zuzuknöpfen. »Sollten wir.«

Es ertönte das Ping einer eingehenden Textnachricht. Sie fischte das Handy aus ihrer Handtasche, kniff die Augen zusammen. »Wenn man vom Teufel spricht … Der *capitaine.*« Sie setzte sich so, dass Magda mitlesen konnte.

Die Nachricht war keine zwei Sätze lang:

Bez. Mlle. des Troyes – Bankkarte wurde vor zwei Tagen an distributeur in Bayonne benutzt.

»Macht nicht viel Worte, was?«, sagte Magda.

»Sie hat ihre Geldkarte benutzt!« Warme Erleichterung durchflutete Rachel. Sie hatten sich wegen nichts einen Kopf gemacht! Elisabeth ging es gut! Aber Moment mal. Elisabeths Karte war benutzt worden, aber von wem, stand nicht fest. Ihr war wieder kalt. »Oder zumindest hat *irgendjemand* ihre Karte benutzt.« Aber der Benutzer musste Elisabeths PIN wissen, und wer außer Elisabeth konnte das? Trotzdem, man hörte alle möglichen Geschichten von Leuten, die durch Drohungen – oder Schlimmeres – dazu gebracht worden waren, ihre PIN zu verraten. Gut möglich, dass es Elisabeth doch nicht so gut ging; vielleicht sogar alles andere als gut.

Sie sah Magda an. »Ist das eine gute oder eine schlechte Nachricht?«

Magda runzelte die Stirn. »Ich meine, sie klingt gut. Schließlich dürfte sie die einzige Person sein, die ihre Geldkarte benutzen kann.«

Dürfte. »Aber Bayonne? Was sollte sie dort zu suchen haben?«

»Sie könnte dort Urlaub machen«, sagte Magda. »Liegt schließlich am Meer.«

Das klang Rachel wenig plausibel. Wer machte im Februar schon Urlaub am Meer? Und erst jetzt, nach zwei Wochen, benutzte Elisabeth ihre Bankkarte? Aber sie wollte es glauben. »Okay.«

»Sieh's doch mal so.« Magdas Stimme klang entschlossen beruhigend: »Zumindest ist damit Mathilde aus dem Spiel. Wir wissen, dass *sie* nicht in Bayonne ist.«

Das war eine gewisse Erleichterung. »Stimmt. Ihre einzige Beziehung zu Südfrankreich ist ihr Geburtsort: Perpignan.«

»Perpignan?« Magda packte sie am Handgelenk. »Mathilde kommt aus Perpignan?«

»Ja.« Rachel schüttelte ihre Hand frei. »Na und?«

»Perpignan liegt bei Bayonne!«

»Es liegt auf der anderen Seite des Landes!«

»Aber beides liegt in den Pyrenäen.« Magda sagte es so, als besiegelte dies einen wichtigen Deal.

»Ja, nur dass eins am Atlantik und eins am Mittelmeer liegt. Mehr als dreihundert Kilometer auseinander.« Magda sah nicht überzeugt aus. »Du glaubst, Mathilde besuchte gerade die Stätten ihrer Jugend, und plötzlich beschloss sie, mal eben ans andere Ende der Pyrenäen zu flitzen, um ein bisschen zu shoppen und zu dem Zweck die Geldkarte der Frau zu benutzen, die sie kurz vorher ermordet hat?«

Rachel nahm an, diese Kurzdarstellung würde verdeutlichen,

wie lächerlich die Idee war. Magda sah das offenbar anders, denn nach einer kurzen Pause sagte sie: »Bloß …«

»Bloß was?«

»Bloß, dass Mathilde Elisabeth gar nicht selbst ermordet zu haben braucht. Sie könnte jemandem den Auftrag dazu gegeben haben. Tatsächlich«, wieder eine Pause, »wäre es sogar viel wahrscheinlicher. Es wäre gescheiter.« Jetzt kam sie richtig in Fahrt. »Das ist ohne weiteres denkbar. Durch seine verschwenderische Lebensweise hatte Mathildes Vater die Bekanntschaft einiger lichtscheuer Gestalten gemacht. Mathilde fährt nach Perpignan und sucht eine davon auf. Einen Kumpel von früher. Sie sagt: ›Du müsstest mir jemanden aus dem Weg räumen.‹ Er hat sie wegen ihrer Taffheit schon immer bewundert, also werden sie sich einig. Sie fährt nach Paris zurück und hat das perfekte Alibi. Und der Killer, der hat eben einige Zeit abgewartet, bis er die Bankkarte gefahrlos benutzen konnte. Bis Gras über die Sache gewachsen war. Oh Gott!« Wieder packte sie Rachels Handgelenk. »Das könnte dieser Mann gewesen sein, den Catherines Nachbar gesehen hatte! Er könnte sie *beide* umgelegt haben!«

Zu einer anderen Zeit hätte Rachel versucht, Magda auf den Boden der Tatsachen zurückzuholen, indem sie ihr sämtliche logischen Löcher in diesem Szenario aufzeigte. Aber nach dem Erlebnis in Elisabeths Wohnung war das nicht mehr so leicht.

»Wie dem auch sei«, sagte sie jetzt: »Wir haben Blut gefunden. Also können wir nicht automatisch davon ausgehen, dass Elisabeth unversehrt ist. Und wir können nicht automatisch davon ausgehen, dass sie diejenige ist, die die Karte benutzt hat. Wir sollten mit dem *capitaine* reden.«

* * *

Sie wechselten kaum noch ein Wort, bis sie das *commissariat* erreicht hatten. »Capitaine Boussicault«, sagte Rachel einem anderen *gardien* am Empfang. *»S'il vous plaît.«*

Er nahm den Hörer des Tischtelefons ab, drückte ein paar Tasten und führte ein kurzes Gespräch; dann legte er wieder auf. »Der *capitaine* ist beim Mittagessen. Wenn Sie warten möchten?«

Mittagessen? Wie war denn das möglich? Ein Blick auf die Uhr, und Rachel stellte fest, dass es halb zwei war. »Ja, wir warten.« Sie und Magda begaben sich zu den bereits vertrauten Plastikstühlen, wo dieselben trostlosen Zeitschriftencover sie von dem schäbigen Tischchen herauf anglotzten.

Nach ein paar langen Minuten murmelte Magda plötzlich: »Wir sind eingebrochen.«

»Was?«

Ohne die Stimme zu heben, wiederholte sie: »Wir sind eingebrochen.«

»Na und?«, flüsterte Rachel zurück.

»Du hast das Schloss gepickt. Und wir sind nicht die Polizei. Also ist das Einbruch.«

»Aber für einen guten Zweck!«

»Ich glaube nicht, dass der Zweck zählt. Ich bin mir ziemlich sicher, dass wir Straftäterinnen sind, und ich bin mir ebenso ziemlich sicher, dass sich das, was wir entdeckt haben, aus ebendiesem Grund nicht verwenden lässt.«

Rachel starrte in Kim Kardashians falsch bewimperte Augen. Das Schlagwort »illegale Durchsuchung und Beschlagnahme« tauchte aus den Untiefen ihres Gedächtnisses. »Na toll. Und was machen wir jetzt?«

Magda dachte nach. Tatsächlich dachte sie so lange nach, dass Rachel schon kurz davor war, sie anzustupsen. Dann endlich sprach sie, aber so leise, dass ihre Lippen sich fast nicht bewegten. »Wir könnten einen telefonischen Tipp geben.«

»Das ist jetzt nicht dein Ernst!« Einen Augenblick lang war Rachels Stimme laut und deutlich gewesen. Der *gardien* sah zu ihnen herüber, wandte sich dann wieder seiner Arbeit zu.

»Doch. Eine von uns beiden ruft anonym an und sagt, die Polizei sollte sich in Elisabeths Zimmer umsehen. Wir machen das von einem Münztelefon aus. Das kannst du heute Abend auf dem Nachhauseweg erledigen.«

»Ich?« Rachel klang entsetzt.

Magda zuckte die Achseln. »*Ich* habe ein Date.« Sie griff sich ihre Tasche und stand auf. »Es tut uns leid«, sagte sie zum *gardien*, »aber wir müssen jetzt gehen. Wir melden uns morgen noch einmal beim *capitaine*.«

* * *

Sobald Rachel an dem Nachmittag die Tür von Edgars Bibliothek hinter sich geschlossen hatte, ließ sie sich auf den Polsterhocker plumpsen. Sie wusste, dass sie nichts zustande bringen würde, ehe sie sich wieder gesammelt hatte.

Die Tatsache, dass Elisabeths Bankkarte benutzt worden war, schien ihr ein positives Zeichen zu sein. Das Blut andererseits ließ das genaue Gegenteil vermuten. *War* Elisabeth tot? Die Tropfen waren nicht sehr groß; vielleicht war sie nur verletzt worden. Aber die Tropfen waren vor fast drei Wochen entstanden. Mittlerweile wäre sie nicht mehr nur verletzt. Rachel zitterte und spürte, wie sich ihre Kehle zuschnürte. Sie versuchte, regelmäßig ein- und auszuatmen. Um sich abzulenken, konzentrierte sie sich auf die Titel der Bücher, die vor ihr im Regal standen. *Le Giaour, En attendant Godot, Considérations philosophiques de la gradation naturelle des formes de l'être*, die Guten-

Aber das Faksimile der Gutenberg-Bibel war nicht da. Seine Nische wurde jetzt von viktorianischen Ausgaben der *Vanity*

Fair und *Pendennis* ausgefüllt. Rachel stand auf und sah genauer hin. Sie hatte sich nicht getäuscht; die Bibel war nicht da, wo sie hätte sein sollen. Sie ging an den Anfang der Regale und versetzte ihre Augen in diesen speziellen Modus, der alles andere verschwimmen lässt, aber den einen Gegenstand, den man gerade sucht, klar fokussiert. Nichts. Sie suchte die Regale noch einmal, diesmal systematisch ab. Immer noch nichts. Ebenso wenig – sie überprüfte es sorgfältig – befand sich die Bibel in einem der Stapel, die den Fußboden bedeckten.

Sie öffnete die Tür zum Flur, und Fulke erschien. »Ist David da?«, fragte sie. Dann, als sie sich an seine Gewohnheiten erinnerte: »Ist er wach?«

Fulke nickte, vermutlich in Beantwortung beider Fragen, und führte sie den Korridor entlang. Er öffnete ihr die Tür ins *bureau*. David saß am Schreibtisch und hatte die Augen geschlossen.

»David?« Er riss den Kopf hoch, ganz offensichtlich aus einem heimlichen Nickerchen gerissen.

»Rachel! Wie geht's?« Er lächelte.

»Gut, danke. Hast du die Faksimile-Bibel gesehen, die ich dir neulich gezeigt hatte?«

Er blinzelte, noch damit beschäftigt, die Nebel des Schlafes zu verscheuchen. »Faksimile-Bibel?«

»Ja, das Gutenberg-Faksimile. Die Paris Edition? Ich habe sie dir gezeigt, als wir uns die Bücher in der Bibliothek angesehen haben.«

Sie sah ihm an, dass er allmählich aufwachte. »Ja, natürlich. Nein, ich hab sie nicht gesehen.«

»Tja, in der Bibliothek ist sie jedenfalls nicht mehr.«

In seinen Augen dämmerte es. »Ach, Moment mal. Die Bibel im Schuber?« Sie nickte. »Ja, die habe ich mir angeschaut. Ich dachte, ich hätte sie zurückgestellt, aber jetzt bin ich mir nicht mehr sicher.« Sein Gesicht schlug ein paar Fältchen. »Tut mir leid. Aber sie ist bestimmt noch in der Wohnung.« Er steckte die Hand in die Tasche, zog ein Kleenex hervor, putzte sich die Nase.

Rachel runzelte die Stirn. »Irgendwo muss sie ja sein. Danke. Dann suche ich weiter.« Fulke folgte ihr hinaus und schloss dann die Tür.

Eine der nützlichen Früchte eines Lebens im Chaos ist die Gewissheit, dass verschwundene Gegenstände die Neigung haben, sich von selbst wieder einzufinden, sobald man aufhört, nach ihnen zu suchen. Rachel hörte lange nicht auf zu suchen – sie sah Regale und Stapel ein weiteres Mal durch, tastete unter den Sesseln und dem Polsterhocker –, aber schließlich gab sie sich geschlagen und setzte ihre letzte Hoffnung auf diese sauer erworbene Erkenntnis.

Dennoch, durch ihre jüngsten Entdeckungen beunruhigt, durch die verschwundene Bibel verwirrt und durch die fruchtlose Suche verdattert, musste sie sich eingestehen, dass sie kaum in der Verfassung war, sinnvolle Arbeit zu leisten. Sie gab weder Fulke noch David Bescheid, dass sie für heute Schluss machte, sondern holte sich einfach ihren Mantel und schlüpfte aus der Wohnung. Sie genehmigte sich ein spätes Mittagessen im Bistrot Vivienne und einen entspannenden Spaziergang durch den Marais. Erst als sie Alan beim Abendessen von der verschwundenen Bibel erzählte, ging ihr siedend heiß auf, dass sie vergessen hatte, auf dem Heimweg bei einem Münztelefon Zwischenstopp zu machen und Capitaine Boussicault den anonymen Tipp ausrichten zu lassen.

27. KAPITEL

»Wie konntest du's nur vergessen?« Magdas Stimme schrillte vor Ungläubigkeit. Es war der folgende Abend, und sie und Rachel hielten auf dem Sofa eine Einsatznachbesprechung ab.

»Magda, du kannst dir nicht *vorstellen*, was ich gestern für einen Tag hatte! Es war ja nicht bloß die Sache mit Elisabeths Zimmer. Als ich wieder in Edgars Wohnung kam, war eins der Bücher weg.«

Magda sah sie verwirrt an. Eigentlich kaum verwunderlich, begriff Rachel mit einiger Verspätung: Ohne die näheren Umstände zu kennen, war es einfach ein verlegtes Buch.

»Entschuldige, das muss ich erklären.« Sie schaltete einen Gang runter. »Vor rund vierzig Jahren veröffentlichte eine Pariser Bibliothek eine limitierte Faksimile-Ausgabe ihrer Gutenberg-Bibel. Edgar hatte ein Exemplar davon in seiner Bibliothek, und jetzt ist es weg. Es ist einfach verschwunden.« Da Magda weiterhin verwirrt aussah, fügte sie hinzu: »Es ist um die achttausend Euro wert.«

»Oh mein Gott!« Magda fiel die Kinnlade herunter. »Wann hast du es zuletzt gesehen?«

»Ungefähr vor einem Monat.« Es war Rachel peinlich, dass sie sich nicht an das genaue Datum erinnern konnte.

»Und du bist sicher, dass es nicht einfach am falschen Platz liegt? Du sagtest doch, die Bibliothek wäre ein einziges Chaos.«

»Jetzt nicht mehr. Und ich habe überall gesucht. Sogar unter den Sesseln! Ich hab sogar David gefragt, ob er es gesehen hatte.«

»Und?« Magda legte den Kopf schief.

»Und er hat gesagt, er hätte es genommen, um es sich anzusehen, aber er konnte sich nicht erinnern, ob er es zurückgestellt hatte.«

»Na, da hast du's doch.«

»Ich weiß. Es ist nur so, dass es sich um drei große Bände in einem Schuber handelt. Wenn du dir ein Buch zum Anschauen herausnimmst, würdest du die anderen und den Schuber doch wohl stehenlassen, oder? Und das Buch später dort wieder hineinstecken. Deswegen sieht es für mich so aus, als hätte es nach David jemand anders genommen, mit Schuber und allem.«

»Fulke?«

Rachel schüttelte den Kopf. »Ich kann mir Fulke schlecht dabei vorstellen, wie er ein Faksimile der Gutenberg-Bibel durchblättert – und wenn auch nur deswegen, weil er die Bibel wahrscheinlich auswendig kennt. Außerdem, seien wir doch realistisch, würde er sich nie, nie etwas ausleihen, was Edgar gehörte. Edgar war der Arbeitgeber; ein Butler leiht sich nicht die Sachen seines Arbeitgebers aus.« Sie erinnerte sich an Fulkes Worte: »Ein Butler sieht und hört nichts«, und wie er dazu geschmeidig den Kopf geneigt hatte. »Und jetzt, wo Edgar nicht mehr da ist ...« Sie zuckte mit den Schultern. »Nein.«

»Also hat sich ein sehr wertvolles dreibändiges Werk in Luft aufgelöst.« Magda hob die Augenbrauen. »Okay, ich nehm's dir nicht übel, dass du den *capitaine* vergessen hast. Aber«, sie kramte nach ihrem Handy, »anrufen müssen wir ihn; wir hätten es längst getan haben müssen. Am besten tun wir's jetzt gleich.«

»Wart noch.« Rachel holte tief Luft. Sie hatte beschlossen, Magda von ihrem Verdacht gegenüber David zu erzählen, aber sie brauchte einen Moment, um sich innerlich zu wappnen. Sie atmete aus. »Okay. Also, ich habe mich gefragt ...«

Es klingelte an der Tür. Rachel warf einen Blick auf ihre Uhr:

fünf vor sieben. »Alan hat mal wieder seinen Schlüssel vergessen.« Sie wickelte sich die Decke von den Füßen. »Bleib sitzen; ich bin gleich wieder da.«

»Nix da, ich komm mit«, sagte Magda. »Was, wenn jetzt auch noch *du* auf unerklärliche Weise verschwindest?«

Rachel lachte. Während sie die Tür aufschloss, flüsterte sie Magda zu: »Sag nichts von der Bibel-Sache; ich erzähl ihm später davon.« Magda nickte, und sie öffnete die Tür.

Vor ihr stand Elisabeth.

»Elisabeth!« Rachel spürte, wie ihr Herz einen Hüpfer tat. Es war so, als habe sich eine verlorene Liebe, ein im Kampf gefallener Soldat, ein von der See verschlungener Matrose plötzlich vor ihrer Haustür materialisiert. Regungslos, stumm starrte sie die Erscheinung an.

»*Bonsoir*, Madame Levis«, sagte Elisabeth. Ihre Stimme klang nicht nach Jenseits; sie klang nicht hohl. Es war die Stimme einer realen, etwas reisemüden jungen Frau. Sie trug einen leicht staubigen schwarzen Rucksack und, quer vor der Brust, eine Kuriertasche. Sie sah bekümmert aus, und ihr Haar hätte sauberer sein können, aber abgesehen davon, schien es ihr gutzugehen.

»Mein Gott!« Rachel streckte die Hand aus. »Kommen Sie herein, kommen Sie herein!«

Elisabeth trat über die Schwelle, blieb dann aber stehen. Sie sah Magda an, dann Rachel, und sah dann einfach nur verlegen aus. Es dauerte ein, zwei Augenblicke, ehe sich Rachel erinnerte, dass, während Magda Elisabeth aus etlichen Schilderungen kannte, sich Gedanken über ihr Verhalten gemacht hatte und, nun ja, bei ihr eingebrochen war, Magda wiederum für Elisabeth einfach nur eine Frau war, die zufällig gerade Rachel besuchte.

»Das ist meine beste Freundin, Magda Stevens«, erklärte sie. »Ich habe ihr ausgiebig von Ihnen erzählt.«

Ob es an der Verwendung des Ausdrucks »beste Freundin« seitens einer schon seit längerem erwachsenen Frau lag, an der Tatsache, dass zumindest Magda *sie* kannte, oder auch einfach nur daran, dass sie wieder zu Atem und zur Besinnung gekommen war – jedenfalls entspannte sich Elisabeth sichtlich.

»*Bonsoir*, Madame Stevens.« Sie nickte energisch. *»Enchantée.«*

»Enchantée«, entgegnete Magda. Sie verhielten sich wie zwei Damen, die sich auf einer Cocktailparty miteinander bekanntmachten. Rachel war von der surreal anmutenden Situation ganz benommen.

Sie musste etwas sagen, um dieses traumartige Gefühl zu verscheuchen. »Bitte«, sagte sie und streckte Elisabeth die Hände entgegen, »geben Sie mir nur Ihre Sachen. Ich bin unglaublich froh, Sie zu sehen! Darf ich Ihnen etwas zu trinken anbieten?«

Magda lugte über Rachels Schulter. »Einen Kaffee oder eine Tasse Tee? Ein Glas Wasser? Einen Aperitif?« Rachel spürte förmlich, wie ihre Freundin das Mädchen taxierte.

Elisabeth lächelte. »Etwas Wasser wäre wunderbar, danke. Ich bin den ganzen Tag im Zug gewesen.«

Sobald sie ihr das Gepäck abgenommen und sie mit einem Glas Wasser (»Und ein *macaron*«, flüsterte Rachel; dann: »Nicht das mit Rosenblütenblatt!«) aufs Sofa platziert hatten, bezogen sie auf den Sesseln gegenüber Stellung. Elisabeth sah sich im *séjour* um, betrachtete die Bücher und den *décor*, wandte sich sogar zum Fenster, um die Aussicht zu begutachten, trank dabei ihr Wasser und knabberte an ihrem *macaron*. Weder Rachel noch Magda sprachen ein Wort – was, wenn da ein empfindlicher Wiederherstellungsprozess im Gang war?

Schließlich hielt es Magda nicht mehr aus. »Wo sind Sie bloß *gewesen*?«

Elisabeth schlug die Augen nieder. »In Bayonne.«

Jetzt war Rachel dran: »Sie waren also *wirklich* in Bayonne?«

»Ja.« Sie blickte nicht auf. »Ich wollte in der Nähe des Ozeans sein, um nachzudenken.«

Die zwei Frauen starrten sie an. »Haben Sie Ihre Bankkarte benutzt?«, fragte Rachel.

»Ja, an einem Automaten. Ich hatte kein Bargeld mehr.« Sie hob die Augen und sah sie beide nacheinander an. »Tut mir leid, aber ich verstehe nicht. Woher wussten Sie, dass ich in Bayonne war?«

»Das wussten wir gar nicht«, sagte Magda, »aber die Polizei hat uns gesagt, Ihre Bankkarte wäre dort benutzt …«

»Die Polizei! Sie haben mich von der Polizei suchen lassen? Ohne mir auch nur die Chance zu lassen, die Sache zu erklären?« Sie wollte schon aufstehen, aber Rachel hielt sie mit der ausgestreckten Hand auf.

»Nur einen Moment.« Sie sprach mit ruhiger Stimme. »Ich glaube, hier ist einiges unklar.«

Widerstrebend setzte sich Elisabeth wieder hin.

Rachel sagte: »Elisabeth, wussten Sie, dass wir Sie die letzten zwei Wochen lang gesucht haben?«

»Mich gesucht?« Das Mädchen sah sie verblüfft an. »Nein, das hatte ich nicht gewusst. Ich habe keine Nachrichten geschaut und war auch nicht im Internet. Ich hatte nicht mal mein Handy dabei.«

»Das wissen wir«, sagte Magda. Sie schwieg kurz, räusperte sich. »Ihre Nachbarin hat uns das gesagt.«

»Meine Nachbarin?« Elisabeths Lautstärke schoss mit der letzten Silbe in die Höhe. Wenn überhaupt möglich, sah sie jetzt noch verwirrter aus. Und verängstigt. »Warum haben Sie mit meinen Nachbarn geredet?«

Wieder hob Rachel eine beschwichtigende Hand. »Nur mit der einen Nachbarin. Wir haben uns Ihretwegen große Sorgen gemacht. Wir erklären es Ihnen gleich. Könnten Sie uns aber zuerst sagen, was eigentlich passiert ist? Sie sind einfach verschwunden.«

Das Mädchen setzte sich auf der Couch zurecht, dachte nach. »Ja«, sagte sie schließlich und hob dann ihr Glas. »Aber könnte ich bitte vorher noch etwas Wasser haben?«

Versorgt mit einem vollen Glas kreuzte Elisabeth die Beine, zog die Ärmel ihres Pullovers über die Hände und begann. »Nachdem Sie mich in Edgars *bureau* entdeckt hatten, bin ich nach Hause. Ich machte mir große Sorgen. Nämlich, Edgar und ich … also, Edgar … Edgar hatte mich gebeten, etwas für ihn zu tun, aus Freundschaft, und ich hatte es getan. Etwas Illegales.«

Sie sah Rachel an, und Rachel sagte ruhig: »Ja, von der Sache wissen wir auch.«

»Sie wissen es? Woher? Sind Sie Bibliothekarin *und* Detektivin?«

Es war das erste Mal überhaupt, dass sich jemand von Rachels detektivischen Fähigkeiten beeindruckt gezeigt hatte, und sie setzte sich ein bisschen aufrechter hin, aber sie blieb konzentriert. »Wir wissen es. Weiter.«

»Ich wusste, dass Sie sich fragen würden, was ich da eigentlich gemacht hatte. Ich hatte Edgar gleich von Anfang an gesagt, dass uns jemand erwischen würde. Edgar sagte, das würde schon nicht passieren, aber mir war ganz klar, dass es nur eine Frage der Zeit war. Und dann, sehen Sie? Sie *haben* mich erwischt.« Sie schlang die Arme um sich. »Als Sie mich im *bureau* entdeckt haben, wusste ich, dass es so weit war.«

Rachel unterbrach sie: »Was haben Sie da eigentlich gesucht?«

Elisabeth wurde glühend rot, ein satter leuchtender Farbton, von dem Rachel geglaubt hatte, er existiere in der schamlosen Welt von heute gar nicht mehr. »Alles, was irgendwie mit der Steuer zu tun hatte.« Sie schluckte mühsam, fuhr dann fort:

»Nachdem Sie mich entdeckt hatten, habe ich mir das ganze Wochenende lang den Kopf zerbrochen, was ich jetzt tun sollte. Aber ich konnte keinen klaren Gedanken fassen. Ich hatte Angst, die Polizei könnte jeden Augenblick auftauchen und mich mitnehmen.«

Rachel lächelte innerlich bei der Vision eines Schwarms Polizisten, der sich in Elisabeths winziges Zimmer quetschte, aber sie wahrte eine ernste Miene.

»Also habe ich beschlossen wegzufahren. Ich habe ein paar Dinge eingepackt und bin einfach weg. Ich hab mir nicht mal die Zeit genommen aufzuwischen, nachdem ich mich beim Packen an der Nagelschere gestochen hatte.«

Ah, es war also *tatsächlich* so gewesen!

»Nach Bayonne bin ich gefahren, weil ich früher mal mit meiner Familie dort Urlaub gemacht habe. Ich wollte am Meer sein, und möglichst weit weg von Paris. Dass mir das Handy aus der Brusttasche gefallen war, habe ich erst am Bahnhof gemerkt. Aber um ehrlich zu sein, war ich froh, es nicht dabei zu haben.« Sie trank einen Schluck Wasser. »Ich hatte etwas Geld in der Schreibtischschublade«, sie ließ wieder den Kopf hängen, »Sie wissen schon, Geld von Edgar. Ich habe es mitgenommen, und ich hab mir gesagt, wenn es alle wäre, würde ich entscheiden, wie es weitergehen sollte. Und vor zwei Tagen war es so weit.« Sie sah auf. »Aber mittlerweile hatte ich schon beschlossen, auf jeden Fall zurückzukommen. Ich wollte zu Ihnen kommen und mich dann der Polizei stellen und ins Gefängnis gehen.«

Zum ersten Mal dachte Rachel, sie könne es sich vielleicht doch vorstellen, wie es sich anfühlte, ein Kind zu haben. Das Mädchen, das da vor ihr auf der Couch saß, war so verängstigt und doch gleichzeitig so entschieden, so fest entschlossen, sich edelmütig zu verhalten, dass in Rachel der Wunsch aufwallte, sie in die Arme zu schließen.

Magda hingegen bewegten praktischere Fragen. »Aber wozu erst hierherkommen? Wäre es nicht gescheiter gewesen, direkt zur Polizei zu gehen, ohne erst zu Rachel zu kommen?«

Das Mädchen guckte verschämt. »Ich wollte – also, na ja … Ich dachte, wenn ich hierherkäme und Rachel alles erklärte, dann würde sie mir vielleicht bei der Polizei helfen.« Sie sah Rachel an. »In der Bibliothek sagten Sie, Sie wüssten, wie Edgar sein konnte, was für eine starke Persönlichkeit er hatte. Ich hoffte, Sie würden es vielleicht der Polizei erklären, damit sie verstand, dass es nicht allein an mir gelegen hatte. Und ich dachte …« Sie fasste sich ein Herz. »Ich dachte, ich würde eher den Mut haben, mich zu stellen, wenn ich die Unterstützung einer Freundin hätte.«

Diesmal stand Rachel auf und nahm sie wirklich in die Arme. »Sie werden nicht ins Gefängnis müssen. Tatsächlich ist es vielleicht nicht einmal nötig, dass Sie zur Polizei gehen.« Beim Anblick der Mischung aus Hoffnung und Enttäuschung in der Miene des Mädchens musste sie beinahe lachen. »Aber darüber reden wir später. Erst einmal sind wir froh, Sie zu sehen. Wir haben uns solche Sorgen gemacht!«

Mit vereinten Kräften brachten sie und Magda eine ziemlich ausführliche Schilderung ihrer Aktivitäten der vergangenen Tage zustande – von Alans Entdeckungen bis hin zur Textnachricht von Capitaine Boussicault. Sie verschwiegen auch nicht, dass sie zusammen mit Alan vor ihrer Tür gestanden, wohl allerdings, durch stillschweigende Übereinkunft, dass sie später vor derselben nicht haltgemacht hatten.

Als sie fertig waren, sagte Elisabeth: »Aber ich verstehe immer noch nicht. Warum *waren* Sie so besorgt?«

Rachel sah Magda an. Wie sollten sie erklären, wie sie zu ihren Befürchtungen im Zusammenhang mit Mathilde gelangt, welche Indizien sie zutage gefördert hatten und worauf diese hinzudeuten schienen? Sie holte tief Luft und versuchte, einen Anfang zu finden.

»Wir dachten, Mathilde hätte Sie getötet«, sagte Magda. »Oder Sie töten lassen.«

Einen Augenblick lang stand Elisabeth der Mund offen. Dann brach sie unerwartet in Lachen aus. »Madame Bowen? Warum sollte Madame Bowen mich denn töten?«

Rachel warf Magda einen strengen Blick zu. »Na ja, sehen Sie, erst kam Catherine Nadeau …«

»Aber Madame Nadeau hat sich doch das Leben genommen!«

War die Sache es wert? Rachel betrachtete das ängstlich angespannte Gesicht des Mädchens. War es das wert, sich die nötige Zeit zu nehmen, die nötige Geduld aufzubringen, um Elisabeth zwar die Situation zu erklären, sie dafür aber umso mehr in Angst und Schrecken zu versetzen? Sie tat einen tiefen Seufzer. »Ja, ja, hat sie. Aber anschließend erwähnte jemand uns gegenüber, Madame Bowen sei wegen Edgar sehr eifersüchtig gewesen. Wir befürchteten, wenn sie annahm, sie beide wären miteinander … intim …« Sie schluckte. »Also, wir befürchteten, sie könnte Ihnen etwas antun. Angetan haben.«

Elisabeth sah sie ungläubig an. »Aber Madame Bowen weiß doch, dass ich lesbisch bin!«

Jetzt war es Rachel, die den Mund nicht mehr zubekam. Ihr war nie in den Sinn gekommen, die anmutige Elisabeth könnte etwas anderes als heterosexuell sein. Sie spürte, wie ihr aufgeklärt-liberales Selbstverständnis ins Wanken geriet. »Sie sind eine Les-« Sie fing neu an: »Mathilde weiß, dass Sie lesbisch sind?«

»Ja, weiß sie. Als wir uns kennenlernten, war praktisch das Erste, was sie mich fragte, ob ich einen Freund hätte. Jetzt verstehe ich, warum.« Sie nickte, als bestätigte sie sich etwas. »Ich erklärte ihr, dass ich Frauen liebte und eine Freundin hatte. Sie wusste also von Anfang an Bescheid.« Dann verlor sie offensichtlich das Interesse an dem Thema und sagte: »Trotzdem würde ich das Geld, das ich von Edgar bekommen habe, gern zurückzahlen.«

Rachel sagte sanft: »Darum brauchen wir uns im Moment kein Kopfzerbrechen zu machen.« Sie klang wirklich wie jemandes Mutter. Es war eine ungewohnte Erfahrung, und Rachel wusste nicht recht, was sie davon halten sollte. »Jetzt würde ich Sie gern etwas anderes fragen. Hatten Sie je den Eindruck, dass Madame Bowen auf Edgar böse war oder dass sie sich von ihm schlecht behandelt fühlte?«

»Nnn-nein.« Elisabeth runzelte die Stirn. »Sie stand zwar irgendwie ständig unter Anspannung, aber das schien nie speziell mit Edgar zu tun zu haben.«

»Sie schien nie böse auf ihn zu sein? Sie haben nie gehört, wie sie Geld von ihm verlangte?«

Das Mädchen schüttelte den Kopf. »Ein, zwei Mal habe ich sie zu ihm sagen hören, dass sie sich Sorgen machte. Aber sie hat jede Menge eigenes Geld. Zumindest hat Edgar das immer gesagt.«

»Und nachdem er gestorben war? Wie war sie da?«

Elisabeth überlegte. »Na ja«, sagte sie, »da wirkte sie schon besorgter. Sie haben ja selbst gesehen, wie sie an dem Tag in der Diele war.« Sie senkte die Augen und errötete wieder. Beim Gedanken an ihre eigenen Verfehlungen im Verlauf besagter Begegnung, vermutete Rachel.

»Ja«, sagte Magda, »Rachel hat mir von der Sache erzählt. Haben Sie irgendeine Idee, was genau sie wollte?«

Elisabeth schüttelte den Kopf. »Sie sagte, es wäre etwas von ideellem Wert – also vielleicht etwas, was sie an Edgar erinnern würde? Ich weiß, dass es da eine Epstein-Skulptur gab, die sie liebte. Sie kam immer wieder darauf zu sprechen.«

Die Taube! Hatte Rachel bei ihrer Suche nicht selbst die Taube in Betracht gezogen? Die Taube würde die vierzigtausend durch die Lappen gegangenen Euro spielend wieder hereinbringen.

»Sie wollte also ein Andenken an Edgar«, soufflierte sie.

»Könnte ich mir denken, denn ich weiß, dass sie sehr an ihm hing, und ich weiß, dass Madame Nadeau, die ihn nicht annähernd so lang gekannt hatte, gleichfalls eins haben wollte.«

»Bitte was?« Magda, mit scharfer Stimme.

»Doch, ja«, sagte Elisabeth geringschätzig. »Am Tag nach der Trauerfeier, als ich wieder im *bureau* arbeitete und irgendwann eine Pause machte, da bin ich ihr in der Diele fast in die Arme gelaufen. Sie hatte ihre Übernachtungssachen in einer kleinen Tasche, und sie sagte, sie sei gekommen, um sie mitzunehmen und sich vielleicht noch eine Kleinigkeit auszusuchen, die sie an Edgar erinnern würde.«

»Hmm«, machte Magda.

Im Verlauf der nächsten halben Stunde verfütterten sie an Elisabeth noch ein paar *macarons* und drängten ihr einen Kräutertee auf – laut Magda förderlich für Ruhe und Nervenstärke. Rachel versprach, ein Treffen zwischen Alan und Elisabeth zu organisieren, damit sie besprechen könnten, ob sie sich bei der Polizei stellen sollte; wobei sie es zwar nicht aussprach, aber annahm, dass es ihm eher gelingen würde, es ihr auszureden. Gleichfalls versprach sie, beim *commissariat* anzurufen und zu erklären, dass Elisabeth wieder aufgetaucht war. Beide Frauen boten Elisabeth an, die Nacht jeweils bei ihnen zu verbringen, aber sie lehnte höflich ab. Sie war lange weg gewesen, sagte sie, und auch wenn es ihre eigene Entscheidung gewesen war, freute sie sich jetzt einfach darauf, wieder in ihrem eigenen Bett zu schlafen.

Sie begleiteten sie zur Tür.

»Rufen Sie Ihre Mutter an«, sagte Rachel aus ihrem neuen Einfühlungsvermögen gegen Mütter heraus.

Sie war schon dabei, die Tür zu öffnen, um das Mädchen hinauszulassen, als ihr plötzlich noch eine Frage einfiel: »Elisabeth, woher wussten Sie eigentlich, wo ich wohne?«

Das Mädchen zuckte die Achseln. »Edgar hatte eine Karte mit Ihrer Adresse darauf. Nach unserem Gespräch in der Bibliothek habe ich sie mir aufgeschrieben.«

Nach so langer Zeit hatte er noch immer ihre aktuelle Adresse gekannt … Mit einem Lächeln hielt Rachel ihr die Tür auf.

»Vielen Dank«, sagte Elisabeth. Sie küsste beide auf beide Wangen. »Ich ruf Sie morgen an.«

»Ich habe zu danken«, sagte Rachel. »Sie haben mir eine riesige Last von der Seele genommen.«

»Ja«, fügte Magda hinzu. »Es war wirklich schön, Sie gesund und munter zu sehen.« Sie lächelte. »Und natürlich, Sie kennenzulernen.«

Sie sahen Elisabeth nach, wie sie, über die eine Schulter die Tasche und über die andere den Rucksack geschlungen, dazwischen elastisch wippende Locken, den Treppenflur entlangging. Als sie den Fahrstuhl erreichte, rief Magda leise: »Möglich, dass Ihre Tür offen steht.« Aber als Elisabeth sich umdrehte, lächelte Magda bloß und winkte zum Abschied.

»Oh mein Gott!« Magda hüpfte förmlich vor Freude. »Ist es nicht wundervoll?«

Aber Rachel sah keinen Grund zu Begeisterungsstürmen. Elisabeths Rückkehr bedeutete, dass sich ihr bestes Indiz für einen Mord verabschiedete. Sie hatten wieder einmal keinen rechten Hinweis darauf, dass überhaupt eine Straftat vorlag. »Vermutlich«, sagte sie.

Magda war schockiert. »Vermutlich? Elisabeth ist nicht tot! Und sie hat uns die Verbindung zwischen Mathilde und Catherines Tod geliefert! In der Wohnung war irgendetwas, was Mathilde belastete – ist vielleicht sogar immer noch dort –, und Catherine hat es gefunden, als sie ihre Sachen abholen wollte!«

»Nein«, sagte Rachel mit ruhiger Stimme, »geliefert hat Elisabeth uns eine vernünftige Erklärung dafür, warum Mathilde in die hinteren Zimmer wollte. Sie wollte irgendein Andenken, oder sie könnte es auch speziell auf die Taube abgesehen haben. Und sie hat uns eine vernünftige Erklärung dafür geliefert, was Catherine dort eigentlich vorhatte, als Elisabeth sie zufällig sah: ihre Sachen holen und sich außerdem nach einem Andenken umsehen.« Sie seufzte. »Damit wären wir wieder bei unserer Flasche Rosé als unserem ersten und einzigen Indiz für was auch immer. Und unsere kleine Besprechung mit der Polizei hat eindeutig gezeigt, wie *sie* die Sache sehen wird.«

Magda verfiel in nachdenkliches Schweigen, dann sagte sie hoffnungsvoll: »Oder könnte Elisabeth nicht doch noch unsere Mörderin sein? Dass sie zurückgekommen ist, könnte ein Bluff gewesen sein, um uns von ihrer Fährte abzubringen.«

Das war das zweite Mal, dass sie im Zusammenhang mit Elisabeth von einem Bluff sprach. Rachel sah sie geringschätzig an. »Magda, denk doch einmal nach. Dieses Mädchen – sie ist errötet, als sie gestanden hat, nach irgendwelchen Dokumenten *gesucht* zu haben! Nicht etwa, damit etwas angestellt zu haben, nein, lediglich gehofft zu haben, sie zu finden. Besitzt *dieses* Mädchen deiner Meinung nach die Tücke und den Schneid, eine bluffende Mörderin zu sein?«

Magda holte tief Luft, dann noch einmal. Schließlich sprach sie. »Na ja, es gäbe noch eine andere Möglichkeit.«

Rachel wartete.

»Wir dachten, Edgars Tod, Catherines Tod und Elisabeths Verschwinden würden miteinander zusammenhängen, aber das müssen sie ja gar nicht. Wir haben das nur wegen der zeitlichen Nähe und wegen Catherines komischer Fragen angenommen. Aber wenn wir Catherine und Elisabeth aus dem Spiel lassen, reichen die Informationen, die wir – von Kiki, von Fulke, ja selbst von David – haben, immer noch aus, um Mathilde zu einer guten Verdächtigen für *Edgars* Ermordung zu machen. Obwohl«, räumte sie ein, »es natürlich merkwürdig ist, dass Elisabeth nichts von den Auseinandersetzungen mitbekommen hat, von denen Fulke sprach.«

»Nicht unbedingt.« Die Erklärung dafür schien Rachel auf der Hand zu liegen. »Fulke ist ein langjähriger, getreuer Diener. Mathilde würde ihn nie als einen Außenstehenden betrachten, zumindest nicht als einen, vor dem man sich in Acht nehmen müsste. Elisabeth hingegen war ein erst kürzlich eingedrungener Fremdkörper. Da ist es nachvollziehbar, dass sie sich in ihrer Anwesenheit mehr vorsah.«

»M-hm.« Magda nickte. »Und auf alle Fälle brauchte Mathilde fünfzigtausend Euro, egal, vor wem sie nun darüber gesprochen oder nicht gesprochen hat. Was einen Mord aus der Erwartung einer Erbschaft heraus, oder aus Wut über deren Ausbleiben, mehr als plausibel macht.« Sie überlegte kurz. »Selbst die zehntausend, die sie dann tatsächlich bekommen hat, könnten vor dem Hintergrund dieser missglückten Investition in Erdöl ein starker Anreiz gewesen sein. Sie *ist* also nach wie vor eine gute Verdächtige. Mehr noch, in Anbetracht der jüngsten Entwicklungen«, sagte sie und zeigte dabei auf den von Elisabeth gerade geräumten Platz auf der Couch, »sollten wir sie wieder zu unserer Hauptverdächtigen befördern.«

Rachel nickte, aber mehr aus Gewohnheit als aus irgendeinem wirklichen Grund. Magdas Argumentation hatte Hand und Fuß, und natürlich war es wunderbar gewesen, mit eigenen Augen zu sehen, dass Elisabeth am Leben war. Warum war sie also nicht froh? Warum wünschte sie sich im Augenblick nichts anderes, als allein zu sein?

Aber Magda schien ihre Unlust nicht zu bemerken. »Hattest du mir nicht vorhin etwas sagen wollen?«

Rachel schüttelte den Kopf. »Nein, war nicht wichtig. Ich sag's dir ein anderes Mal.« Zusätzlich zu allem anderen ließ Elisabeths Rückkehr ihren Verdacht gegen David weniger plausibel und weniger mitteilenswert erscheinen.

»Sicher?«

»Ja. Ich ruf dich dann an.«

Magda mochte ihre Unlust nicht bemerkt haben, aber einen Wink mit dem Zaunpfahl erkannte sie sofort. Sie stand auf. »Okay, ich finde selbst hinaus. Wir reden ein andermal.« Sie gab Rachel einen Kuss und ging.

28. Kapitel

Als Rachel Alan erzählte, dass Elisabeth wieder aufgetaucht war, sagte er: »Möchtest du darüber reden?« Und als sie den Kopf schüttelte, machte er ihr eine Tasse Tee und ging dann in sein Arbeitszimmer. Rachel war für den Tee ebenso dankbar wie für das Schweigen, aber Ruhe schenkte ihr beides nicht. Irgendwie hatte sich in der Wohnung die ganze Anspannung und Aufregung der letzten paar Stunden angesammelt; das Bedürfnis, da rauszukommen und endlich Frieden zu finden, machte sie ganz rappelig. Schließlich schlüpfte sie in ihren Mantel. Der Monoprix-Supermarkt, zu Fuß in zehn Minuten zu erreichen, war ein Tempel der Ordnung, und um neun Uhr abends würde er höchstwahrscheinlich weitgehend menschenleer sein. Sie hatte ein Ziel.

Um die Lebensmittelabteilung zu erreichen, mussten Monoprix-Kunden die Rolltreppe nach unten nehmen und dann einen trüb beleuchteten Gang entlanggehen, der von Regalen voll Wein und Spirituosen gesäumt war. Dieser rituelle Abstieg, gepaart mit der Bändigung so vielfältigen potenziellen Chaos – so viele verschiedene Sorten Alkohol, die durcheinandergeraten könnten, es aber nicht taten, so viele unterschiedlich gefärbte Flüssigkeiten, die falsch eingeräumt sein konnten, es aber nie waren – schenkte Rachel immer ein Gefühl innerer Ruhe, das sich noch vertiefte, wenn sie in der Frischeabteilung auf die einförmigen Obst- und Gemüse-Arrangements stieß, Paprikaschoten und Äpfel und Avocados in fest geschichteten kühlen Stapeln. In einem guten Supermarkt herrschte Zivilisation: Überall war es sauber und gesittet, und kein Mensch wusste, wer man war oder was man getan hatte.

Sie fühlte sich gedemütigt; das gestand sie sich ein. Sie und Magda, erkannte sie jetzt, hatten sich eine Geschichte ausgedacht und sie anschließend zur Wahrheit erklärt. Mathilde erschien wie eine Schurkin – sie *pries* sich förmlich als Schurkin an –, und sie hatten entschieden, dass sie das zu einer qualifizierte. Sie hatten ein herrenloses Handy, ein paar Tropfen Blut und einige unerfreuliche Bemerkungen auf einem Balkon zu einem Wunscherfüllungsszenario zusammengerührt, dem sie sich, ohne einen Augenblick nachzudenken, mit Haut und Haaren verschrieben hatten.

Rachel wusste, dass sie kein Mensch von lauen Empfindungen war. Ihre Freude war immer Glückseligkeit, ihr Kummer immer abgrundtiefer Jammer. So gesehen war es nicht weiter verwunderlich, dass ihre Beschämung sich wie vollkommene Selbstverachtung anfühlte. Trost suchend legte sie die Hand auf einc Reihe Cantaloupe-Melonen. Niemand sah hin. Keinen kümmerte es, dachte sie. Hier wusste niemand, dass sie falschgelegen hatte, dass Alan recht gehabt hatte, dass die Polizei recht gehabt hatte, dass ihr erster Exkurs in die Welt der Ermittlung zu einem Mordopfer geführt hatte, das in Wirklichkeit gesund und munter und im Urlaub in Südfrankreich gewesen war. Im Februar.

Mit diesem Gedanken begann ihre Vernunft ihre Autorität wieder geltend zu machen, und nach seinem kurzen Aussetzer lief ihr gesunder Menschenverstand wieder rund. Es stimmte, dass Elisabeths Rückkehr ihre emotionale Einstellung zu Edgars Ermordung grundlegend geändert hatte, aber änderte das auch wirklich etwas an der konkreten *Möglichkeit* dieses Mordes? Sie und Magda hatten sich einen Fall konstruiert, in dem Elisabeths Ermordung die Realität von Edgars Ermordung untermauerte und umgekehrt, aber musste es unbedingt so sein? Mussten sie jetzt, wo Elisabeth von den Nicht-richtig-Toten zurückgekehrt war, unbedingt akzeptieren, dass Edgar, ausgelaugt von Raffgier und geringfügigem Diebstahl, im Zuge des Abendessens, vor sich auf dem Tisch den Lieblingswein seiner Besucherin, einfach umgekippt und gestorben war? Zum ersten Mal seit dem Tag, als Magda im Bistrot Vivienne ihre Hypothesen zerpflückt hatte, unterzog sie sich einer strengen Selbstbefragung. Glaubte sie noch immer, dass Edgar ermordet worden war?

Sie sah die Tomaten an. Das intensive Rot ihrer Haut verlangte ihr Konzentration ab. Sie kehrte ihre Aufmerksamkeit nach innen, tastete nach ihren Instinkten. Ja, entschied sie, sie glaubte es noch immer. Elisabeth hin oder her, das andere Szenario fühlte sich nach wie vor falsch an. Edgar war durch Fremdeinwirkung gestorben.

Sie nahm sich strenger ins Gebet. In Ordnung, das war also ihr Bauchgefühl, aber hatte sie auch irgendwelche konkreten Anhaltspunkte? Keine Ahnungen oder Instinkte, sondern konkrete, polizeiliche Ermittlungen rechtfertigende *Beweise*?

Sie biss sich in den Daumennagel. Nun, für den Anfang hatte sie die Tatsache, dass, obwohl Rosé auf dem Tisch stand, keine der zwei Frauen angegeben hatte, mit Edgar zu Abend gegessen zu haben. Wenn jemand kurz nach oder sogar während einer gemeinsam eingenommenen Mahlzeit starb, dann war das normalerweise schon etwas, was man, und wenn auch nur beiläufig, erwähnen würde – selbst jemandem gegenüber, den man nicht besonders gut kannte. Doch weder Mathilde noch Elisabeth hatten etwas Diesbezügliches gesagt. Das bedeutete, dass entweder keine von beiden an dem Abend mit Edgar zusammen gegessen hatte – wodurch der Rosé erneut zum Rätsel wurde –, oder aber eine von beiden ihre Anwesenheit vertuschen wollte. So oder so stimmte etwas nicht.

Ah, da war es wieder, ihr »da stimmt was nicht«. Aber jetzt

hatte sie mehr als nur *einen* Anhaltspunkt. Da war auch noch die Suppe. Sie erinnerte sich, von ihrer Mutter einmal gehört zu haben, man könne in zwei Fingerbreit Wasser ertrinken. Ein durchschnittlicher Suppenteller fasste wahrscheinlich drei Fingerbreit. Das bedeutete, dass Edgar, um in der Suppe ertrinken zu können, seine Mahlzeit gerade erst angefangen haben musste. Aber auch wenn Edgar von sich aus ohnmächtig geworden und mit dem Gesicht in den Suppenteller gefallen war: Wieder bewies der Rosé, dass er nicht allein zu Tisch gesessen hatte. Und wenn jemand mit dem Gesicht in seine Suppe sackte, während man gerade das gemeinsame Mahl anfing, dann rief man entweder den Rettungswagen, oder man versuchte, ihn selbst zu retten – oder aber man war sein Mörder.

Aber diese Indizien traten im Kontext der Tatsache auf, dass sie konkrete Verdächtige hatte. *Ockhams Rasiermesser*, ermahnte sie sich, *Ockhams Rasiermesser.* Sprach – *ohne* die verkomplizierende Annahme spezifischer Verdächtiger – überhaupt noch etwas für Mord?

Sie zwang sich, ganz langsam zu denken. Elisabeth und David hatten, jeweils für sich, unaufgefordert erwähnt, dass Edgar Rosé nicht ausstehen konnte. Die Flasche auf dem Tisch ließ sich also nicht mit einer Laune des Geschmackssinns oder einer plötzlichen Lustanwandlung wegerklären. Zu erklären war ihre Anwesenheit nur damit, dass noch jemand da gewesen sein musste. Das bedeutete nicht nur, dass jemand mit Edgar am Tisch gesessen hatte, sondern auch, dass diese Person jetzt diesen Umstand verschwieg – womit sich zu den verdächtigen Umständen ein verdächtiges Verhalten gesellte. Dann war da noch die Tatsache, dass der Edgar, den ihre jüngsten Erkenntnisse offenbart hatten, gar nicht mehr so wohlanständig aussah. Er war ein Steuerbetrüger gewesen, hatte gegenüber dem Finanzamt falsche Angaben gemacht und hatte eine unbeteiligte Person dazu genötigt, an dem Betrug mitzuwirken. Nicht mal ein Herz für Katzen hätte einen solchen Charakter noch retten können. Laut Fulke hatte er seine Frau wegen Geld in Rage gebracht, und nach Elisabeths eigener Aussage hatte er sie, seine widerwillige Komplizin, zu ununterbrochener Angst und Sorge verurteilt. Wer wusste schon, wie viele Leute mit weniger Skrupeln er sonst noch gegen sich aufgebracht haben mochte?

Zählte sie den Wein, die Suppe und die Fakten zusammen, konnte sie die Frage mit Fug und Recht bejahen: Es *gab* genügend Indizien, um einen Verdacht auf Mord zu rechtfertigen – selbst auf Mord durch einen oder mehrere Unbekannte.

Aber ernsthaft, gestand sie sich ein, glaubte sie nicht, dass es ein Unbekannter gewesen war. War da nicht diese massive Eingangstür? War es nicht unvorstellbar, dass Fulke je vergessen sollte, die Hintertür abzuschließen? Und selbst, wenn man das alles außer Acht ließ, blieb die Tatsache, dass Edgar an einer der exklusivsten Adressen in einer der ruhigsten Straßen von Paris gewohnt hatte. Konnte irgendjemand ernsthaft glauben, dass sich ein Fremder unbemerkt in *dieses* Gebäude, in *dieser* Straße schleichen könnte? Nein, auch wenn sie von »einem oder mehreren Unbekannten« sprach, meinte sie in Wirklichkeit jemanden, den Edgar kannte, und wenn sie »jemand, den Edgar kannte« sagte, dann meinte sie in Wirklichkeit Mathilde, mit ihrem Stolz und ihrer Not und ihrer Gier.

Und apropos Gier …

Zufällig erblickte sie in einem dieser Spiegel, die es dem Personal erleichtern sollten, Ladendiebe zu erwischen, ihr Gesicht und wandte sich sofort ab. Sie hatte nicht den Mut, sich dem nächsten Gedanken zu stellen. Sie brachte es einfach nicht über sich. Dann drehte sie sich wieder um. *Im Leben jeder Detektivin*, sagte sie sich, *kommt irgendwann der Augenblick, wo sie das bis dahin Inakzeptable akzeptieren, das zuvor Undenkbare bis ins Letzte durchdenken, sich das vordem Ungenießbare ganz und gar zu Gemüt führen muss – Stopp!* befahl sie sich. *Sieh einfach den Tatsachen ins Auge.*

Sie begann mit den zwei Männern, denen sie am Fahrstuhl vor Edgars Wohnung begegnet war. Wenn man daran, mit wem einer umging, tatsächlich erkennen konnte, wer er war, was verriet ihr dann dieser bestimmte Umgang über David? Nicht viel, flüsterte der bösere Engel in ihr; nichts Gutes, entgegnete der bessere. Keiner, der sich so kleidete wie diese zwei Typen, verdiente sich seine Brötchen auf legale Weise. Sie war Großstädterin genug, um das zu wissen. Und dann war da noch diese Sache, dass David bei einem Freund auf der Couch statt bei seinem Vater in der großen Wohnung geschlafen hatte. Warum hatte Edgar sich geweigert, seinen Sohn bei sich aufzunehmen? An Platz hätte es nun wahrlich nicht gemangelt, und im Abstellraum stand ein Bett. War David in irgendeine Sache hineingeraten, von der er seinem Vater nichts erzählen wollte? Aber in was für eine üble Sache konnte ein netter Junge aus dem I. Arrondissement schon hineingeraten? Oder konnte es sein, dass die zwei Fahrstuhlmänner Edgar den »reichen Mann«, »dessen Vermögen jetzt David übernimmt«, aus eigenen, David unbekannten Gründen abserviert hatten? Wenn Catherine wirklich Selbstmord begangen hatte, war diese Hypothese plausibel. Aber *hatte* sie Selbstmord begangen? War David ein wahrscheinlicher Verdächtiger? Oder waren seine zwei zwielichtigen Freunde bessere Kandidaten? Sie gestand sich ein, dass letztere Möglichkeit ihr die liebste gewesen wäre, dass sie aber auch die am wenigsten wahrscheinliche war.

Doch dann musste sie sich der brutalsten Frage stellen: Wollte sie wirklich noch immer nach der Wahrheit suchen? Die Tatsache, dass es ein Rätsel gab, bedeutete nicht, dass sie es lösen musste. Wozu auch! Um weitere Belege dafür zu finden, dass unangenehme Menschen unangenehme Gedanken hatten, und dass angenehme Menschen sich als hoffnungslos mängelbehaftet erweisen konnten? Um ein weiteres Mal zu versuchen, in einem undurchdringlichen Heuhaufen eine schuldige Nadel zu finden? Um einem Polizisten entgegentreten zu müssen, der ihr niemals glauben würde? Und um der Auslöser weiterer Augenverrenkungen seitens eines die Geduld verlierenden Ehemannes zu werden?

Die Antwort, die sie darauf erhielt, überraschte sie. Ja, sie wollte wirklich weitermachen. Was für widerwärtige Dinge er auch getan haben mochte, hatte Edgar doch auch jenen Menschen gegenüber, die eine wichtige Rolle in seinem Leben gespielt hatten und denen er dankbar gewesen war, seine Anerkennung gezollt. In seinem Testament hatte er zumindest versucht, es ihnen zu vergelten. Wenn sie jetzt nicht weitermachte, würde sie ihm den gleichen Respekt versagen. Sie hatte ihre Ermittlung aufgenommen, um die Rolle zu würdigen, die er in ihrer Entwicklung gespielt hatte; diese Rolle existierte nach wie vor, also durfte die Ermittlung nicht abgebrochen werden.

Sie würde zu den Büchern zurückkehren. Sie brauchte keine neuen Hypothesen auszukochen: Sie konnte einfach dort weitermachen und sehen, was sich so ergab. Sie konnte die Augen offenhalten und dann darauf achten, dass jede ihrer Ideen das Resultat von Vernunftschlüssen wäre – also *das* war ein schönes altes Wort für Detektivinnen! Sie würde *Vernunftschlüsse ziehen*. Und schließlich war sie mit der Katalogisierung ja noch nicht fertig. Der Katalogisierung, mit der Edgar sie letztwillig betraut hatte. Sie würde ohne irgendwelche Erwartungen in die Bibliothek zurückkehren, und sie würde den Job zu Ende bringen. Beziehungsweise – sie korrigierte sich und ballte dabei die Hand zufrieden um eine Orange – beide Jobs zu Ende bringen.

29. KAPITEL

Als Rachel am nächsten Morgen ihre Schultertasche umhängte, war sie voller Optimismus. Die Sonne strahlte am frostigen Himmel, und eine Ahnung neuer Möglichkeiten erfüllte sie. Als sie Edgars *résidence* erreichte, schien ihre Positivität belohnt zu werden, denn der Aufzug stand im Erdgeschoss – etwas, was nie zuvor der Fall gewesen war.

Doch als sich die Tür auf Edgars Etage öffnete, war es mit ihrem Glück leider vorbei. Auf dem Treppenabsatz standen der Mann mit dem Anzug und sein Gehilfe. Rachel spürte, wie sie (hoffentlich unauffällig) zurückzuckte, aber der Mann im – diesmal elektrisch blauen – Anzug schien erfreut, sie zu sehen.

»Ah, die Freundin des Vaters!« Wieder zeigte er sein grimmiges Grinsen, dann sagte er auf Englisch: *»Wi 'äw to stop mieting leik siis.«* Er lachte mit vielen schiefen Zähnen.

»Ganz Ihrer Meinung«, sagte Rachel.

Zum Glück verstand er die Pointe nicht. Er klopfte sich auf die Jacketttaschen. »Wir gehen einen draufmachen, ein bisschen Geld ausgeben. Sind Sie dabei?« Er zwinkerte.

»Nein, danke.« Sie machte einen Schritt auf die Wohnungstür zu. »Ich habe viel zu tun.«

Er zuckte die Achseln. »*D'acc.* Ein andermal.« Er zwinkerte noch einmal, anzüglicher. Dann zeigte er, wie aus einer Eingebung heraus, auf den Kurzgewachsenen und sagte, wieder auf Englisch. *»See älloh tu mei littöl fränd!«* Sie brachen beide in Gelächter aus, und durch die sich schließende Fahrstuhltür sah sie, wie der lange Mensch dem Kurzen einen fingierten Fausthieb in den Magen verpasste und erst abbremste, als sein Kumpan schon zusammenklappte.

Während sie aus dem Mantel schlüpfte, sagte sie zu Fulke: »Ich bin draußen zwei Männern begegnet.«

»Ah, ja. Monsieur David kam heute Morgen in Begleitung dieser Herren nach Hause. Sie tranken Kaffee, bevor sie gingen.«

Auf Fulke war Verlass, wenn's darum ging, eine durchgemachte Nacht mit einem Morgen wie im Herrenklub zu krönen. Aber zum ersten Mal bemerkte sie, dass sein für gewöhnlich unerschütterliches Gesicht etwas blass wirkte. Sie wollte etwas Mitfühlendes sagen, aber ihr wollte nichts Passendes einfallen.

»Monsieur David ist ein junger Mann«, sagte sie schließlich, »mit den Gewohnheiten eines jungen Mannes.«

Einen Augenblick lang entspannten sich seine Züge zu einem Ausdruck tiefer Zuneigung, wenngleich seine einzige Antwort ein »In der Tat« war.

Dachte auch er gerade an den kleinen David? Schließlich hatte Fulke ihn von Anfang an miterlebt. Aber wieder fühlte es sich ungehörig an, solche Dinge auszusprechen und damit die Wand einzureißen, die seine Privatsphäre schützte. Also schenkte sie ihm stattdessen ein herzliches Lächeln, in das sie, so gut es ihr gelang, all ihre Sympathie und Aufrichtigkeit einfließen ließ, und begab sich in die Bibliothek.

* * *

Als sie am Ende des Vormittags aufstand, stellte sie zu ihrer Verwunderung fest, dass sie so gut wie fertig war. Sie hatte alle Regale aufgeräumt und fast sämtliche Bücher, die auf dem Fußboden gestapelt gewesen waren, an ihren richtigen Platz gestellt – erst nach Kategorie und dann nach Autor sortiert. Es waren noch drei, vier Stapel übrig, aber in rund einer Woche würde ihr nichts mehr zu tun bleiben, als den Katalog ins Reine zu tippen, und das konnte sie auch zu Hause erledigen.

Dann fiel ihr Blick auf die Lücke, die noch immer der verschwundenen Gutenberg-Bibel harrte, und im Nu erschien ihr die Gelassenheit, die sie in den vergangenen paar Tagen kultiviert hatte, wie willentliche Blindheit. Nicht nur hatte sie den Mord an Edgar nicht aufgeklärt – selbst bei seinen Büchern hatte sie ihre Sorgfaltspflicht verletzt. Waren die Bibelbände vielleicht hinter die Regalbretter gerutscht? Sie ignorierte die Unwahrscheinlichkeit dieser Hypothese und schmiegte sich platt an die Wand, sodass sie in den schmalen Spalt spähen konnte. Aber egal wie sehr sie sich den Hals verrenkte oder welche abnormen Stellungen sie einnahm, um ganz hinter, über, zwischen und unter die Regale zu lugen: Das Gutenberg-Faksimile war nicht da.

Ihr Optimismus, so fragil wie jeder frisch gefasste gute Vorsatz, bekam einen Riss. Ihre Augen füllten sich mit Tränen. Was hatte sie heute, bei ihrem großartigen Wiedereintritt in die Sphären der Kriminalistik und der Bibliothekskunde, eigentlich erreicht? Nichts. Morde waren keine aufgeklärt worden, und sie war nicht mal imstande, ein dreibändiges Werk wiederzufinden. Was bedeutete, dass sie für Edgar bis dato nicht mehr geleistet hatte, als ihm eine Wertanlage in Höhe von achttausend Euro zu verschludern. Sie war *keine* gute Freundin!

Magda hätte ihre Selbstgeißelung mit einer spöttischen Bemerkung oder der Feststellung gelindert, dass exzessive Schuldgefühle eine spezifische Form von Narzissmus waren, aber Magda war nun mal nicht da. Aber vielleicht war das auch besser so, denn dadurch war Rachel gezwungen, sich selbst auszuschimpfen. Was hatte sie denn erwartet, in den letzten zwölf Stunden noch groß zu entdecken? Statt zu jammern, sollte sie sich vielmehr überlegen, wie sie mehr aus der ihr verbleibenden Zeit machen konnte. Sollte sie sich vielleicht weigern, den Katalog ins Reine zu tippen, solange sie nicht jeden Eintrag noch einmal überprüft und gegengeprüft hätte? Sollte sie darauf bestehen dazubleiben, bis das Gutenberg-Faksimile wiederaufgetaucht wäre? Sie seufzte. Sie sollte Magda anrufen, *das* sollte sie.

»Du brauchst nicht mehr Zeit!« Magdas Stimme kam knackig durch die Leitung. »Alles, was der Fall noch braucht, ist, dass man ihn mit anderen Augen betrachtet, und jetzt, wo wir uns nach der Sache mit Elisabeth neu formieren konnten, *haben* wir andere Augen. Wir treffen uns in einer Stunde im Bistrot Vivienne.«

Wie immer erwartete Fulke sie bereits in der Diele. Eine einzige, erschöpfte Sekunde lang spielte Rachel mit dem Gedanken, ihn zu fragen, was er über das Thema dachte: Wer konnte Edgar getötet haben und warum? Butler hörten und sahen zwar nichts, doch sie wussten alles, und sie wäre jede Wette eingegangen, dass Fulke Informationen besaß, gegen die ihre läppischen kleinen Ermittlungsergebnisse *richtig* läppisch ausgesehen hätten. Natürlich würde sie niemals fragen. Sie mochten sich seit Jahren kennen, oder zumindest voneinander wissen, aber sie würde mit Fulke nie auf so vertrautem Fuße stehen, dass sie sich eine solche Offenheit und Unverfrorenheit herausnehmen könnte. Diese Erkenntnis verhagelte ihr wieder die Laune: Offenbar war es das Schicksal eines guten Butlers, zeit seines Lebens ein Fremder zu bleiben.

Als Fulke ihr gerade in den Mantel half, tauchte zu ihrer Verblüffung David auf. Zumindest dem Aussehen nach hatte er nicht nur die Nacht durchgemacht, sondern seither auch nicht geschlafen – seine großen Augen waren blutunterlaufen, seine Haare wirr zerzaust. Er wischte sich die Nase mit dem Handrücken, nieste und musste sie sich dann noch einmal wischen.

»Hallo«, sagte er endlich.

»Hallo.« Sie lächelte ihm zu. »Oje. Wie geht's dir?«

Er zuckte die Achseln. »Geht schon.« Er sah ihr zu, wie sie ihren Mantel zuknöpfte, dann sagte er: »Rachel?« Zum ersten Mal hörte sie in seiner Stimme den Jungen, der er mal gewesen war. Sie nickte ermutigend. »Wann wirst du mit der Bibliothek voraussichtlich fertig sein?«

»Das ist komisch! Gerade hatte ich mich das selbst gefragt.« Sie blies die Backen auf und dachte nach. »Vielleicht in zwei Wochen?«

»Ah.« Wie fahl er aussah! Menschen mit bleicher Haut schmeichelte der Winter nicht gerade.

»Und danach solltest du die Bücher schätzen lassen.«

»Schätzen?« Seine Stimme klang schrill vor Verwirrung. »Ich dachte, du wüsstest, was sie wert sind.«

»Ich katalogisiere sie nur. Zu ein paar Sachen könnte ich wohl einen ungefähren Tipp abgeben, aber wie viel die ganze Sammlung wert ist, kann ich dir nicht sagen.«

»Und wie lange wird so eine Schätzung dauern?«

Rachel dachte nach. »Einen Monat? Hängt davon ab, wie schnell ein Fachmann kommen kann und wie schnell er recherchiert.«

Sie sah, wie die Ränder seiner Nasenlöcher erblassten. Er schüttelte den Kopf, und seine Stimme spitzte sich zu einem Kreischen zu. »Nein! Das reicht nicht! Das muss schneller gehen!« Dann verstummte er abrupt. Er holte tief Luft, versuchte sich geradezu gewaltsam zu beruhigen. Das Blut kehrte in sein Gesicht zurück. »Schön, dann weiß ich Bescheid. Danke.« Er drehte sich um und verschwand wieder in den Tiefen des Korridors.

Rachel war vor Verwirrung erstarrt. Was war gerade passiert? Würde David zurückkommen? Sie wartete ein paar Sekunden lang, aber nein, er blieb verschwunden, und als sie

Fulke ansah, lieferte er ihr keinerlei Anhaltspunkte, wie der Ausbruch vielleicht zu verstehen wäre. Stattdessen öffnete er ihr mit einer geschmeidigen Bewegung die Tür.

»Morgen wie gewohnt, Madame?«

Mit einem unverbindlichen Murmeln trat sie hinaus auf den Treppenabsatz. Als sie den Aufzugknopf betätigte, sah sie, dass ihr Finger zitterte. Sie war nicht erschrocken – nur verblüfft und aus dem Gleichgewicht gebracht. Hatte sie etwas gesagt oder getan, was David verärgert haben konnte?

Als sie aus der Haustür kam, bemerkte sie, dass die Luft ein winziges Spürchen wärmer als noch am Morgen war. Langsam, aber doch, nahte der Frühling. Zu seinen Ehren, und um das gerade Vorgefallene aus dem Kopf zu bekommen, würde sie zu Fuß nach Hause gehen.

Sie überquerte die Seine über den Pont Neuf und dachte dabei über die Zeit und den Wandel nach. Das war die älteste Brücke von Paris. Sie war im letzten Viertel des 16. Jahrhunderts erbaut und 1607 von Heinrich IV., ihrem französischen Lieblingskönig, offiziell eröffnet worden. Aber der Pont Neuf war mittlerweile so oft repariert und restauriert worden, dass sich schwer sagen ließ, wie viel vom Original noch verblieb. War das also die älteste Brücke von Paris, oder war sie zu einer neuen geworden? Oder war sie neu, aber dieselbe geblieben? Hatte sie die Zeit überdauert, oder war sie dem Lauf der Zeit zum Opfer gefallen?

Vielleicht wegen des Wortes »Opfer« schweiften ihre Gedanken zu ihrer Begegnung am Fahrstuhl und den zwei grotesken Männern zurück. *Da* zeigte sich wahrhaftig, wie die Zeit verging. Edgar war wahrscheinlich nicht einmal im Vorbeigehen mit solchen Leuten in Berührung gekommen, und sein Sohn bewirtete sie bei sich zu Haus! Aber sie dachte an die Verse aus *Hamlet*: »Auch diesem Vater starb ein Vater; diesem Verstorbnen seiner.« Wer wusste schon, was Davids Kinder zu *seinem*

Entsetzen anbringen würden, wenn die Reihe erst einmal an ihnen wäre? Als sie am Café le Buci vorbeikam, wo das Frühstück teuer war, die Croissants aber, so weit sie zurückdenken konnte, schon immer perfekt gewesen waren, vertiefte sie sich in eine genussvoll wehmütige Reflexion über die Metamorphose junger Großkätzchen in alte Löwen. Wie Kiki gesagt hatte: Die Zeit verging. Sie war unerbittlich. Die Zeit blieb nicht stehen; die Jahreszeiten rollten dahin; aus den Jungspunden wurde die alte Garde.

Sie hätte über diesen Ausflug ins Metaphysische gern gelacht, aber die in altehrwürdige Gebäude gequetschten zahllosen modernen Geschäfte, an denen sie vorbeikam – ein Wellnesssalon! ein Chocolatier! eine Marionnaud-Parfümerie! –, ließen die abstrakten Spekulationen nur allzu realistisch erscheinen. Die Franzosen waren gut im Bewahren, gut im Überdauern. Sie dachte an Kiki in ihrer Wohnung: Sie akzeptierte die Unausweichlichkeit des Verlusts mit einem Gleichmut, der einer Amerikanerin nie in den Sinn käme. Egal, wie lange sie unter ihnen lebte, dachte sie, eine Französin würde nie aus ihr werden.

Während sie über diese Themen meditierte und dabei ziellos den Boulevard Saint-Germain entlangschlenderte und in die Rue des Carmes einbog, hatte sie gelegentliche Blicke in die Schaufenster geworfen. Plötzlich blieb sie abrupt stehen und schaute noch einmal hin. Denn da, im Schaufenster von *P. Brunet, Livres anciens et d'occasion*, lag ein Faksimile der Gutenberg-Bibel.

* * *

»Was glaubst du, was das bedeutet?«, fragte Magda. Es war zehn Minuten später, und sie stand neben Rachel vor dem Schaufenster.

»Ich weiß es nicht«, sagte Rachel, obwohl sie es sich ziemlich genau denken konnte.

»Na ja, bist du sicher, dass es Edgars Exemplar ist? Hast du es wiedererkannt, als du es dir angesehen hast?«

»Ich hab's mir nicht angesehen. Ich bin gar nicht reingegangen.«

»Du bist nicht reingegangen!« Magda riss die Augen auf.

»Ich …« Rachel konnte ihr nicht erklären, dass die Gewissheit gleichermaßen furchtbar wäre: So oder so wären sie wieder einmal bei null angelangt, oder sie würden wieder einmal unangenehmen Möglichkeiten ins Auge blicken müssen. »Ich hab auf dich gewartet.«

»Tja, und da bin ich.« Magda drückte die Ladentür auf.

Eine Frau sah von einer Glastheke auf, die sie gerade blank wischte. *»Bonjour.«*

»*Bonjour.* Wir würden uns gern das Gutenberg-Faksimile aus Ihrem Schaufenster ansehen.« Magdas Ton suggerierte, dass sie eine Expertin in Sachen Bibel-Faksimiles war, möglicherweise auf der Suche nach einem weiteren Stück für ihre Sammlung.

»Selbstverständlich.« Die Frau kam mit den Büchern in ihrem Schuber zurück und stellte sie auf die Theke. »Ein sehr schönes Exemplar. In sehr gutem Zustand, abgesehen von leichten Verfärbungen am Schuber.« Sie legte ihn auf die Seite, um es ihnen zu zeigen.

»Darf ich?« Rachel zog den ersten Band heraus, öffnete ihn behutsam und begann, darin zu blättern. Ungefähr in der Mitte des Hohenliedes hielt sie inne; sie zeigte mit dem Finger auf ein schwarzes Haar, das auf der Buchseite lag. Sie warf Magda einen Blick zu; Magda erwiderte ihn.

»Ach, das muss vom Verkäufer sein!« Die Frau wischte das Haar behutsam von der Seite. »Man sieht so was dauernd, wenn man mit antiquarischen Büchern zu tun hat. Haare von Lesern werden so manchmal jahrhundertelang konserviert.«

Magda wandte sich wieder der Verkäuferin zu und lächelte gekonnt interessiert. »Dann könnte es also ein antikes Haar sein? Aber wie kommen Sie darauf, dass es vom Verkäufer ist?«

Die Frau zuckte die Achseln. »Ach, er hatte schwarzes Haar.«

»Hatte der Verkäufer zufällig auch einen Schnupfen?« Rachels Stimme zitterte ein bisschen.

»Warum fragen Sie?« Die Verkäuferin spähte alarmiert auf das aufgeschlagene Buch. »Ich habe ihm ein Kleenex gegeben und darauf geachtet, dass nur ich die Bände berührte. Ist da etwa –«

»Entschuldigen Sie uns bitte einen Augenblick.« Magda nahm Rachel das Buch ab und legte es auf die Theke. Dann stellten sie sich etwas abseits, neben eine Vitrine voll sakraler Figurinen, darunter einem besonders grausigen Kruzifix, bei dem das Blut Jesu zu einer Pfütze am Fuß des Kreuzes zusammenlief. *Warum waren die frühen Christusdarstellungen so fixiert auf das Leiden?*, fragte sich Rachel. Sie starrte weiter auf die Statuette, bis Magda sich bemerkbar machte.

»Es tut mir leid«, sagte sie leise. »Ich weiß, dass sie uns nicht gerade hieb- und stichfeste Beweise geliefert hat, aber …« Sie wand sich. »Ich glaube, wir sollten uns wirklich über David unterhalten.«

Rachel seufzte. »Ich weiß.«

»Du *weißt*?«

»Ja.« Nach dem Haarfund hatte es keinen Sinn mehr, ihre Befürchtungen weiter für sich zu behalten. »Du hattest recht. Wir haben Mathilde wegen ihrer Gehässigkeit und Habgier verdächtigt, aber der, der wirklich das beste Motiv hatte, Edgar zu töten, ist David. Schön, man konnte hoffen, es wäre Mathilde, aber ob's uns passt oder nicht, Aktien steigen und fallen, und ihre Vermögensverhältnisse hätten sich von selbst wieder erholen können. David andererseits ist durch Edgars Tod *tat-*

sächlich reich geworden. Und er entspricht der Beschreibung von Catherines Besucher, die uns der Nachbar gegeben hat. Klar, die Beschreibung passt auf achtzig Prozent aller Pariser, aber auf ihn eben auch. Und ich habe dir nicht erzählt – ich habe es nicht über mich gebracht, es dir zu erzählen –, dass David, bevor Edgar starb, aus irgendeinem Grund aus seiner Wohnung rausmusste und Edgar ihm nicht helfen wollte. Er schlief bei einem Freund auf der Couch.« Für einen Augenblick vergaß sie sich und wehklagte: »Und dabei war er doch *so* ein süßer kleiner Junge!«

Die Verkäuferin hob die Augen, senkte sie aber sofort wieder. Mit demonstrativer Konzentration blätterte sie eine Seite der Bibel um.

»Ich meinte doch bloß, dass wir uns über ihn und die Bibel unterhalten sollten«, sagte Magda. »Aber ja. Absolut. Es ist ganz offensichtlich, dass er am meisten von Edgars Tod profitiert hat. Und er schlief bei jemandem auf der Couch? Dazu würde ich gern Näheres erfahren.«

Ihre Unterbrechung hatte Rachel allerdings Zeit zum Zweifeln gegeben. »Moment.«

Magda machte schmale Lippen. »Ja?«

»Er *hatte* ein Motiv, das ist richtig. Aber ein Motiv ist irrelevant, solange kein wohlbegründeter Verdacht besteht, dass der Mörder auch wirklich zum Handeln motiviert wurde. Unser Problem bei Mathilde ist, dass wir keinen konkreten Beweis dafür haben, dass irgendetwas sie zu dem Mord *veranlasst* hat, richtig?«

Widerstrebend nickte Magda.

»Na ja, und das Gleiche gilt für David. Nur weil er von Edgars Tod profitiert hat, kann man nicht gleich daraus schließen, dass er dafür verantwortlich ist. Er hatte ein mögliches *Motiv*, aber wir wissen nicht, ob er dadurch auch tatsächlich *motiviert* wurde.« Sie schüttelte den Kopf. »Der David, mit dem ich mich in den vergangenen paar Tagen unterhalten habe, hatte weniger als gar keinen Grund, seinen Vater zu töten. Er und Edgar vergötterten einander.«

Aber Magdas Geduld hatte offenbar ihre Grenze erreicht. »Stopp«, sagte sie. Sie wiederholte es, als sei es ein Beruhigungs-Mantra. »Stopp, stopp, stopp.« Dann sammelte sie sich und lächelte der Verkäuferin zu. »Vielen herzlichen Dank. Wir müssen uns noch ein wenig beratschlagen, bevor wir uns entscheiden.« Sie zog die Tür auf.

Von der Straße aus konnte Rachel die Hände der Verkäuferin sehen, wie sie die Bibel wieder ins Schaufenster stellten.

»Irgendjemand hat diesen Mann umgebracht«, sagte Magda, und ihre Worte waren zornige Wölkchen in der kalten Luft. »Daran haben wir nie gezweifelt. Es ist ziemlich offensichtlich, dass Elisabeth keine brauchbare Verdächtige ist. Mathilde wäre zwar eine, aber wir haben noch offene Fragen. Hier endlich haben wir jemanden, der, wie du selbst sagtest, von dem Tod profitiert, diesen Profit rasch genutzt hat *und* ein paar seltsame Angewohnheiten und noch seltsamere Freunde besitzt. Er läuft wie eine Ente; er spricht wie eine Ente; er *treibt sich mit Enten herum*! Da musst du doch wenigstens die Möglichkeit in Betracht ziehen, dass er«, sie legte eine beklommene Pause ein, »unsere Ente *ist*.«

Rachel stand stumm da. Es stimmte; es stimmte alles – es waren sogar exakt ihre eigenen Gedanken. Sie durfte dem David, den sie als Kind gekannt hatte, nicht länger gestatten, Entschuldigungen für das Verhalten des erwachsenen David zu liefern. Und ob es ihr nun passte oder nicht: Der erwachsene David *sah* wie (sie klammerte sich an den Euphemismus) eine Ente aus. Warum hatte er bei einem Freund auf der Couch geschlafen, statt Edgar um Hilfe zu bitten? Warum war er so dick befreundet mit diesen zwei üblen Gestalten? Warum hatte er – der Gedanke bereitete ihr noch immer Qualen – das Faksimile beiseitegeschafft und verkauft? Konnte es auch nur *eine* andere Erklärung dafür geben?

»Also schön«, sagte sie. »Du hast recht. Aber hier kommt der Haken: Wir waren uns sicher, dass es Elisabeth war, und wir lagen falsch; wir dachten, es könnte Catherine Nadeau sein, und wir lagen falsch. Was ich über den Unterschied zwischen Motiv und Motivation gesagt habe, ist stichhaltig. Bevor wir also wieder einmal falschliegen, könnten wir bitte ein bisschen tiefer graben und erst *dann* unsere Schlussfolgerung ziehen?«

»Brillant!« Dann wurde Magda ernst. »Ja, wir sollten unbedingt mehr über ihn herausfinden. Wir könnten ...« Sie dachte kurz nach; ihre Heiterkeit trübte sich etwas. »Wir könnten ...« Schließlich sagte sie: »Möchtest du es noch einmal bei Kiki versuchen?«

Kiki, überlegte Rachel, schien tatsächlich alles über jeden zu wissen. In Wirklichkeit aber wusste sie nur alles über eine ganz bestimmte Gruppe von Jeden: Leute mittleren und fortgeschrittenen Alters aus alteingesessenen Familien, die in denselben Kreisen wie sie verkehrten. David erfüllte nur eines dieser Kriterien.

»Nein.« Sie schüttelte den Kopf. »Wir brauchen jemanden, der David, altersmäßig und kulturell, nähersteht. Jemanden, der ihn kennt oder, wenn er ihn nicht kennt, doch Leute kennen könnte, die ihn kennen. Jemanden, der uns die Sorte Informationen liefern kann, die nur junge Leute über junge Leute besitzen.«

Sie überlegten. Es war wieder mal das Informantenproblem, dachte Rachel, nur dass sie diesmal wen junges brauchten. Gott, kannte sie überhaupt noch jemanden, der so jung war? Sie versuchte, eine Liste von Bekannten zu erstellen, die ihrer Beschreibung entsprachen, und musste rasch feststellen, dass sie nur einen einzigen Namen enthielt: »Elisabeth.«

»Elisabeth?«

»Sie ist vielleicht keine enge Freundin Davids, aber sie stehen sich altersmäßig nah, und sie müssen sich doch manchmal unterhalten haben, wenn sie beide bei Edgar waren. Oder sie könnte irgendwann diese zwei Männer gesehen haben. Oder von ihnen wissen.« Sie hörte selbst, dass ihre Vorschläge immer dürftiger klangen, also zog sie sich auf die Wahrheit zurück. »Sie ist alles, was wir haben.«

Magda lächelte. »Na ja, sie ist deine *Freundin*.«

»Nein, hör auf.« Rachel wand sich fast. »Ich hab mich so mies gefühlt, als sie das sagte. Das war wie damals, als Rosie McAllister meinte, in ihrem ganzen Leben sei noch niemand so lieb zu ihr gewesen wie ich. Weißt du noch?«

»Weil sie sich einen Nachmittag lang bei dir ausheulen durfte, nachdem Charles Lautremont mit ihr Schluss gemacht hatte!«

Rachel biss bei der Erinnerung die Zähne zusammen, und eine Minute lang sannen die zwei Frauen über die Unbehaglichkeit unausgeglichener Zuneigung nach. Dann sagte Magda: »Rosie McAllister ist jetzt Creative Director bei der Agentur LaMarchant.«

»Dann hatte ich also recht. Charles Lautremont hatte keine Ahnung, was er an ihr hatte.«

»Ich meinte nur, dass es sich manchmal lohnt, asymmetrische Freundschaften zu pflegen.«

»Ich weiß, was du meintest.« Sie waren an etwas dran; sie spürte es ganz deutlich. Dass sie sich mies dabei fühlte, die Zuneigung eines anderen Menschen auszunutzen, musste sie eben in Kauf nehmen. Würde Sam Spade etwa Probleme damit haben? Oder Shaft? Sie zückte ihr Handy und wählte rasch, um ihrer feinfühligen Seite zuvorzukommen.

Nachdem sie das Gespräch beendet hatte, sah sie auf. »Wir treffen sie am Sonntagabend.«

»Nicht ›wir‹.« Magda schüttelte den Kopf. »Ich kann nicht. Ich habe ein Date.«

»Schon wieder ein Date!« Rachel hob die Augenbrauen. »Benoît?«

»Mais bien sûr!« Sie guckte verlegen, aber glücklich.

»Ach, Magda!« Rachel lächelte. »Das freut mich richtig.«

»Mich auch.« Sie grinste. »Na ja, mit Vorbehalten. Jetzt wünschte ich, ich könnte mit dir mit.«

»Keine Bange.« Rachel winkte ab. »Ich erzähle dir hinterher alles.«

30. KAPITEL

Elisabeth hatte von irgendwoher Heizgeräte hervorgezaubert, und in ihrem Zimmer war's behaglich warm. Rachel versuchte, nicht an die kurzschlussgefährdeten Verlängerungskabel zu denken, die die Wärme möglich machten. Ein Handtuch hing über der Tür der Duschkabine, und ein volles Wäschegestell erfüllte von der Küche aus die Luft mit dem Duft von Weichspüler. Jetzt warm und gemütlich schien das Zimmer kaum dasselbe zu sein, in dem sie und Magda ein paar Tage zuvor gestanden hatten. Rachel musste an Sara Crewe denken, die kleine Heldin von *Little Princess*, und an die Verwandlung ihrer Dachkammer in einen wahrhaften Kokon der Behaglichkeit.

»Danke«, sagte sie und nahm die Tasse Kräutertee, die Elisabeth ihr hinhielt. Das Mädchen legte einen Folies-Bergère-Untersetzer auf den Schreibtisch und setzte sich aufs Bett. Ihre Wangen waren rosig, ihre Augen klar.

»Wie kann ich Ihnen helfen?«, fragte sie.

Als sie Elisabeths ernsthaftes Gesicht betrachtete, ihre Ärmel, die natürlich wieder über ihre Hände hinuntergezogen waren, fragte sich Rachel, ob sie nicht einfach ihren Tee trinken und wieder gehen sollte. Das kleine Mädchen, das entschlossen gewesen war, sich der Polizei zu stellen und ihre Erbschaft zurückzugeben, würde schwerlich etwas über Davids fragwürdige Freunde wissen. Dann aber verhärtete Rachel ihr Herz und bemühte sich, Elisabeth in einem anderen Licht zu sehen. Klare Augen und rosige Wangen hin oder her: Dieses kleine

Mädchen war bereit gewesen, sich an einem illegalen Vorhaben zu beteiligen und selbst davon Nutzen zu ziehen. Und abgesehen davon war sie wirklich alles, was sie hatten.

Rachel holte tief Luft. »Erzählen Sie mir von David.«

Elisabeth wandte den Blick ab, blieb stumm. Rachel verstand: Das Mädchen gehörte der Sippe »der Jungen« an und war daher bestrebt, David vor »der Alten« zu schützen. Rachel würde geschickter vorgehen müssen.

Wie um ihre Vermutung zu bestätigen, sagte Elisabeth zurückhaltend: »Was möchten Sie denn wissen?«

»Einfach nur, wie er so ist.« Rachel musste an ihr Gespräch mit Fulke denken: ähnliche Loyalität, wenn auch einer anderen Sippe gegenüber. Vielleicht würde die bewährte Taktik auch hier funktionieren. »Ich mach mir seinetwegen Sorgen. Er wirkt schrecklich angespannt. Ich möchte einfach nur ein Gefühl dafür bekommen, was für ihn ein normaler Zustand ist. Sie sind mehr oder weniger im selben Alter; Sie haben sich bestimmt gelegentlich miteinander unterhalten. Ich dachte, Sie könnten mir vielleicht helfen.«

Elisabeth runzelte die Stirn. »Ja, wir haben manchmal geredet, wenn wir beide in der Wohnung waren.« Sie blickte in die Ferne, dachte nach. »Er wirkt nett. Er ist mit der Uni fertig.« Letzteres sagte sie so, als entrückte es ihn in ein fernes Land, von dem sie sich nur vage Vorstellungen machen konnte. »Er fragte mich nach meinem Studium, verglich es manchmal mit seinem. Er ist sehr gescheit. Er hat Architektur studiert, glaube ich. Aber er ist kein Architekt.«

Komm endlich zur schmutzigen Wäsche, wäre Rachel am liebsten rausgeplatzt. Aber inzwischen wusste sie, dass langsame Entwicklungen bisweilen unerwartet gute Ergebnisse zeitigten. »Ja, er hat mal erwähnt, dass er auf der Suche nach einem Job war. Haben Sie eine Ahnung, was er gern machen würde?«

»Na ja«, Elisabeth sah verwirrt aus, »das weiß ich nicht genau. Momentan wahrscheinlich eher nichts. Ich hab mal gehört, wie Edgar das zu ihm sagte.«

»Wie bitte?« *Das* war unerwartet. »Wann sagte er denn das?«

»Vielleicht letzten September? Als David von seinem Vermieter vor die Tür gesetzt wurde. Ich kam an einem Nachmittag gerade in die Wohnung, als –« Sie verstummte abrupt und warf Rachel einen besorgten Blick zu, ehe sie weitersprach: »Ich hab nicht gelauscht, aber wenn man hört, dass zwei Leute mitten im Gespräch sind, wartet man eine Pause ab und platzt nicht einfach so rein.«

Rachel nickte. »Sehe ich auch so.«

Jetzt mit Rückenwind fuhr Elisabeth fort: »Ich hörte Edgar sagen: ›Du hast einen hervorragenden Abschluss. Mir ist unbegreiflich, wie du keinen Job finden kannst. Ich glaube, du *willst* überhaupt nichts machen.‹«

Das klang ganz und gar nicht nach Davids Version von Edgar. Vielleicht steckte ja noch mehr dahinter. »Sagte er … sagte er was von schlechten Einflüssen oder Freunden, die David zu schlechten Angewohnheiten verleiten würden?«

»Was? Nein.« Elisabeth hatte sichtlich nicht die leiseste Ahnung, wovon Rachel sprach. »Zuerst haben beide geschwiegen, und dann sagte David: ›Danke.‹«

Rachel kannte dieses Schweigen. Es war das Geräusch eines entnervten Elternteils, der einem besorgniserregend unterstützungsbedürftigen Kind Geld gibt, und sie hatte selbst schon mehrmals auf der Empfängerseite dieses Verhältnisses gestanden. Sie drückte diese Erinnerungen weg und versuchte es noch einmal. »Sagte Edgar sonst noch etwas? Von Dingen, die sich ändern sollten, oder …« Sie verstummte. Sie wollte Elisabeth keine Antworten in den Mund legen.

Elisabeth schüttelte den Kopf. »Er sagte nur: ›Das kannst du laut sagen. Du gibst das Geld ja schnell genug aus.‹«

Rachel betrachtete sie aufmerksam. Was für einen Grund hätte sie zu lügen? Und wie gut konnte sie wirklich lügen? Aber hier, jetzt, zeigte Elisabeths Puppengesicht keine Spur von Verstellung, und Rachel erinnerte sich an ihr heftiges Erröten, als sie ein paar Tage zuvor ihre eigene Übeltat gestanden hatte. Ja, sie wusste, dass Menschen ausgemachte Lügner sein konnten, aber *dermaßen* ausgemacht? Hatte Magda recht, und erzählte Elisabeth Lügengeschichten, um David verdächtig erscheinen zu lassen? Konnte es sein, dass Rachel jetzt nach ihrer ersten Kehrtwendung eine zweite machen musste, und Elisabeth erneut als mögliche Mörderin in Betracht ziehen sollte – eine Täterin, die Geschichten erfand, um den Verdacht von sich zu lenken?

Das Mädchen blinzelte, augenscheinlich verwirrt und begierig zu helfen, und Rachel konnte es beim besten Willen nicht für möglich halten, dass sie eine kaltblütige Psychopathin sein sollte. Besser die Zeugin reden lassen: Gut möglich, dass Elisabeth sich in Widersprüche verwickelte – oder, dass spätere Recherchen aufzeigen würden, inwieweit sie die Wahrheit sagte.

Sie räusperte sich. »Und wissen Sie, ob David je aufhörte, seinen Vater um Geld zu bitten?«

»Ich weiß es nicht. Ich glaube nicht, denn Edgar wusste, dass David im November rausgeschmissen worden und bei Freunden untergekommen war. Wenn er ihm da noch Geld gegeben hätte, dann hätte er ihm doch wohl auch etwas für die Miete gegeben, nicht?«

Wieder nickte Rachel.

Elisabeth sagte bestimmt: »Aber ich weiß, dass er an ihn glaubte und nicht aufhörte, an ihn zu glauben. Er sagte, David hätte sich so gut wieder aufgerappelt, dass –«

»Verzeihung.« Rachel kam wieder nicht mit. »Sich wieder aufgerappelt? Wovon denn aufgerappelt?«

Elisabeth errötete wegen ihres Ausrutschers, aber sie konnte ihn nicht ungeschehen machen. Jetzt war eine Erklärung fällig. »Na ja … von der *désintox*.«

»Rehab?« Rachel schrie es fast und fiel vor Verblüffung ins Englische. Warum hatte Kiki *das* nicht erwähnt?

»Mais oui.« Elisabeth nickte tiefernst. »Vor ungefähr anderthalb Jahren. Edgar versuchte, jedes Aufsehen zu vermeiden. Der Entzug dauerte nur einen Monat, und als David wieder rauskam, war er kuriert.«

Rachel ballte die Hände auf ihren Oberschenkeln zu Fäusten. Das änderte alles. Alles. Sie schämte sich für ihr vormaliges ahnungsloses Ich. Sie dachte an Davids rote Augen, an seine durchgemachten Nächte, die zu durchgemachten Tagen wurden, an den hartnäckigen Winterschnupfen, der seine Nase fortwährend laufen ließ. Sie krümmte sich innerlich, als sie sich erinnerte, wie sie geglaubt hatte, ihm sei die Schönheit des Gutenberg-Faksimiles aufgegangen – ihm war lediglich sein potenzieller Wiederverkaufswert aufgegangen! Und diese Kreditkarte im Bad hatte nicht zufällig dort gelegen: Er benutzte sie, um Kokslinien zu legen! Er war abhängig, und er brauchte Geld, um seine Sucht zu finanzieren. *Das* war die Sorte von übler Sache, in die ein netter Junge aus dem I. Arrondissement hineingeraten konnte!

Dann schämte sie sich für ihr aktuelles aufgeklärtes Ich. Magda *hatte* die ganze Zeit recht gehabt. Sie dachte an den Mann im Anzug und seinen Kumpanen, an Davids plötzlichen Ausbruch am Tag zuvor. Er hatte Geld gebraucht, um diese Männer zu bezahlen, und vielleicht auch andere vor ihnen. Und als er Edgar kein Geld mehr abschwatzen konnte, musste er einen anderen Weg zum Zaster finden, und am Ende hatte er zu diesem Zweck seinen Vater getötet. Catherine hatte wahrscheinlich etwas herausgefunden – etwas, was den Mord betraf oder die Drogen; auf jeden Fall etwas so Großes, dass die Polizei ihr schon zuhören würde –, und als sie versucht hatte, ihm damit Geld abzuknöpfen, hatte David sie aus der Welt geschafft. Mord konnte *schon* wie eine extreme Lösung erscheinen, aber wenn man ein verzweifelter Kokssüchtiger ist, kommt einem wahrscheinlich nichts zu extrem vor.

»Entschuldigen Sie mich.« Sie stellte ihre Tasse ab und stand auf.

* * *

Zu diesem Besuch klingelte Rachel nicht. Sie hämmerte mit der geballten Faust so fest gegen Edgars Wohnungstür, dass deren Metall spürbar erzitterte, während die Schläge von den Wänden des Treppenhausabsatzes widerhallten. Wenn David seinen Vater ermordet hatte, verdiente die Tat keine gesellschaftlichen Rücksichten. Sie verlangte nach Lärm und Empörung, und Rachel würde für beides sorgen.

Fulke öffnete die Tür. »Madame Levis.« Er war nur minimal echauffiert.

»Fulke.« Sie ließ ihre Faust fallen: »Ich muss David sprechen.«

Der Butler äußerte seine Überraschung durch ein Heben der Brauen. »Ich erwartete zu dieser Uhrzeit keine Besucher mehr. Ich hatte gerade erst die vorderen Zimmer geschlossen.«

Rachel trat über die Schwelle und blieb, leicht außer Atem, in der Diele stehen. »Ich muss David sprechen, und ich muss ihn jetzt sofort sprechen. Es ist unbedingt notwendig.«

»Monsieur David ist im *bureau*. Er wird gewiss entzückt sein, Sie zu sehen.« Fulke drehte sich um, um ihr vorauszugehen.

Aber Rachel war heute nicht für gemessenes Schreiten zu gewinnen. Sie rannte los, den Korridor entlang. Fulke würde ihr bestimmt die Tür öffnen und sie melden wollen, aber sie wollte David überrumpeln, ihm keine Zeit lassen, sich ein Pokerface oder ein Alibi zurechtzulegen. Wenn sie ihn überrumpelte, wenn sie unangekündigt hereinplatzte und ihn fragte: »Hast du deinen Vater getötet?«, dann, davon war sie überzeugt, würde sie erkennen, ob er die Wahrheit sagte. Irgendwie würde sie es aus seinen Zügen herauslesen.

Aber es waren nicht Davids Züge, die sie begrüßten, als sie die Tür aufstieß. Vielmehr überrumpelte sie der Anblick seines bäuchlings auf dem Schreibtisch liegenden Oberkörpers. Wo sein Hinterkopf hätte sein sollen, klaffte eine Sauerei aus blutgetränkten Haaren und Knochen. Weiteres Blut strahlte von dieser zentralen Quelle in Spritzern und langen Rinnsalen über den ganzen Schreibtisch und umfloss Davids nach unten gewandtes Gesicht. Blut besprenkelte die Papiere, die vor ihm auf dem Schreibtisch lagen; ein kleiner Spritzer zierte die Birne der Schreibtischlampe. Neben dem Schreibtisch lag auf dem Teppich, verbogen und zerbeult, einer der Kerzenleuchter aus dem Esszimmer.

31. KAPITEL

Jemand brachte Rachel eine Tasse heißen süßen Tee. Jemand brachte eine Decke und legte sie ihr um die Schultern. Jemand fragte, ob man jemanden benachrichtigen solle, und ging dann Alan anrufen. Hinter all diesen Dingen lag ein stetes Gewimmel, ein Hin und Her und Kommen und Gehen und Reden und Fotografieren, das unbeirrt fortdauerte, während sie in der Diele in einem Sessel saß, den jemand für sie besorgt hatte, und versuchte, die Erinnerung aus ihrem Bewusstsein zu halten.

Sie starrte in ihren Tee, und ihr fiel auf, dass die Tasse ohne Untertasse gekommen war. Fulke hätte so etwas nie geduldet. Er konnte den Tee nicht gemacht haben. Er musste irgendwo anders sein. Vielleicht ebenfalls mit einer Decke und einem Tee, obwohl sich Rachel Fulke mit einer Decke um die Schultern nicht vorstellen konnte, und ganz gewiss konnte sie sich nicht vorstellen, dass er Blut zum Tee nehmen würde. Blut? Sie wand sich innerlich. Nein, nein, *Zucker* – Fulke wirkte nicht wie der Zuckertyp.

»Madame Levis?« Das war ihr Name, aber die Stimme konnte sie nicht unterbringen. Verwirrt sah sie auf und erkannte nach und nach Capitaine Boussicault.

Er legte eine Hand an seine Brust. »Boussicault. Sie haben eine SMS von mir bekommen.«

»Ja.« Sie nickte. »Ja, ja, ich erinner mich. *Bonsoir.*«

»Bonsoir.« Seine Stimme klang überrascht, aber sanft. »Warum sind Sie hier?«

»Ich …« Sie räusperte sich. »Ich wollte David sprechen.«

Als ihr aufging, dass ihm der Name vielleicht nichts sagte, erklärte sie: »Das ist der Mann, der hier wohnt. Edgar Bowens Sohn.« Sie versuchte zu lächeln, etwas von ihrem üblichen Charakter wiederzufinden. »Aber was machen *Sie* hier? Ist das nicht außerhalb Ihres Reviers?«

Ihr Lächeln erwidernd zuckte er mit den Schultern. »Polizisten haben eine Schwäche für frappante Todesfälle.« Er ging neben ihr in die Hocke, sodass sein Trenchcoat den Fußboden berührte. »Nein, nein. Die Meldung kam bei uns rein, und natürlich habe ich mich an den Namen erinnert. Und an Ihre Geschichte habe ich mich ebenfalls erinnert. Also dachte ich, ich komm vorbei und schau mich um.« Er sah ihr aufmerksam ins Gesicht. »Entschuldigen Sie mich kurz? Ich bin hier auch nur Zaungast, also besorge ich mir am besten einen Stuhl und leiste Ihnen Gesellschaft.«

Sie bemerkte nicht, wie lange er weg war, aber als er zurückkam, hatte er nicht nur einen Stuhl, sondern auch eine frische Tasse Tee dabei. Er reichte sie ihr. »Sie hatten einen Schock«, sagte er. »Und dieser Tee ist stärker als Ihr voriger.«

Sie nahm die Tasse, während er den Stuhl neben sie stellte und sich setzte, dann den Mantel um sich raffte und vor sich hin starrte. Nach einigen Sekunden sprach er. »Eigentlich«, sagte er im Plauderton, »sind heiße Getränke nicht das Richtige für Menschen, die unter Schock stehen. Das Trinken bereitet ihnen Probleme, oder sie trinken zu schnell und verbrennen sich den Mund. Allerdings«, fuhr er in sanftem Ton fort, »habe ich nicht den Eindruck, dass Sie unter Schock *stehen*. Sie *hatten* lediglich einen Schock. Solche Unterscheidungen sind wichtig. Eine Tasse Tee wird Sie trösten, und ein bisschen Zucker wird Ihnen Kraft geben.« Er lächelte ihr zu. »Versuchen Sie, ihn ganz auszutrinken.«

Sie trank ein Schlückchen. Zucker war da ohne Frage drin.

»Während ich auf den *bouilloire* wartete, habe ich mich ein bisschen mit der hier zuständigen *lieutenante* unterhalten. Sie sagte, Sie haben die Leiche gefunden.«

»Ja.« Rachel fröstelte und raffte die Decke enger um ihre Schultern.

»Und warum waren Sie noch mal hier? Frischen Sie mein Gedächtnis auf.«

»Ich wollte David sprechen. Ich …« Sie fing sich im letzten Moment. Besser sie verriet ihm nicht ihren Verdacht, um ihm damit bloß weitere Gründe zu liefern, sie für übergeschnappt zu halten. »Ich katalogisiere zurzeit die Bibliothek seines Vaters, und er hatte mir heute Nachmittag gesagt, dass er sie verkaufen wollte. Ich wollte ihm zeigen, welche die besonders wertvollen Bücher waren.«

Der *capitaine* nickte, ob er ihr allerdings abnahm, dass sie gegen zehn Uhr abends hergekommen war, um ihm ein antiquarisches Gutachten zu liefern, konnte Rachel nicht erkennen. Zumindest fragte er nicht nach näheren Details.

»Und Monsieur Bowen war so, wie Sie ihn vorgefunden haben?«

»Ja. Ich habe nichts angerührt.«

»Ja.« Er nickte und schenkte ihr ein konspiratives Lächeln. »Ich erinnere mich, dass Sie eine ziemlich ehrgeizige Detektivin sind – Sie und Ihre Freundin.«

»Magda«, bestätigte sie.

Wieder starrte er vor sich hin, dann schüttelte er den Kopf. »Das ist eine üble Geschichte, Madame Levis. Es ist bedauerlich, dass Sie da hineingezogen worden sind.«

»Inwiefern ist das eine üble Geschichte?« Er sagte nichts. »Was«, sie schluckte, »was glauben Sie, was passiert ist?«

»Na ja, Monsieur Bowens *maître d'hôtel* gab der Polizei gegenüber an, Monsieur Bowen habe ein paar besonders unangenehme Freunde gehabt, und ein, zwei Nachbarn bestätigen das.«

Die Männer. »Ja, ich habe sie gesehen.«

»Ah!« Der *capitaine* hob die Augenbrauen. »Tja, offenbar statteten sie Monsieur Bowen heute Abend einen Besuch ab. Der *maître d'hôtel* ließ sie ein, und Monsieur Bowen sagte, er würde sie, wenn sie fertig wären, selbst zur Tür begleiten. Der *maître d'hôtel* ging auf sein Zimmer, und«, er deutete nach hinten, ins Innere der Wohnung, »das Ergebnis kennen Sie ja.« Er schnalzte mit der Zunge. »Junge Leute, Drogen – wir haben dauernd damit zu tun. Es ist schlimm.« Er schüttelte bekümmert den Kopf.

Rachel trank den Schlick auf dem Boden der Tasse aus. Sie wandte sich dem *capitaine* zu. »Warum sind Sie jetzt so nett?«

Er machte ein betroffenes Gesicht. »Sie sagen das so, als wäre ich ein Ungeheuer!«

»Kein Ungeheuer, aber letztes Mal haben Sie mich ausgelacht und uns von Ihrem Untergebenen vor die Tür setzen lassen. Jetzt verhalten Sie sich … wie ein netter Onkel.«

Er lächelte. »Das ist eine weitere neue Charakterisierung für mich.« Er sah ihr in die Augen. »Madame Levis, beruflich habe ich oft mit Spinnern zu tun. Häufig sind es Spinner*innen*, und gelegentlich kommen sie sogar in Begleitung einer Freundin zu mir ins Büro. Aber noch nie – noch *nie* – hat mir eine von eingebildeten Straftaten erzählt, nur um kurz danach in eine reale Straftat verwickelt zu werden. Das ist ausreichend ungewöhnlich, um einen persönlichen Besuch und eine gründliche Neubewertung der Sachlage zu rechtfertigen.« Er tätschelte ihre Hand, die auf ihrem linken Knie lag. »Und da bin ich also und mach einen auf nett.«

Sie erwiderte sein Lächeln.

»Rachel?« Sie hörte Alans Stimme, bevor sie ihn sah. Und dann wurde sie gegen seine Kaschmir-Brust gedrückt, hörte durch seine Kleidung sein Herz hastig schlagen. »Mein Gott! Jemand hat angerufen und gesagt, du hättest eine Leiche gefunden. Wie geht es dir?« Er strich ihr die Haare aus den Augen und sah ihr forschend ins Gesicht, küsste sie, küsste sie noch einmal.

»Alles in Ordnung«, sagte Rachel.

»Monsieur Levis.« Der *capitaine* stand auf.

»Field.« Alan wandte sich ihm zu. »Alan Field.«

»Monsieur Field.« Der *capitaine* reichte ihm die Hand, und Alan schüttelte sie ihm. »Ich bin Capitaine Boussicault. Ihre Frau hat tatsächlich eine Leiche gefunden, aber sie hat meinen Kollegen schon alles erzählt.« *Wirklich?* Jetzt erinnerte sich Rachel vage an eine Frau, die sich mit ihr zusammengesetzt, ihr Fragen über David gestellt und ihre Antworten in ein Notizbuch geschrieben hatte. »Es steht ihr frei zu gehen.« Der *capitaine* sah Rachel mit feierlicher Miene in die Augen. »Möglicherweise werden wir sie noch einmal sprechen müssen, aber vorerst *ça suffit*. Sie dürfen sie mit nach Hause nehmen.«

Rachel war plötzlich vollkommen erschöpft. Sie fühlte sich wie ein Wischlappen, den man benutzt und ausgewrungen hatte. »Danke«, sagte sie, als Alan ihr aufhalf. Sie lehnte sich gegen ihn, wünschte sich, er würde seinen Mantel öffnen und sie darin verbergen.

Alan musste ihr die Erschöpfung angemerkt haben, denn er sagte während der Rückfahrt im Taxi kein Wort, hielt sie nur fest, während sie schlapp an ihn geschmiegt dasaß. Zu Hause angelangt steckte er sie gleich ins Bett. Ein paar Minuten später brachte er ihr eine Tasse warme Milch. Sie hatte sie noch nicht halb ausgetrunken, als sie schon eingeschlafen war.

32. KAPITEL

Alan nahm sich den Vormittag frei, und er und Rachel blieben im Bett. Sie hatte kein Bedürfnis zu reden oder zu schlafen, ja nicht einmal nach Sex. Sie lag nur so da, den Kopf auf seiner Brust und die Arme eng um ihn geschlungen, die Hände auf der anderen Seite verschränkt. Sie drückte ihn fester und fester, spürte seine weiche Haut und das kratzige Gestachel seiner Brusthaare, genoss seinen vertrauten Duft nach Zitrusfrucht, einem Hauch Schweiß und tiefer Dunkelheit. An irgendeinem Punkt musste der Druck unangenehm, ja schmerzhaft geworden sein, aber Alan ließ seine Arme um sie liegen, sein Gesicht in ihrem Haar, und rührte sich nicht.

»Erzähl mir, wie wir uns kennengelernt haben«, sagte sie endlich.

»Wie wir uns kennengelernt haben?« Alan war überrascht. Aber er verstand, warum sie die Geschichte hören wollte, also erzählte er. »Also, es war im Juli zweitausendunddrei, und ich war gerade hierhergeschickt worden. Ich kannte niemanden, und mein Französisch war nicht gerade gut, also beschloss ich, zu einem Vortrag von Bernard-Henri Lévy zu gehen.«

Rachel lachte gegen seinen Brustkorb.

»Ich kannte seinen Namen, und ich hatte irgendwas von ihm in Übersetzung gelesen, und ich wollte mich … französisch fühlen.«

Sie spürte, wie sich seine Rippen beim Einatmen hoben.

»Also ging ich ins Centre Pompidou, und ich hörte zu, und ich verstand vielleicht jeden fünften Satz, aber ich sah mir genau an, wie er seine Mähne schüttelte und das Hemd zu weit aufgeknöpft trug und auch sonst keinen Zweifel daran ließ, dass er das Größte seit der Erfindung des Gurkenschälers war.« Er schwieg kurz. »Und anschließend gab es einen Stehempfang, wo man einen Plastikbecher Chardonnay trinken und die Bücher des großen Mannes kaufen konnte. Und ich sah mir gerade irgendeine eklatant französische Abhandlung von ihm an, als diese schöne Frau herüberkam und sich neben mich stellte.«

Rachel gab ihm einen Stups.

»Hey! Ich erzähle es genau so, wie es war. Du bist rübergekommen, du hast dich neben mich gestellt, und du hast gesagt: ›Bernard-Henri Lévy ist ein Arsch.‹« Er legte eine Kunstpause ein, so wie sie damals, und als er weitersprach, sprach sie die Worte mit: »›Aber er hat tolles Haar.‹« Er holte Luft. »Und damit fing's mit uns an.«

Rachel drückte ihn noch fester an sich.

* * *

Es wurde Nachmittag, und Rachel fühlte sich bald viel besser. So schlimm war es doch nicht, entschied sie, eine Leiche zu sehen. Das war ohne Frage etwas, was Detektivinnen andauernd machten; sie lernten, den Tod mit stählernem Auge zu betrachten. Sie spürte, dass sie dazu imstande war. Sie versuchte, ein stahläugiges Gesicht zu machen.

Ein Klopfen an der Tür kündigte Magda an. Sie stand auf der Matte und reckte eine Rolle Oreos in die Höhe. »Ich hab mir gedacht, du könntest einen Geschmack von Heimat gut gebrauchen.« Sie grinste. »Frisch aus dem Notvorrat in meinem Küchenschrank!« Sie gab Rachel einen Kuss auf die Wange, folgte ihr in die Küche, um die Kekse abzulegen, dann gab sie ihr noch einen Kuss und nahm sie dazu fest in die Arme. »Jesus Maria«, sagte sie. »Was *du* für ein Leben führst!«

»Wem sagst du das!« Rachel zog eine Schnute und verdrehte die Augen, ganz wie es die Rolle verlangte. Während sie den *bouilloire* füllte, spürte sie Magdas wachsame Augen auf sich ruhen.

Dann saßen sie auf der Couch, jede einen Becher in der Hand und beide stumm. Schließlich fragte Magda, jetzt ohne Ulk: »Wie geht's dir?«

»Gut«, sagte sie leichthin. Magdas Miene forderte Aufrichtigkeit. »Nein, ernsthaft. Ich glaube, ich bin weitgehend wieder auf dem Damm.«

Magda beugte sich vor und öffnete die Oreos. Rachel starrte in ihre Teetasse. Sie sah die Flüssigkeit hin und her schwappen, ihre Oberfläche flimmern, sich dann kräuseln und in Miniaturwellen zersplittern. Sie bemühte sich, ihre Hände stillzuhalten.

»Iss einen Keks«, sagte Magda.

Als der erste Bissen in ihrem Mund zerbröselte, gab Rachel ein Mittelding zwischen Schluchzen und Lachen von sich – etwas wie ein abgebrochener Schluckauf. Der Keks schmeckte nach tausend verregneten Nachmittagen ohne drängendere Pflichten, als sich Wiederholungen von *Drei Mädchen und drei Jungen* anzusehen und von Duran Duran zu träumen. Sie nahm einen zweiten Bissen und schloss einen Moment lang die Augen. Als sie sie wieder aufschlug, sagte sie: »Ich hatte vorher noch nie einen Toten gesehen.« Ihre Stimme zitterte.

Magda sagte nichts.

Rachel erinnerte sich an die nachdrückliche Unlebendigkeit von Davids Leichnam. Er hatte nicht auf die gleiche Art tot ausgesehen wie seinerzeit ihr erstes Haustier, Hamster Wilfred, als sie einmal aus der Schule gekommen war und ihn kalt in seinem Käfig vorgefunden hatte. Wilfred hatte wie Wilfred ausgesehen, nur bewegungslos, aber Davids toter Körper schien keinerlei Beziehung zum lebendigen David zu haben. In einem ursprünglichen, instinkthaften Sinne war er definitiv *nicht am Leben* gewesen. Zum ersten Mal hatte sie den Unterschied zwischen Schlaf und Tod verstanden – zwischen Passivität und Leere. Und mit dieser absolut neuen Erfahrung konfrontiert war sie zwei, drei lange Sekunden lang zu verwirrt gewesen, um das, was sie sah, zu verarbeiten; sie hatte es wahrgenommen, es aber nicht begriffen. Als diese Sekunden vorüber waren, kam das Entsetzen, mit Urgewalt, aber selbst jetzt noch konnte sie sich die Szene in nüchterner Klarheit vergegenwärtigen. Und diese Erinnerung – ein Blutbad als Stillleben – machte das Ganze irgendwie noch schlimmer. Vielleicht war es doch keine so glänzende Idee, den Tod mit stählernem Auge zu betrachten.

»Es war grauenvoll«, sagte sie, weil es keine besseren Worte dafür gab.

»Es tut mir so leid.« Magda seufzte. Sie wartete lange, bevor sie wieder etwas sagte. »Wie … also – ich meine – wie kam es eigentlich, dass du überhaupt da warst?«

Rachel schüttelte den Kopf. »Ich war bei Elisabeth, und sie hat mir …« Sie verstummte; sie war nicht in der Stimmung für Magdas Schadenfreude. »… Sie hat mir gewisse Dinge erzählt, die ich mit anderen Dingen kombiniert habe. Und plötzlich war ich überzeugt, dass David Edgar ermordet hatte. Also bin ich hin, um ihn zur Rede zu stellen.«

»Was für Dinge?« Magda versuchte, ihre Stimme zu zügeln, aber Rachel hörte das Beben der Spannung heraus. *Was soll's*, dachte sie, *früher oder später muss ich ihr sowieso alles erzählen.*

»Äh, na ja.« Sie druckste herum. »Sie hat gewisse Fakten erwähnt, gewisse Probleme, die er so gehabt hatte …« Sie gab's auf. »Er war Kokser.«

»Ich *wusste* es!« Magda tat einen jähen Atemzug, haute einem Couchpolster befriedigt eine rein. »Das habe ich die ganze Zeit gewusst!« Sie fällte den Kopf zu einem befriedigten Nicken. »Hab ich nicht die ganze Zeit gesagt, dass es um Drogen ging? Ich habe die ganze Zeit gesagt, dass es um Drogen ging.«

»Du *hast* die ganze Zeit gesagt, dass es um Drogen ging«, bestätigte Rachel. Dann fügte sie hinzu: »Du meintest allerdings, die Drogen hätten David dazu gebracht, Edgar zu töten, nicht, dass die Drogen jemanden dazu bringen würden, David zu töten.«

»Wie auch immer.« Magda wiegelte mit der Hand ab. »Die zwei Möglichkeiten schließen einander nicht aus.«

Glücklicherweise klingelte es an der Tür. Rachel hielt einen Finger in die Höhe, befreite ihre Füße von der Decke und ging aufmachen. Es war der *capitaine*.

»Madame Levis? Tut mir leid, Sie so zu überfallen. Ich wollte nur nachsehen, wie es Ihnen geht.« Boussicaults Augen schlugen an den Winkeln Fältchen, als er lächelte, aber sein Blick war aufmerksam. »Ich konnte jemanden überreden, mich ins Haus zu lassen.«

»Mir geht's besser, danke.« Sie bemühte sich, so zu klingen, als sei der Anblick einer Leiche nichts Weltbewegendes. Erblasse vor Neid, V. I. Warshawski!

Er lächelte wieder. »Und außerdem wollte ich Ihnen berichten, wie unsere Ermittlungen vorankommen.«

Während Magdas Enthusiasmus sie kaltgelassen hatte, wurde ihr von dieser Ankündigung ganz warm ums Herz. Die Polizei erstattete ihr Bericht. Man holte sie ins Boot! Von wegen V. I. Warshawski. Sie trat beiseite, um ihn hereinzulassen.

»Aha!«, sagte er, als er den *séjour* erreichte. »Und hier ist Ihre Komplizin. Madame.« Er nickte, und Magda nickte zurück, nahm die Beine von der Couch und setzte sich gesittet hin.

»Darf ich Ihnen einen Kaffee anbieten oder Tee?« Rachel wandte sich schon zur Küche.

»Nein, nein, danke.« Er senkte den Kopf. »Aber vielleicht einen Sitzplatz?«

»Natürlich!« Sie deutete auf einen Sessel und setzte sich dann ihrerseits wieder auf die Couch.

Der *capitaine* wartete, bis sie es sich bequem gemacht hatte. »Erstens habe ich ein paar aktuelle Informationen. Eine Mischung aus guten und schlechten. Gut ist, dass es meinen Kollegen gelungen ist, die Namen und Adressen von Monsieur Bowens kleinen Freunden zu ermitteln.«

Was denn für kleine Freunde? Edgar hatte keinen einzigen kleinen Freund, dachte Rachel. Dann begriff sie, dass sein Monsieur Bowen David war.

»Das ist wirklich gut!«, sagte sie. »Dürfen Sie mir Näheres verraten?«

Er lächelte. »Ihre Namen, sicher. Der eine heißt Matthieu Mediouri. Sein Vorbild ist offenbar Al Pacino in *Scarface*.«

Na gut, dachte Rachel, *das erklärt die Anspielungen*.

Der *capitaine* fuhr fort: »Der andere heißt Laurent Brabinet. Hört allerdings offenbar lieber auf«, hier verfiel er in einen sehr nasalen amerikanischen Akzent, »L-Brah.« Dann sprach er mit normaler Stimme weiter: »Sie sind beide polizeibekannt. Mittelschwerer Drogenhandel. Ich bedaure, Ihnen sagen zu müssen, dass Monsieur Bowen ihre Dienste häufig in Anspruch nahm.«

»Ist schon in Ordnung«, warf Magda ein. »Das wussten wir schon.«

Der *capitaine* sah sie perplex an. »*Ah bon?* Und wieder überraschen Sie mich.« Er schnalzte mit der Zunge. »Nun, wie es aussieht, hatte sich Monsieur Bowen finanziell ein wenig übernommen, und die beiden gelangten zu dem Schluss, dass er ihre Gutherzigkeit über Gebühr beansprucht hatte. Sie waren bestrebt, ihn an die Art ihres wechselseitigen Verhältnisses zu erinnern.«

Gütiger Himmel, dachte Rachel, *Stendhal ist als Polizist wiedergekehrt*.

»Wir haben uns mit Monsieur Bowens Mutter unterhalten. Eine unbeugsame Frau. Sie wies die Möglichkeit, dass ihr Sohn etwas mit Drogen zu tun oder Mediouri und Brabinet überhaupt gekannt haben könnte, auf das Entschiedenste zurück. Sie versicherte mir, beides sei gleichermaßen unmöglich.« Er schüttelte den Kopf. »Ich habe allerdings schon mit vielen Müttern zu tun gehabt, und deren Söhne waren stets über jeden Tadel erhaben. Also haben wir uns auf Ihr, Madame Levis', Anraten hin, mit jemandem bei Pierre Brunet Livres unterhalten.« Er konsultierte sein Notizbuch. »Camille Murat, Buchhändlerin und Antiquariatsgutachterin. Wir zeigten ihr ein Foto Monsieur Bowens, und sie bestätigte, das sei der Mann, der vor ein paar Tagen ins Geschäft gekommen war und ihr ein sehr gut erhaltenes Exemplar der ›Paris Edition‹ der Gutenberg-Bibel angeboten hatte. Sie kaufte es für dreitausend Euro.«

»Dreitausend!« Rachel war empört. »Das ist weniger als die Hälfte seines Wertes!«

»Und des Preises, zu dem sie es jetzt anbietet. Nichtsdestoweniger nahm Monsieur Bowen, wie sie uns erklärt hat, das Angebot ohne zu feilschen an. Und Pierre Brunets Bank hat angegeben, ein Mann, auf den Monsieur Bowens Beschreibung passte, habe den Scheck noch am selben Tag eingelöst.« Hier pausierte er kurz, um Atem zu holen, und fuhr dann fort: »Diese dreitausend Euro sind nirgendwo in der Wohnung zu finden. Wir haben sie gründlich durchsucht. Und Monsieur Bowens *maître d'hôtel* sagte uns, Monsieur Bowen sei letzten Abend von Mediouri und Brabinet aufgesucht worden. Wie ich Ihnen schon sagte, erklärte Monsieur Bowen, er würde seine Besucher später selbst zur Tür bringen. Daher kann der Mann bedauerlicherweise nicht angeben, wann sie die Wohnung wieder verlassen haben. Ebenso wenig«, fügte er feinfühlig hinzu, »in welchem Zustand sich Monsieur Bowen befand, *als* sie sie verließen.«

Rachel war von der Polizei beeindruckt. Noch keine vierundzwanzig Stunden im Spiel und schon hatte sie mehr Indizien gesammelt, als sie und Magda in drei Wochen zusammenbekommen hatten. Nun gut, sagte sie sich, das war ja wohl auch ihr Spezialgebiet. Dann erinnerte sie sich, dass dieselbe Polizei Edgars Fall ohne auch nur eine flüchtige Ermittlung zu den Akten gelegt hatte, und ihr unversöhnlicher Zorn flammte prompt wieder auf.

»Und wie lautet die schlechte Nachricht?«

»Ja, tja, die schlechte Nachricht … Davon gibt es eigentlich zwei. Ihre Angelegenheiten betreffend lautet die erste, dass es mir nicht gelungen ist, irgendeine Verbindung oder Begegnung zwischen diesen zwei Männern und Madame Nadeau zu finden. Tatsächlich ist es mir nicht gelungen, überhaupt einen Hinweis darauf zu finden, dass Madame Nadeaus Tod durch einen Dritten verschuldet worden sein könnte.« Er sah Rachel an. »Und ich habe gründlich gesucht.« Sie begriff, dass das seine Art war, sich zu entschuldigen, und sie nickte zum Dank, während er fortfuhr. »Die zweite ist die, dass es uns vorerst auch nicht gelungen ist, die zwei Männer aufzuspüren.« Er sah enttäuscht aus. »Wir haben mit unseren *mouchards* gesprochen, aber bislang Fehlanzeige.«

»Na ja«, sagte Magda, »nach allem, was Rachel erzählt hat, sind das ziemlich auffällige Erscheinungen, also wird's wahrscheinlich nicht lange dauern.«

»Ja, vielleicht.« Aber Boussicault sah nicht so aus, als teilte er diese Meinung. Schließlich war »auffällige Erscheinung« relativ. »Immerhin«, jetzt hoffnungsvoller, »haben wir noch etwas, was wir, nur zur Sicherheit, überprüfen müssen. Fingerabdrücke haben wir auf dem Kerzenleuchter keine gefunden, was bedeutet, dass wir gegen Mediouri und Brabinet bislang nur Indizien haben. In solchen Fällen gehen wir gern auch anderen Spuren nach, und wenn auch nur, um sie auszuschließen. Und es gibt tatsächlich eine sehr interessante. Der *maître d'hôtel* hat angegeben, Monsieur Bowen habe kurz vor seiner Ermordung sein Testament gemacht. Der Mann hatte es, an Monsieur Bowens *avocat* adressiert, an demselben Abend eingeworfen. Nicht auszuschließen, dass wir darin weitere brauchbare Informationen finden.«

»Aha.« Rachels Stimme war nichts anzumerken. »Ein weiteres Testament.«

»Ja.« Boussicault hob die Schultern. »Ich vermute, sein Anwalt empfahl es ihm direkt nach der Verlesung von Monsieur Bowen *pères* Testament. Wenn es um große Summen geht, versuchen die Burschen so früh wie möglich, für alle Eventualitäten vorzusorgen. Also statten wir morgen«, wieder sah er in sein Notizbuch, »Cabinet Martin Frères, der Anwaltsfirma der Bowens, einen Besuch ab. Anschließend«, sagte er, während er schon aufstand, »werde ich den Damen erneut Bericht erstatten. Und wenn Ihnen in der Zwischenzeit irgendetwas einfällt, was uns Ihrer Meinung nach weiterhelfen könnte, Madame Levis, dann rufen Sie mich bitte an. Jederzeit.« Er fischte eine Karte aus seiner Tasche und überreichte sie ihr.

Als er aufgestanden war, hatte Magda einen Blick auf ihre Uhr geworfen. »Ich muss auch gehen. Ich habe meiner Mutter versprochen, um elf Uhr jamaikanischer Zeit anzurufen, und es ist fast so weit.« Sie stand auf und sah Rachel aufmerksam ins Gesicht. »Aber ich kann auch bleiben, wenn's dir lieber ist. Sie wird es schon verstehen.«

»Nein, nein.« Rachel schüttelte den Kopf und lächelte beiden zu. Der Bericht des *capitaine* hatte ihr neue Kraft gegeben. Ihr Kopf war voll von verschwommenen Möglichkeiten und Nahezu-Schlussfolgerungen, und sie brauchte etwas Zeit, um sie zu erfassen. »Mir geht's bestens. Wir unterhalten uns später – ich meld mich. Versprochen. Geh du nur.«

An der Tür half der *capitaine* Magda in den Mantel, dann lächelte er Rachel noch einmal zu. »Ich gehe den *ascenseur* holen. Madame Levis, wie gesagt …«

Rachel nickte. »Danke.«

Während der *capitaine* mit langen Schritten zum Fahrstuhl ging, legte Magda die Arme um sie und sah ihr noch einmal forschend ins Gesicht. »Ganz sicher?«

»Ganz sicher.«

»Tja …« Sie sah zweifelnd drein. »Ruf mich später an, ja?«

»Versprochen.« Sie küssten sich. Rachel schloss hinter Magda die Tür und vergewisserte sich, dass beide Schlösser eingerastet waren. Heute Abend würde sie Alan bitten, eine Kette zu kaufen.

33. KAPITEL

In dieser Nacht schlief Rachel kaum. Ihr schwirrte der Kopf. Sie konnte nicht aufhören, Fragen zu stellen und Indizien zu immer neuen Lösungsversuchen zu ordnen. Eine ihrer ursprünglichen Verdächtigen fiel inzwischen flach: Elisabeth hätte Edgar nicht getötet, konnte David nicht getötet haben, weil sie zu dem Zeitpunkt mit Rachel zusammen gewesen war, und sie hätte wahrscheinlich nicht die Kraft gehabt, Catherine zu töten (Rachel weigerte sich zu akzeptieren, dass Catherines Tod ein Selbstmord gewesen war, und wenn das auch die ganze Pariser Polizei behauptete). Einer ihrer Verdächtigen schied für *einen* Mord aus, aber – aus der Geschichte mit Elisabeth und Mathilde hatte sie ihre Lehre gezogen – das schloss ihn nicht zwangsläufig für die anderen aus: David hatte sich nicht selbst getötet, aber er konnte nach wie vor Edgar und Catherine ermordet haben. Mathilde kam zwar für Edgars und Catherines Tod in Frage, aber dass sie ihren geliebten Sohn getötet hätte, konnte Rachel nicht glauben. Mit anderen Worten – dieser jüngste Todesfall warf wieder einmal sämtliche Möglichkeiten durcheinander.

Aber jetzt hatten sie ein neues Element, das es zu bedenken galt: die zwei Männer. Mediouri und Brabinet. Sie konnten David – oder auch Edgar und David – getötet haben, und sie schienen genau die Sorte Leute zu sein, die bei Bedarf jemanden aus dem Fenster werfen würden. In einer Hinsicht war es eigentlich wahrscheinlicher, dass sie, und nicht David, Edgar getötet hatten. Den eigenen Vater würde man zwar nicht umbringen, aber den reichen Vater seines eifrigsten Kunden gegebenenfalls doch. Das hing aber davon ab, ob Mediouri und Brabinet erwartet hatten, von Edgars Tod zu profitieren – und, rief sie sich in Erinnerung, ob sie zu dem Zeitpunkt überhaupt schon mitgemischt hatten. Sie schienen auch plausible Verdächtige für den Mord an David zu sein. Dazu imstande wären sie allemal gewesen, aber was für einen Grund hätten sie haben können? Wenn er ihnen den Erlös aus dem Bibelverkauf gegeben hatte, hatten sie gerade ein hübsches Sümmchen eingestrichen, und in Anbetracht dessen, was er bekommen würde, sobald der Erbschein ausgestellt wäre, war noch erheblich mehr zu erwarten gewesen. David war jung; er hätte für die beiden auf Jahre hinaus eine stetige Einkommensquelle darstellen können. Es wäre kaufmännisch dämlich gewesen, ihn umzubringen.

Aber jetzt dieses Testament … Sie dachte daran, was Bousicault gesagt hatte: David hatte es erst vor ganz kurzem unterschrieben. Ließ sie diesbezügliche kindliche Hemmungen außer Acht, war es vorstellbar, dass David Edgar wegen seines Geldes getötet und anschließend, um den Koksnachschub zu sichern, Mediouri und Brabinet zu seinen Erben eingesetzt hatte, was diese wiederum dazu veranlasst haben konnte, ihn zu ermorden. Sie biss sich in den Daumennagel. Es lag im Bereich des Möglichen. Sie zu seinen Erben einzusetzen, wäre nicht sehr gescheit oder gut durchdacht gewesen, aber Drogenabhängige waren nicht gerade bekannt für folgerichtiges Denken. David hätte ja auch keinen Grund zu der Annahme gehabt, dass er bald sterben würde, dafür aber jeden Grund, sich einen Nachschub dessen zu sichern, was Mediouri und Brabinet zu bieten hatten. Und dann, mit der Aussicht auf einen großen Betrag, der ihnen nach seinem Tod zufallen würde, hatten die zwei Männer wenig Grund gehabt, ihn weiter zu beliefern, und dafür ein ausgezeichnetes Mordmotiv.

Die Frage war: Hatte David so gehandelt? Stand die Errichtung seines Testaments mit seiner Ermordung im Zusammenhang, oder war die zeitliche Nähe nur Zufall? Rein gefühlsmäßig hätte Rachel gesagt, dass junge Männer – selbst junge Männer, die gerade zu einem Haufen Geld gekommen waren –, es normalerweise nicht sonderlich eilig hatten, Testamente zu machen. Er musste einen besonderen Grund gehabt haben.

Schließlich gab sie den Versuch, Ordnung in ihren Kopf zu bringen, endgültig auf. Sie stieg vorsichtig aus dem Bett; Alan grunzte und öffnete die Augen, ohne aber ganz aufzuwachen. Im *séjour* war das Fenster pechschwarz. Die Sonne würde frühestens in zwei Stunden aufgehen. Sie setzte sich im Morgenrock an ihren Schreibtisch und schrieb alle ihre unbeantworteten Fragen untereinander auf, versuchte dann, sie zu beantworten, zerknüllte schließlich die Liste und schmiss sie in den Papierkorb. Jetzt wusste sie, was sie machen würde. Sie kehrte ins Schlafzimmer zurück, zog sich so leise wie möglich an, ließ für Alan zwei Zeilen auf dem Tisch zurück und ging aus dem Haus. Sie wäre gern durch den Jardin du Luxembourg gelaufen, aber der machte erst nach Sonnenaufgang auf, also bog sie vor ihrer Haustür nach links und fröstelte sich zur Metrostation Port Royal. Fünfzehn Minuten später war sie in Cadet, der Haltestelle, die Magdas Wohnung am nächsten lag.

Draußen vor der Station blieb sie kurz stehen: Trotz all ihrer Anspannung schlug sie der Pariser Morgen in seinen Bann. Das frühe Sonnenlicht, das seinen Dunst die Rue La Fayette hinabsandte, gewährte einen Augenblick der Gnade; die gleichförmigen flachen Fassaden und die durchgehende Firstlinie des langen Boulevards wirkten zugleich unnahbar und tröstlich, ihre helle Heiterkeit wie der Ausdruck von Gleichgültigkeit gegen zeitweilige Turbulenzen. Sie blickte die lange Straße entlang, atmete die leere Morgenluft ein, und dann nahm sie den Aufstieg zu Magdas Haus in Angriff.

Auf dem Scheitel der langen Steigung der Rue de Rochechouart färbte sich die weiße Kuppel von Sacré-Cœur unter dem heller werdenden Himmel erst rosa, dann gelb. Die Luft roch nach warmer Butter und Hefe, und die Rinnsteine glänzten vom Wasser, das die Kleinlaster der Straßenreinigung versprüht hatten. Gelegentlich schlenderte ein Arbeiter vorbei, eine Zigarette – auf die von tausenden französischen Filmen her vertraute Weise – zwischen Daumen, Zeige- und Mittelfinger gekniffen, während ihm die verkrümmte Handhaltung und die Schleppe von ausgeatmetem weißem Rauch die Faszination eines aalglatten Gangsters verliehen. An jedem anderen Morgen hätte sie ihre Nase mit Backdüften und ihre Augen mit dieser blassen Version Alain Delons vollgesogen und es genossen, in dieser noch halb im Schlaf versunkenen Stadt wach zu sein. An diesem Morgen achtete sie nur auf das Tempo ihrer Schritte.

* * *

Magda öffnete die Tür, noch während sie ihren Morgenmantel um sich raffte. »Was ist?«

»Ich muss mit Benoît reden.«

»Dann solltest du vielleicht in der Kanzlei anrufen.« Ihr Gesicht war das Inbild der Tugend.

»Seh ich so naiv aus?« Rachel drückte die Tür weiter auf und trat in die kleine Küche. »Würdest du ihn bitte wecken?«

Magda setzte schon zum Protestieren an, als eine Stimme hinter ihr sagte: »Er ist schon wach.« Benoît stand im Bogendurchgang hinter ihr. »Womit kann ich Ihnen helfen, Rachel?« Sein Ton vollbrachte den Eindruck, dass es für ihn eine Lappalie war, seine juristische Meinung in Boxershorts und Unterhemd abgeben zu müssen – und tatsächlich wirkte er in dieser Aufmachung nicht weniger kompetent als in Anzug und Schlips.

»Ich bitte um Verzeihung«, sagte Rachel mit einem entschuldigenden Nicken. »Ich komm deswegen so früh, weil die Polizei gleich bei Öffnung der Kanzlei bei Ihnen auf der Matte stehen wird. Die Sache ist die, dass ich David Bowens Testament einsehen muss. Ich meine, ich würde gern.«

Bevor Benoît darauf antworten konnte, fragte Magda: »Warum?«

»Ich glaube, es könnte Informationen enthalten, die für uns wichtig wären.«

»Zum Beispiel?«

»Ich glaube, es könnte uns der Entdeckung von Davids Mörder einen Schritt näher bringen.«

»Aber es waren doch deine Fahrstuhlmänner, die David getötet haben!« Magda klang verwirrt. »Das hat der *capitaine* doch gesagt.«

»Nein.« Rachel schüttelte den Kopf. »Der *capitaine* hat gesagt, dafür sprächen nur Indizien und sie würden auch in andere Richtungen ermitteln.« Sie war selbst von der Entschiedenheit ihrer Stimme überrascht. Irgendwann im Verlauf der Metrofahrt war sie zur Gewissheit gelangt: Wenn sie nur Davids Testament einsehen könnte, würde alles mit einem Schlag klarwerden. Sie musste nur Magda irgendwie überzeugen.

»Hör zu«, sagte sie. »Wahrscheinlich haben sie David getötet. Aber was, wenn nicht? Das Einzige, wofür es sich gelohnt hätte, David zu töten, war sein Geld. Wenn Mediouri und Brabinet dieses Geld sowieso schon im Austausch gegen Drogen bekamen, hatten sie keinen Grund, ihn zu töten. Es sei denn, sie wären durch seinen Tod an mehr Geld gekommen«, sie legte eine kurze Pause ein, »weil sie in seinem Testament standen.«

»Glaubst du wirklich, David hätte zwei Drogenhändlern Geld vermacht?« Magda machte ein skeptisches Gesicht.

»Ich weiß es nicht«, sagte Rachel. »Darauf will ich ja hinaus.

Wenn ja, dann können wir praktisch sicher davon ausgehen, dass sie ihn getötet haben. Und dann könnten wir sie auch auf unsere Liste von Verdächtigen für Edgars Ermordung setzen. Der *capitaine* sagte ja, David hätte ›ihre Dienste oft in Anspruch genommen‹«, zitierte sie Capitaine Boussicaults Worte.

»Ihre Dienste *häufig* in Anspruch genommen«, korrigierte Magda sie.

»Noch schlimmer! Wir wissen, dass er kein Geld hatte, und wir wissen, dass Edgar ihm keines mehr gab.« Ihr Ton wurde einschmeichelnd. »Ist nicht schwer vorzustellen. David sagt: ›Wenn mein Vater tot wäre, könnte ich euch mit einem Schlag auszahlen und euch sogar noch mehr geben.‹ Mediouri und Brabinet fassen das als Wink mit dem Zaunpfahl auf. David sagt: ›Gott, nein, so hatte ich das nicht gemeint, aber wo es nun mal passiert ist, vermache ich euch einen Haufen Geld, damit ich mir auch in Zukunft eurer Verschwiegenheit und Loyalität sicher sein kann.‹ Und die beiden denken: ›Was kümmert uns die Zukunft? Wir wollen den Schotter jetzt!‹ Also –«

»Also töten sie ihn«, vollendete Magda atemlos den Satz.

»Ja!« Rachel normalisierte ihre Stimme wieder. »Natürlich werden wir nie wissen, ob die Theorie plausibel ist, wenn wir das Testament nicht einsehen können.«

Magda wusste, dass sie gerade eingeseift wurde, Rachel sah es ihr an, aber die implizierte Verlockung – dass sie recht haben könnte! Dass ihre Überzeugung, es sei von Anfang an um Drogen gegangen, alles erklären könnte! – war ihr wohlig unter die Haut gegangen. Rachel wartete mit angehaltenem Atem.

»Pardon.« Benoît stand immer noch im Durchgang. »Ich glaube nicht, dass es darum geht, *Magda* zu überzeugen.«

Rachel nahm sich zusammen. »Völlig richtig. Verzeihung.«

Er nickte milde.

»Es läge mir sehr viel daran, David Bowens Testament einzusehen. Meine Gründe kennen Sie ja jetzt.« Sie deutete auf den leeren Raum zwischen sich und Magda, als ob die Gründe dort herumstünden. »Wären Sie bereit, mir zu helfen?«

Mit angehaltenem Atem sah sie ihm beim Nachdenken zu: Sie wusste, was immer er sagte, würde richtig sein. Endlich holte er tief Luft und atmete sie dann wieder aus. »Als Erstes«, sagte er, »sollte ich mich anziehen.«

* * *

»Da wären wir also wieder.« Benoît saß an seinem Schreibtisch und runzelte die Stirn. Rachel stellte sich vor, dass er sich an die gummiweichen Croissants erinnerte, die sie in der *boulangerie* bei Magda nebenan gekauft hatten. Als sie dabei selbst an die Dinger erinnert wurde, prägte sie sich für künftige Fälle ein, dass köstlicher Duft nicht zwangsläufig mit köstlichem Geschmack einherging. Benoît atmete aus, nahm eine professionelle, straffe Sitzhaltung ein und sagte den mittlerweile vertrauten Spruch auf: »Dieses Testament ist noch nicht bestätigt worden. Ich kann es nur selbst lesen und Ihnen dann paraphrasierend sagen, was darin steht.« Er sprach den letzten Satz sehr langsam und deutlich. Dann schlich ein seltsamer Ausdruck über sein Gesicht. Er hielt sich den Magen. »Ah«, sagte er und legte den Kopf schief, als ob er horchte. »Pardon. Vielleicht sollte ich nicht so zeitig frühstücken.« Er schwieg kurz. Dann legte er die offene Heftmappe auf den Schreibtisch, starrte Rachel an und stand auf. »Würden Sie mich bitte einen Augenblick entschuldigen?« Er richtete den Blick auf den Hefter, dann wieder auf Rachel. »Ich bin gleich wieder da.« Dann verließ er das Zimmer und zog die Tür hinter sich zu.

»Oh nein!« Magda erhob sich halb von ihrem Stuhl. »Glaubst du ihm ist schlecht? Sollten wir nach ihm sehen?« Ihre Miene war besorgt.

»Nein, du Hohlkopf!«, zischte Rachel. »Er ist nur rausgegangen, damit wir uns das Testament ansehen können!«

»Was? Nein, ihm ist schlecht von diesen grauslichen Croissants. Du hast ihn doch gehört.« Sie verharrte in ihrer seltsamen Position, die Knie gebeugt, das Gesäß eine Handbreit über der Sitzfläche schwebend.

»Ihm ist *nicht* schlecht! Hast du nicht gesehen, wie er zuerst uns und dann den Aktendeckel angesehen hat? Er tut nur so, damit wir einen Blick reinwerfen können!« Rachel sprach so leise und so schnell, dass sie Magda fast mit Spucke besprühte. Um keine weitere Zeit zu vergeuden, erhob sie sich dann ebenfalls halb vom Stuhl und zog das Testament zu sich herüber.

Es bestand aus einem einzigen Blatt. Wie in Edgars Fall war es ein Computerausdruck auf schwerem beigeweißem Papier. Am unteren Ende prangte Davids Unterschrift. Rachel schluckte mühsam und zwang sich, nicht an seinen auf dem Schreibtisch ausgebreiteten Körper zu denken, sondern sich auf die schwarzen Schriftzeichen zu konzentrieren. Zunächst waren es dieselben juristischen Formeln, die auch ihr eigenes Testament einleiteten, aber danach stand da fast gar nichts mehr. David hinterließ einen bestimmten Betrag, der für die künftige Pflege von Edgars Grab sorgen sollte, und den ganzen Rest vermachte er seiner Mutter.

»Kein Mediouri und kein Brabinet«, stellte Magda fest.

»Nein.« Rachel schüttelte den Kopf. Sie musste daran denken, dass Mathilde jetzt endlich doch an Edgars Vermögen herangekommen war.

Magda schien ihre Gedanken zu lesen, denn sie sagte: »Du glaubst doch nicht etwa …«

»Nein.« Rachel schüttelte entschiedener den Kopf. Schon schämte sie sich für ihre Gehässigkeit. »Ich kann es nicht glauben. Sie ist keine Medea. Sie hat nicht ihr eigenes Kind getötet. Unmöglich.«

»Es wäre wohl möglich«, sagte Magda langsam, »wenn man davon überzeugt wäre, dass das Kind sonst alles den Drogenhändlern in den Rachen schmeißen würde.«

Rachel lachte kurz auf. »Mach dir um die mal keine Sorgen. Diese Männer werden schon noch an ihr Geld kommen. Sie werden es sich von der Erbin holen.« Sie klopfte mit dem Finger auf Mathildes Namen. »Und sie wird bezahlen. Das ist ein geringer Preis, wenn sie dafür Ärger vermeiden und die Ehre ihres Sohnes reinhalten kann. Nein«, sagte Rachel, senkte den Kopf und legte die Hände auf den Schreibtisch, »Mathilde hat es nicht getan. Und Matthieu Mediouri und Laurent Brabinet werden hier überhaupt nicht erwähnt, also hatten sie gar keinen Grund, David zu töten. Es wäre für sie günstiger, wenn er noch am Leben wäre. Also stehen wir wieder am Anfang, nur mittlerweile mit drei Morden.« Sie seufzte. Sie war es so leid, alles wieder von vorn zu überdenken, wieder bei null zu beginnen! »Oder vielleicht …« Schließlich gab sie auf. »Wahrscheinlich hatte Edgar wirklich einen Herzinfarkt und ist anschließend in der Suppe ertrunken. Wahrscheinlich war das Ganze bloß eine unbewusste Weigerung, einen Teil meiner Jugend loszulassen.«

»Ho-hoo.« Magda hielt eine Hand in die Höhe. »Das war nur ein bisschen Detektivarbeit, keine existenzielle Abrechnung.«

Aber Rachel blieb regungslos sitzen, die Augen auf ihren Daumen auf dem cremefarbenen Papier geheftet. Sie senkte den Blick auf die Unterschrift, betrachtete Davids kühnes »D«, sein etwas kleineres »B«. Dieselben Initialen wie David Bowie, dachte sie. Nur dass David Bowie nicht bäuchlings auf seines Vaters Schreibtisch gestorben war. Wieder begann das Bild vor ihrem inneren Auge aufzutauchen, und wieder fegte sie es beiseite, indem sie sich auf etwas anderes konzentrierte – diesmal auf die Unterschriften der Zeugen.

»Moment mal.« Sie packte Magdas Handgelenk.

»Was?« Magda blickte wieder auf das Testament, aber als sie wieder aufsah, war ihre Miene ausdruckslos. »Was sollte ich da sehen?«

»Oh Gott«, sagte Rachel. »Natürlich! Nicht zu glauben, dass ich nicht eher darauf gekommen bin … Ich glaub's einfach nicht.« Sie zog am Arm ihrer Freundin. »Wir müssen los. Wir müssen *sofort* los!« Sie stand auf. »Jetzt *komm*!«

Auf dem Korridor kam ihnen Benoît entgegen, der geruhsamen Schritts auf dem Rückweg in sein Büro war. Rachel blieb stehen, ergriff seine Hand und küsste ihn auf beide Wangen. »Danke.« Sie lächelte ihn an. »Vielen herzlichen Dank dafür.«

»De rien.« Er machte ein übertrieben, aber aufrichtig verblüfftes Gesicht. »Es freut mich, dass ich helfen konnte. *À bientôt*.« Er lächelte, und Magda, warf ihm über die Schulter ein »Ich ruf dich an!« zu, während sie Rachel nach draußen folgte.

* * *

»Was soll das?«

Rachel stand am Rand der Fahrbahn und schwenkte den rechten Arm. »Wonach sieht's aus? Ich winke nach einem Taxi.«

»Nein«, sagte Magda, »ich meine, was war eben los? Ich hab offenbar irgendwas nicht mitgekriegt.«

Rachel machte eine abwehrende Geste, während sie den anderen Arm weiterhin hochgereckt hielt. Ein freies Taxi sauste vorbei, dann ein zweites. »Verdammt!«, brüllte sie.

»Ganz ruhig.« Als sie ein drittes Taxi herannahen sah, stellte sich Magda mitten auf die Fahrbahn und zwang es so zu halten. »Okay? Jetzt steig ein.«

»Quai des Orfèvres 67«, sagte Rachel zum Fahrer, sobald sie beide saßen und die Tür geschlossen war. »Und keine Sightseeingtouren.« Wieder mal hatte sie in der Aufregung auf

Englisch gesprochen; sie holte tief Luft und bellte: *»Nous ne sommes pas des touristes!«*

Beleidigt gab der Fahrer Gas, als ginge es in die letzte Runde von Le Mans, wodurch die zwei Frauen in ihre Sitze zurückgeworfen wurden. Während sie sich wieder aufrappelte, sagte Magda: »Willst du mir jetzt endlich sagen, was los ist? Erst schießen wir wie ein geölter Blitz aus der Kanzlei, und dann sagst du gar nichts mehr. Was hast du gesehen?«

»Geölte Blitze.« Rachel kramte in ihrer Handtasche. »Wir sind zu zweit, also muss es ›wie geölte Blitze‹ heißen.«

»Dann meinetwegen geölte Blitze. Was ist los?«

Sie buddelte weiter. »Es war Fulke.«

»Was?«

Rachel nahm die Hand aus der Tasche und sah Magda mit einem entnervten Seufzer an. »Es war Fulke! Fulke hat's getan! Zuerst hat er ihre Testamente als Zeuge beglaubigt, und dann hat er sie umgebracht.« Sie wandte sich wieder ihrer Tasche zu und förderte endlich ihr Handy zutage.

»Was?« Nachdem sie sich gerade aufgesetzt hatte, ließ sich Magda wieder zurückfallen. »Aber das ist doch gar nicht möglich. Ich meine, Edgar hatte sein Testament nicht gerade erst unterzeichnet. Du sagtest doch, Maître Bernard hätte gesagt, dass er es drei Monate vor seinem Tod aufgesetzt hatte!«

Aber Rachel hackte nur mit dem Finger auf das Display ihres Handys ein und hielt es sich dann ans Ohr. »Capitaine Boussicault«, erklärte sie. Dann: »*Capitaine*, hier Rachel Levis. Ich hab die Lösung. Zumindest«, sie erinnerte sich rechtzeitig, dass sie mit einem Polizeibeamten sprach, »bin ich mir ziemlich sicher, dass ich die Lösung habe. Es war der *maître d'hôtel*. Ja, er. Ja. Wir treffen uns dort; wir sind schon unterwegs.« Eine Pause. »Ja, ich verspreche, dass wir draußen warten.«

34. KAPITEL

Sie warteten am Straßenrand, wobei Rachel abwechselnd zu Edgars Fenstern hinaufschielte und auf ihre Uhr sah. Fünf Minuten. Fulke konnte jeden Augenblick aus einem dieser Fenster schauen – ja er konnte gerade jetzt, in diesem Augenblick, herausschauen –, und wenn er sie sah, würde er wissen, dass etwas im Busch war. Acht Minuten. Hatte dieser Fall für die Polizei nun Priorität oder nicht? Und übel kalt war es auch noch. Sollten sie und Magda auf der Straße festfrieren und ein Mörder entkommen, weil die Polizei es gemütlich angehen ließ? Würde diese Ermittlung nie zum Abschluss kommen? Sie stampfte mit den Füßen. »Ich geh jetzt rauf.«

»Aber –«

Sie zog ihren Mantel enger um sich. »Ich weiß, ich habe gesagt, dass ich warten würde. Aber mir ist kalt. Und ich bin vorsichtig. Und es ist Fulke: Wir kennen uns seit Jahren, und soweit er weiß, stelle ich keine Bedrohung für ihn dar. Du kannst ja hierbleiben, wenn's dir lieber ist.«

Magda zögerte nur kurz, bevor sie ihr ins Gebäude folgte. Solange sie auf den Fahrstuhl warteten, sprach keine ein Wort, aber sobald sie eingestiegen waren, wandte sich Rachel zur Freundin. »Hör zu. Wir tun nichts anderes als mit ihm reden, bis die Polizei kommt. Wir wollen ihn lediglich davon abhalten, sich zu verdrücken.«

»Okay.« Magda sprach mit leiser, aber fester Stimme. Die Glocke machte kling, und die Tür ging auf; ein paar schnelle Schritte, und sie standen vor Edgars Tür.

»Kacke«, sagte Rachel. Dann packte sie den Türknauf und drehte ihn sachte, während sie sich gegen die Tür lehnte. Sie war abgeschlossen. »Kacke«, sagte sie noch einmal. »Wie konnte ich nicht daran denken!« Sie presste die Knöchel gegen ihren Mund.

»Sind wir ausgesperrt?«

Rachel nickte.

»Hast du deine Haarklammern dabei?« Magda scherzte nicht.

Rachel schüttelte den Kopf. »Moment mal.« Sie sah die regungslose Magda an und hielt einen Zeigefinger in die Höhe. »Moment, Moment.« Sie ließ die Hand über die Innenseite des Türrahmens gleiten, dann über die Oberseite des Türsturzes, dann die Außenseite des Rahmens entlang. »Ah!«, sagte sie plötzlich, ein überrascht-befriedigter Mischlaut. Sie drückte mit den Fingern sanft gegen das Holz, es ertönte ein leiser Klick, und sie hielt einen Türschlüssel in die Höhe.

»Wow!« Magdas Miene war reine Verblüffung.

»Er hatte so was auch im Türrahmen seiner früheren Wohnung.« Rachel lächelte. Sie steckte den Schlüssel in das Schloss, machte sich auf die Schwere der Tür gefasst und öffnete. Entgegen ihrer Erwartung ging die Tür überraschend leise auf.

In der Wohnung war es so still, dass sie ihren eigenen Atem hören konnten. Rachel nahm Magdas Hand und hielt sie fest, während sie die cremefarbene Teppichfläche überquerten. Magda erwiderte den Druck. »Was hast du vor?«

Hätte Rachels Herz nicht gehämmert und ihr Adrenalin nicht gerauscht, wäre ihr vielleicht bewusst geworden, wie komisch es war, dass es ihr, selbst nach über zwanzigjähriger Freundschaft, ein Anliegen war, vor ihrer besten Freundin das Gesicht zu wahren. Was würde Magda von ihr denken, wenn sie jetzt auf der Stelle kehrtmachte und floh?

»Ich will feststellen, ob Fulke da ist. Du solltest hier auf mich warten.«

»Nein!« Magda hielt ihre Hand nur noch fester. »Ich bleib nicht allein! Wenn du gehst, geh ich mit.«

Rachel versuchte, sich Mut zu machen. Schließlich konnte es ohne weiteres sein, dass Fulke gar nicht in der Wohnung war; er konnte gerade beim Einkaufen sein, oder in einem Café sitzen und ein Käffchen trinken und sich seinen nächsten Schachzug überlegen, oder er konnte oben in seiner Stube sein und für seine Flucht packen. Ja, all das war möglich. Sie ging voraus den Korridor entlang. Wenn sie erst einmal durch die Hintertür wieder draußen wären, würde sie den *capitaine* noch einmal anrufen.

Sie betraten das Esszimmer, durchquerten es und stießen die Tür zur Anrichte auf. Fulke stand an der Spüle, in der Hand einen Putzlappen, vor dem Bauch eine Schürze. Auf der Arbeitsfläche zu seiner Rechten lag eine Ansammlung von Tafelsilber: Gabeln, Messer, ein Tranchierbesteck, selbst der überlebende Kerzenleuchter war da. Als er die Tür gegen die Wand knallen hörte, drehte sich Fulke um.

»Madame Levis!« Er legte den Lappen aus der Hand. »Das ist eine Überraschung.«

»Wirklich, Fulke?« Rachel kam sich vor wie in einem Theaterstück; ihre Stimme klang selbst in ihren Ohren melodramatisch.

»Durchaus.« Er strich seine Schürze glatt. »Sind Sie hier, um in der Bibliothek zu arbeiten? Darf ich Ihnen und – Madame Stevens, wie ich vermute? – etwas zu trinken anbieten?« Sein Gesicht war, sah man von einem Anflug von Neugierde ab, bar jeden Ausdrucks.

Rachel hatte nicht die Nerven für eine Pokerpartie; es brach aus ihr raus. »Ach, Fulke.« Sie schüttelte den Kopf. »Ich weiß Bescheid. Ich weiß, dass Sie es getan haben.« Hinter ihr schnappte Magda nach Luft. Rachel tat einen Schritt ins Zimmer – ein instinktiver Versuch, das Revier in Besitz zu nehmen –, und ihre Freundin folgte.

Fulkes Ton blieb entspannt. »Ich versichere Ihnen, Madame Levis, ich habe nichts getan. Ich weiß nicht einmal, wovon Sie sprechen.« Und tatsächlich, wie er so dastand, neben ihm der Lappen, eine Hand auf der Arbeitsfläche ruhend, sah er aus wie das Inbild ahnungsloser Unschuld.

Rachel rührte sich nicht. Sie konnte Magda neben sich spüren, wo sie den Durchgang ins Esszimmer versperrte. »Fulke«, sagte sie. Sie versuchte, ruhig zu bleiben, aber es war schwierig, jemanden mit gelassener Stimme des Mordes zu bezichtigen. »Sie haben Edgar und David getötet.« Sie hatte beschlossen, Catherine vorerst außen vor zu lassen. »Sie wussten, dass sie Sie in ihren Testamenten nicht bedacht hatten, also haben Sie sie ermordet.«

Fulke hob eine Augenbraue. »Das erscheint mir wenig plausibel, Madame. Ist der richtige Augenblick, jemanden zu töten, nicht eher, wenn man weiß, dass man in seinem Testament bedacht worden *ist*?«

Ihre Vertrautheit mit der klassischen Kriminalliteratur hatte Rachel zu dem Glauben verleitet, dass Mörder, mit der Wahrheit über ihre Verbrechen konfrontiert, augenblicklich aufgaben. Wie verfuhr man mit einem, der nicht nur seine Schuld beharrlich weiter bestritt, sondern auch noch ein ausgezeichnetes Argument gegen dieselbe vorbrachte? Sie hätte doch besser auf die Polizei warten sollen. Sie versuchte verzweifelt, diese Gedanken zu ignorieren. Wieder hatte sie das Gefühl, Teil eines Theaterstücks zu sein, und dieser Metakommentar war eine fortwährend laufende Rezension des Bühnengeschehens.

»Sie haben es getan«, sagte sie noch einmal, als ob die Wiederholung ihn eher zum Geständnis zwingen könnte. »Beide haben Sie als Zeugen für die Beglaubigung ihres jeweiligen Testaments herangezogen, dadurch wussten Sie, dass keiner von beiden Ihnen etwas vermachte. Hat Sie das wütend gemacht? Fanden Sie, Sie hätten etwas verdient und würden jetzt um Ihr gutes Recht betrogen werden?« Fulkes Gesicht blieb ausdruckslos. »Ich könnte das verstehen. Sie hatten jahrelang hart gearbeitet, und jetzt sollten Sie leer ausgehen.«

»Wegen Geldes würde ich niemals töten.« Fulkes Ton stellte Geld auf die gleiche Stufe wie eine schlampig gefaltete Serviette oder eine schwarze Strumpfhose zu einem hellen Rock: ein unangenehmes Detail, dem man die Ehre der Beachtung versagen sollte.

»Aber getötet *haben* Sie Edgar und David.« Sie kam sich vor wie eine Mörder-Planierraupe, die alles, was ihr in den Weg gestellt wurde, ungerührt niederwalzte. »Ich weiß, dass Sie es getan haben. Und ich verstehe es.«

Fulke stieß ein kleines Lachen aus. »Sie verstehen es? Sie könnten es niemals verstehen, Madame.«

Rachel blinzelte. Hatte er gerade gestanden? Sie hatte den verzweifelten Drang, zur Vergewisserung Magda anzusehen, aber sie wollte den Blickkontakt zu Fulke nicht unterbrechen.

»Sie reden immerzu von Geld«, sagte er. »Von meiner *Arbeit*. Es ist wahr, ich mache meine Sache gut. Offenbar so gut, dass Sie alle dabei den Menschen vergessen, der die Sache erledigt. Zum Beispiel haben Sie, Madame, nie erkannt, dass ich Sie beobachtete. Ja«, sagte er und nickte zu Rachels überraschtem Zusammenzucken, »ich hörte Sie mit Mademoiselle des Troyes und Monsieur David sprechen; ich wusste, dass Sie versucht haben, die kleine Detektivin zu spielen. Und es war leicht, Ihnen meine Geschichten von Auseinandersetzungen zwischen Madame Bowen und Monsieur Bowen glaubhaft zu machen. Genau so, wie ich es zwanzig Jahre lang mit Monsieur Bowen und Monsieur David gemacht hatte, gab ich Ihnen das, was Sie wollten. Und das war keinem von Ihnen auch nur einen Gedanken wert. In Ihren Augen ist meine Loyalität die Loyalität eines Roboters: einprogrammiert, automatisch. Deshalb werden Sie niemals verstehen, warum ich sie tötete.«

Bei diesem unerwartet eindeutigen Geständnis fuhr Rachel zusammen. Sie spürte, wie sich ein kalter Schauder in ihr ausbreitete und Übelkeit ihr in die Kehle stieg: Plötzlich hatte sie große Angst. Sie hatte sich selbst und ihrer besten Freundin, unbewaffnet und unvorbereitet, zu einer Konfrontation mit einem Mörder verholfen, weil ihr kalt gewesen war und sie nicht das Eintreffen der Polizei hatte abwarten wollen. Und jetzt waren sie mit ihm allein auf einem Terrain, das er besser kannte als sie, und noch immer waren draußen keine Sirenen zu hören. Sie biss die Zähne zusammen, damit sie nicht klapperten.

Mit großer Selbstbeherrschung unterdrückte sie ihre Panik und zwang sich nachzudenken. Vielleicht konnten sie ja doch noch heil aus der Sache herauskommen. Vielleicht konnte sie Fulke ja beschwichtigen, ihn zur Vernunft bringen, ihn vielleicht sogar zur Aufgabe überreden. TV-Detektive versuchten es immer mit Einfühlsamkeit; sie konnte ebenfalls damit den Anfang machen. »Nun, Fulke, warum erklären Sie es mir dann nicht? Ich möchte *verstehen*, Fulke.« Im Fernsehen wiederholten sie auch immer den Namen des Verbrechers, um ihn zu beruhigen; sie hatte das schon immer gruselig gefunden, aber jetzt war sie zu allem bereit. »Lassen Sie mich Ihnen helfen, Fulke. Wir sind doch immer Freunde gewesen.«

Sie streckte die Hand aus, machte einen Schritt auf ihn zu, aber sie hatte ihre Position falsch eingeschätzt und stieß mit der Hüfte gegen die Kante der Arbeitsfläche. Einen Moment lang war sie vom Schmerz abgelenkt, und in dieser winzigen Zeitspanne bewegte sich Fulke schnell wie ein Blitz – oder wie ein Mensch, der mit seiner Umgebung innig vertraut war. Mit einer Hand packte er Magda; mit der anderen griff er sich die Tranchiergabel und drückte sie ihr an die Kehle. Magda japste erst überrascht auf, dann erstarrte sie, die Hände in seinen Arm verkrallt, vor Angst verstummt und gelähmt.

»Freunde sind wir nie gewesen, Madame.« Er atmete schwer, sprach aber genauso ungerührt wie zuvor. »Wie ich erst kürzlich wiederholt erfahren musste, gibt es keine Freundschaft zwischen Diener und Bedienten.«

»Fulke.« Sie versuchte nachzudenken. Wie redete man einem meuchlerischen Butler gut zu? »Ich bewundere von jeher …«, wie Sie Muffins arrangieren? Ihre Meisterschaft mit dem Staubwedel? *Halt den Mund, halt den Mund,* befahl sie ihrem Gehirn. »Ich habe Sie schon immer bewundert. Erst gestern habe ich Magda ein Loblied auf Sie gesungen.« Sie zeigte auf ihre Freundin, während sie gleichzeitig ihren Namen betonte – die Geisel beim Namen zu nennen, vermenschlichte sie für den Täter, war das nicht so? »Ich habe Magda erzählt, wie gut Sie Ihr Metier beherrschen, und wie loyal Sie sind.«

Die scharfen Gabelzinken drückten in Magdas Kehle; Rachel konnte das Blut unter ihnen pulsieren sehen. Wo *blieb* die Polizei?

»Aber Fulke«, sagte sie, beide Hände in einer Geste der Unterwerfung erhoben, »bitte tun Sie Magda nichts. Die Polizei ist schon unterwegs. Sie wird verstehen, was Sie Edgar und David angetan haben. Sie wurden von Ihren Arbeitgebern schlecht behandelt! Wir sind hier in Frankreich – alle werden auf Ihrer Seite sein! Aber wenn Sie eine unschuldige Frau töten? Dafür wird niemand Verständnis haben.«

Wieder lächelte Fulke. »Nur täuschen Sie sich, wenn Sie glauben, dass die Polizei mich aufhalten wird. Das hier«, er drückte die Zinken noch tiefer in Magdas Hals, und Magdas Atmung beschleunigte sich rapide, »das hier garantiert, dass sie das nicht tun wird, und ebenso wenig *Sie*. Sie werden mich gehen lassen, oder ich werde Ihre Freundin wie einen Braten aufspießen.« Selbst bei dem letzten Satz blieb sein Ton unbewegt. Rachel staunte über seine Selbstbeherrschung. Kein Wunder, dass sie ihn nie verdächtigt hatte.

Ihre Augen schossen in der Anrichte umher. Sie hatte keine Waffe. Und selbst wenn, wäre es ihr nie gelungen, Fulke mit einem unerwarteten Angriff zu überrumpeln – nicht in diesem beengten Raum, von dem Magda und er zudem einen so großen Teil beanspruchten. Sie würde ihn ziehen lassen müssen. »Die Polizei ist schon unterwegs«, wiederholte sie sinnlos. Sie sah Magda an.

»Bitte«, sagte Magda. Ihre Pupillen waren riesig. »Bitte.«

»Okay.« Rachel hob die Hände noch höher, zu einer Geste der Übergabe. Sie rückte näher an die Arbeitsfläche, sodass Fulke mit seiner Geisel an ihr vorbeikam. Fulke, dem das Butlertum vielleicht zu sehr in Fleisch und Blut übergegangen war, bedankte sich mit einem artigen Nicken. Dann wandte er sich leicht von ihr ab, um Magdas träge Masse durch die Tür ins Esszimmer zu bugsieren.

Im Sekundenbruchteil, in dem er ihr den Rücken zukehrte, riss Rachel den Kerzenleuchter von der Arbeitsfläche und schlug dem Mann damit auf den Schädel.

Fulke taumelte nach vorn und griff sich an den Hinterkopf. Dazu ließ er zwar die Tranchiergabel fallen, mit dem anderen Arm behielt er Magda aber weiterhin fest im Griff. Während er den Kopf schüttelte, wie um ihn klar zu bekommen, drehte er sich samt Magda herum und Rachel wieder zu. Einen Augenblick lang stand sie erstarrt da, unschlüssig, was sie jetzt tun sollte, da sich ihr Täter nicht auf gute Krimimanier von einem einzigen Schlag hatte außer Gefecht setzen lassen.

Genau genommen schien ihre Attacke Fulke völlig unbeeindruckt gelassen zu haben. »Nein«, sagte er in einem Ton, wie ihn ein Erwachsener gegenüber einem unartigen Kind anschlagen mag. »Nein.« Er zog sich mit seiner vor Panik erstarrten Sicherheitsgarantie in das Esszimmer zurück, wobei er den rechten Arm hinter sich ausgestreckt hielt. Rachel begriff: Er tastete nach einer anderen Waffe. Und da er mit dem Esszimmer und dessen Inhalt vertraut war, würde er wahrscheinlich nicht lange brauchen, um eine zu finden. Dennoch konnte sie seine Hand leicht zucken sehen, und sie hätte wetten können, dass er von dem Impuls abgelenkt wurde, sich noch einmal den Hinterkopf zu reiben. Wenn sie es schaffte, darauf aufzubauen, es fertigbrachte, ihn noch weiter abzulenken, würde es ihr vielleicht gelingen, einen und wenn auch noch so geringen Vorteil herauszuschlagen.

»Fulke!« Sie rückte vor, ohne allerdings in seine Reichweite zu kommen, in der Hand den vergessenen Kerzenleuchter. »Tun Sie es nicht. Tun Sie es nicht, Fulke. Tun Sie es nicht. Fulke, tun Sie es nicht.« Sie ließ diese irritierende Wiederholung nicht abreißen, während sie ihn langsam umkurvte, ihn durcheinanderzubringen versuchte. »Tun Sie es nicht, Fulke. Fulke, nicht.«

Aber Fulke ließ sich nicht durcheinanderbringen. Ganz im Gegenteil. Als seine Hand die kurze Seite des Esstischs berührte, klammerte er sich daran und stand wieder fest auf den Beinen. Als er sprach, klang seine Stimme ebenso fest: »Madame Levis, Sie sollten versuchen, mich nicht aufzubringen. Ich brauche keine Waffe, um Ihre Freundin zu töten.« Wie zum Beweis spannte er den Arm vor Magdas Kehle an und drückte ihr dadurch die Luft ab.

Rachel konzentrierte sich auf diesen harten Unterarm und das Gesicht darüber, auf Magdas bleichen nach Atem ringenden Mund. Wenn Fulke sich nicht aus dem Konzept bringen ließ, blieb ihr nur ein weiterer Versuch, ihn zu überwältigen. Mit der Kraft der Verzweiflung machte sie einen langen Schritt auf ihn zu und holte gleichzeitig mit dem rechten Arm weit aus. Mit einem Arm um Magdas Hals und der anderen Hand an der Tischkante konnte Fulke nicht schnell genug reagieren, um den Schlag abzublocken. Der Kerzenleuchter traf ihn an der Schläfe, und diesmal brach er tatsächlich bewusstlos zusammen.

Plötzlich frei schnappte Magda einmal heftig nach Luft und stieß sie dann mit einem Schluchzer wieder aus. Sie schaffte einen Schritt nach vorn, bevor ihre Knie versagten und sie auf dem Teppich zusammensackte. »Oh mein Gott«, sagte sie, wiederholte es wie eine Litanei oder einen Zauberspruch: »OhmeinGott, ohmeinGott, ohmeinGott. Er wollte mich umbringen. Er wollte mich wirklich umbringen. Du hast mir das Leben gerettet.« Sie stieß ein kleines sprödes, hysterisches Lachen aus. »Du hast es gesagt, und du hast es wirklich getan.« Sie sah zu Rachel auf, starr vor Erstaunen und Dankbarkeit.

Das war's, dachte Rachel. Sie würde zeit ihres Lebens nie wieder so selbstlos sein oder edler erscheinen. Sie hatte einen Mörder niedergestreckt; sie hatte einen Menschen vor dem sicheren Tod bewahrt. Da sie sich noch immer wie in einem Theaterstück fühlte, war sie fest entschlossen, den Augenblick mit Bravour auszuspielen. Mit Händen, die kein bisschen zitterten, stellte sie den Kerzenleuchter behutsam auf den Tisch und wandte sich dann Magda zu. Schlagartig war das Gefühl, auf der Bühne zu stehen, wie weggewischt. Sie hatte gerade ein Verbrechen aufgeklärt, das die Polizei für ein Hirngespinst erklärt hatte, einen dreifachen Mörder k. o. geschlagen, ihre liebste Freundin aus den Klauen eines Mannes gerettet, der sie, ohne zu zögern, getötet hätte.

Sie wollte zu ihrer Mama.

Sie ließ sich neben Magda zu Boden plumpsen und schloss sie in die Arme, spürte ihr warmes lebendiges Gewicht. Ein paar Sekunden lang blieb sie so und hörte ihr beim Atmen zu. Dann stand sie auf, strich ihren Rock glatt, atmete einmal tief durch und sagte: »Wo zum Teufel bleibt die Polizei?«

35. KAPITEL

»Ich glaub's einfach nicht, dass es der Butler war!«, sagte Alan. Es war derselbe Abend, und er, Magda und Rachel drängten sich um einen Tisch im hinteren Bereich des Bistrot Vivienne. Alan hielt die Augen verlegen gesenkt. »Ich wollte es nicht sagen, aber ich dachte, es würde auf Mathilde hinauslaufen. Nach diesen ganzen Auseinandersetzungen wegen Geld.«

Rachel schüttelte den Kopf. »Es gab gar keine Auseinandersetzungen.«

»Aber –«

»Fulke hatte sie erfunden.«

»Er hatte sie erfunden?«

»Ist das nicht furchtbar?« Magda war deswegen noch immer empört, als ob Mord bestenfalls auf dem zweiten Platz, weit hinter Lügenerzählen rangierte.

»Ich habe ihm die Gelegenheit geboten, mich in die falsche Richtung zu dirigieren, und er hat sie beim Schopf ergriffen. Es hatte mit Edgar keine Auseinandersetzungen wegen Geld gegeben, und sie war Elisabeth gegenüber nicht grausam gewesen.« Rachel korrigierte sich: »Na ja, war sie schon, aber nicht mehr als gewöhnlich. Fulke hat das alles nur erfunden, um unsere Aufmerksamkeit von sich abzulenken.«

Magdas Finger verirrten sich an ihren Hals. Sie sagte grimmig: »Als der Druck entsprechend wurde, wusste er sich zu helfen.«

»Aber worin bestand denn dieser Druck?« Alan zuckte mit den Schultern. »*Das* kapiere ich immer noch nicht.«

»Kann ich dir nicht verdenken.« Magda hatte die Erklärung bereits gehört. »Es ist krank.«

»Es ist nicht krank!« Rachel dachte an Fulke, wie sie ihn zuletzt gesehen hatte, eine graue Gestalt auf der anderen Seite des Tisches unter der Neonbeleuchtung eines Vernehmungsraums. Zunächst von einer Studentendemo auf dem Boulevard Saint-Michel aufgehalten war die Polizei schließlich doch noch eingetrudelt und hatte sie alle ins *commissariat* gebracht, wo Fulke, nach seiner Vernehmung, den Wunsch geäußert hatte, Rachel zu sprechen. Er hatte gesagt, er wolle sich entschuldigen. »Es ist nicht krank«, wiederholte sie. »Es ist traurig. Er hat die beiden getötet, weil sie ihn in ihren Testamenten nicht bedacht hatten.«

Alan starrte sie verständnislos an. »Was?«

Magda sagte: »Ich hab's ja gesagt, dass es krank ist.«

Rachel seufzte. »Sie haben ihm nichts hinterlassen. Weißt du noch, ich hatte dir erzählt, dass Magda und ich anfangs dachten, Mathilde könnte Edgar getötet haben, weil sie wusste, dass er die Höhe ihre Erbes verringert hatte?« Alan nickte. »Na ja, wir hatten dabei nicht bedacht, welche Wirkung es haben kann, *überhaupt nichts* vermacht zu bekommen.« Sie lehnte sich vor. »Fulke arbeitete *jahrzehntelang* für Edgar, mit absoluter Hingabe. Aber Edgar war es egal. Als es darauf ankam, tat er nichts für ihn. In seinem Testament bedachte er Elisabeth des Troyes, die er für seinen Steuerbetrug gebraucht hatte, und er bedachte seine Exfrau, die sich von ihm hatte scheiden lassen. Aber den Mann, der mehr als zwanzig Jahre lang sein Leben gemanagt hatte, überging er. Und dann, nachdem Fulke im Haus geblieben war, um das Gleiche für David zu tun, geschah das Gleiche noch mal! Er war gut genug, um Testamente zu bezeugen, aber nicht, um in ihnen bedacht zu werden.« Sie schwieg kurz. »Er tat es also, weil er sich«, sie suchte ihre Worte mit Bedacht, »nicht wertgeschätzt fühlte.«

Schweigen. Dann sagte Alan: »Ist das dein Ernst?«

Sie nickte.

»Aber, ich meine, das ist doch kontraproduktiv. Wenn man schon jemanden wegen eines Testaments umbringt, dann will man doch wohl in diesem Testament *stehen*!«

»Das waren genau Fulkes Worte, als er versuchte, mich von der Fährte abzubringen! Und natürlich ist das, logisch betrachtet, ja auch richtig. Aber verschmähte Liebhaber handeln nicht logisch. Und genau das war Fulke im Grunde.« Sie schüttelte bekümmert den Kopf. »Er lebte über zwanzig Jahre lang mit Edgar zusammen, kochte für ihn, erriet seine Bedürfnisse im Voraus. Und dann musste er mit einem Schlag erkennen, dass er für Edgar als Person gar nicht existierte.« Sie dachte einen Augenblick nach. »Das ist vermutlich das Problem, wenn man Bedürfnisse vorausahnt. Wenn man es gut macht, erkennt der andere gar nicht, dass er sie überhaupt hatte, also kann er einem auch nicht dafür dankbar sein, dass man sie vorausgeahnt hat.«

»Aber weißt du, etwas finde ich seltsam.« Magda sprach mit nachdenklicher Stimme. »In Bezug auf Edgar ist das, auf eine schräge Weise, schon irgendwie nachvollziehbar. Aber *David* hatte doch gerade erst alles geerbt – es war doch noch gar keine Zeit gewesen, sich irgendwelche falschen Hoffnungen zu machen.«

Rachel erinnerte sich an Fulkes hängende Schultern, an seine aufgerissenen Augen, als er sie über den Alutisch hinweg angesehen und gesagt hatte: »Monsieur David wusste, dass Monsieur Bowen mir nichts hinterlassen hatte. Und wenn ich für Monsieur Bowen mehr als fünfundzwanzig Jahre lang gearbeitet hatte, hatte ich es für Monsieur David sein *ganzes Leben lang* getan.« Seine Stimme hatte gezittert. »Ich habe ihm geholfen, sich die Schuhe zuzubinden!«

Rachel hatte den Drang verspürt, seine Hand zu nehmen,

aber sie wusste, dass der junge wachhabende *gardien* ihr gesagt hätte, dass Körperkontakt nicht erlaubt war.

»Es tut mir leid, Fulke«, hatte sie gesagt, und da war ihr der Gedanke gekommen, dass es das erste Mal sein musste, dass sich jemand bei einem Mörder für dessen Motiv entschuldigte.

»Danke, Madame Levis.« Förmlich bis zuletzt.

»Beständigkeit erzeugt eine ganz spezifische Bindung«, sagte sie zu Magda, mit ihren Gedanken wieder in der Gegenwart. »Kann es jedenfalls. Bei Fulke war es so. Er war eine Konstante in Davids Leben gewesen, ein liebevoller, treu ergebener Helfer. Aber gerade diese Verlässlichkeit machte ihn für David einfach zu einem Teil des Mobiliars. Wie beim Vater, so beim Sohn. Folglich«, sie zog eine Grimasse, »wie der Vater, so der Sohn.«

»Na ja, nicht ganz«, schränkte Alan ein. »Der Mord an David war weit brutaler. Warum so unterschiedliche Vorgehensweisen?«

Rachel zuckte die Achseln. »Unterschiedliche Umstände. Bei Edgar hatte er mehr Zeit zu planen, über seiner Kränkung zu brüten und seine Rache kalt zu genießen. Während bei David …«

»Ich war sehr wütend. Ich verlor die Beherrschung«, hatte Fulke gesagt. »Andernfalls hätte ich nie den Kerzenleuchter benutzt.« Seine Miene drückte Bedauern aus.

»Und als er begriff, dass es unmöglich sein würde, ein so brutales Verbrechen zu vertuschen«, fuhr Rachel fort, »behauptete er, die Männer aus dem Fahrstuhl seien zu Besuch gewesen. Das war ebenfalls gelogen; sie boten sich einfach als Verdächtige an. Bei Edgar wollte er es aber so einrichten, dass es wie ein natürlicher Tod aussähe, damit kein Verdacht aufkäme und er bleiben könnte, um David zu betreuen. Also wartete er ab, bis Edgar eines Tages den Wunsch äußerte, am Abend eine Suppe zu essen, und kochte extra mehr davon.

Und dann … tja, also …« Sie holte tief Luft. »Dann ertränkte er ihn darin. Er hat mir erzählt, dass er da stand, wo er zum Servieren immer stand, als ob er nur darauf wartete, dass Edgar die Suppe kostete, und gerade als er den Löffel in die Hand nahm, drückte Fulke seinen Kopf hinunter.« Alan sah sie entsetzt an.

»Natürlich spritzte alles überallhin«, übernahm Magda, die diesen Teil der Geschichte schon im Taxi, auf der Rückfahrt vom *commissariat*, gehört hatte. »Aber er wusste, wo es Ersatz gab. Eine neue Tischdecke, Servietten – und er hatte extra viel Suppe gekocht, sodass er einen neuen Teller füllen und es so aussehen lassen konnte, als wäre Edgar gerade erst mit dem Gesicht hineingefallen. Und dann versteckte er die schmutzigen Sachen, um sie, wenn er am nächsten Tag aus dem Haus ging, zur Reinigung zu bringen.«

»Und hier kommt Catherine ins Spiel«, übernahm Rachel wieder. »Denn sie kam, um ihre Sachen aus der Wohnung mitzunehmen, und zwar bevor er die Wäsche in die Reinigung gebracht hatte. Er sagte nicht, wie, aber sie fand die Original-Tischdecke, die er versteckt hatte …«

»Sie sah auch wirklich wie der Typ aus, der gern herumschnüffelte«, warf Magda ein.

»Apropos Schnüffeln«, sagte Rachel: »In dem Stoß Quittungen, den ich gefunden hatte, war irgendwo dazwischen auch der Abholschein für die Tischdecke. Wenn ich bloß so gescheit gewesen wäre, mir alle Belege einzeln anzusehen …«

»Anfängerinnenfehler.« Magda tätschelte ihr die Hand.

»Wie auch immer, sie fand die Sachen, und bevor sie wieder ging, fotografierte sie sie mit ihrem Handy. Dann erpresste sie ihn mit dem Foto.«

»Madame Nadeau war eine sehr dumme Frau.« Fulke hatte im grellen Licht den Kopf geschüttelt. »Man hätte nie geglaubt, dass sie die Verbindung herstellen würde. Möglich, dass ihre

Geldnot ihre Kombinationsfähigkeit schärfte.« Es schien ihm nicht sonderlich leidzutun, dass er sie getötet hatte, und er bestätigte diesen Eindruck, indem er hinzufügte: »Aber sie schärfte sie nicht genug. Ich bot ihr an, ihr die Zahlungen nach Hause zu bringen, und ich stattete ihr zwei Besuche ab, bevor ich etwas unternahm, damit sich ihre Nachbarn an mein Erscheinen gewöhnten. Als ich zum dritten Mal kam, war es ein Kinderspiel, sie aus dem Fenster zu stoßen und mich dann im allgemeinen Durcheinander um den Leichenfund unauffällig davonzuschleichen.« Er sah kurz nachdenklich aus. »Ich hatte sie von jeher sehr vulgär gefunden.«

»Die Tischdecke so schlecht zu verstecken, war aber nicht sein einziger Patzer.« Magdas Bemerkung brachte Rachel wieder in die Gegenwart zurück. »Im Eifer des Gefechts vergriff er sich auch beim Wein.« Die zwei Frauen tauschten einen triumphierenden Blick.

»Er war nervös«, sagte Rachel zu Alan. »Da kann so was schon passieren.«

»Sicher.« Er nickte. »Ich bin auch immer nervös, nachdem ich jemanden in einer Suppe ertränkt habe.«

Sie ignorierte ihn. »Er war nervös, und Edgar hatte die ursprüngliche Weinflasche umgestoßen, während er … äh … in der Suppe um sein Leben kämpfte. Aber Fulke wollte, dass es wie ein einfacher Schwächeanfall aussah, ohne große Unordnung. Und nachdem er Edgar saubere Sachen angezogen hatte …«

Alan zuckte leicht zusammen.

»Ich weiß, aber ich vermute, er war zumindest daran gewöhnt, Edgar beim Ankleiden zu *helfen*, und ihn vollständig anzuziehen, ging lediglich einen Schritt weiter. Und nachdem er damit fertig war und Tischdecke und Servietten und den Suppenteller ausgetauscht hatte, war die erste Flasche, die ihm in die Hände kam, diejenige, die er eigentlich zu seinem

Kalbfleisch hatte trinken wollen.« Sie schlug die Augen nieder. »Mir war nie in den Sinn gekommen, dass Fulke Rosé mögen könnte.« Sie schämte sich. Fulke hatte recht: Sie hatte ihm nie mehr Individualität zugestanden als alle anderen.

»Moment mal, der *Butler* aß Kalbfleisch?« Alan hob die Augenbrauen. »Für mich klingt das so, als ob er wie die Made im Speck gelebt hätte. Er brauchte wahrhaft niemanden zu beerben.«

»Ach, Alan!« Rachel lachte, wurde dann aber sofort wieder ernst. »Darum geht es doch gar nicht, und das weißt du auch. Es geht um Treue. Er war ihnen treu gewesen, und er fand, dass sie ihm das Gleiche schuldeten.«

»Und das völlig zu Recht.« Alan legte seine Hand auf die ihre. »Treue verdient Gegentreue.« Dann richtete er sich auf. »Also: ›Amateur-Detektessen klären unbemerkten Mord auf.‹«

»Detekteusen«, korrigierte Rachel automatisch.

Er ging nicht darauf ein. »Gut gemacht, die Damen. Gestattet mir, euch zum Zeichen meiner Bewunderung eine Flasche sündteuren Champagner auszugeben.« Er hob eine Hand nach dem Kellner. »Eines kann ich dir aber versichern«, sagte er über die Schulter hinweg zu Rachel.

»Was?« Sie lächelte ihn an.

»›Butler‹ kannst du aus deiner Dienstbotenwunschliste streichen. So einer kommt mir nicht ins Haus!«

»Wart mal«, sagte Magda, die noch nicht ganz fertig war, »eine Frage hätte ich noch.«

»Was?«

»Edgar sagte doch, du dürftest dir ein Buch aussuchen, wenn du fertig wärst. Jetzt bist du fertig. Also, welches hast du dir ausgeguckt?«

»Ach, das.« Rachel sah den Kellner kommen. »Das erzähle ich dir nächstes Mal.«

DANKSAGUNG

Am 30. September 1628 wurde Fulke Greville, 1. Lord Brooke, von einem Diener ermordet. Der Diener war darüber erbost, dass Brooke ihn in seinem Testament übergangen hatte. Dieser sonderbare Kriminalfall lieferte die Inspiration zu meinem Krimi, folglich ist die erste Person, der ich danken möchte, Fulke Greville. Danke, Lord Brooke, dass Sie zu Nutz und Frommen der Kriminalliteratur Ihr Leben hingaben: Ich dachte, einen Mörder nach Ihnen zu benennen, könnte die Waagschalen wieder ein wenig ausgleichen. Und so wenig es mir auch gefällt, muss ich Brookes Mörder wohl ebenfalls danken; sein Name war Ralph Haywood.

Im Hier und Jetzt der heutigen Welt gilt mein allergrößter Dank meiner Agentin Laura Macdougall. Sie bescheinigte bereits einer sehr frühen Manuskriptfassung Potenzial, und hat zu mir gehalten, bis ich einen Kriminalroman auf die Beine gestellt hatte, auf den ich stolz sein konnte. Sie hat buchstäblich mein Leben verändert. Ebenso danke ich meiner Lektorin Chelsey Emmelhainz, die dafür gesorgt hat, dass dieses Buch so gut geworden ist, wie es irgend möglich war. Sie ist geduldig, sie ist fair, sie ist besonnen – und ich kann mich glücklich schätzen, von ihr betreut worden zu sein. Ebenso großen Dank schulde ich Jenny Chen, die diese nicht gerade detailversessene Autorin bis zur Druckreife korrigiert hat.

Weiterhin möchte ich Mikhail Xifaras dafür danken, dass er mich mit dem echten Paris bekanntgemacht und mich mit offenen Armen in seinem Haus und seiner Familie empfangen hat. Ein riesiges Dankeschön schulde ich meiner reizenden Freundin Ruth Mattock, da sie mich wiederholt, ohne zu zögern oder zu klagen, in ihrem winzigen (später zu Rachels erster Wohnung umfunktionierten) Pariser

Zimmer untergebracht hat – unter anderem das eine Mal, als ich unerwartet von der britischen Einreisebehörde abgewiesen worden war. Bei ihrer Schwester, deren Wochenende ich dadurch ruiniert habe, möchte ich mich hiermit noch einmal entschuldigen.
Dankbar bin ich außerdem all den Airbnb-GastgeberInnen, bei denen ich während meiner Recherchen gewohnt und deren Zuhause ich in Teilen als »Kulisse« für dieses Buch verwendet habe. In diesem Zuge geht auch ein gigantisches Dankeschön an (und für) Google Earth, mit dessen Hilfe ich zu jeder beliebigen Zeit die Straßen von Paris entlangflanieren und dadurch mein nicht vorhandenes topographisches Gedächtnis überlisten konnte. Überhaupt möchte ich dem gesamten Internet danken, da es mir erklärt hat, wie man ein Schloss »pickt«, wie man jemanden mit einem einzigen Hieb k. o. schlägt, wie man auf Französisch höflich nach dem Klo fragt und unzählige weitere Kleinfakten, die in diesem Kriminalroman eine Rolle spielen.
Näher an meinem Zuhause gelegen möchte ich Sinéad Moynihan danken, von der die erste Anregung kam, diese Geschichte zu schreiben, und Kirsty Martin, die ihre ganze Entstehung mit Interesse verfolgt hat. Richard und Caroline Fox haben sich meine ewigwährende Dankbarkeit verdient, indem sie eine erste Fassung gründlich und sorgfältig durchgelesen und mir unschätzbares Feedback gegeben haben, wobei Richard auch noch die Weinnamen beisteuerte. Danke! Ronald und Sara Piddington haben meine allererste Lesung veranstaltet, und dafür danke ich ihnen ebenso wie für das inspirierende Erlebnis Piddington'scher Begeisterungsfähigkeit.
Mein Vater, Thomas H. Jackson, wird es nie erfahren und wäre auch bestimmt anderer Meinung, aber wenn dieses Buch irgendwelche literarischen Qualitäten besitzt, dann ist dies sein Verdienst. Danke, Daddy. Meine Mutter wiederum erlaubte mir, ihr das gesamte Manuskript laut vorzulesen: ein Opfer, das sie schon für sich genommen in die oberste Mama-Riege katapultieren würde – hätte sie sich dort nicht bereits dadurch einen festen Platz erworben, dass sie mir während der gesamten Arbeit am Roman immer wieder Mut gemacht und Beifall gespendet hat.

Ich möchte außerdem jeden einzelnen Menschen, dem ich während des Schreibens und Überarbeitens nicht geantwortet, nicht schnell genug Feedback gegeben oder den ich ganz einfach vernachlässigt habe, aufrichtig um Verzeihung bitten. Und ich möchte den Freundinnen und Freunden danken, die mir gestattet haben, mich dermaßen asozial zu verhalten, ohne mir je dafür die Leviten zu lesen, und die mich im Gegenteil immer wieder ermuntert und angefeuert haben – insbesondere Ashley Bruce, Ryan Ammar, John Bolin, Jeremy Burns, Lydia Burton, Christine Dymond, Jemmelia Jameson, Katina Laoutaris, Stephen Markman, Hélène Martin, Sam North, Mercedes Okumura, Henry Power, Andrew Rudd und Valentina Todino. Und wie könnte ich in diesem Zusammenhang Dr. Marren vergessen, Freund, Cheerleader und personifizierte heitere Eleganz in einem? Und was Jennifer Piddington angeht, so weiß sie nicht nur, was ich mache, sondern sie wusste auch, was ich machen konnte. Und das ist noch weit wichtiger.

GLOSSAR

à bientôt: bis bald
à deux: zu zweit, für zwei
ah bon?: ach ja? wirklich?
aide de bureau: Bürogehilfe / in; Mädchen / Bursche für alles
allô: hallo
alors: ein Wort mit vielen Bedeutungen; wird oft einleitend am Satzanfang verwendet, dann etwa im Sinne von »also dann«, »schön«
ami: Freund; Geliebter
amoureux: Verliebter; Liebhaber
apéro: Aperitif
appartement: eine sehr große Wohnung
ascenseur: Fahrstuhl
avocat: Rechtsanwalt
bagues (Plural): Zahnspange
bateau-mouche (Pl. *bateaux-mouches*): wörtlich »Fliegenschiff«, kleiner Ausflugsdampfer
bien: gut, na schön, in Ordnung
bien établis: Alteingesessene; alte Familien
bienvenue: willkommen (wenn eine Frau angesprochen ist)
bon: gut; okay
bonjour: guten Tag
bonsoir: guten Abend
boulangerie: Bäckerei
bouilloire: Wasserkocher
boules: das wohlbekannte französische Spiel, in dem kleine Kugeln nach einer noch kleineren Kugel geworfen werden

brigadier: Polizeidienstgrad; entspricht dem deutschen Polizeiobermeister

bureau: Arbeitszimmer; Büro

cabinet: Anwaltskanzlei

cabinet(s): eigentlich dasselbe Wort wie das vorige, aber eine etwas altmodische Bezeichnung für »Toilette«, »WC«

ça suffit: das reicht; das genügt

café américain: schwarzer Kaffee

cahier: (Schreib-)Heft

capitaine: Polizeidienstgrad; entspricht dem deutschen Hauptkommissar

ça va: es geht; geht so

cave / caviste: Weinhandlung / Weinhändler

c'est fini: es ist erledigt; es ist zu Ende

chambre(s) de bonnes: Dienstmädchenzimmer

citron: Zitrone

citoyen: Bürger

comme vous voulez: wie Sie möchten

commissariat: Kommissariat; Polizeiwache

culture pop: Popkultur

d'acc (kurz für *d'accord*): einverstanden; okay

dans sa soupe?: in seiner Suppe?

de rien: gern geschehen

désintox: Entgiftung; Entzug

distributeur: Bankautomat; Händler

divorcée: Geschiedene

enchantée: sehr erfreut (Sie kennenzulernen)

enfin: endlich

frigo: Kühlschrank

fruit vert: wörtlich »grüne Frucht«; Bezeichnung für ein Mädchen, das viel jünger als ihr Liebhaber ist

funérarium: Leichenhalle; Bestattungsinstitut

gardien de la paix: Polizeidienstgrad; entspricht dem deutschen Polizeimeister *hein*: hm? was? wie?

hôtel particulier: Stadtpalais

Infogreffe: Website, über die Informationen zu allen im französischen nationalen Handelsregister eingetragenen Gesellschaften abgefragt werden können

jeune fille: junges Mädchen

lieutenante: Polizeidienstgrad; entspricht der deutschen Oberkommissarin

macaron: (unterschiedlich gefülltes) Baisergebäck aus Mandelmehl

mais bien sûr: aber sicher; natürlich

mais oui: wörtlich »aber ja«; aber sicher, aber klar

maître: Titel für Künstler, Anwälte oder andere angesehene Persönlichkeiten

maître d'hôtel: Butler

mesdames: (meine) Damen

mon Dieu: mein Gott!

mouchard: Spitzel

nécrologie: Nachruf; Todesanzeige

n'est-ce pas?: nicht wahr? stimmt's?

notaire: Notar

nous ne sommes pas des touristes: wir sind keine Touristinnen

nouveau riche: Neureicher

objets: Gegenstände; Objekte; Dinge

œufs en cocotte: mit Crème fraîche und Butter (und evtl. weiteren Zutaten) im Ofen pochierte Eier

oh, là, là: meine Güte! hoho!

pas de vente au détail: kein Einzelverkauf

père: Vater; im Anschluss an Personennamen entspricht es dem deutschen »senior«

petit souper: kleines Abendessen

petite amie: (wörtlich »kleine«) Freundin; Geliebte

pinces à cheveux: Haarklammern

portable: Handy

porte d'entrée: Eingangstür eines größeren Hauses; die meisten alten

Pariser Wohnhäuser besitzen eine große Außentür, die in einen Innenhof führt, von dem wiederum die verschiedenen Treppenhäuser abgehen

pressing: chemische Reinigung

ravissante (Femininum): entzückend; hinreißend

résidence: herrschaftliches (Etagen-)Haus; Wohnsitz

rue: Straße

salon: Salon; (großes, elegantes) Empfangs- oder Gesellschaftszimmer

séjour: Wohnzimmer

secrétaire de direction: Chefsekretär / in

s'il vous plaît: bitte

soigné: gepflegt

tarte Tatin: eine traditionelle französische Apfeltarte, deren Besonderheit eine Karamellglasur ist

très désagréable: sehr unerfreulich; unliebsam

Vichyssoise: eine im Wesentlichen aus Lauch, Kartoffeln und Sahne zubereitete Suppe, die kalt gegessen wird

vieilles fortunes: Leute, Familien mit »altem Geld«

TEXTNACHWEIS

Das Zitat auf Seite 22 stammt aus: Sheilah Graham und Gerold Frank, *Die furchtlosen Memoiren der Sheila Graham*, aus dem Englischen von Marguerite Schlüter, Limes Verlag, Wiesbaden 1968, S. 331.

Das Zitat auf Seite 55 stammt aus: Arthur Conan Doyle, The Beryl Coronet, in: Ders., *The Adventures of Sherlock Holmes*, London, Murray 1927, S. 310. Der Auszug wurde von Giovanni Bandini aus dem Englischen übertragen.

Das Zitat auf Seite 62 stammt aus: Josephine Tey, *The Man in the Queue*, London, Peter Davies 1953, S. 14. Der Auszug wurde von Giovanni Bandini aus dem Englischen übertragen.

Das Zitat auf Seite 282 stammt aus: William Shakespeare, *The Tragedy of Hamlet, Prince of Denmark*, Akt 1 Szene 2, Vers 92 f. Der Auszug wurde von Giovanni Bandini frei nach der Übersetzung von August Wilhelm von Schlegel übertragen.